Laisse briller
ta lumière !

Laura Malina Seiler

# Laisse briller ta lumière !

## Apprenez à vous créer une vie d'exception

LAROUSSE

Traduction de l'allemand : Sabine Rolland.
Publié pour la première fois en 2018 sous le *titre Schön dass es dich gibt: Wie du mit deinem Geschenk für die Welt ein außegewöhnliches Leben schaffst*.

# Sommaire

Ellin Carsta
Rebengold



amazon publishing

## Das Buch

Uerdingen 1351: Die Familie Velten will ihre von der Pest verwüstete Heimat hinter sich lassen. Sie geben den Hof auf und machen sich auf den weiten Weg zum Kloster Johannisberg. Vom Abt haben sie das Angebot bekommen, die klösterlichen Weinberge zu pachten. Auf der Reise treffen sie auf die Familie Stauber, die das gleiche Schicksal ereilt hat, und die ebenfalls zu Weinbauern werden wollen.

Während der Fahrt mit dem Schiff ereignet sich ein Streit zwischen den Familien, der mit einem tragischen Unfall endet. Sowohl das Familienoberhaupt der Veltens als auch sein Bruder sterben. Die Witwe Isabel ist verzweifelt und steht vor einer gewaltigen Herausforderung: Mit den Kindern auf sich allein gestellt muss sie den lange brach liegenden Weinberg bestellen. Ihre Verpächter, die Klosterbrüder, sind ihr keinesfalls alle wohlgesinnt. Und auch die ihr verhasste Familie Stauber tut alles, um ihr Steine in den Weg zu legen.

## Die Autorin

Ellin Carsta ist ein Pseudonym der Autorin Petra Mattfeldt, die zusammen mit ihrer Familie in Norddeutschland lebt. Alle Fans ihrer Bestsellerreihe um die »heimliche Heilerin« können sich mit der Veröffentlichung von »Rebengold« über neuen Lesestoff freuen.

ELLIN
CARSTA

# REBEN GOLD

Historischer
Roman

amazon publishing

Deutsche Erstveröffentlichung bei
Amazon Publishing, Amazon Media EU S.à r.l.
5 Rue Plaetis, L-2338 Luxembourg
September 2016


Umschlaggestaltung: bürosüd°, München, www.buerosued.de
Umschlagmotiv: © mykhailo pavlenko/Shutterstock;
© HorenkO/Shutterstock; © TaraPatta/Shutterstock
Lektorat: Renate Novak
Korrektorat: Gisela Wunderskirchner/DRSVS
Printed in Germany
By Amazon Distribution GmbH
Amazonstraße 1

ISBN: 978-1-503-94165-6

www.amazon.de/amazonpublishing

*Für Franz!*
*Es ist immer wieder toll, mit dir zusammen*
*in die Geschichte abzutauchen!*
*Vielen Dank für alles, mein Lieber!*

Es war, als zöge im Jahre des Herrn 1347 eine todbringende Wolke über das Land, die ihre Kräfte an der Mittelmeerküste gebündelt und sich sodann überallhin ausgebreitet hatte. War es eine Strafe Gottes gewesen, der den Schwarzen Tod sandte, um die Menschen zu bestrafen? Konnte es sein, dass er Männer wie Frauen, Alte, kleine Kinder und Säuglinge gar für das Tun ihrer Nächsten bestrafte und als Ankündigung ihres baldigen Todes schwarze Flecken auf ihre Körper zeichnete? Kaum eine Familie im Land konnte von sich sagen, keine Verluste beklagen zu müssen. Es traf die Hochgestellten ebenso wie die Einfachen, Patrizier wie Knechte, selbst die Mönche in den Klöstern. Ganze Regionen waren entvölkert, als die schwarze Wolke der Pestilenz endlich abzog und nichts als Verzweiflung zurückließ. Überall waren aufgeschüttete Massengräber zu sehen, in die die ausgemergelten und gezeichneten Toten geworfen worden waren, deren Namen am Ende niemand mehr kannte. Es waren einfach zu viele. Der Schock der Überlebenden über das, was sie hatten mit ansehen müssen, saß tief. Doch es blieb ihnen keine Zeit, diejenigen zu betrauern, die ihnen genommen worden waren. Zu groß war die Sorge, wie es fortan gelingen sollte, mit den wenigen, die noch übrig waren, die Felder zu beackern und die Ordnung in den Städten wiederherzustellen.

# Uerdingen,
# im Jahre des Herrn
# 1351

# 1. Kapitel

Der Tag des Aufbruchs war gekommen. Eine eigenartige, fast schon greifbare Spannung lag in der Luft. Die Beklemmung, alles zurücklassen zu müssen, wich der grenzenlosen Hoffnung auf ein besseres Leben. Isabel fröstelte, als der Schiffer das Boot mit der hölzernen Stange vom Ufer abstieß und die Treidelpferde sich trottend in Bewegung setzten, um den Kahn gemächlich flussaufwärts zu ziehen. Eng aneinandergedrückt stand sie mit ihren elf- und neunjährigen Söhnen an der Reling. Die erst fünfjährige Emilia hatte sie auf den Arm genommen.

»Werden wir lange unterwegs sein, Mutter?«, fragte ihr ältester Sohn Albert, der nach seinem Vater benannt war.

»Zwei Wochen.«

»Ich kann es kaum erwarten, endlich den Weinberg zu sehen. Ist er sehr groß, Mutter? Größer als die Felder, die wir bestellt haben?«

»Ich denke schon, Albert, doch ich weiß es nicht. Ich habe ihn ja auch noch nie gesehen.«

Albert hielt nach seinem Vater Ausschau, damit dieser ihm die Fragen beantworten sollte, doch er konnte ihn nirgendwo entdecken. »Wo ist Vater?«

Isabel blickte sich ebenfalls suchend um. »Dort hinten ist er. Siehst du ihn? Er steht bei deinem Onkel Richard und deiner Großmutter.«

»Können wir dorthin gehen, Mutter?«, fragte nun Conrad, ihr jüngerer Sohn, und sein Blick fiel auf die Holzkiste, aus der ein gleichmäßiges Summen nach außen drang.

»Ja, geht nur.« Isabel folgte seinem Blick. »Ich bleibe hier und werde auf deine Bienen achten.«

»Aber ich möchte bei dir bleiben«, stellte Emilia fest und schmiegte sich eng an ihre Mutter. Isabel erwiderte die Umarmung, genoss es, die warme Wange ihrer kleinen Tochter dicht an ihre gepresst zu spüren. Kurz schloss Isabel die Augen und atmete tief den Duft ihrer Haut ein. Vor ihrer Abreise hatte die ganze Familie sich gewaschen und ihre Kleidung hergerichtet, so gut es ging. Selbst unter den Fingernägeln hatte Isabel die Hände ihrer Kinder mit einer Bürste geschrubbt. Nichts an ihnen sollte nachlässig erscheinen, wenn sie den weiten Weg von Krefeld bis nach Gysinheym hinter sich gebracht hatten und endlich ihr neues Heim erreichen würden. Immerhin würden ihre neuen Verpächter Kirchenmänner sein, denen man ein gepflegtes Aussehen nachsagte. Sie hoffte inständig, die Erwartungen der hohen Herren erfüllen zu können, waren sie doch nur einfache Bauern, die bis auf die Felder rund um Krefeld noch nichts von der Welt gesehen hatten. Wieder fröstelte Isabel.

Emilia löste sich ein wenig, um ihrer Mutter in die Augen sehen zu können. »Ist dir kalt? Mir ist ganz warm. Du kannst meinen Umhang haben, wenn du möchtest.«

Liebevoll lächelte Isabel die Tochter an. »Nein, hab Dank, meine Kleine. Mir ist nicht kalt, nur laufen mir immer wieder Schauer über den Körper, weil ich mich so sehr auf unser neues Heim freue, dass ich es kaum mehr abwarten kann.« Behutsam beugte sich Isabel hinunter und stellte ihre Tochter auf die Füße. Emilia ließ es ohne Widerspruch zu. »Wir sollten uns ein kleines Lager bereiten, auf dem du dich ausruhen kannst.« Sie nahm die Tochter an die Hand, griff nach der Schlaufe, die am oberen Rand des Holzkastens befestigt war, und zog den darin befindlichen Bienenstock mit sich bis zu einer freien Fläche direkt neben den Kisten, die aufgestapelt und mit Seilen zusammengebunden waren. »Geh zu deinem Vater und lass dir die Decken geben«, forderte Isabel die kleine Emilia auf, die sogleich folgte, den Hals reckte und loslief, als sie ihren Vater erblickte. Isabel zog sich den Umhang von den Schultern und breitete diesen aus.

»Ein gutes Fleckchen«, hörte sie eine Stimme hinter sich. »Reicht euch der Platz, wenn ich hierneben unser Lager errichte?«

Isabel drehte sich um. Vor ihr stand eine Frau – sie mochte etwa im gleichen Alter sein wie Isabel, war jedoch um einiges korpulenter –, die eine Decke bereithielt in Erwartung ihrer Antwort. »Gewiss«, gab sie zurück. »Wir sind zu siebt, können aber auch etwas zusammenrücken.«

»Für uns reicht es schon so«, erwiderte die andere. »Hab Dank.«

»Mein Name ist Isabel. Ich reise mit meinem Mann, dessen Mutter und Bruder und unseren drei Kindern.«

»Hanna. Bei mir ist's nur mein Mann und unsere vier Kinder. Drei Buben und ein Mädchen.«

Sie nickten sich zu. »Wohin fahrt ihr?«

»Hoch bis nach Köln«, antwortete Hanna. »Von dort geht es mit einem Oberländer weiter.«

»Wirklich? Genau wie wir.«

»Ach ja?«, vergewisserte sich Hanna. »Wollt ihr womöglich auch hoch zu den Weinbergen?«

Isabel lächelte erfreut. »Genau das. Bis nach Gysinheym.«

Hanna gab das Lächeln zurück. »Dann haben wir den gleichen Weg. Womöglich werden wir sogar Nachbarn.«

»Das würde mich freuen. Wir bekommen dort einen Weinberg, den wir bestellen dürfen.«

»Es ist, als erzähltest du meine eigene Geschichte«, meinte Hanna. »Hat euch ebenfalls einer der Rufer des Benediktinerklosters Johannisberg angesprochen?«

»Ebendessen Nachricht erreichte uns«, bestätigte Isabel. »Allem Anschein nach werden wir also Seite an Seite die Reben bestellen.«

»Es ist schön, schon jetzt jemanden dort zu kennen, bevor wir den Ort überhaupt erreicht haben«, sprach Hanna aus, was Isabel dachte.

In diesem Moment kam Emilia mit den Decken zurück.

»Emilia, das ist Hanna«, stellte Isabel die Fremde ihrer Tochter vor. »Sie reist genau wie wir zu den Weinbergen und wird dort mit ihrer Familie leben. Hanna, das ist meine Jüngste, Emilia.«

»Gott schütze dich, Emilia«, begrüßte Hanna das Mädchen, das hierauf schüchtern und ein wenig verschämt lächelte und sich dann hinter dem Rock ihrer Mutter versteckte.

Isabel breitete die Decken aus, legte das Bündel mit ihren Habseligkeiten, das sie den ganzen Weg über an ihre Hüfte gebunden hatte, ab und setzte sich. Dann bedeutete sie Emilia, ebenfalls Platz zu nehmen.

Während Hanna neben ihnen das Ihre tat, um für sich und ihre Familie eine notdürftige Ruhestatt zu bereiten, trat ein Mann von hinten an sie heran.

»Ah, da bist du ja«, stellte Hanna fest und machte sodann ihren Ehemann Johann Stauber und Isabel miteinander bekannt. »Denk dir nur, Johann, die Familie von Isabel wird auch einen Weinberg in Gysinheym bestellen. Wir werden also nicht weit voneinander entfernt wohnen.«

»Es freut mich«, äußerte Johann höflich. »Hast du mit deiner Familie schon einmal in einem Weinberg gearbeitet?«

Isabel schüttelte mit dem Kopf. »Wir sind Bauern und haben bisher nur die Felder um unsere Kate herum bestellt.

Doch aufgrund der hohen Abgaben ist uns kaum genug geblieben, um unsere Kinder satt zu bekommen.«

»Sind die Grafen von Moers auch eure Lehnsherren?«

»Ja, und wir können von Glück sagen, dass uns die Botschaft der Benediktiner erreichte. Ich will nicht schlecht über unsere Lehnsherren sprechen, doch sie haben uns nicht mehr genug zum Leben gelassen.«

»Hat jemand euer Land übernommen?«

»Ja, ein Nachbar. Er hofft, durch die größere Fläche künftig genug zum Leben zu haben. Beim Herrn, ich wünsche es ihm, doch fürchte ich, dass es am Ende für ihn und die Seinen nicht reichen wird.«

Johann nickte wissend. »Dann seid ihr mutige Leute, alles zurückzulassen und den Neuanfang in einer anderen Gegend zu wagen.«

»Musstet ihr nichts zurücklassen?«

»Mein Bruder und seine Frau haben unser Land übernommen«, brachte Hanna sich ein. »Der Herr hat ihnen noch keine Kinder geschenkt, und so haben sie nur ihre eigenen Mäuler und die des Gesindes zu stopfen. Sie sind fleißige Leute. Es wird ihnen gelingen, dessen bin ich sicher.«

»Und wenn die Weinberge so viel abwerfen, wie der Bote uns sagte, können sie ebenso gut nachkommen und uns bei den Reben helfen«, erklärte Johann.

»Glaubt ihr, dass wirklich so viel damit zu verdienen ist?«, fragte Isabel mit einem bangen Unterton, ganz so, als fürchte sie, dass die beiden ihre Hoffnungen zunichtemachen könnten.

»Das lässt sich schwer sagen«, urteilte Johann. »Aber mit Fleiß kann man eine Menge schaffen.«

»Offen gesagt, waren wir verwundert, dass uns das Bestellen des Weinbergs angeboten wurde.«

Hanna gab Isabel recht. »Johann ging es ebenso. Deshalb haben wir auch noch einmal nachgefragt. Die Benediktiner scheinen durch die Pest große Verluste erlitten zu haben. Soweit wir es von dem Rufer erfahren haben, hat das Kloster nicht einmal mehr ein Zehntel der Mönche, die vor dem Ausbruch der Krankheit dort lebten. Wer also soll die Weinberge bestellen?«

»Ich danke dem Herrn, dass er unsere Familie von der Pestilenz verschont hat«, brachte Isabel hervor.

Hanna warf ihrem Mann einen Blick zu, der ihren großen Schmerz erahnen ließ. »Uns hat die Krankheit zwei unserer Kinder genommen.« Sie blickte zu Boden, musste die Tränen zurückhalten.

»Und vier hat uns der Herr dennoch gelassen. Zeig ein wenig Ehrfurcht, Weib.«

»Verzeih.« Sie hielt den Kopf noch immer gesenkt.

Isabel war erleichtert, als in diesem Augenblick ihr Ehemann Albert, dessen Bruder Richard und ihre Schwiegermutter Gertrud zu ihnen traten. Isabel machte alle miteinander bekannt. »Und irgendwo müssen auch noch Albert und Conrad stecken«, endete sie. »Ich werde sie euch später vorstellen.«

Die Familien begrüßten einander und plauderten ein wenig. Sie sprachen über ihr Leben als Bauern, die hohen Abgaben und Lehen, die Willkür der Oberen. Mehrmals erwähnte Johann Stauber dabei die Größe der Flächen, die er gemeinsam mit dem Gesinde bestellt hatte. Die Veltens brauchten kein Wort darüber zu verlieren, um zu wissen, dass die Staubers weit mehr als einfache Bauern waren. Ihre ländlichen Flächen waren mehr als zehnmal so groß wie die der Veltens gewesen.

»Dann ist es euch also nicht schlecht gegangen«, urteilte Gertrud. »Wer so große Flächen sein Eigen nennen kann, ist gut aufgestellt.«

Johann Stauber streckte den Rücken. »Es stimmt schon, schlecht ging es uns nicht. Doch wollen wir nicht alle mehr als das, was wir bereits besitzen?«

»Ihr seid ein ehrgeiziger Mann«, urteilte Albert. »Das gefällt mir.«

»Wir können uns gegenseitig unterstützen, sind wir erst einmal dort, wo wir hinwollen«, bot Johann an. »Es ist immer gut, die Kräfte zu bündeln.«

»Von unserer Seite aus spricht nichts dagegen«, stimmte Albert zu. »Mein Bruder Richard und ich sind gute Arbeiter, und auch Isabel steht einem Kerl kaum in etwas nach, wenn es ums Schaffen geht.«

»Dann können wir alle von Glück sagen, dass der Herr uns hier zusammengeführt hat«, meinte Johann.

Albert zog einen Trinkschlauch hervor und reichte ihn Johann. Ohne Zögern griff dieser zu, nahm einen kräftigen Schluck, verzog das Gesicht und gab ihn zurück. »Lass uns hoffen, dass wir etwas Besseres aus den Reben herausholen können als dieses Gesöff.«

Albert nahm seinerseits einen Schluck und reichte den Trinkschlauch dann an Richard weiter. »Auf ein besseres Leben!«, gab er feierlich von sich. Die Unsicherheit, die in seiner Stimme mitschwang, konnte nur jemand heraushören, der ihn so gut kannte wie Isabel.

Die Tage vergingen. Hanna war Isabel bereits fast so etwas wie eine Vertraute geworden. Neben dem Zusammensein mit den Kindern genoss Isabel es, die Zeit mit ihr zu verbringen und einen Menschen an ihrer Seite zu haben, mit dem sie sich über alles austauschen konnte. Nie zuvor hatte sie so viel über ihre Wünsche und Träume gesprochen, ebenso wie sie ihre Ängste, was sie wohl in der neuen Heimat erwarten würde, sonst stets für sich behalten hatte. Hanna schien es genauso zu gehen. Sie hatte noch mehr als Isabel zu Hause zurückgelassen. Vor allem schmerzte sie, nun nicht mehr an die Gräber ihrer verstorbenen Kinder gehen zu können. Hanna hatte Isabel ganz leise davon erzählt, immer darauf bedacht, dass Johann sie nur ja nicht hören konnte. Es tat Isabel leid, wie die neu gewonnene Freundin sehr darum bemüht war, dass ihr Ehemann nicht mitbekam, was in ihr vorging. Sie konnte nur erahnen, was Hanna nach dem Tod ihrer Kinder hatte erleiden müssen, ohne dies mit jemandem teilen zu können. Sie hoffte inständig, dass es nun an ihr war, Hanna Trost und Hoffnung zu spenden.

Sechs Tage nachdem sie in Uerdingen abgelegt hatten, erreichten sie Köln. Die Familien bezahlten dem Schiffer das restliche Geld und gingen gemeinsam von Bord. Im Hafen standen Isabel und Hanna nebeneinander, ihre Töchter Emilia und Anna an den Händen, und sahen sich um. Isabels Schwiegermutter Gertrud gesellte sich ebenfalls zu ihnen. Was für ein Treiben! Im Gegensatz zum Hafen am Rheintor, wie der Anleger an der östlichen Stadtbefestigung Uerdingens genannt wurde und wo sie das Treidelboot bestiegen hatten, herrschte hier eine rege Geschäftigkeit. Mehr als ein Dutzend Ochsenkarren standen zur Beladung bereit, um die ankommenden Waren zu den Handelskontoren der Stadt zu bringen. Befehle wurden durcheinandergerufen, kleine Jungen rannten umher, um beim Löschen der Ladungen zu helfen und sich so den einen oder anderen Heller zu verdienen. Gut gekleidete Damen in bunten Gewändern flanierten vorbei, obwohl sie mit dem Handel und dem Befüllen der Kontore wohl kaum etwas zu tun haben konnten. Fast schien es Isabel, als ginge es diesen Frauen darum, sich in ihren schönen Gewändern zu zeigen und damit auch den Reichtum zur Schau zu stellen, der ihnen eigen war.

»Habt ihr so etwas schon einmal gesehen?«, fragte Isabel an Hanna und Gertrud gewandt.

»Noch nie.« Hanna schüttelte den Kopf. »Ein jeder scheint in Eile zu sein.«

»Nur die Damen dort nicht.« Gertrud deutete mit dem ausgestreckten Arm.

»Was denkt ihr, weshalb diese Frauen hier sind? Sie werden doch wohl kaum das Abladen der Schiffe überwachen.«

»Um sich zu zeigen«, bemerkte Gertrud mit einem verächtlichen Unterton.

»Weshalb? Hübschlerinnen sind das nicht. Was sollen sie denn zeigen, wenn es nichts zu verkaufen gibt?«, wunderte sich Hanna.

»Ihre Kleider, ihren Reichtum und dass sie wichtige Damen sind«, erkannte Isabel.

Hanna sah Isabel zweifelnd an. Dann blickte sie wieder zu den Frauen hinüber und beobachtete sie eine kurze Weile. »Du hast recht. Sie stolzieren umher wie eitle Gockel.«

Die beiden prusteten los. Nur Gertrud stand mit versteinerter Miene da und musterte die Menschen um sich herum. Argwohn lag in ihrem Blick.

»Mutter, können wir loslaufen und uns alles ansehen?«, fragte Albert, der zusammen mit seinem Bruder Conrad und Hannas Söhnen Matthis, Friedrich und Wendel zu ihnen getreten war und mit Conrad die Kiste mit dem Bienenstock abstellte. Genau wie die Mütter hatten sich auch die Kinder angefreundet, wenngleich Matthis zwei Jahre älter war als Albert und die Zwillinge Friedrich und Wendel ein Jahr jünger als Conrad. Die Mädchen der Familien, Emilia Velten und Anna Stauber, waren mit ihren fünf Jahren genau gleich alt.

»Ja, geht nur«, willigte Isabel ein. Ihr Blick fiel auf den Bienenstock, und ein wenig ärgerte es sie, dass ihr die Obacht hierüber viel zu selbstverständlich übertragen wurde. Dabei hatte sie Conrad vor ihrer Abreise ausdrücklich darauf hingewiesen, dass er und niemand sonst für diesen verantwortlich war, und es zur Bedingung gemacht, da ihrem Sohn bereits die Tränen in die Augen geschossen waren bei dem Gedanken, seine Bienen in Krefeld zurücklassen zu müssen. »Aber bleibt in der Nähe! Wir wissen nicht, wann der Oberländer ablegt«, fügte sie hinzu und nahm es für den Moment hin. Sie wollte ihren Sohn nicht vor den anderen bloßstellen, doch bei der nächsten Gelegenheit würde sie ihn an seine Verantwortung erinnern.

Die Jungen versicherten es, und Albert übernahm die Führung der kleinen Gruppe, ungeachtet dessen, dass Matthis älter war als er. Isabel beobachtete es mit einem Gefühl des Stolzes. Albert war schon immer derjenige gewesen, der andere trotz seiner jungen Jahre anzuführen vermochte. Wie selbstverständlich war er es, der die Richtung vorgab, fanden sich in etwa gleichaltrige Jungen zusammen. Isabel gefiel es, erkannte sie doch die Züge ihres eigenen Vaters in ihm und weniger die ihres Mannes, der sich ihrer Meinung nach viel zu oft von anderen reinreden ließ. Insbesondere der Einfluss ihres Schwagers Richard auf ihren Mann bereitete ihr von Zeit zu Zeit erhebliche Sorge, gelang es Richard, dem Jüngeren der beiden, doch immer wieder, seinen Bruder von Vorhaben zu überzeugen, die nicht im Sinne eines Familienvaters waren.

So hatten sie von Glück sagen können, als das Angebot zur Bestellung des Weinbergs gekommen war, da schon in Kürze eine Überprüfung der Felder und der damit verbundenen Lehnsabgaben an die Grafen von Moers angestanden hätte. Hierbei wäre dann aller Voraussicht nach ans Licht gekommen, dass die Fläche der Felder, die Richard bei den Lehnsherren angegeben hatte, fast um das Doppelte größer war, als von diesem benannt. Die Strafe, die die Familie hierauf getroffen hätte, wollte Isabel sich lieber nicht vorstellen. Sie konnte nur hoffen, dass dies nicht noch im Nachhinein Folgen für sie haben würde. Eindringlich hatte sie Albert darum gebeten, seinen Bruder nicht zu decken. Doch er wollte nicht auf sie hören.

»Wir werden den Preis für die Überfahrt mit dem Kapitän des Oberländers aushandeln«, riss ihr Mann sie aus ihren Gedanken. »Wo sind die Jungen hingelaufen?«

»Sie sehen sich nur ein wenig um. Albert wird darauf achten, dass sie nicht so weit gehen. Wir bleiben hier, bis sie zurück sind.«

Ihr Ehemann nickte ihr zu, während Johann und Richard, die auf ihn warteten, ihn nun mit einer Geste aufforderten, zu ihnen zu kommen. Albert ging hinüber, und gemeinsam machten die drei sich davon.

»Und was können wir tun?«, fragte die kleine Anna an ihre Mutter gewandt.

»Ihr beiden bleibt hier bei uns.«

»Aber ich möchte mich auch umsehen«, widersprach nun Emilia.

»Nein, du hast Hanna gehört. Ihr seid Mädchen und bleibt hier bei uns. Auf keinen Fall lassen wir zu, dass ihr euch in diesem Trubel verlauft.«

»Aber ...«

»Kein Aber«, fiel Isabel der Tochter sogleich ins Wort. »Ihr bleibt hier und wartet genau wie wir.« Sie tauschte einen Blick mit ihrer Schwiegermutter, die ihr fast unmerklich zunickte. Es war Isabel in letzter Zeit des Öfteren aufgefallen, dass Emilia nicht, wie es sein sollte, ganz selbstverständlich ihren Anweisungen folgte, sondern Widerworte hatte, was Isabel über die Maßen missfiel. Sie wusste nicht genau, woran es lag, vermutete aber, dass sie es sich sowohl von ihren Brüdern als auch den Stauber-Buben abgeguckt haben könnte. Isabel beschloss, künftig noch mehr darauf zu achten, dass dies nicht mehr vorkam. Immerhin wollte sie nicht riskieren, dass ihre Tochter eines von diesen Mädchen würde, denen man eine schlechte Erziehung vorwerfen konnte und die am Ende nicht mehr zu verheiraten waren. Im besten Falle blieben Isabel noch zehn Jahre, um aus Emilia eine junge Frau zu machen, für die sie einen guten Mann finden und die Mitgift nicht gar zu hoch ausfallen würde. Darüber hinaus konnte sie nur hoffen, dass der Herr ihren Leib nicht abermals mit einem Kind segnen und es womöglich ein

Mädchen würde. Denn noch eines konnten sie sich beim besten Willen nicht leisten. Eine solche Belastung war schon viel, eine weitere wäre unmöglich zu bewältigen.

Isabel bemerkte, dass Emilia und Anna sich einen Blick zuwarfen, der verriet, dass sie alles andere als einverstanden waren. Doch das war ihren Müttern einerlei. Isabel und Hanna plauderten miteinander, sprachen über die feinen Damen, die sie sahen, und staunten über die riesigen Mengen an Handelswaren, die von den ankommenden Schiffen abgeladen und auf Ochsenkarren verbracht wurden. Ein solch buntes Treiben hatte keine der Frauen je zuvor erlebt, und es bereitete ihnen großes Vergnügen, das Ganze aus einiger Entfernung zu beobachten. Immer wieder versuchten sie, auch Gertrud in das Gespräch mit einzubeziehen, was diese jedoch mit kurzen Antworten abtat. Offenbar war sie nicht in der Stimmung, sich der Plauderei anzuschließen.

Es dauerte eine Weile, bis Albert, Johann und Richard zurückkamen. Die Jungen mussten sie gesehen haben, folgten sie ihren Vätern doch in nur geringem Abstand nach.

»Wir haben die Überfahrt auf einem Oberländer vereinbart. Der Erste, den wir fragten, war ein Halsabschneider. Er wollte uns das Doppelte abknöpfen und uns übervorteilen«, berichtete Albert.

»Ich hätte ihm die Zähne ausschlagen sollen.« Richard ballte grimmig die Faust.

Johann Stauber legte ihm beruhigend die Hand auf die Schulter. »Nicht so hitzig, mein Freund. Wir sind Fremde, und er ist auf seinen Vorteil bedacht. Wer will es ihm verübeln, dass er es zumindest versucht hat?«

Richard funkelte Johann grimmig an. »Ach, so siehst du das? Na, dann kann ich mir vorstellen, was du für einer bist.«

»He, he. Richard, reiß dich zusammen«, mahnte Albert seinen jüngeren Bruder, der hierauf die Hand Johann Staubers von seiner Schulter schlug und sich ruckartig abwandte. Dann sagte

Albert an Johann gewandt: »Nimm es ihm nicht übel. Er meint es nicht so.«

Johann stand die Verärgerung ins Gesicht geschrieben. »Würde mich nicht wundern, wenn er euch noch in Schwierigkeiten bringt. Aber mir soll es einerlei sein.«

Isabel und Hanna warfen sich einen bangen Blick zu. Die in den wenigen Tagen gewachsene Freundschaft war noch nicht gefestigt, das wussten sie. Es war den Frauen anzusehen, dass sie fürchteten, das noch zarte Band könnte schon bald wieder reißen.

Gertrud ging zu Richard und sprach leise einige Worte mit ihm, während Albert und Johann die Kinder zusammenriefen, die Bündel mit ihren Habseligkeiten, die zuvor bei den Frauen abgelegt worden waren, auf die Kinder verteilten und somit den allgemeinen Aufbruch einläuteten. Die Stimmung war angespannt, das war deutlich zu spüren. Keiner schien riskieren zu wollen, jetzt etwas Falsches zu sagen. Also folgten alle ohne ein weiteres Wort Albert und Johann, die ihnen den Weg zu dem Oberländer zeigten, und gingen hinter ihnen auf das Schiff, das gerade beladen wurde. Es mochte gut dreimal so groß sein wie das Treidelboot und wurde von gut einem Dutzend junger Männer mit Kisten, Stoffballen und Waren aller Art beladen. Zwei Bootsjungen halfen den Familien, an Bord zu kommen, und wollten ihnen die Bündel abnehmen, was jedoch sowohl die Veltens als auch die Staubers ablehnten. Also zuckten die Bootsjungen nur mit den Schultern und widmeten sich ihren anderen Aufgaben, immer unter der strengen Aufsicht des Kapitäns, der alles im Blick zu haben schien und einen jeden mit Anweisungen bedachte.

Wie schon auf dem Treidelboot bereiteten Isabel und Hanna ihre Lager direkt nebeneinander.

»Man sollte Richard nicht so ernst nehmen«, flüsterte Isabel nach einer Weile Hanna zu, während diese gerade mehrere Decken übereinanderlegte.

»Mit Johann ist auch nicht immer leicht auskommen«, erklärte sie schnell und sah sich nach allen Seiten um, ob sie auch sonst niemand gehört haben könnte.

»Nur weil Richard der Jüngere ist, muss er sich nicht auch so abkanzeln lassen.«

Isabel und Hanna fuhren zusammen, als sie Gertruds schneidende Stimme hinter sich hörten. Sofort drehte Isabel sich zu ihr um. »Das hat auch keine von uns gesagt«, gab sie in schärferem Ton zurück, als es ihre Absicht gewesen war. Sie hatte sich ertappt gefühlt, wie schon so oft, da Gertrud ihre Ohren überall zu haben schien.

»Gut«, entgegnete die Schwiegermutter. »Du solltest dich auch lieber um deine eigenen Söhne, vor allem aber um deine Tochter kümmern. Ich wüsste, was ich mit solch einem Kind täte, das offenbar seine Pflichten nicht kennt.«

»Emilia kennt ihre Pflichten«, erwiderte Isabel gereizt.

»Und da bist du sicher? Mir scheint sie etwas vorlaut.« Gertrud blickte arrogant zu der am Boden sitzenden Isabel herab. »Es würde euch Jüngeren guttun, auf uns zu hören, die wir euch so viele Jahre an Erfahrung voraushaben. Aber das hast du ja noch nie verstanden.«

Isabel wollte etwas einwenden, doch Hanna legte ihr beschwichtigend die Hand auf den Arm. »Kannst du mir hierbei helfen, Isabel? Ich bekomme es allein nicht so gut hin.«

Gertrud gab noch einen verächtlichen Laut von sich, drehte sich dann um und ging davon. Isabel schloss für einen Moment die Augen. »Manchmal wünschte ich, sie würde zusammen mit ihrem geliebten Richard einfach verschwinden«, brachte sie wütend hervor. »Sie lässt kein gutes Haar an mir, und selbst Albert kann es ihr nicht recht machen. Immer geht es um Richard. Dabei bringt er nichts als Ärger.«

»Du darfst dich darüber nicht so aufregen«, versuchte Hanna sie zu beschwichtigen. »Sie ist eine vergrämte alte Frau.

Und dass sie Richard Albert vorzieht, liegt doch nur daran, dass ihr älterer Sohn ihr keine Sorgen bereitet, während sie sich schützend vor ihren jüngeren stellt. Sie ist nun einmal seine Mutter, auch wenn er ein Mann ist. Würde es dir mit Conrad nicht genauso gehen?«

»Mit Conrad?«

»Aber ja. Ich habe deine Söhne in den letzten Tagen ja ein wenig kennengelernt. Albert ist einer, auf den alle hören. Er geht voran, und die anderen folgen ihm. Er wird seinen Weg im Leben gehen. Aber Conrad steht zurück. Gewiss hast du dir um ihn schon des Öfteren Sorgen gemacht, während du dich auf Albert immer verlassen konntest. Oder liege ich da falsch?«

Isabel musste schmunzeln. Tatsächlich hatte Hanna genau das ausgesprochen, was Isabel schon so oft gedacht hatte. »Du bist eine gute Beobachterin.«

»Und würdest du dich nicht schützend vor Conrad stellen?« Hanna wartete einen Moment, ob Isabel antwortete, und lächelte dann. »Eben«, bemerkte sie. »Und nichts anderes tut Gertrud bei ihrem Sohn. Lass sie. Du bist die Jüngere, kräftig und stark, während ihr nicht mehr viel Zeit in ihrem Leben bleibt. Versuche, dich in Gelassenheit zu üben.«

»Ich bin froh, dass wir uns kennengelernt haben«, gab Isabel dankbar zur Antwort.

»Ich auch.« Hanna griff Isabels Hand, drückte sie und lächelte. Dann kamen Emilia und Anna angelaufen und redeten aufgeregt auf ihre Mütter ein, wie groß das Schiff sei und was sie alles entdeckt hätten. So konnten die Frauen ihr Gespräch nicht fortsetzen. Doch das musste auch nicht sein. Das Gefühl, in Hanna eine echte Freundin gefunden zu haben, gab Isabel Ruhe und Sicherheit.

Die nächsten neun Tage verliefen ohne besondere Vorkommnisse. Staunten die Kinder anfangs noch über die Landschaft oder auch ein Tier, das zu nah ans Ufer gekommen war und sich in den Treidelleinen zu verheddern drohte, sah inzwischen alles vermeintlich gleich aus, und jeder Tag glich dem anderen. Eintönigkeit bestimmte den Alltag, und keiner von ihnen konnte es mehr erwarten, endlich Gysinheym zu erreichen.

Außer den Veltens und Staubers waren noch zwei weitere Familien auf dem Oberländer, des Weiteren sechs allein reisende Männer und neben dem Kapitän, zwei Schiffsjungen und dem Steuermann ausschließlich Handelswaren über Handelswaren, die ein kleines Vermögen wert sein mochten. Isabel und Hanna bemühten sich nach Kräften, die Stimmung so gelöst wie nur möglich zu halten, was ihnen jedoch von Tag zu Tag schwerer fiel. Während Albert, Conrad, Friedrich und Wendel immer irgendetwas fanden, mit dem sie sich zu beschäftigen wussten, waren Emilia und Anna fast dauernd bei ihren Müttern und hofften, durch diese ein wenig Ablenkung zu erfahren. Matthis, der älteste Sohn der Staubers, sonderte sich von den anderen ab und tauchte nur auf, wenn er Hunger bekam und sich von Hanna Trockenfleisch und Brot geben ließ. Alle Versuche Hannas, ihn zu bewegen, sich seinen Brüdern und Albert und Conrad anzuschließen, waren vergebens. Mit seinen dreizehn Jahren fühlte er sich den anderen offenbar weit überlegen und war nicht bereit, seine Zeit mit ihnen zu verbringen.

Die Väter hingegen, Albert und Johann, steckten oft die Köpfe zusammen, beratschlagten über den richtigen Umgang mit den Reben und tauschten Erfahrungen über den Anbau von Pflanzen aus. Beide hofften, mit ihren Familien ein gutes Leben vor sich zu haben, und bekräftigten immer wieder, einander in der neuen Heimat zu unterstützen, so gut es eben ging. Richard hingegen verbrachte seine Zeit mit den anderen Männern an Bord, spielte mit ihnen Würfel und ließ auch die eine oder andere Auseinandersetzung nicht aus, die nicht zuletzt dem übermäßigen Genuss aus den Trinkschläuchen geschuldet war.

Es war später Nachmittag. Nicht mehr lange, dann würde der Kapitän die Weisung geben, die Pferde auszuspannen und das Schiff zur Nacht bereit zu machen. Noch ließ er die Tiere antreiben, wollte er doch so viel Weg wie möglich hinter sich bringen. Der Oberländer glitt gleichmäßig durch das Wasser. Wenn sie weiter so vorankamen, das hatte der Kapitän am Mittag angekündigt, würden sie Gysinheym schon früher erreichen, wahrscheinlich schon morgen. Keiner von ihnen konnte es mehr erwarten. Endlich würde es so weit sein. Isabel saß auf den Decken und streichelte zärtlich über Emilias Haar, die, den Kopf auf ihren Schoß gebettet, eingeschlafen war. In der anderen Hand drehte sie gedankenverloren einen Klumpen.

»Was ist das?«, flüsterte Hanna ihr zu.

Isabel öffnete ihre Hand, reichte den Klumpen, der sich darin befand, an Hanna. »Ein wenig Erde von zu Hause. Sie ist schon fast so hart wie ein Stein. Ich will sie eingraben, dort, wo wir unser neues Heim finden werden. Sie soll die Reben zum Wachsen bringen.«

Hanna gab Isabel den Klumpen zurück. »Ein schöner Gedanke. Ich wünschte, ich hätte ihn auch gehabt.«

Plötzlich war lautes Stimmengewirr zu hören. Isabel sah noch vor Hanna, was sich abspielte. Erschrocken schrie sie auf, schob Emilia von sich herunter und sprang auf. »Richard!«, brüllte sie. »Hör auf damit!«

Erst jetzt wurden auch Johann und Albert aufmerksam, die ein Stück entfernt standen und nun hinüberblickten.

»Du verdammter Drecksdieb!«, brüllte Richard, der Matthis, Hannas und Johanns ältesten Sohn, gepackt hatte und gefährlich weit über die Reling drückte. Hanna eilte hinter Isabel her, die Richard bereits erreicht hatte und an ihm zerrte, damit er den Jungen losließ.

»Lass meinen Sohn los, du Hundsfott!« Johann rannte herbei und packte Richard. Durch die plötzliche Bewegung wurde

Isabel, die verzweifelt an Richards Kleidung gezerrt hatte, zu Boden geschleudert und schlug hart mit dem Kopf auf.

»Er hat mir mein Messer gestohlen!«, brüllte nun Richard, der die Waffe mit dem hölzernen Griff und der breiten Klinge wie zum Beweis nach oben streckte und mit der anderen Hand noch immer Matthis fest umklammert hielt. Der Junge schrie und zappelte, während Johann versuchte, seinen Sohn aus Richards Griff zu befreien.

»Lass ihn los!«

»Ihr verdammten Dreckschweine! Diebespack! Ich schlitze euch allen die Kehle auf!« Richard war außer sich, fuchtelte mit dem Messer herum und kam Matthis damit bedrohlich nahe. Verzweifelt versuchte Johann, Richard das Messer zu entwinden.

»Hört auf, verdammt!«, versuchte Albert die Streithähne auseinanderzubringen und packte nun seinerseits Richards Arm. In dem Gerangel gelang es Matthis, sich aus dem Klammergriff Richards zu winden, wodurch dieser den Halt verlor. Albert ließ ihn los, doch Johann zog im gleichen Moment so heftig an Richard, dass dieser zur Seite gerissen wurde. Im Bruchteil eines Wimpernschlags schnellte seine Hand mit dem Messer herum und streifte Johanns Hals. Dieser schrie auf, packte abermals zu, um Richard das Messer zu entreißen. Sie kämpften unter den verzweifelten Rufen der anderen Familienmitglieder und kamen dabei gefährlich nah an die Reling. Sie rangelten weiter, und plötzlich ging Richard über Bord, während Johann rückwärts taumelte. Blut tropfte von seinen Händen.

»Richard!«, brüllte Albert und rannte los.

»Nicht! Nicht springen!«, hörte man den Kapitän noch rufen, da war Albert seinem Bruder bereits nachgesprungen.

Isabel konnte kaum begreifen, was gerade geschehen war. Sie rappelte sich auf und rannte wie alle anderen auch zur Reling hinüber. Sie konnte weder ihren Mann noch ihren Schwager sehen. »Tut etwas!«, schrie sie verzweifelt.

»Haltet die Pferde an! Haltet!«, rief der Kapitän. Dann kam er zu der Stelle der Reling gerannt, an der die Brüder über Bord gegangen waren. Er ließ seinen Blick über das Wasser schweifen, kniff die Augen zusammen. »Gebhard, Otto, bindet euch ein Seil um. Wir lassen euch ins Wasser. Aber gebt acht, dass ihr auf keinen Fall mit dem Kopf voraus aufkommt. Hier ist es nicht tief und alles voller großer Steine.«

Isabel schauderte. Sie konnte nur hoffen, dass Albert nicht mit zu viel Schwung abgesprungen war. Ihr war speiübel, und es dauerte eine gefühlte Ewigkeit, bis die Angesprochenen so weit waren, sich ein Seil umgebunden hatten und von den anderen ins Wasser gelassen wurden. Der Kapitän hatte derweil die Planke auslegen lassen und war zusammen mit den Männern an Land gegangen. Sie liefen nun am Ufer entlang, in der Hoffnung, Albert und Richard zu entdecken.

Isabel und die Kinder standen wie erstarrt an der Reling, während Gertrud die Männer mit lauten Rufen aufforderte, ins Wasser zu gehen und ihre Söhne zu finden. Hanna stand bei Johann, der seinerseits zu keiner Regung fähig schien.

»Ich hab einen«, hörte man plötzlich einen der Männer rufen, und Isabel reckte den Hals, um etwas erkennen zu können. Sofort machte sie aus, dass es Richard war, der soeben an Land gezogen wurde.

Gertrud schrie auf: »Lebt er?«

Die Männer antworteten ihr nicht.

In diesem Moment tauchte Otto, der zusammen mit dem anderen Bootsmann an einem Seil ins Wasser gelassen worden war, in einiger Entfernung des Oberländers auf, zerrte Albert an die Oberfläche und versuchte, ihn ans Ufer zu bringen. Sofort eilten drei der Männer, die am Ufer waren, ins Wasser und halfen ihm.

Isabel umklammerte die Reling, wagte kaum zu atmen. Die Männer zogen Albert, der sich nicht mehr regte, mit vereinten Kräften aus dem Wasser.

Isabel löste sich aus ihrer Starre, rannte zur Planke und hinüber an Land. Sie stolperte mehr, als sie lief, zu der Stelle, wo die Männer Albert ans Ufer gezogen hatten.

»Albert«, schluchzte sie und warf sich auf die Knie. Sie zog ihn an sich. »Lebt er? Lebt er?«, schrie sie die Männer an, die betroffen dastanden und keine Antwort gaben. Sie legte ihre Wange an die ihres Mannes, presste sie fest dagegen. »Bitte, wach auf! Wach auf!« Sie versuchte, ihn aufzusetzen. »Helft mir, so helft mir doch! Er muss zu Atem kommen.« Einer der Männer half ihr und bedeutete einem weiteren, Albert an der anderen Seite zu packen. Gemeinsam zogen sie ihn in die Höhe, sodass es fast aussah, als würde er aufrecht stehen. Isabel rüttelte ihn. »Bitte, Albert, du musst es versuchen, bitte!«, flehte sie.

Doch schließlich trat der Kapitän hinter Isabel und zog sie sanft weg. »Euer Gatte ist nicht mehr am Leben. Lasst es gut sein. Es tut mir leid.«

Die Männer ließen den toten Körper vorsichtig wieder zu Boden sinken. Auf einen Wink des Kapitäns griffen sie ihn dann an Armen und Beinen und trugen ihn zurück zum Oberländer. Isabel folgte ihnen, vom Kapitän gestützt, nach.

»Wir werden die Leichname mit uns nehmen. Dann könnt Ihr sie in geweihter Erde begraben lassen, dort, wo Ihr künftig leben werdet.«

Isabel sagte nichts, war nicht einmal fähig, etwas zu denken. Später hatte sie keine Erinnerung, wie sie zurück an Bord gekommen war.

Nur einen Tag später erreichten sie Gysinheym.

# 2. Kapitel

Alles fühlte sich taub an, und doch schmerzte es. Isabel war, als wäre eine dicke Wolldecke um ihren Kopf gewickelt, die jedes Geräusch um sie herum dumpf klingen ließ. Sie fühlte sich unendlich müde, hatte Schwierigkeiten, den Worten derer zu folgen, die mit ihr sprachen. Alles zog an ihr vorbei. Die Landschaft, von der sie so viele Nächte geträumt hatte, nahm sie gar nicht wahr. Vollkommen ermattet sah sie zu, wie die Männer die toten Körper ihres Mannes und Schwagers auf hölzernen Bahren vor ihnen her zum Kloster Johannisberg hinauftrugen. Die Luft drückte schwül, und Isabel hatte das Gefühl, kaum atmen zu können. Dabei fror sie zugleich am ganzen Körper.

Sie setzte einen Fuß vor den anderen, stolperte ein ums andere Mal. Albert, ihr Ältester, ging mit versteinerter Miene zu ihrer Linken. An der rechten Hand hielt sie Emilia und merkte erst, als die Kleine sich gegen den Griff wehrte, dass dieser zu fest war. Conrad ging zusammen mit Gertrud direkt hinter ihnen. Die Staubers, mit denen Isabel seit dem furchtbaren Geschehen und dem darauf folgenden heftigen Streit mit Johann kein Wort mehr gewechselt hatte, folgten in einiger Entfernung nach. Dahinter führte ein Mann einen Ochsen, der einen Karren mit den Kisten zog, in denen sich all ihr Hab und Gut befand.

Matthis hatte kleinlaut zugegeben, Richards Messer genommen zu haben. Zwar beteuerte er, dass er es nicht stehlen, sondern lediglich die Schnitzerei am Griff genauer anschauen wollte. Doch das hatten ihm nicht einmal seine Eltern geglaubt. Johann hatte Matthis daraufhin vor aller Augen heftig verprügelt, doch für Isabel machte es keinen Unterschied. Kalter Hass lag in ihren Augen, als sie Johann vorwarf, dass er verantwortlich für Alberts und Richards Tod war. Er und niemand sonst. Alle Versuche Johanns, ihr zu erklären, dass er nie die Absicht gehabt hatte, Richard etwas anzutun, sondern ihm lediglich das Messer hatte entreißen wollen, prallten an der Witwe ab.

Hanna stand nur daneben, unfähig, etwas zu sagen, als Isabel ihrem Mann wütende Beschimpfungen ins Gesicht schleuderte und am Ende auch noch eine schallende Ohrfeige verpasste. Sie konnte nur erahnen, wie die Freundin sich fühlen musste, die sie nur zu gern getröstet hätte. Doch diese wusste, dass Isabel es nicht zulassen würde, hätte Hanna versucht, sich ihr zu nähern. Und sie konnte es nur zu gut verstehen. Isabel hatte ihren Ehemann und die Familie mit Albert und Richard die Ernährer verloren. Es gab keinen Mann mehr. Wie sollte es für die Familie jetzt weitergehen?

Isabel sah auf, als sie das letzte Stück der Steigung hinter sich gebracht hatten. Vor dem hölzernen Klostertor stand ein kleiner, dünner Mann in einer Mönchskutte, der mit festem Blick auf die kleine Gruppe sah, die mit ihrer traurigen Fracht den Hang erklomm. Als sie ihn fast erreicht hatten, blieben die Männer mit den Bahren stehen und gaben den Weg frei, sodass Isabel vortreten konnte. Sie neigte den Kopf und beugte das Knie. Der Abt machte einen Schritt auf sie zu.

»Schenke der Herr Euch Kraft in diesen schweren Stunden«, gab er mit Blick auf die Leichname von sich.

Isabel schluckte schwer, musste sich räuspern, um überhaupt ein Wort herauszubringen. »Und möge der Herr Euch schützen und begleiten einen jeden Tag.«

»Ich bin Abt Dimitrius, Abt des Klosters Johannisberg und Nachfolger des verstorbenen Abts Prius.«

Sie straffte den Rücken. »Wir sind die Veltens. Mein Ehegatte dort«, sie deutete auf Alberts Leichnam, der genau wie Richards mit einer Decke verhüllt war, »hat eine Vereinbarung mit Euch geschlossen. Wir sind hier, um einen Weinberg zu bestellen.«

Der Abt blickte kurz von Isabel zu den weiter hinten stehenden Staubers, weil Johann in diesem Moment einen Schritt nach vorn trat.

»Ich bin Johann Stauber.« Er deutete eine Verbeugung an. »Auch uns wurde ein Weinberg versprochen.«

»Ja, das ist richtig. Wir haben Eure Ankunft erwartet«, bestätigte der Abt. Doch«, er deutete auf die Bahren, »was ist denn nur geschehen?«

»Ein Unglück«, sagte Johann rasch.

»Eine Tötung«, stellte Isabel klar. »Er«, sie deutete auf Johann, »hat meinen Schwager erstochen und in den Rhein gestoßen. Mein Gatte starb bei dem Versuch, das Leben seines Bruders zu retten.«

»Du weißt, dass es nicht so war«, presste Johann hervor.

»Ich weiß, was ich gesehen habe«, entgegnete Isabel und funkelte ihn wütend an.

»Der Schmerz vernebelt deinen Blick«, gab Johann zurück und senkte den Kopf.

Der Abt sah von Isabel zu Johann und wieder zurück, wusste offenbar nicht, was er von dem soeben Gehörten halten sollte. »Ihr braven Männer, die Ihr die Toten bis hierher getragen habt«, wandte er sich nun an die Leichenträger und deutete auf das offen stehende Tor. »Bringt sie innerhalb der Klostermauern. Wir werden dafür Sorge tragen, dass sie in geweihter Erde ihre letzte Ruhe finden.«

»Habt Dank.« Isabel sah zu Boden.

»Und auch Ihr anderen, kommt herein und lasst Euch auftragen nach der anstrengenden Reise«, lud der Abt die Gruppe etwas zögerlich ein, als wüsste er nicht recht, wie er mit der Situation umgehen sollte, waren die Familien doch offensichtlich in einer gar schicksalhaften Weise miteinander verbunden. Er fühlte sich überfordert, unsicher. Erst vor Kurzem hatte er die Position des Abtes übernommen, obwohl er nicht danach gestrebt hatte. Die Pestilenz hatte das Kloster mit einer alles vernichtenden Kraft heimgesucht. Nicht ein Tag war vergangen, an dem Dimitrius nicht zum Herrn gebetet und diesen gefragt hatte, weshalb er die Brüder so strafe. Fast war es so weit gekommen, dass er an seinem Glauben gezweifelt hatte, wusste er dies doch nicht zu verstehen.

Vor vier Monaten nun, als das letzte Pestopfer lange beerdigt war und die Mönche in ihr Alltagsleben, soweit hiervon bei der Vielzahl der Toten überhaupt die Rede sein konnte, zurückgefunden hatten, hatte sich Abt Prius am Abend zur Ruhe gebettet und war am nächsten Morgen nicht mehr erwacht. Für die Brüder war es ein gar fürchterlicher Schock gewesen, sehnten sie sich doch mehr als alles andere danach, dass nach den vielen Toten, die sie zu beklagen hatten, das Leben wieder Einzug ins Kloster hielt und sie zur Normalität zurückkehren könnten. Dass ihr Oberhaupt nun auch den Weg zum Herrn gegangen war, hatte sie zutiefst erschüttert, und Dimitrius hatte als Nachfolger von Abt Prius unendlich viel Zuspruch leisten müssen, um die Ordnung im Kloster wiederherzustellen. Dass nun die Familien, denen seinerzeit noch Abt Prius die Bestellung der Weinberge versprochen hatte, mit zwei Toten bei ihnen ankamen, konnte von den Brüdern als unheilvolles Zeichen ausgelegt werden und die Stimmung, die sich gerade erst beruhigt hatte, erneut zum Umschlagen bringen.

Abt Dimitrius seufzte leise, als er die Ankömmlinge in den Klosterhof eintreten ließ und hinter ihnen das Tor verschloss.

Auch er hatte in den letzten Monaten viel ausstehen müssen, insbesondere weil Bruder Thomasius seinerseits nach dem Amt des Abtes gestrebt hatte und mit der Niederlage in der Abstimmung nur schwer zurechtgekommen war. Thomasius neidete es ihm, dass Dimitrius und nicht er selbst die Nachfolge von Abt Prius angetreten hatte, obwohl diese Thomasius als dem Älteren der beiden dessen Meinung nach zugestanden hätte. Doch die Brüder trauten Thomasius nicht, war dieser doch mit Abt Prius zu dessen Lebzeiten mehr als einmal aneinandergeraten.

»Was hat das zu bedeuten?« Ausgerechnet Bruder Thomasius hatte die Ankömmlinge als Erster entdeckt, kaum dass diese den Klosterhof betreten hatten. Er deutete auf die Leichen. »Weshalb werden uns Tote gebracht?«

»Dies sind die Familien Velten und Stauber, denen Abt Prius einen Teil der Weinberge zur Bestellung überlassen hat.«

»Und sie bringen ihre Toten mit hierher? Gibt es denn keine geweihte Erde dort, wo Ihr herkommt?«, erboste Thomasius sich.

»Zügelt Euch, Bruder«, mahnte Abt Dimitrius scharf.

»Es ist auf dem Weg hierher geschehen«, gab Isabel leise von sich.

»Wenn das so ist, so seid meiner Anteilnahme gewiss.« Bruder Thomasius verbeugte sich, und einen kurzen Moment war Abt Dimitrius erleichtert, hatte er doch befürchtet, dass dieser nicht so rasch Ruhe geben würde.

»Bruder Thomasius, veranlasst bitte, dass die Leichname aufgebahrt werden, bis wir sie morgen in geweihter Erde zur letzten Ruhe betten werden.«

Thomasius verbeugte sich. »Ja, mein Abt. Ich werde mich darum kümmern.« Er gab den Leichenträgern ein Zeichen, ihm zu folgen, und führte sie zum hinteren Teil des Klosters, wo die kleine Gruppe aus den Augen der Ankömmlinge verschwand.

»Gewiss seid Ihr hungrig nach der langen Reise. Ich werde Euch auftragen lassen, auf dass Ihr wieder zu Kräften kommt.«

»Das ist sehr freundlich«, gab Isabel matt zurück. »Und nur zu gern nehme ich Eure Gastfreundschaft für meine Schwiegermutter und die Kinder an, doch ich selbst würde mich gern in unsere Unterkunft zurückziehen. Wärt Ihr so freundlich, sie mir zeigen zu lassen?«

»Du solltest wirklich etwas essen«, wandte Gertrud ein und strich kurz über Isabels Arm. Nie zuvor hatte diese eine derart freundliche, geradezu besorgte Anrede ihrer Schwiegermutter erfahren. »Du bist schon so dürr und wirst Kraft brauchen.«

»Nur eine Kleinigkeit, ja?«, bat der Abt. »So haben wir Gelegenheit, uns zu besprechen und Euch mit Euren Pflichten und Aufgaben bei den Reben vertraut zu machen.«

Isabel wurde einsichtig. »Dann danke ich Euch schon jetzt.« Plötzlich veränderte sich ihr Gesichtsausdruck. Sie zog die Stirn in Falten, ihr Kopf schnellte herum. »Doch ich werde mich nicht mit den Mördern meines Mannes an einen Tisch setzen! Das könnt Ihr nicht von mir verlangen.«

Dem Abt war anzusehen, wie unwohl ihm bei diesen Worten war. »Ich werde in getrennten Kammern auftragen lassen, und ich werde erst der einen, dann der anderen Familie beiwohnen. Ist das in Eurem Sinne?«

»Seid Euch meines Dankes gewiss für so viel Entgegenkommen, Abt Dimitrius.« Isabel senkte den Kopf tief herab. »Mein Gatte pflegte stets zu sagen, dass nur ein kluger Mann in der Lage ist, rasch einen Ausweg aus einem Konflikt zu finden. Ich weiß, wäre er nicht durch Mörderhand getötet worden und könnte jetzt hier sein, hätte er Eure Klugheit bewundert und zur Sprache gebracht.«

Johann Stauber ließ einen verächtlichen Laut vernehmen, wurde jedoch von Hanna zurückgehalten.

»Was willst du sagen, Johann?«, spie Isabel ihm entgegen. »Sprich nur frei heraus!«

Johann schüttelte die Hand seiner Frau ab. »Ich lasse mich nicht einen Mörder schimpfen, ganz gleich, was du gerade durchmachst. Ich habe mich zurückgehalten, weil ich nicht in Worte fassen kann, wie unendlich leid mir Alberts Tod tut. Doch nun ist es genug. Richard wollte meinen Sohn töten und mir das Messer in den Leib rammen. Ich wollte nicht, dass es ihn trifft, das schwöre ich bei allem, was mir heilig ist. Und dass auch noch Albert hierbei zu Schaden kam, bedauert wohl niemand mehr als ich. Doch ich kann es nicht ungeschehen machen, und es gibt genug Menschen, die mit an Bord waren und bezeugen können, dass es ein Unglück war, das durch Richards Verhalten seinen Lauf nahm.«

»Weil euer Sohn gestohlen hatte«, schrie Isabel.

»Ja, das hat er getan. Und es tut ihm und uns leid. Doch dafür hat mein Sohn nicht den Tod verdient.«

»Und meine Söhne haben den Tod ebenfalls nicht verdient«, giftete nun Gertrud.

»Das stimmt«, pflichtete Johann ihr in ruhigem Tonfall bei. »Und ich bedauere, dass es so ausgegangen ist. Doch es war nicht meine Absicht.«

»Ich denke, ich habe verstanden, was sich zugetragen hat«, mischte sich nun der Abt ein. »Euer Bedauern scheint mir aufrichtig«, sagte er zu Johann. »Und Euch«, er nickte zu Isabel, »wünsche ich, dass Ihr verzeihen und den Kummer eines Tages aus Eurem Herzen vertreiben könnt. Noch sind die Geschehnisse zu nah, als dass das möglich wäre. Doch glaubt mir, der Herr schenkt Vergebung und Hoffnung denen, die sie erbitten.«

Isabel lag eine Erwiderung auf den Lippen, doch sie besann sich eines Besseren. »Dann hoffe ich, dass der Herr mich würdig findet, auf dass Vergebung und Hoffnung in meinem Herzen Einzug halten mögen.«

Der Abt nickte wohlwollend, Johann jedoch glaubte Isabel nicht, dass es ihr ernst war. Doch er hielt sich zurück, ihr dies vor dem Abt zu sagen. Auf keinen Fall wollte er, dass der Kirchenmann schlecht von ihm dachte und ihn womöglich bei der Vergabe des Weinbergs benachteiligen würde. Was geschehen war, war geschehen. Doch es gab keinen Grund, weshalb die Familie Stauber noch Jahrzehnte darunter leiden sollte.

Der Abt hatte das Mahl mit den Veltens kurz gehalten. Dennoch hatte Isabel das Gefühl, dass es sie über die Maßen angestrengt hatte. Ihre Kinder hatten während des gesamten Essens nicht einen Ton von sich gegeben und nur in den Mund gestopft, was ihnen vorgesetzt worden war. Gertrud hatte sich zusammenzureißen versucht, aber dem Abt das Bild einer verbitterten Witwe und Mutter zweier toter Söhne geboten, die schwer an ihrer Last zu tragen hatte. Trotzdem hatte sie ihm zu Isabels Überraschung mitgeteilt, der Schwiegertochter in allen Belangen zur Seite stehen zu wollen, und deren Begabung im Umgang mit Pflanzen und den Gaben Gottes auf fruchtbarem Boden überschwänglich gelobt.

Kein Wort hatte der Abt darüber verloren, dass er Schwierigkeiten auf sie alle zukommen sah durch den Verlust der Männer. Schließlich waren Frauen nicht in der Lage, eigenverantwortlich einen Weinberg zu bestellen oder auch nur einen Bauernhof zu führen, geschweige denn als Vertragspartner aufzutreten. Wohl oder übel würden die Velten-Frauen den Weinberg also nur im Namen des Klosters bestellen können, sollten sie dies überhaupt noch in Erwägung ziehen. Doch obwohl der Abt mehrere Anläufe gewagt und Andeutungen gemacht hatte, dass er einen Rückzug von der Vereinbarung im Hinblick auf die besonderen Umstände unterstützen würde, wollten weder Isabel noch Gertrud hiervon etwas wissen. Also ließ es der Abt hierbei bewenden, machte sie mit den Regeln bezüglich des

Weinanbaus vertraut und wies schließlich einen Novizen an, sie zu ihrer Unterkunft zu begleiten, die am Fuße des Weinbergs lag. Somit mussten sie das gesamte Stück, das sie vor Stunden so mühsam heraufgekommen waren, nun wieder hinablaufen, obgleich die Beine jedes Einzelnen inzwischen schwer wie Blei waren.

Zwar wollte keine echte Freude aufkommen, als sie ihre Kate bezogen. Doch sie mussten zugeben, dass die Unterkunft um einiges besser war, als sie es gedacht hätten. Und vor allem überbot sie um Längen die Kate, die sie in Krefeld zurückgelassen hatten. Hier gab es nicht nur eine, sondern sogar drei Kammern, sodass Gertrud getrennt von den anderen schlafen konnte. Isabel wunderte sich nur einen Moment über die Größe. Dann wurde ihr klar, weshalb man ihnen eine so geräumige Unterkunft zugedacht hatte. Bevor sie kamen, war man davon ausgegangen, dass sieben, nicht fünf Personen dort einziehen würden, und hatte sich entsprechend großzügig gezeigt. Die Erkenntnis traf sie wie ein Schlag, doch sie schüttelte den Gedanken ab. Es war, wie es war, und sie konnten von Glück sagen, dass der Abt sich auch der Witwe gegenüber an das deren Mann gegebene Versprechen gebunden sah.

Am Abend, als es bereits dunkel war, trat Isabel vor die Tür, zog sich den Umhang straffer um die Schultern und blickte den Weinberg hinauf. Schon morgen, sobald die Beisetzung Alberts und Richards erfolgt war, würden sie mit der Arbeit beginnen. Dabei fühlte sie sich so kraftlos, als könnte sie kaum einen Fuß vor den anderen setzen, geschweige denn ein Feld oder, wie es hier der Fall war, einen Weinberg bestellen. Die Fläche, die man ihnen zugewiesen hatte, war gewaltig. Der Novize hatte ihnen gezeigt, von wo bis wo sie reichte. Die Glaubensbrüder hatten ihren Teil des Weinbergs mit roten Tüchern markiert, mit hellen den der Staubers. Sogleich war Isabel die Flächen abgegangen, um zu sehen, ob sie gleich groß waren. Sie wusste nicht, ob sie erleichtert sein sollte, als sie feststellte, dass es keinen Unterschied gab. Es war ein Gefühl, als hätte sie fast darauf gehofft, ein kleineres Stück des Weinbergs zugewiesen bekommen zu haben, um hiergegen Beschwerde führen zu können.

Sie spürte, dass sich eine unbändige Wut in ihrem Innern ausgebreitet hatte, die immer mehr Platz zu fordern schien. Sie taumelte zwischen einem Gefühl der Ohnmacht und des Zorns, wollte unbedingt, dass jemand bestraft würde für das Schicksal, das ihr auferlegt worden war. Johann Stauber sollte hängen, wäre es nach ihr gegangen. Sie wollte ihn sterben sehen. Auch Hanna sollte spüren, wie es war, ohne Mann ganz allein auf sich gestellt zu sein. Tränen liefen ihr bei dem Gedanken über die Wangen. Warum nur fühlte sie so? Hanna hatte ihr nicht das Geringste getan. Vielmehr war sie Isabel in den wenigen Tagen, die sie sich nun kannten, aufrichtig ans Herz gewachsen. Doch es war ihr Mann der die Schuld an Alberts Tod trug. Und hierfür sollte er bestraft werden.

Diesen Gedanken hatte sie bei dem Mahl mit Abt Dimitrius kurz angesprochen. Er hatte keinen Zweifel daran gelassen, was er hiervon hielt. Zwar verstand er, dass Isabel einen Schuldigen für das Unglück suchte, doch es war in seinen Augen genau das und nichts anderes: ein Unglück, das die Familie auf eine Art und Weise getroffen hatte, wie es schlimmer nicht hätte sein können.

Sie fröstelte, als sie hinübersah zu dem Teil des Weinbergs, der von den Staubers bestellt werden würde. Das neue Heim der Familie lag genau wie das der Veltens am Fuße des Hangs. Die Staubers waren nicht lange nach ihnen zu ihrer Kate geführt worden. Vom Weg aus, der hoch zum Kloster führte, mussten sie in unmittelbarer Nähe der Velten-Unterkunft vorbei, um zu ihrer eigenen zu gelangen. Isabel hatte vor der Hütte gestanden und schweigend zugesehen, wie die Familie dem Novizen gefolgt war und dieser sie hinübergeführt hatte. Hannas und Isabels Blicke hatten sich getroffen, als sie fast auf gleicher Höhe waren. Isabel hatte standgehalten, Hanna hingegen hatte rasch zu Boden gesehen. Kaum dass sie vorbei waren, hatte Isabel sich umgedreht und war hineingegangen.

Und nun stand sie hier und sah mit einem fast sehnsüchtigen Gefühl hinüber. Dort drüben würden sie sich jetzt einrichten und ihren Weinberg bestellen, und Isabel würde tagein, tagaus den Mann sehen müssen, der für den Tod ihres Ehemannes verantwortlich war. Wie sollte sie dies nur ertragen?

»Es ist ungerecht, nicht wahr?«

Isabel zuckte zusammen. Sie hatte nicht bemerkt, dass Gertrud von hinten an sie herangetreten war. »Ich habe dich nicht kommen hören.«

»Ich stehe schon eine ganze Weile hier und folge deinem Blick«, erklärte die Schwiegermutter. »Es ist ungerecht, dass sie dort drüben leben und sich auf ihr neues Dasein als Weinbauern freuen, während unseres für immer zerstört ist.«

Isabel nickte. »Du sprichst meine Gedanken aus.« Tränen traten ihr in die Augen. »Ich kann noch immer nicht glauben, dass er tot ist.«

»Ich ebenso wenig. Sechs Kinder hat der Herr mir geschenkt und vier von ihnen wieder genommen, noch ehe sie einen einzigen Atemzug taten. Und nun auch noch meine Söhne. Meine kräftigen, erwachsenen Söhne, die so vieles im Leben noch vor sich hatten.«

»Ich habe ihn aufrichtig geliebt, Gertrud.«

»Ich weiß«, gab die Schwiegermutter nachdenklich zurück. »Und er dich. Obwohl ich nie verstanden habe, weshalb. Anfangs dachte ich, es wäre nur dein Äußeres, was ihm gefallen hat. Diese hellblonden Haare, wie ich sie noch nie zuvor gesehen hatte. Doch es war wohl mehr als das, auch wenn ich es bis heute nicht verstehen kann.«

Isabel schluckte schwer. Sie wusste hierauf nichts zu erwidern.

»Wer weiß? Womöglich ändert sich mein Eindruck von dir, wenn wir nun gezwungen sind, uns aufeinander zu verlassen.«

Wut stieg in Isabel auf. Gertrud war ihr stets kalt, überheblich und herzlos erschienen. Doch nie zuvor hatte sie derart grob ausgesprochen, was sie von ihr als Schwiegertochter hielt. Ihr lag eine Erwiderung auf den Lippen, doch sie schluckte sie hinunter. Ob sie wollte oder nicht, musste sie doch an Hannas Worte denken, als diese sie auf dem Oberländer zu beschwichtigen versucht hatte. »Du kannst dich auf mich verlassen, Gertrud. Ich werde dir beweisen, dass dein Sohn recht hatte, mich zu lieben.«

Gertrud sah sie eine Weile an. »Eines Tages werde ich dir erzählen, wo die Kälte meines Herzens ihren Ursprung hat. Halte du dein Versprechen, mir zu zeigen, dass du für meinen Sohn die richtige Frau warst. Dann werde ich dir erzählen, was für eine Frau ich einmal war, bevor das Leben mich gebrochen hat.« Damit drehte sie sich um und ging hinein, ohne noch ein weiteres Wort Isabels zuzulassen. Die Schwiegertochter blieb nachdenklich, geradezu staunend zurück.

# 3. Kapitel

»Ihr setzt sie so ein, seht Ihr?« Ganz behutsam ließ der Mönch die zarte Pflanze in die Erde gleiten. »Den Stab steckt Ihr genau daneben und verbindet beides sogleich mit Stroh.« Er machte es, wie er es zuvor angekündigt hatte. »Dann füllt Ihr die Erde auf und lasst Gott sein Wunder tun, um die Rebe wachsen zu lassen und mit Trauben zu krönen.«

»Aber der Boden hier ist so hart, fast schon wie Stein«, gab Isabel ihre Bedenken kund.

Der Mönch nickte wissend. »Der Hang wurde lange nicht bestellt. Ihr werdet ihn pflügen müssen, bevor ihr ihn bestellen könnt.«

»Habt Ihr ein Pferd und einen Pflug, den Ihr uns leihen könntet?«

»Wir haben beides, doch ich kann Euch nichts versprechen.« Er zögerte, bevor er weitersprach. »Ihr müsst für Euch behalten, was ich Euch nun im Vertrauen sage.«

Isabel nickte. »Ich verspreche es, Bruder Karl.«

»Wir Mönche haben die deutliche Weisung erhalten, weder Euch noch Euren Nachbarn«, er nickte mit den Kopf zu den Staubers hinüber, »in irgendeiner Weise behilflich zu sein. Ihr bestellt die Hänge, die wir nicht schaffen. Wir geben Euch die Setzlinge und erhalten hierfür und als Pacht einen Teil der Ernte. Doch helfen dürfen wir nicht. Bruder Thomasius war seinerzeit dagegen, dass wir uns welche aus dem Volk holen, um den Weinberg zu bestellen. Doch Abt Prius hat sich durchgesetzt und die Rufer ausgesandt. Ein Stück weiter gibt es noch drei Familien, die wie Ihr hier arbeiten. Es hat eine Abstimmung gegeben, in der Bruder Thomasius durchgesetzt hat, dass kein Mönch Euch zur Hand gehen darf. Ich bin auch nur deshalb hier«, er senkte abermals die Stimme, sodass er nur noch flüsterte, »weil Abt Dimitrius es mir aufgetragen hat. Eure besondere Situation veranlasste ihn hierzu.«

»So bitte ich Euch, sprecht dem Abt meinen zutiefst empfundenen Dank aus.« Isabel bemühte sich um ein Lächeln. »Ich weiß Eure und damit auch seine Hilfe zu schätzen und werde es nicht vergessen.«

Der Mönch erhob sich, beschattete mit seiner Hand die Augen, um gegen die Sonne sehen zu können. »Aber Ihr werdet mehr Hilfe brauchen als die, die ich und andere Mönche Euch geben könnten. Es wäre auch viel zu tun gewesen, wären die Männer, die Euch begleiteten, noch am Leben. Doch allein«, er schüttelte den Kopf, »allein mit einer alten Frau und drei Kindern – ich weiß nicht, ob Ihr das schaffen könnt.« Er wandte sich zum Gehen, aber Isabel hielt ihn am Ärmel seiner Kutte zurück.

»Bitte, Bruder Karl, sagt mir, was geschehen wird, wenn es mir nicht möglich ist, den mir zugeteilten Weinberg zu bestellen.«

»Nun, ich weiß es nicht mit Gewissheit. Seht in Eurer Urkunde nach.«

»Ich kann nicht lesen«, gestand Isabel ein, und Bruder Karl ärgerte sich über seine Torheit, zu glauben, eine einfache Bäuerin wäre dessen mächtig.

»Bitte verzeiht. Ihr werdet die Urkunde doch mit Euch geführt haben?«

»Ja. Ich musste sie gestern dem Abt vorlegen zum Beweis. Er bat um Verzeihung, aber auch Verständnis, dass er darauf bestehen musste.«

»Zeigt mir die Urkunde. Dann kann ich es Euch sagen.«

Gemeinsam gingen die beiden zurück zur Kate, in der Gertrud und die Kinder die Rückkehr Isabels bereits erwarteten. Kurz erklärte diese beim Eintreten, dass sie wegen der Urkunde gekommen waren, verschwand dann in der anderen Kammer und kam mit der Schriftrolle in der Hand wieder heraus. Wortlos überreichte sie diese Bruder Karl, der sie sogleich entrollte und zu lesen begann. Wissend nickte er.

»Wie ich es mir dachte.« Er rollte das Schriftstück wieder ein und gab es Isabel zurück. »Ihr müsst es schaffen, die Reben anzubauen und zu ernten. Gelingt es Euch nicht, verliert Ihr Euer Recht auf den Weinberg, und die Reben und alles, was Ihr bereits geerntet habt, fällt an das Kloster zurück.«

»Also würde uns alles wieder genommen, ungeachtet der Umstände?«, empörte Gertrud sich.

»Ich fürchte es«, erwiderte Bruder Karl fast kleinlaut.

»Also müssen wir es schaffen, so oder so«, murmelte Isabel und sah dann Karl an. »Können wir mit Milde vonseiten des Abts rechnen?«

»Vonseiten des Abts schon, aber nicht vonseiten der Mönche. Ihr müsst wissen, nach dem Tode Abt Prius' stand neben Bruder Dimitrius auch Bruder Thomasius zur Wahl, und die Abstimmung war denkbar knapp. Er hat viele Begleiter und Getreue, die zu ihm stehen. Schon die Entscheidung unseres früheren Abtes zur Vergabe der Weinberge stieß vielen auf. Doch als Ihr nun gestern hier ankamt, und ich hoffe, Ihr verzeiht mir meine Offenheit, ganz ohne Mann und dafür mit zwei Toten, hat dies für eine große Unruhe unter den Brüdern gesorgt. Man weiß nicht, was man davon halten soll. Schon gestern Abend hörte man allenthalben, dass Abt Dimitrius gut daran getan hätte, Euch mitsamt Euren Toten sogleich wieder fortzuschicken. Manch ein Bruder hält den Tod der Männer für ein Zeichen des Herrn, dass er die Vergabe eines klösterlichen

Weinbergs an einfache Bauern«, er deutete eine entschuldigende Geste an, »alles andere als gutheißt.«

»Habt Dank für Eure Offenheit. Ich werde mit meiner Schwiegermutter sprechen.« Sie deutete mit der Hand zu Gertrud hinüber. »Gemeinsam werden wir eine Entscheidung treffen, ob wir unter diesen Umständen von dem Angebot zurücktreten, bevor wir Arbeit und Mühen in Reben stecken, die uns am Ende wieder weggenommen werden können.«

Der Mönch nickte. »So möge der Herr Euch bei der Entscheidung helfen und auf Euren Wegen mit Euch sein.«

»Und mit Euch, Bruder Karl. Habt Dank.«

Der Mönch ging hinaus, und Isabel folgte ihm noch nach. Als sie draußen waren, schloss sie hinter sich die Tür. »Was denkt Ihr?«

»Wie meint Ihr das?«

»Denkt Ihr, dass wir es schaffen können, den Weinberg zu bestellen?«

Er blickte zum Hang hinauf, nahm sich einen Moment, die Antwort abzuwägen. »Ich bin schon mein ganzes Leben lang hier«, begann er dann. »Niemand weiß mehr, wie alt ich war, als ich ins Kloster gegeben wurde. Jung genug in jedem Fall, dass ich mich nicht mehr entsinnen kann, wie mein Leben davor gewesen war. Über die Jahre hier habe ich viel gelernt. Ich kann lesen, ich kann schreiben. Meine Abschriften sind stets besonders gut gefertigt. Und ich habe schon viele Jahrgänge an Reben gesetzt, Trauben geerntet und schließlich Wein hieraus gewonnen. Und ich habe erlebt, dass die Natur ihre Launen hat, reiche Ernte gibt in Jahren, in denen man es nicht erwartet hat, und umgekehrt.« Er zuckte mit den Schultern. »Ich kann Euch nicht sagen, ob Ihr es schaffen werdet. Nur eines weiß ich ganz genau: Wann immer ich die Hilfe des Herrn brauchte, mit meiner Kraft am Ende war und nicht mehr weiterwusste, half er mir auf wundersame Art und Weise. Und ich denke, wenn Ihr, die Ihr eine solche Last zu tragen habt, Eure Sorgen und Nöte in stille Worte kleidet und den Herrn um Hilfe bittet, wird er sie Euch keinesfalls versagen. Und mit ihm an Eurer Seite«, er lächelte sie an, »wer wollte Euch da aufhalten?«

»Gott schütze Euch, Bruder Karl! Und habt Dank für alles.«

Er nickte ihr zu, blickte nochmals zum Hang hinauf und machte sich auf den Rückweg. Sie sah ihm eine Weile nach. Als hätte er es gespürt, drehte er sich in einiger Entfernung noch einmal um und hob die Hand zum Gruß. Isabel winkte zurück, wandte sich dann ihrerseits zum Hang. »Ich werde den Herrn um Hilfe bitten«, sagte sie leise zu sich selbst. Und ihr war, als wenn der bloße Entschluss ihr Kraft und Hoffnung gab.

Die nächsten drei Tage taten die Kinder, Isabel und auch Gertrud alles, was in ihren Kräften stand, um den Boden für die Setzlinge vorzubereiten. Doch sie kamen nur schleppend voran. Isabel hatte zunächst ihren ältesten Sohn Albert zum Kloster hinaufgeschickt und nach einem Pflug und Pferd fragen lassen. Die Mönche lehnten jedoch ab und sagten, beides selbst für den Anbau zu benötigen. Doch so weit Isabel auch ihren Blick über die Weinberge schweifen ließ, konnte sie keinen Pflug oder gar ein Pferd sehen, das für die Ordensbrüder Dienst versah. Die einzige Ausbeute, die Albert mitbrachte, war eine weitere Hacke, mit der sie den Boden aufschlagen konnten. Das war alles.

»Wir kommen so einfach nicht rasch genug voran«, bemerkte Isabel besorgt. »Die Setzlinge werden uns vergehen, noch ehe wir sie in der Erde haben.«

»Wir müssen das Geld, das wir noch besitzen, in Werkzeuge und Schaufeln umsetzen«, schlug Gertrud vor.

»Und wovon sollen wir dann leben, bis die Reben Früchte tragen? Ich will mir eine Anstellung suchen, sobald die Pflanzen in der Erde sind, doch wer weiß schon, ob ich etwas finde. Und unsere Mittel sind begrenzt.«

»Ich habe auch noch ein bisschen was«, meinte Gertrud.

»Und ich fürchte, wir werden auch jeden Heller brauchen, wollen wir nicht verhungern.« Isabel richtete sich auf und hatte im nächsten Moment das Gefühl, als hätte ihr jemand direkt ins Gesicht geschlagen. Johann Stauber führte gerade ein Pferd vorbei, während seine Söhne Matthis, Friedrich und Wendel zu dritt einen Pflug schleppten. Als Johanns und Isabels Blicke sich trafen, deutete er einen Gruß an. Doch Isabel wandte sich augenblicklich ab. Sie ballte die Hände zu Fäusten. Diese verdammten Mönche! Ihnen wollten sie den Pflug nicht leihen, doch dem Stauber schon. Was hatte er ihnen wohl dafür gegeben?

Gertrud folgte ihrem Blick, machte dann einen Schritt auf Isabel zu. »Nun gut, die Botschaft der feinen Ordensbrüder ist angekommen. Sie wollen hier keine Frauen und werden uns nicht helfen. Also müssen wir uns selbst helfen.«

»Und wie?«

Gertrud blickte ins Tal. »Da unten bei dem Dorf sind einige Katen. Gewiss haben die Bauern dort auch einen Pflug.«

»Aber wir können es uns nicht leisten, dafür zu bezahlen.«

Gertrud stand nun direkt vor Isabel, strich dieser die Haare aus dem Gesicht und glättete deren Kleidung. »Du bist eine schöne junge Frau, die auf so tragische Weise zur Witwe wurde. Geh hinunter, erzähl deine Geschichte und schimpf auf die reichen Ordensbrüder, die einfachen Leuten wie den Bauern nichts gönnen wollen. Gewiss wirst du den einen oder anderen Zuhörer finden, der ganz und gar deiner Meinung ist.«

»Aber ich werde nicht ...« Isabel presste die Lippen aufeinander und hob die Augenbrauen.

»Beim Herrn, das sollst du auch nicht! Bitte um Hilfe, nur das. Und wenn nötig, versprich, dass du es wieder gutmachen wirst, sobald die Reben erste Münzen abwerfen.«

»Und du denkst wirklich, dann wird man mir helfen?«

Gertrud zuckte mit den Schultern. »Wenn du hier nur rumstehst und wir nicht vorankommen, wird es gewiss nicht rascher gehen. Was haben wir also zu verlieren?«

Isabel streckte die Hand aus. »Emilia, du kommst mit mir. Und richte dein Kleid.«

»Ja, Mutter.« Die Kleine strich sich die Haare zurück, klopfte den Staub von ihrem Kleid und griff dann die Hand der Mutter. Nur ein kurzer Gruß, dann ließen sie Albert, Conrad und Gertrud zurück, die sich weiter mühten, den lehmigen Boden zu lockern, um wenigstens nach und nach einige Setzlinge der Erde zu übergeben.

Es dauerte eine Weile, bis Isabel mit Emilia das Tal erreicht hatte. Von oben hatte es nicht so weit ausgesehen, doch nun hatten sie viel Zeit gebraucht, den Abstieg zu schaffen. Isabel konnte sich nicht erinnern, bei ihrer Ankunft an dem Dorf vorbeigekommen zu sein, obwohl es unweigerlich so sein musste, führte der Weg doch direkt zum Rhein. Als sie die ersten Hütten erreichten, blieb Isabel stehen und sah sich nach allen Seiten um. Neben der Viehzucht und der Bestellung ihrer Felder versuchten sich die Menschen hier auch im Weinbau, hatten sie doch augenscheinlich jede noch so kleine Fläche mit Rebstöcken bepflanzt. Langsam folgte Isabel mit Emilia an der Hand dem Weg. Sie wusste nicht recht, wie sie sich verhalten sollte. War es klug, wie eine Bettlerin von Kate zu Kate zu gehen, nach einem Pflug zu fragen oder anderweitig um Hilfe zu bitten? Sie war erleichtert, als in diesem Moment eine Frau aus einer der Hütten trat und einen Eimer entleerte.

»Verzeiht bitte«, sprach Isabel sie an und eilte sich mit Emilia an der Hand, die Frau zu erreichen.

»Ja?«

»Gott zum Gruße, gute Frau! Mein Name ist Isabel, und das ist meine Tochter Emilia. Wir haben dort oben eine Kate bezogen, um einen Teil der Weinberge zu bestellen.«

»Gott schütze Euch«, gab die andere zurück und wartete scheinbar, was Isabel ihr noch zu sagen hatte.

Isabel überlegte, was sie vorbringen könnte, ohne die andere sogleich abzuschrecken.

»Und was kann ich für Euch tun?«, fragte nun die Frau, die es offenbar leid war, Isabel beim Denken zuzusehen.

»Ich bin auf der Suche nach einem Pflug.«

»Wir haben hier keinen Pflug zu verkaufen. Und ich kenne auch niemanden, der das will.«

»Ich möchte ihn mir nur leihen.« Isabel sah, wie sich der Gesichtsausdruck der Frau veränderte. Genau das hatte sie vermeiden wollen. »Versteht mich nicht falsch. Ich bezahle dafür.«

»Wir müssen selber unsere Felder bestellen.«

Isabel schaute sich um. »Aber wie es aussieht, habt Ihr dies bereits getan. Ich bräuchte den Pflug nur für einige Tage.«

»Fragt doch bei den Mönchen nach. Wenn sie Euch schon einen Weinberg geben, wird es auf einen Pflug auch nicht mehr ankommen.«

»Das habe ich getan, doch sie wollten nicht.«

Die andere verzog spöttisch das Gesicht. »Ach, nein? Und warum nicht? Glaubten sie, Ihr könntet es nicht bezahlen?« Es klang schadenfroh.

»Weil ich nur eine Frau bin und sie mich scheitern sehen wollen.«

Die Miene der Frau veränderte sich abermals. »Wie meint Ihr das? Schickt doch Euren Mann.«

»Mein Mann ist tot. Er wurde umgebracht auf dem Weg hierher. Er und sein Bruder. Jetzt gibt es nur noch meine Schwiegermutter, meine drei Kinder und mich. Und niemand will uns helfen.«

Die andere schlug erschrocken die Hand vor den Mund. »Euer Gatte wurde getötet und sein Bruder ebenfalls? Das ist ja schrecklich! Bitte entschuldigt, dass ich zuvor so grob zu Euch war. Wir haben keine guten Erfahrungen mit den Ordensbrüdern aus dem Kloster dort oben gemacht.«

»Ich kann Euch gut verstehen. Zwar gibt es eine Handvoll Mönche, die anders sind. Doch die meisten würden lieber heute als morgen sehen, dass ich aufgebe und unsere Vereinbarung als beendet betrachte.«

»Und jetzt lassen sie Euch diesen Acker von einem Weinberg herrichten und geben Euch nicht einmal einen Pflug?« Sie schüttelte den Kopf. »Ordensbrüder hin oder her, ich nenne sie Pack. Eine junge Witwe so im Stich zu lassen hat mit dem Willen des Herrn gewiss nichts zu tun. Schämen sollten diese Kerle sich!«

»Dann leiht Ihr mir Euren Pflug?« Isabel machte Anstalten, ihre Geldkatze hervorzuholen. »Was bin ich Euch schuldig?«

»Behaltet Euer Geld«, erklärte die andere sogleich. »Wie Ihr schon sagtet: Unser Feld ist bereits bestellt. Wir brauchen den Pflug ja nicht einmal mehr, und er steht nur in der Scheune herum. Aber ich habe kein Pferd, das ich Euch geben kann. Mein Mann ist damit noch für mindestens vier weitere Tage fort.«

Isabel überlegte kurz. »Dann muss es eben ohne gehen. Ich danke Euch von Herzen für Eure Großzügigkeit. Ich hoffe, ich kann es eines Tages wieder gutmachen.«

»Das ist nicht der Rede wert.« Sie machte eine wegwerfende Handbewegung. »Kommt mit mir. Ich zeige Euch, wo der Pflug steht. Doch wie wollt Ihr ihn allein mit der Kleinen den Hügel hinaufbekommen?«

Darüber hatte Isabel noch gar nicht nachgedacht. »Ich werde ihn wohl ziehen müssen.«

»Das schafft Ihr nicht. Wartet einen Moment hier. Ich bin gleich wieder da.«

Isabel tat, wie ihr geheißen. Es dauerte nicht lange, bis die Frau zurückkehrte. In ihrer Begleitung waren drei kräftige

Männer. »Das sind Friedlein, Stephan und Burk. Sie werden Euch helfen, den Pflug den Hügel hinaufzuschaffen.«

Isabel begrüßte die Männer. Sie war überwältigt von so viel Großzügigkeit. »Ich weiß wirklich nicht, was ich sagen soll. Habt vielen Dank!«

»Bringt den Pflug zurück, sobald Ihr fertig seid. Und wenn Ihr weitere Hilfe braucht, scheut Euch nicht, zu mir zu kommen.«

»Geht Ihr voraus, damit wir wissen, wo wir hinmüssen«, sagte Friedlein, auf dessen Zeichen hin Stephan und Burk ebenfalls den Pflug packten und hochhoben.

»Das werde ich Euch nie vergessen«, beteuerte Isabel noch einmal voller Dankbarkeit. Dann griff sie Emilias Hand und ging voraus. Sie konnte kaum glauben, wie einfach es gewesen war, die so wichtige Hilfe zu erhalten. In diesem Moment spürte sie, wie recht Bruder Karl gehabt hatte mit seiner Bemerkung, sie solle den Herrn um Hilfe bitten. Und dieser schickte sie prompt. Isabel konnte ihr Glück kaum fassen.

Immer wieder fragte sie die Männer, ob sie mit anfassen sollte, um ihnen die Last ein wenig zu erleichtern. Doch diese lehnten jedes Mal ab, wenngleich ihnen anzusehen war, dass sie schwer zu schleppen hatten. Einmal legten sie eine kurze Rast ein, stellten den Pflug ab und schüttelten die Arme aus. Dann hoben sie ihn wieder an und gingen weiter. Isabel war bester Laune und konnte kaum erwarten, was Gertrud sagen würde, wenn sie sie kommen sah.

Des Öfteren blickte sie auf Emilia, die neben ihr herging und ihre Arme schwingen ließ. Die Kleine hatte die ganze Zeit nichts gesagt, weder auf dem Weg ins Tal noch bei der Bäuerin oder auch jetzt, wo sie wieder hinaufstiegen. Ohnehin sprach Emilia nicht mehr viel, seit ihr Vater gestorben war. Was ging wohl in ihrem kleinen Kopf vor sich? Gewiss war sie traurig und voller Kummer, den Vater verloren zu haben. Und Isabel hatte mehr als einmal gesehen, dass der Tochter Tränen herunterliefen, wenn sie sich unbeobachtet fühlte. War es wegen des Vaters oder der verzweifelten Situation, in der die Familie sich seit seinem Tode befand?

»Dort entlang«, sagte Emilia in diesem Moment und holte Isabel aus ihren Gedanken. Die Mutter sah auf. Sie hatte gar nicht bemerkt, dass sie die Steigung hinter sich gebracht hatten und nun den Abzweig nehmen mussten, der das letzte Wegstück zu ihrer Kate und dem Weinberg führte.

»Gut, dass du für uns beide aufpasst«, lobte Isabel die Kleine, die hierauf stolz die Mutter anstrahlte.

»Ich hätte den ganzen Weg schon allein gefunden«, bekräftigte Emilia und brachte Isabel damit zum Lächeln.

»Dann werde ich dich künftig schicken, genau wie deine Brüder.«

»Wirklich?« Emilias Augen leuchteten. Fröhlich sprang sie neben ihrer Mutter auf und ab, bis sie plötzlich in der Bewegung innehielt. »Sieh doch, Mutter!«

Isabel sah nach vorn und bemerkte erst jetzt die kleine Gruppe Mönche, die am Hang stand und mit Gertrud sprach. Ohne darauf zu achten, dass die Männer hinter ihr die schwere Last zu tragen hatten, raffte sie die Röcke und lief mit Emilia los. Sie waren außer Atem, als sie die Mönche und Gertrud erreichten.

»Gott zum Gruße, Bruder Thomasius. Was können wir für Euch tun?«, kam Isabel ohne Umschweife zur Sache. Sie war froh, von Bruder Karl vorgewarnt worden zu sein und daher zu wissen, dass Thomasius ihr alles andere als wohlgesinnt war.

»Schütze Euch der Herr, Isabel Velten. Wir sind hier, um unsere Hilfe anzubieten.«

Isabel war überrascht, mehr jedoch als das war sie vor allem misstrauisch. Sie glaubte Bruder Thomasius nicht, und eine innere Stimme mahnte sie zur Vorsicht. »Eure Hilfe?«

»Ja. Ich sagte es eben schon zu Eurer Schwiegermutter. Für zwei Frauen und ihre Kinder ist es eine fast unbewältigbare Aufgabe, aus diesem trockenen Stück Lehmboden einen Weinberg zu machen.«

Isabel musterte ihn eindringlich. Seine Worte klangen wahr, doch passten sie nicht zu dem, was sie von Bruder Karl über ihn erfahren hatte. »Weshalb?«

»Wie meint Ihr das?«

»Weshalb wollt Ihr uns helfen? Gewiss gibt es auch im Kloster eine Vielzahl von Aufgaben, die Euch obliegen. Und der Abt hat uns gegenüber deutlich gemacht, dass wir auf uns selbst gestellt sind.«

»Das stimmt. Wir müssen unsere Aufgaben im Kloster erledigen. Doch es entspricht unserer Auffassung von Barmherzigkeit, das Schicksal, das der Herr Euch auferlegt hat, gemeinsam mit Euch zu tragen.« Die drei Mönche, die neben Bruder Thomasius standen, nickten mit den Köpfen.

»Bitte verzeiht, sollte ich gar zu misstrauisch klingen, doch ich bin eine einfache Frau und muss fortan mit der Furcht leben, übervorteilt zu werden. Deshalb frage ich Euch: Hat es für mich irgendwelche Auswirkungen auf die zwischen meinem Ehemann und dem Kloster geschlossene Vereinbarung, wenn ich Eure Hilfe annehme?«

»Auswirkung? Was denn für eine Auswirkung?« Bruder Thomasius runzelte die Stirn.

»Kann mir der Weinberg wieder weggenommen werden, wenn ich zulasse, dass Ihr mir helft?«

Bruder Thomasius drehte sich zu den anderen Mönchen um, tauschte Blicke. Diese schüttelten mit den Köpfen oder zuckten mit den Schultern. Bruder Thomasius wandte sich erneut Isabel zu. »Nicht, dass wir wüssten. Zwar kenne ich die Urkunde nicht, die Euer Gatte mit dem Boten von Abt Prius geschlossen hat, doch scheint es mir mehr als unwahrscheinlich, dass dort irgendeine Vereinbarung aufgenommen worden sein könnte. Immerhin konnte damals niemand ahnen, dass Euer Gatte sein neues Zuhause gar nicht lebend erreichen würde und Ihr deshalb auf Euch gestellt sein würdet.«

Isabel musste sich eingestehen, dass Bruder Thomasius hiermit vollkommen recht hatte. Niemand hätte damals erahnen können, welch unheilvollen Lauf alles nehmen würde.

Die Männer, die Isabel den Pflug heraufgetragen hatten, standen mittlerweile ebenfalls hinter ihr und verfolgten aufmerksam das Gespräch zwischen der Witwe und dem Mönch. »Verzeiht meinen Argwohn, doch ich bitte Euch hier vor diesen Zeugen um Euer Wort, dass mir nichts Schlechtes vonseiten des Klosters widerfahren wird, wenn ich Eure Hilfe annehme.«

Ein Schmunzeln zuckte über Bruder Thomasius' Gesicht. »Ich gebe Euch mein Wort. Hier vor meinen Brüdern und Euren Zeugen. Und ich verzeihe Euren Argwohn, wenngleich ich hoffe, dass Ihr ihn eines Tages ablegen und wieder leichter Vertrauen fassen könnt.«

»Alles zu seiner Zeit«, gab Isabel zurück. »Habt Dank, Bruder Thomasius, so nehme ich denn Eure Hilfe gern an.«

Er nickte ihr zu, und Isabel drehte sich zu den Männern um. »Habt von Herzen Dank für alles! Ich weiß nur nicht, wie ich Euch entlohnen soll.«

Stephan machte eine wegwerfende Handbewegung. »Wenn die Reben gepflanzt und geerntet sind, lasst uns einen Trinkschlauch von dem Wein zukommen. Und nun auf ein gutes Gelingen mit dem Pflug!« Er beugte sich weiter vor, damit Bruder Thomasius ihn nicht hören konnte, und flüsterte: »Und bleibt wachsam mit diesen Brüdern. Ihr habt das sehr gut gemacht. Traut ihnen nicht. Das tut keiner hier.«

Isabel grinste breit. »Habt vielen Dank für alles. Ich werde die Trinkschläuche bringen, sobald die Reben mir ihren Saft schenken.«

Die Männer verabschiedeten sich und gingen den Weg zurück, den sie gekommen waren. Isabel sah ihnen kurz nach. Sie erfuhr viel Zustimmung in diesen Tagen und mehr Hilfe, als sie es je für möglich gehalten hätte. Als sie sich wieder umdrehte, hoben die Mönche gerade den Pflug an und trugen ihn hinüber zum Hang. »Ich mache den Gaul, und ihr drei drückt von unten, befahl Bruder Thomasius seinen Ordensbrüdern, die sogleich seiner Aufforderung folgten. »Ihr könnt die Setzlinge in die Erde bringen, sobald wir angefangen haben. Dann geht es rasch voran.«

»Habt Dank!«, rief Isabel ihnen zu, da legte sich Bruder Thomasius bereits den Lederriemen über und zog, während die anderen Mönche von unten drückten.

»Du verdienst dir meinen Respekt jeden Tag ein wenig mehr«, raunte Gertrud Isabel zu. »Dein Mann wäre stolz auf dich.«

»Ich danke dir.« Kurz war Isabel in Versuchung, die Schwiegermutter zu umarmen, hielt sich dann jedoch zurück. »Ihr habt den Mönch gehört, Kinder. Bringen wir die Setzlinge in die Erde.« Sie stockte. »Wartet. Einen Moment noch.« So rasch sie konnte, rannte sie zur Kate und kam nur einen Augenblick später mit einem Klumpen in der Hand wieder zurück.

»Was ist das, Mutter?«, fragte Albert.

»Das ist Erde von zu Hause«, erklärte Isabel. »Sie wird die Reben wachsen lassen. Kommt. Graben wir sie gemeinsam ein. Lassen wir die Reben leben, auf dass sie uns leben lassen!« Sie sah ihre Kinder glücklich an. »Alles wird gut werden. Das spüre ich genau.«

# 4. Kapitel

»Das kannst du nicht tun.« Hanna blickte Johann vorwurfsvoll an.

»Schweig, Weib!« Er drehte ihr wütend den Rücken zu. »Sie haben die größere Kate zugewiesen bekommen, obwohl sie einer weniger sind als wir. Der Teil des Hangs, den sie bestellen, ist besser gelegen als unserer. Und nun helfen die Mönche ihnen auch noch, während wir zusehen können, wie wir die viele Arbeit schaffen. Das ist nicht das, was wir vereinbart haben.«

»Dass sie die größere Kate haben, liegt doch nur daran, dass es eigentlich zwei mehr sein sollten, die darin wohnen.«

»Nun sind die Männer aber tot, und dennoch können die Weiber mit ihren Kindern dort leben, während wir hier zusammengepfercht sind wie die Schweine.«

»Johann, bitte, nimm doch Vernunft an! Isabel hat schon so viel Leid erfahren. Wenn du das tust, wird sie uns das nie verzeihen.«

»Sie wird uns sowieso nie verzeihen.« Er klang nachdenklich. »Es hilft nichts, den Toten hinterherzuweinen. Es ist meine Aufgabe, die Meinen zu sättigen.«

Hanna war verzweifelt. Wie nur sollte sie ihren Mann davon abbringen, das zu tun, was er vorhatte? Versöhnlich legte sie ihm die Hand auf die Schulter. »Bitte, Johann. Du hast ja recht. Aber es wird doch alles nur schlimmer werden, wenn du das tust. Und für uns ändert sich dadurch nichts.«

»Da täuschst du dich. Auch wenn du es nicht hören willst, alle Reben, die Isabel nicht anbauen kann, bringen uns einen höheren Gewinn.«

»Hättest du so auch gedacht, wenn Albert noch da wäre?«

»Albert und ich hätten zusammenarbeiten können. So haben wir es viele Male auf dem Weg hierher besprochen. Doch das wird mit Isabel nicht möglich sein. Also heißt es: sie oder wir. Finde dich damit ab!«

Hanna wollte noch etwas erwidern, wusste jedoch, dass es vergebens wäre. Johann nahm seinen Hut, warf ihr noch einen Blick zu und ging hinaus. Auf dem Weg zum Kloster kamen ihm vier Mönche entgegen, die er bereits gestern auf dem Hang Isabels hatte pflügen sehen. Sie grüßten ihn freundlich, doch Johann grummelte nur etwas und setzte seinen Weg fort. Er wusste, wohin die Männer unterwegs waren. Gewiss würden sie gleich ihre Arbeit auf dem Hang der Witwe wieder aufnehmen und ihr so helfen, mehr zu erwirtschaften, als er es allein mit seiner Frau und den Kindern konnte. Aber er würde schon dafür Sorge tragen, dass diesem Treiben Einhalt geboten würde.

»Offen gesagt, verstehe ich Euer Anliegen nicht«, sagte Abt Dimitrius, nachdem Johann ihm vorgetragen hatte, weshalb er gekommen war. »Ihr habt von uns einen Pflug und ein Pferd bereitgestellt bekommen, während die Witwe sich selbst helfen musste. Wenn Ihr mir die Offenheit verzeihen wollt, spricht für mich doch ein Übermaß an Missgunst aus Euren Worten.«

»Ein Pflug und ein Gaul ersetzen keine vier Männer an Arbeitskraft.«

»Aber diese Männer machen doch genau das, was das Pferd für Euch leistet. Sie ziehen den Pflug und bereiten den Hang. Wo ist da der Unterschied?«

»Während das Pferd den Pflug zieht, muss ich von unten drücken, damit die Erde im richtigen Maß gelockert wird. Derweil fehlt meine Arbeitskraft beim Setzen der Pflanzen.«

Der Abt hob verwundert die Augenbrauen. »Ihr habt eine Frau und vier Kinder, die diese Arbeit erledigen können. Die Witwe hat ihre Schwiegermutter und drei Kinder. Mich dünkt, es ist ausgewogen.«

»Gut, dass Ihr es ansprecht. Die Familie besteht nur aus fünf Seelen, unsere jedoch aus sechs. Dennoch ist die uns zugewiesene Kate kleiner.«

»Aber doch nur, weil die Einteilung vorgenommen wurde, als wir glaubten, die Veltens seien zu siebt.«

»Doch das sind sie nicht.«

»Ihr verlangt also, dass die Hütten getauscht werden?«

»Gewiss.«

»Aber diese liegen am Fuße des Hangs, der zu bestellen ist. Und die Einteilung der Hänge kann nicht mehr geändert werden.«

»Weshalb nicht?«

»Weil Abt Prius es in die klösterlichen Register hat eintragen lassen.«

»Also soll ich mit dieser Ungerechtigkeit leben?« Johann erhob die Stimme.

Der Abt überlegte einen Moment. »Was wäre, wenn ich den Mönchen die Arbeit auf dem Hang der Witwe untersage?«

»Was ist mit dem Pflug?«

»Den müssten sie dann selbst ziehen. Wegnehmen kann ich ihn ihr nicht. Weiß der Herr, wo sie ihn überhaupt herhat.«

»Und wir behalten den Pflug und das Pferd?«

»Haltet Ihr das für gerecht?« Der Abt sah Johann zweifelnd an.

»Ja. Dafür verzichten wir auf die größere Kate, die uns eigentlich zustehen würde.«

»Nun gut. Ich werde nach den Mönchen schicken. Wenngleich ich Euch mit auf den Weg geben möchte, dass Euer Ansinnen und Gebaren nur wenig Barmherzigkeit verrät.«

»Ich war immer Bauer, jetzt bin ich Weinbauer. Mönch war ich jedoch nie. Und nun werde ich mich wieder an die Arbeit machen.«

»Möge der Herr Euch gutes Gelingen bereiten.«

Johann nickte, gab den Gruß zurück und ging. Der Abt sah ihm noch nach. Sosehr er auch Verständnis dafür hatte, dass der Stauber für sich und die Seinen nur das Beste wollte, fand er dessen Vorgehen doch äußerst herzlos. Er seufzte. Gestern noch hatte er gemeint, beruhigt in dieser Sache sein zu können, als selbst Bruder Thomasius offenbar ein Einsehen hatte und der Witwe Unterstützung angeboten hatte. Doch nun bezweifelte er, dass es damit sein Bewenden haben würde. Ob Abt Prius solche Schwierigkeiten hätte kommen sehen? Er wusste es nicht. Doch gewiss hätte dieser besser mit derartigen Unwägbarkeiten umzugehen gewusst. Wieder seufzte er. Ob er wirklich der Richtige war, Abt Prius' Nachfolge würdig zu führen? Er hatte seine Zweifel.

Isabel konnte es kaum fassen, als ein Novize Bruder Thomasius und den anderen Mönchen die Botschaft überbrachte, dass sie ihre Arbeit augenblicklich einzustellen und ins Kloster zurückzukehren hätten. Zwar gab er keinerlei Auskunft darüber, weshalb Abt Dimitrius diese Weisung gegeben hatte, aber Isabel erkannte unweigerlich einen Zusammenhang, hatte sie doch am Morgen Johann Stauber gesehen, wie er mit grimmiger Miene zum Kloster hinaufgestapft war und ihr einen geradezu schadenfrohen Blick zugeworfen hatte, als er eine Weile später zurückkehrte und an ihr und den arbeitenden Mönchen vorbeiging. Dieser verdammte Hundsfott! Verwünschung über Verwünschung kam ihr in den Sinn. Dieser elende Kerl von einem Widerling!

Bruder Thomasius drückte ihr gegenüber seine tiefe Bestürzung über die Weisung des Abtes aus, machte jedoch deutlich, dass sie sich dieser fügen mussten. Also gab er seinen Begleitern ein Zeichen, die Arbeit einzustellen und mit ihm ins Kloster zurückzukehren. Den Männern war anzusehen, wie sehr sie es missbilligten, war doch gerade mal ein Drittel des Hangs gepflügt. Auch Isabels Dankesworte und ihre Versicherung, dass die Arbeit der Mönche ihr eine große Erleichterung war, konnte diese nicht aufmuntern. Wie geprügelte Hunde trotteten sie den Weg zum Kloster hinauf.

»Ich kann den Pflug ziehen«, bot Albert an. »Ich bin stark und schon fast ein richtiger Mann.«

»Ich weiß, dass du stark bist. Doch ich brauche dich, um die Setzlinge zu pflanzen. Deine Geschwister können es nicht ohne dich.«

Albert schien nicht überzeugt. »Doch wer soll dann den Pflug ziehen?«

»Ich selbst«, erklärte Isabel.

»Und ich werde von hinten schieben«, ergänzte Gertrud. »Wenn ihr Kinder die Setzlinge pflanzt, kommen wir dennoch rasch voran.« Es klang zuversichtlich. Und obwohl Albert keineswegs überzeugt war, gab er sich damit zufrieden.

Gertrud trat nahe an Isabel heran. »Das verdanken wir diesem Dreckskerl Stauber, nicht wahr?«

»Ich bin davon überzeugt«, antwortete Isabel. »Doch das wird ihm noch leidtun. Wir werden es schaffen, den Hang fruchtbar zu machen, und wir werden mehr Wein aus den Reben pressen als er. Und wenn er eines Tages um unsere Hilfe bettelt und fleht – keinen Finger werden wir für ihn krumm machen! Soll er doch zugrunde gehen und sein diebischer Sohn gleich mit ihm.«

»Und Hanna? Mir schien, ihr habt euch gut verstanden.«

»Das ist richtig. Doch das, was ihr Mann anrichtet, kann sie mit netten Worten nicht wettmachen. Sie hat ihr Lager bereitet und muss nun mit ihm leben.« Isabel machte eine kurze Pause. »Oder mit ihm untergehen. Sie hat sich entschieden.«

Sie pflügten den Hang noch, als die Sonne längst untergegangen war. Als Gertrud Isabel schließlich half, das Ledergeschirr von ihren Schultern zu streifen, glaubte diese, sich nicht mehr auf den Beinen halten zu können. Sie schwankte, drohte einzuknicken, sodass Gertrud sie rasch unterfasste.

»Danke dir. Es geht schon. Ich hatte nur keinen sicheren Stand.«

Gertrud ließ den Blick über den Hang schweifen. »Die Mönche haben an einem Tag das Doppelte geschafft.«

»Ich weiß.« Isabel folgte ihrem Blick. »Und es wird noch eine harte Arbeit werden. Aber wir werden es schaffen. Komm, lass uns gehen und zusammen mit den Kindern etwas essen. Wir werden Kraft brauchen.«

»Besonders du. Seit Alberts Tod bist du noch klappriger geworden, als du zuvor schon warst. Iss, so viel du kannst. Wenn du am Ende noch zusammenbrichst, können wir unser Bündel schnüren und nach Krefeld zurückkehren.«

»Dort gibt es auch nichts für uns«, widersprach Isabel.

»Glaubst du wirklich, wir können das schaffen? Eine Alte, eine Dünne und drei Kinder?«

»Wir werden es schaffen«, stellte Isabel klar. »Ich weiß es. Beim Herrn, ich weiß es so sicher, dass keine Zweifel an mir nagen.«

Gertrud wollte etwas erwidern, ließ es dann aber sein. Isabel hatte wahrlich genug auszuhalten. Eine Schwiegermutter, die alles niederzureden suchte, war jetzt das Letzte, was sie brauchen konnte.

Als sie die Kate betraten, freuten sie sich zu sehen, dass die Kinder bereits Brot und Schinken bereitgestellt hatten. Isabel war, als hätte keines der Kinder je zuvor so bereitwillig mitgearbeitet.

»Ich finde es nicht richtig, dass die Mönche uns nicht mehr helfen dürfen«, erklärte Conrad und steckte sich sodann ein Stück Brot in den Mund.

»Das haben wir Johann Stauber zu verdanken. Er hat sich darüber beschwert, dass wir Hilfe bekommen und er nicht«, antwortete Isabel, obwohl sie nicht sicher sein konnte, dass dies wirklich der Grund war. Aber sie hatte es sich so zusammengereimt, und es tat ihr fast gut, den Hass auf den Mann, den sie für den Tod ihres Mannes und Schwagers verantwortlich machte, noch weiter zu schüren.

»Warum tut er das?« Spürbare Verzweiflung lag in Conrads Stimme.

»Weil er ein schlechter Mensch ist, Conrad.«

Der Sohn nickte und stopfte wieder ein Stück Brot in den Mund.

»Mutter?«, fragte Emilia zögernd.

»Ja?«

»Darf ich jetzt nie wieder mit Anna sprechen oder herumalbern?«

Isabel hob den Kopf. »Nein, Emilia. Nie wieder.« Ihre Stimme klang hart. »Keiner von uns wird je wieder freundschaftlich mit den Staubers verbunden sein. Nie!«

Emilia zuckte zusammen, Tränen traten in ihre Augen.

Isabel hatte Mitleid mit ihrer Tochter. Zärtlich strich sie ihr über den Kopf. »Ich weiß, dass du Anna lieb gewonnen hast, Emilia. Und ich weiß, du denkst, dass es ja nicht ihre Schuld ist, was ihr Vater tut. Doch weißt du, ich habe auch Hanna lieb gewonnen, ebenso wie Anna, Wendel und Friedrich.« Der Name des Ältesten, Matthis, der durch seinen Diebstahl das Unglück heraufbeschworen hatte, wollte ihr nicht über die Lippen kommen. »Doch es würde euren toten Vater beleidigen, wären wir je wieder bereit, freundschaftlich mit ihnen umzugehen. Das versteht ihr doch?«

Emilia nickte folgsam, und auch Conrad und Albert gaben der Mutter zu verstehen, dass sie es einsahen.

»Eure Mutter hat recht«, urteilte Gertrud. »Ihr würdet das Ansehen eures Vaters und auch das eures Onkels beschmutzen, würdet ihr einem dieses Stauber-Abschaums anders als mit Widerwillen, Verachtung und Abscheu entgegentreten.«

Conrad zuckte zusammen und warf Emilia einen ängstlichen Blick zu. War es denkbar, dass sie womöglich in einem unbeobachteten Moment mit den Stauber-Kindern zusammengekommen waren?

Isabel schob den Gedanken beiseite. »Gut. Dann lasst uns jetzt essen und nicht mehr an die Staubers denken. Morgen liegt wieder ein langer, anstrengender Tag vor uns. Wir werden alle Kraft brauchen, die der Herr uns schenkt.«

Es vergingen volle zwölf Tage, bis die Veltens den Hang gepflügt und die Pflanzen gesetzt hatten. Die Staubers hingegen hatten nur die Hälfte der Zeit gebraucht. Einige Reben wirkten schon jetzt schlaff und ließen die Blätter hängen. Isabel bezweifelte, hieraus Trauben ernten zu können.

Am Tag nachdem Bruder Thomasius und die anderen Mönche abberufen worden waren, hatte sie Conrad mit einer Botschaft zu Abt Dimitrius geschickt und darum gebeten, dass das Kloster nunmehr das an die Staubers entliehene Pferd und Pfluggespann zurückfordern möge. Doch Abt Dimitrius hatte lediglich ausrichten lassen, dass die Veltens zum Ausgleich die größere und geräumigere Kate behalten dürften. Isabel hatte es dabei belassen. Sie war zu müde und erschöpft, um einen solchen Kampf neben all der Arbeit noch zusätzlich zu führen. Sie musste jetzt ihre Kraft in die Reben stecken, nicht in irgendwelche Auseinandersetzungen, bei denen am Ende niemand gewinnen konnte. Doch sie würde die Niedertracht des Staubers nicht vergessen. Niemals.

Als sie sich am Abend des dreizehnten Tages auf ihr Lager niedersinken ließ, glaubte sie, sich am nächsten Morgen nicht mehr erheben zu können. Ihr tat alles weh. Jeden ihrer Knochen konnte sie spüren. Gertrud hatte recht gehabt: War Isabel schon immer dünn gewesen, war sie nun vollends abgemagert. Ihre Haut spannte sich dünn über ihre Knochen, ihre Wangenknochen traten kantig hervor. Dabei aß sie jeden Tag etwas. Doch die große Anstrengung zehrte an ihr. In den letzten drei Tagen hatte Albert ihr helfen müssen, den Pflug zu ziehen, weil sie trotz Gertruds Unterstützung kaum mehr in der Lage gewesen war, diesen zu ziehen. Morgen würden sie den Pflug mit vereinten Kräften wieder ins Tal hinabtragen. Sie konnte nur hoffen, dass sie es schaffen würden.

»Es ist ja schon Tag!« Isabel fuhr erschrocken hoch. Sie hatte viel zu lange geschlafen und offenbar gar nicht mitbekommen, wie alle anderen aufgestanden waren.

Emilia kicherte. »Du hast ganz laut geschnarcht, Mutter.« Sie hielt sich verschämt die Hand vor den Mund.

»Wo sind die anderen?«

»Draußen«, meinte Emilia nur. »Komm. Wir wollen dir etwas zeigen.«

Isabel erhob sich mühsam, brauchte einen Moment, um in den Stand zu kommen. Sie fühlte sich kraftlos und war nicht sicher, ob ihre Beine sie tragen würden. Emilia schob ihre kleine Hand in Isabels und zog sie mit sich zur Tür. Gleißend helles Licht schlug ihnen entgegen, als Emilia die Tür öffnete. Isabel beschattete ihre Augen mit der Hand.

»Mutter!« Albert stürmte auf sie zu. »Komm und sieh, was Conrad und ich gebaut haben.«

»Ich habe auch mitgeholfen«, wandte Emilia schmollend ein.

»Du hast nur die Seile geholt«, stellte Albert klar. »Da hat ja sogar Großmutter mehr gemacht.«

Gertrud trat von der Seite an Isabel heran. »Du kannst stolz auf deine Söhne sein, so wie auch ich immer stolz auf die meinen war.«

»Und was ist mit mir?«, wagte Emilia einen Protest.

»Du bist nur ein Mädchen. Es sind die Söhne, auf die man stolz ist«, erklärte Gertrud.

Wenngleich Isabel die Ansicht missfiel, wusste sie doch, dass Gertrud recht hatte. Für eine Familie war es kein Segen, wurde ein Mädchen geboren. Die Jungen hingegen entschieden über das Wohl und Wehe einer ganzen Familie. »Ich bin stolz auf dich, Emilia.«

Die Tochter nahm es traurig zur Kenntnis. Sie wusste, dass die Mutter es nicht so meinte und es nur gesagt hatte, damit sie nicht gar so traurig war, als Mädchen auf die Welt gekommen zu sein.

Isabel trat weiter vor und bestaunte, was ihre Jungs gebaut hatten. Sie hatten den Pflug vom Hang heruntergeholt, wo Isabel und Gertrud ihn gestern abgestellt hatten, mehrere Holzbretter zusammengebunden und den Pflug hierauf festgezurrt.

»So können wir ihn ziehen und müssen ihn nicht tragen«, erklärte Albert die Konstruktion. »Und sobald wir die Gabelung erreicht haben und es ohnehin bergab geht, wird es ein Leichtes sein, ihn auf dem Weg zu halten. Kraft wird es uns nicht kosten, Mutter.«

»Ich kann es kaum glauben«, rief Isabel sichtlich begeistert aus. »Auf den Gedanken wäre ich nie gekommen!«

»Es war Conrads Einfall«, sagte Albert. »Er musste es mir zweimal erklären, bis ich begriff, was er vorhatte.«

»War gar nicht schwer«, wiegelte Conrad ab, doch ihm war deutlich anzusehen, wie stolz er über das Lob des Bruders und das glückliche Gesicht seiner Mutter war. »Wir haben das Holz genommen, das ich vom Bau für den Bienenstock übrig hatte.«

Isabel hatte stets den Einfallsreichtum ihres jüngeren Sohnes bewundert. Schon immer hatte er aus irgendwelchen Dingen etwas zusammengebaut, was sich als äußerst nützlich erwiesen hatte. Dass er nun mit einer so einfachen Sache für eine derart große Erleichterung für sie alle gesorgt hatte, empfand Isabel als ein Geschenk.

»Ich bin wirklich sehr stolz auf euch! Auf euch alle.« Sie legte ihre Hand auf Emilias Schulter. »Mit euch an meiner Seite muss ich keine Furcht haben, all die Aufgaben schaffen zu können, die der Herr mir auferlegt.«

»Du musst nicht mitkommen ins Tal. Wir können den Pflug allein zurückbringen«, bot Albert an.

»Nein. Ich werde mit euch gehen. Ich will sehen, ob ich womöglich eine Anstellung finde für die Zeit, in der die Reben wachsen und ich nicht allzu viel tun kann.«

»Und was sollen wir dann machen?«, fragte Conrad.

»Es gibt schon so einiges an den Reben zu tun. Vor allem will ich, dass immer jemand hier ist. Ich traue den Staubers nicht und würde mich nicht wundern, wenn alle Setzlinge herausgerissen wären, sobald wir dem Weinberg den Rücken zuwenden.«

»Dann werde ich hier warten und Obacht geben, während ihr den Pflug zurückbringt«, sagte Gertrud. »Ich traue den Staubers ebenso wenig. Bleibst du bei mir, Emilia?«

Die Enkelin nickte folgsam, wenngleich sie lieber mit ihrer Mutter und den Brüdern mitgegangen wäre. Sie fühlte sich unwichtig und klein. Kleiner noch, als sie ohnehin war. Für nichts war sie zu gebrauchen, und nun sollte sie nur dasitzen und auf die Reben starren. Wäre sie doch nur als Junge geboren!

# 5. Kapitel

Drei Monate waren vergangen, in denen Isabel von morgens bis abends bis zur Erschöpfung arbeitete, zu ihrer Überraschung aber dennoch etwas von ihrer alten Kraft zurückgewann. Sie hatte ein wenig zugenommen, und ihr Gesicht wirkte nicht mehr so, als würden die Knochen nur von der Haut zusammengehalten. Redlin, die Bäuerin, die ihr den Pflug geliehen hatte, sprach mit einigen Leuten im Dorf und verschaffte Isabel so eine Anstellung in einer Schenke. Das Geld, das sie dort verdiente, reichte freilich nicht, um etwas davon zurückzulegen. Doch genügte es, die Familie satt zu bekommen, ohne auf das zurückgreifen zu müssen, was sie angespart und als Grundlage aus Krefeld mit hergebracht hatten.

Isabel war mehr als erleichtert, die Anstellung zu haben, wenngleich ihr weder der Wirt noch die Gäste in der Schenke ganz geheuer waren. Sie fühlte sich nicht wohl, wenn sie Bier, Würzwein oder Schnaps an die Tische brachte und ein ums andere Mal eine Hand auf ihrem Hintern spürte. Stets machte sie, dass sie rasch entkam. Doch sie fürchtete sich davor, sollte ihr dies eines Tages nicht mehr rechtzeitig gelingen und sie so in eine Situation geraten, bei der sie nur hoffen konnte, mit heiler Haut davonzukommen.

Abends, wenn sie auf ihrer Pritsche lag, musste sie oft an ihren verstorbenen Ehemann denken und was dieser wohl dazu sagen würde, könnte er sie bei der Arbeit in der Schenke sehen.

Gefallen würde es ihm nicht, dessen war sie gewiss. Aber sie hatte nun einmal keine andere Wahl, wollte sie ihre Familie so lange ernähren, bis die Trauben reif waren und sie hieraus Wein gewinnen konnte. Sie konnte es kaum mehr erwarten, bis es endlich so weit war.

In den kommenden zwei Jahren, so das Abkommen mit dem Kloster, würden die Veltens genau wie die Staubers bei der Lese der klösterlichen Reben helfen, die schon vor Jahren gepflanzt worden waren und eine gute Ernte einbrachten. Hierfür sollten sie die gleiche Menge Trauben erhalten, wie sie aus ihrem eigenen Teil des Weinbergs erwirtschaften könnten.

Erst vor Kurzem hatte Abt Dimitrius Isabel mitgeteilt, dass hierbei der Anteil, den sie dem Kloster abzugeben habe, größer war als der der Staubers. Auf ihre Frage, weshalb dies so sei, hatte er ihr erklärt, dass sie in rechtlicher Hinsicht keinen Anspruch hätte, da sie als Frau nicht in der Lage sei, eigenverantwortlich die Verträge ihres Mannes zu erfüllen. Sie könne von Glück sagen, dass das Kloster sich überhaupt an die Vereinbarung hielt, obwohl die Männer nicht mehr da waren, um die Verpflichtung einzuhalten. Sie hatte ihn angefleht, ihr den ursprünglich vereinbarten Anteil zu lassen, doch es hatte nichts genützt. Viele Nächte hatte sie wach gelegen, bis sie die Antwort auf ihre Gebete bei einem zufälligen Zusammentreffen mit einem auf der Durchreise befindlichen Advocatus in der Schenke erhalten hatte.

Heute nun wollte sie, bevor sie ihren Dienst in der Schenke antrat, bei Abt Dimitrius vorstellig werden, um ihr Anliegen vorzutragen. Auf keinen Fall wollte sie riskieren, dass die Angelegenheit erst dann zur Sprache kam, wenn die Ernte bereits eingebracht war. Sie war nervös, als der Novize sie bat, kurz zu warten, bis dieser den Abt geholt hatte. Immer wieder ging sie die Worte durch, die sie ihm sagen wollte. Sie musste ihn überzeugen, egal wie.

»Habt Dank, dass Ihr mich empfangt, Abt.« Sie beugte das Knie.

»Es ist mir eine wahre Freude, Euch so gesund und kräftig zu sehen. Ich war in Sorge, wisst Ihr? Meine Brüder berichteten mir in den vergangenen Wochen, dass Ihr nicht gut aussehen würdet. Von einem kränklichen, schwächlichen Äußeren war die Rede.«

»Habt Dank, Abt. Wie Ihr seht, bin ich wohlauf.« Sie lächelte ihn so freundlich an, wie es ihr trotz der Anspannung möglich war. »Ich möchte Euch nicht zu lange von Euren Aufgaben abhalten«, erklärte sie. »Deshalb komme ich gleich auf mein Anliegen zu sprechen.«

Er hatte sie in einen länglichen Raum geführt, dessen Einrichtung aus einem massiven Holztisch bestand, um den zwölf Stühle herumstanden. Weiter war nichts darin.

»Bitte, setzt Euch doch.« Er deutete auf einen der Stühle. »Was kann ich für Euch tun, Isabel?«

Sie war überrascht. Nie zuvor hatte er sie mit Namen angesprochen. Sie wertete es als ein gutes Zeichen, dass sie in seinen Augen offenbar mehr war als nur irgendeine Frau.

Noch während sie sich setzte, sagte sie: »Ich möchte die Rechte für meinen Sohn einfordern, die dieser als Erbe meines Gatten innehat.«

»Von welchen Rechten sprecht Ihr?«

»Von den Rechten auf Erfüllung des zwischen dem Kloster und meinem Gatten geschlossenen Vertrages.«

Der Abt sah sie verwundert an. »Ich verstehe nicht. Ihr habt doch die Rechte für Euren Gatten übernommen.«

»Nun«, sie strich beiläufig mit ihrem Finger über die Tischplatte, »dies ist nicht ganz richtig.« Sie sah ihn an.

»Wollt Ihr mir bitte erklären, was Ihr damit meint?«

»Es stimmt, dass das Kloster uns den Weinberg überlassen hat. Wir haben ihn umgepflügt, Pflanzen gesetzt und ihn nach besten Kräften gehegt.«

Der Abt nickte ihr aufmunternd zu, damit sie weitersprach.

»Wir Veltens haben genauso hart gearbeitet wie die Staubers. Und dennoch soll ein größerer Anteil unserer Ernte dem Kloster zugesprochen werden.«

»Ihr wisst, weshalb. Ihr seid eine Frau, und ich kann nicht …« Weiter kam der Abt nicht.

»Es stimmt, ich bin nur ein Weib, doch mein Sohn nicht. Er ist der Erbe meines Gatten und hat Anspruch auf Einhaltung des Vertrages.«

»Euer Sohn ist wie alt? Zehn, elf?«

»Albert, nach meinem Gatten benannt, wird in Kürze zwölf Jahre alt werden. Nicht mehr lange, dann ist er ein Mann. Und so lange habe ich das Recht, seine Angelegenheiten zu regeln und die ihm zustehenden Güter in seinem Namen zu verwalten.«

»Wie kommt Ihr darauf?« Der Abt setzte sich gerade hin und sah ihr fest in die Augen.

»Nun«, sie schmunzelte, »es gibt da einen Advocatus, den ich kennengelernt und mit meinen Schwierigkeiten vertraut gemacht habe. Er riet mir zu diesem Vorgehen und bot an, mir in dieser Sache zur Seite zu stehen, sollte es zu keiner Einigung kommen.« Isabel behielt für sich, dass dieser Advocatus nur ein einziges Mal in der Schenke gewesen war und dann seinen Weg fortgesetzt hatte. Dass sie auf ihn zurückgreifen könnte und er ihr beistehen würde, war also eine glatte Lüge. Sie sah die Unsicherheit im Blick des Abtes. »Ihr wart gut zu uns, Abt Dimitrius, deshalb würde ich das alles gern so rasch und doch sorgfältig wie möglich klären. Der Advocatus sagte mir, dass solche Angelegenheiten im Zweifelsfalle einer höheren Obrigkeit zur Entscheidung vorgelegt würden. Ihr habt mehr Erfahrung in solchen Dingen, Abt. Und ich vertraue darauf, dass Ihr wissen werdet, was zu tun ist.«

»Einer höheren Obrigkeit? Ihr meint, Ihr wollt die Angelegenheit dem Erzbischof vortragen?« Der Abt wurde sichtlich nervös.

»Nein, das will ich nicht. Es sei denn, Ihr seht Euch außerstande, die einzig richtige Entscheidung zu treffen und mir eine entsprechende Urkunde auszustellen.«

»Was für eine Urkunde?«

»Eine Urkunde, die auf der Vereinbarung zwischen Abt Prius und meinem Gatten beruht. Eine Urkunde, die meinen Sohn Albert als Nachfolger meines Mannes anerkennt, ihn an dessen rechtliche Stelle setzt und mich ermächtigt, in seinem Sinne und an seiner Stelle zu handeln, bis er erwachsen und selbst dazu imstande ist.«

Der Abt schnappte nach Luft. »Eine solche Urkunde hat es noch nie gegeben.«

»Ihr täuscht Euch, Abt. So etwas hat es in der Tat schon sehr oft gegeben. Doch nie bei einfachen Leuten wie uns. Es war stets das Privileg von Königen, deren Väter gar zu früh gestorben waren. In diesen Fällen handelten die Mütter der Sprösslinge, bis sie selbst alt genug waren.«

Er rieb sich nachdenklich das Kinn. »Nun, Ihr sprecht wahr. Von solchen Vorgängen habe auch ich schon gehört.«

»Also wisst Ihr davon«, stellte Isabel fest. »Das ist gut. Ich bitte Euch also, die Urkunde fertigen zu lassen.«

»Ich muss darüber nachdenken.«

Isabel wurde unruhig. Sie hatte alles gesagt, was sie in der Kürze der Zeit mit dem Advocatus hatte besprechen können. Es gab nichts mehr, was sie noch vorbringen konnte.

»Abt Dimitrius, verzeiht mir die Offenheit. Ihr wisst genau wie ich, dass es im Kloster einigen Widerspruch gegeben hatte, meiner Familie den Weinberg trotz des Fehlens unserer Männer zu überlassen. Und anfangs konnte ich mir nicht erklären, weshalb Bruder Thomasius uns seinerzeit so bereitwillig geholfen hat. Inzwischen habe ich einiges erfahren, und ich denke, es ist kein Geheimnis, wenn ich Euch sage, dass Ihr wie ich gleichwohl Widersacher habt. Bruder Thomasius hat damals nicht aus Barmherzigkeit geholfen. Er wollte durch die vermeintlich gutherzige Geste weitere Mönche auf seine Seite ziehen, indem er einer armen Witwe Unterstützung anbot, während Ihr hier im Kloster wart und unbequeme Entscheidungen zu treffen hattet. Es ging ihm stets nur darum, Euer Ansehen und Eure Position zu schwächen und sich selbst gut darzustellen. Er hat etwas vor und wartet nur auf den geeigneten Moment. Ich muss weder ein Mann noch gebildet sein, um dies zu erkennen.«

Der Abt ballte die Faust. »Also ist es so offensichtlich?«

»Wenn man die Ohren ein wenig offen hält, ja.«

Der Abt schluckte schwer und presste die Lippen aufeinander.

Isabel wagte einen weiteren Vorstoß. »Ich würde Euch gern helfen, Abt, so es in meiner Macht steht. Vor allem jedoch möchte ich Euch nicht schwächen.«

»Mich schwächen, womit?«

»Was denkt Ihr, wie Eure Brüder darauf reagieren würden, wenn ich den Erzbischof um Hilfe bitte, weil ihr Abt nicht in der Lage war, eine Entscheidung zu treffen? Ihr würdet schwach wirken, Abt. Und diese Schwäche würde Bruder Thomasius nutzen, um Euer Amt an sich zu reißen.«

Der Abt dachte nach. »Ihr könntet recht haben«, erkannte er nach einer Weile. »Abt Prius war für seine Stärke bekannt, und ich wurde nur deshalb sein Nachfolger, weil ich seine Werte und Vorstellungen kannte und weiterverfolgt habe.«

»Dann seid nun stark, lasst eine Urkunde fertigen und schafft damit jeden Zweifel über die Rechtmäßigkeit aus der Welt.«

Er rieb sich nachdenklich das Kinn. »Das Kloster würde auf einen Teil der Ernte verzichten und Einbußen hinnehmen.«

»Das Kloster hätte noch größere Einbußen, sollte der Erzbischof ein Eingreifen für erforderlich erachten.«

»Weshalb das?«

»Das wisst Ihr doch selbst, Abt Dimitrius. Die Pestilenz hat überall unzählige Opfer gefordert. Und hier im beschaulichen Kloster Johannisberg hat ein findiger Abt den Plan ersonnen, die Weinberge bestellen zu lassen und dennoch einen Teil der Einnahmen für das Kloster zu sichern. Was, denkt Ihr wohl, wird geschehen, wenn Euch die Möglichkeit einer eigenen Entscheidung genommen wird und der Erzbischof es für gut erachten könnte, weitere Weinberge abzugeben? Was bleibt dann noch für das Kloster?«

Der Abt presste erneut die Lippen aufeinander und legte die Stirn in Falten. »Beim Herrn, Ihr sprecht wahr!«

»Und deshalb bitte ich Euch: Trefft die Entscheidung für meinen Sohn. Es ist nur recht und gottgefällig, steht ihm die Nachfolge seines Vaters doch zu. Und seid gewiss, ich werde es Euch nicht vergessen.«

Er überlegte noch kurz, dann stand er auf. »Ich werde den Schreiber beauftragen und Euch noch heute die Urkunde zukommen lassen. Bewahrt sie gut auf. Eine Abschrift werde ich hier im Kloster verwahren.«

Isabel erhob sich ebenfalls. »Ich danke Euch.« Sie beugte das Knie. »Ihr seid ein kluger Mann und habt die richtige Entscheidung getroffen.«

»Ich habe Euch zu danken.«

»Ihr mir? Weshalb?«

»Ihr habt mir aufgezeigt, wie angreifbar ich bin. Ich werde alles daransetzen, dies zu ändern. Und nun entschuldigt mich, ich habe einem Kloster vorzustehen.« Ein gefährliches Funkeln lag in den Augen des Kirchenmannes.

»Gott schütze Euch!« Isabel war nun ein wenig verunsichert. Zürnte der Abt ihr, da sie diesen Vorstoß gewagt hatte?

»Er schütze auch Euch, Isabel Velten. Doch ich glaube, das tut er bereits.«

Isabel war bester Laune, als sie den Weg vom Kloster wieder hinabschritt. Sie ließ ihren Blick über die Weinberge schweifen, atmete tief den Duft der lehmigen Erde ein, bestaunte die blühenden Pflanzen. Der Geruch hatte sich seit ihrer Ankunft im Frühjahr verändert. War die Luft damals noch leicht gewesen und hatte der Duft des ersten zarten Grüns der allmählich an Kraft gewinnenden Pflanzen darin gelegen, war sie jetzt satt und erfüllt von den Blüten, auf die während des Tages die Sonne schien, um ihnen Leben zu geben. Isabel lächelte und schritt beschwingt voran. Das Gespräch mit dem Abt hatte ihr neuen Mut gegeben.

Seit dem Tod ihres Mannes hatte sie oft das Gefühl gehabt, der Situation hilflos ausgeliefert zu sein. Und sie hasste dieses Gefühl. Sie war kein Opfer und wollte keinesfalls so wahrgenommen werden. Ja, das Schicksal hatte ihr übel mitgespielt. So manches Mal hatte sie nachts wach gelegen und darüber nachgesonnen, weshalb der Herr auch Albert und nicht nur Richard das Leben genommen hatte. Zwar schämte sie sich kurz für diesen Gedanken, doch konnte sie nicht umhin, einzugestehen, dass es nicht überraschend war, dass Richard bei einer Auseinandersetzung ums Leben gekommen war. Er war schon immer sehr streitlustig und uneinsichtig gewesen. Doch dass ihr Albert auf diese Art und Weise hineingezogen worden und hierbei gestorben war, konnte sie kaum verkraften. Ganz abgesehen davon fehlte ihr der Geliebte. In der Nacht, wenn die Einsamkeit sie mit eisiger Kralle packte, presste sie fest die Augenlider zusammen, dachte an ihn und glaubte manches Mal, ihn riechen zu können. So wie früher, wenn sie sich eng an ihn geschmiegt hatte und in einen tiefen Schlaf gefallen war.

Sie schloss kurz die Augen, während sie weiter den Weg vom Kloster hinabging, öffnete sie wieder. Wie sehr wünschte sie in diesem Moment, Albert wäre bei ihr und könnte all das sehen! Wieder atmete sie tief ein, genoss die Wärme der Sonne auf ihrer Haut. Sie fühlte sich stark, fast schon glücklich. Sie hatte ihr Schicksal in ihre Hände genommen und wurde vom Herrn hierfür belohnt. Das machte es erträglicher für sie, mit dem Verlust ihres geliebten Mannes umzugehen.

Sie sah hinüber zu ihrem eigenen Hang, erkannte Gertrud und die Kinder, die die Reben mit Stroh an die Stöcke banden und das Unkraut entfernten, damit alles Leben, das der Boden herzugeben bereit war, ausschließlich in den Wein sprießen konnte. Rechts vom Weg, wo die Weinberge von den Mönchen bestellt wurden, war die Blüte bereits weiter. Erste Trauben waren zu erkennen, und ein gutes Dutzend Mönche versorgte die Reben, auf dass diese reichliche Ernte bringen würden. Sie reckte den Hals, um auch den Hang der Staubers einsehen zu können. In der Ferne konnte sie Hanna ausmachen, deren Zwillingssöhne und auch die kleine Anna. Johann und deren Ältesten Matthis konnte sie nirgendwo entdecken. Ein ungutes Gefühl stieg in ihr auf, das sie nicht näher benennen konnte. Doch sie wischte den Gedanken fort.

Zwar würde sie den Streit mit den Staubers nicht beilegen, doch war es an der Zeit, ihren Frieden mit ihrer Lage zu machen. Ganz gleich, wie groß der Zorn auch war, den sie Johann und Matthis gegenüber empfand, nützte es doch nichts, diesen wieder und wieder wie giftige Galle in ihr Gemüt aufsteigen zu lassen. Ihr Ehemann war tot, und sosehr sie denen, die sie dafür verantwortlich machte, auch zürnte, es würde nichts ändern. Also wollte sie keinen weiteren Gedanken daran verschwenden, sondern sich nur noch auf ihr eigenes Fortkommen und das ihrer Familie konzentrieren. Alles andere, dessen war sie sicher, würde keinem etwas nützen.

Sie hob den Arm und winkte den Ihren, als sie die Weggabelung fast erreicht hatte und auf einer Höhe mit ihnen war. Doch keiner von ihnen sah auf, und Isabel hatte keine Zeit, um noch kurz mit ihnen zu sprechen. Sie musste sich eilen, um in die Schenke zu gelangen. Gewiss wäre Gerald, der Wirt, ohnehin schon ungehalten, weil sie später kam als sonst.

Als sie eintrat, konnte sie sofort sehen, dass sie mit dem Gedanken richtiglag.

»Herrgott noch mal, da bist du ja endlich!«, schnauzte Gerald, sobald er sie sah. »Alle wollen sie ihr Gesöff, und ich weiß nicht mehr, wo mir der Kopf steht. Verdammt noch mal, steh da nicht rum und bring die Krüge an die Tische. Fürs Glotzen bezahl ich dich nicht.«

Isabel wagte nicht zu erklären, weshalb sie sich verspätet hatte. »Bitte verzeih!«, sagte sie rasch und griff sogleich die tönernen Gefäße.

»An den Tisch in der Ecke«, grummelte Gerald.

Isabel nickte, hob die Krüge an und brachte sie hinüber. Dann eilte sie zum Schanktisch zurück und holte die anderen. Es dauerte, bis sie alle versorgt hatte, und sie konnte gleich wieder bei dem Tisch in der Ecke beginnen, da diese Gäste schon längst Nachschub verlangten. Sie war komplett verschwitzt, als sie das erste Mal stehen bleiben und ihren Blick über die Gäste schweifen lassen konnte, ob noch jemand etwas wollte. Keiner gab ihr ein Zeichen, und sie pustete die Luft heraus.

Gerald tauchte neben ihr auf. »Du hast hier nichts auszustehen«, mahnte er. »Aber es gibt etliche Weiber, die froh wären, wenn sie deine Arbeit machen könnten. Lass dir so was nicht noch einmal einfallen.«

»Ich musste wegen des Weinbergs zum Kloster hoch«, versuchte sie eine Entschuldigung.

»Das ist mir gleich. Es ist dein Weinberg, nicht meiner. Ich habe eine Schenke, und die Gäste wollen saufen. Nur das ist für mich wichtig. Und entweder du bringst ihnen die Krüge oder irgendeine andere. Hast du verstanden?«

»Ja. Es kommt nicht noch einmal vor.«

Gerald grummelte noch etwas Unverständliches, dann ging er wieder in den Nebenraum, und Isabel sah, wie ein Gast ihr soeben bedeutete, dass er noch eine Runde Bier bestellen wolle. Sofort nickte sie, eilte zu seinem Tisch hinüber und nahm die Krüge.

»Hast es auch nicht leicht mit Gerald, was?« Der Mann war schon öfter dort gewesen, doch seinen Namen kannte Isabel nicht.

»Es war mein Fehler«, sagte sie rasch und verschwand sogleich mit den Krügen in den Nebenraum, um sie erneut füllen zu lassen. Als sie hiermit wieder an den Tisch kam, unterbrach der Mann erneut das Gespräch mit seinen Leuten und sah zu Isabel auf. »Ich habe dich schon ein paarmal gesehen, doch von hier bist du nicht. Woher kommst du?«

»Aus Krefeld«, antwortete Isabel knapp.

»Und was hat dich hierher verschlagen?«

»Ich bin mit meiner Familie gekommen, um einen Teil der Klosterweinberge zu bestellen.«

Der Mann hob die Augenbrauen. »Ach, du bist das. Ich habe davon gehört.« Er machte eine Handbewegung zu den Männern, die mit ihm am Tisch saßen. »Wir alle hier haben davon gehört. Also bestellt dein Mann den Hang, während du hier in der Schenke hilfst?«

Isabel überlegte kurz, ob sie die Wahrheit sagen sollte. Wahrscheinlich würde es ohnehin rauskommen. Fast wunderte es sie, dass noch nicht jeder hier darüber Bescheid wusste, wer sie war. In Krefeld war das anders gewesen. Da kannte jeder jeden und wusste insbesondere über Fremde stets alles zu berichten, wenngleich sich wohl niemand sicher sein konnte, dass dies auch immer der Wahrheit entsprach.

»Mein Gatte ist tot«, erklärte Isabel. »Gestorben auf dem Weg hierher. Es gibt nur noch meine Schwiegermutter und meine Kinder.«

»Ach, du bist das.« Der Mann hatte die Geschichte also offenbar gehört, ihr Gesicht jedoch nicht zuordnen können.

»Ja, davon weiß ich. Wird nicht leicht für dich sein – und dann auch noch Gerald.« Er nickte zu dem Wirt hinüber. »Aber es wird schon werden.«

»Gewiss.« Isabel wandte sich ab, sah sie doch aus den Augenwinkeln, dass an einem der anderen Tische bereits wieder jemand die Hand hob und eine neue Bestellung aufgeben wollte.

Die nächsten Stunden hatte Isabel alle Hände voll zu tun, all denen, die von Bier, Wein und Schnaps nicht genug bekommen konnten, die Getränke zu bringen. Sie wunderte sich, wie viele Männer offenbar trotz der vielen Aufgaben, die die Tage eines jeden für diesen mit sich brachten, in der Schenke sitzen und trinken konnten. Bei Albert hatte sie so etwas nie erlebt. Gewiss lag es auch daran, dass ihre Felder und die Kate ein Stück weit weg von Krefeld gewesen waren und daher der Weg zur und von der Schenke stets mit einem Zeitaufwand verbunden war. Doch fragte sie sich, wie diese Kerle, die sich schon reichlich an Bier und Wein gütlich getan hatten, überhaupt noch gerade stehen konnten, um ihre Arbeit zu verrichten. Sie zuckte bei diesem Gedanken mit den Schultern. Ihr sollte es einerlei sein.

»Ich komme«, rief sie, als in diesem Moment wieder einer der Männer den Arm hob und sie zu sich heranwinkte. Einige waren inzwischen gegangen, andere gekommen. Es war ein einziges Treiben. Nicht mehr lange, dann würde Magda, die andere Bedienung, kommen und die Bewirtung übernehmen. Isabel sehnte den Moment herbei. Heute war es noch voller gewesen als sonst, und das mitten am Tage. Sie beneidete Magda nicht, die am Abend noch mehr laufen musste, wenn auch die in die

Schenke einkehrten, die ihr Tagewerk vollbracht hatten und den Feierabend begießen wollten. Vor allem aber schlug in den Abendstunden die Stimmung schneller um, wie Magda ihr erzählt hatte, als diese einmal früher als sonst ihren Dienst angetreten hatte und die beiden noch kurz miteinander gesprochen hatten. Isabel verdiente während der Tagesstunden zwar etwas weniger als Magda, doch war es ihr recht, konnte sie so doch wenigstens zusammen mit ihren Kindern und Gertrud zu Abend essen und sich danach frühzeitig zur Ruhe betten, während Magda oft bis tief in die Nacht die Gäste bewirten musste.

Isabel winkte Magda kurz zu, als diese in dem Moment die Schenke betrat. Diese lächelte herüber, erwiderte den Gruß. Dann ging sie zu Gerald, damit dieser wusste, dass sie rechtzeitig ihren Dienst aufnahm. Isabel nahm eine letzte Bestellung auf, teilte sie Gerald mit und sagte sodann Magda, wo die Krüge hinmussten. Mehr sprachen sie nicht miteinander.

»Dann werde ich jetzt gehen«, kündigte sie Gerald gegenüber an. »Und morgen komme ich noch zeitiger als sonst, um es wieder gutzumachen.«

»Ist schon recht«, erwiderte Gerald in einem geradezu gutmütigen Ton. »Du bist heute genug für zwei Tage gelaufen.« Er drückte ihr etwas in die Hand, das mit einem Tuch umwickelt war.

»Was ist das?«

»Ein Schinken. Lass ihn dir mit deinen Kindern schmecken.«

»Aber ich ...« Sie war zu überrascht, um den Satz zu vollenden.

»Der Schonauer hat ihn bezahlt. Ich glaube, du gefällst ihm.«

»Wer?«

»Der Schonauer. Der Mann, mit dem du vorhin gesprochen hast. Der dich gefragt hat, woher du kommst.«

Isabel erinnerte sich an das Gesicht des Mannes, konnte sich die großzügige Geste jedoch nicht erklären. »Das waren doch nur wenige Worte. Und der Schinken reicht für zwei Wochen.«

Gerald zuckte mit den Schultern. »Er hat ihn bezahlt und gesagt, ich solle ihn dir geben, wenn du gehst. Also, hier ist er.«

Isabel nahm den Schinken, wenngleich ihr dabei nicht ganz wohl war. »Was erwartet er dafür von mir?«

Gerald grinste schief. »Ich glaube, nicht das, was du denkst. Seine Frau ist vor Jahren gestorben, seine Mädchen hat dann vor zwei Jahren die Pestilenz dahingerafft. Er baut Reben an genau wie du. Hat es auch nicht immer leicht gehabt.« Er zuckte mit den Schultern. »Wollte wohl nur helfen. Er hat Geld genug und ist keiner von denen, die immer eine Gegenleistung wollen. Nimm den Schinken und gönne den Deinen einen vollen Bauch. Und jetzt mach, dass du fortkommst. Ich habe zu arbeiten und kann nicht länger schwätzen.« Damit drehte er sich um und ließ sie stehen.

Isabel verabschiedete sich mit einem Winken von Magda und verließ dann die Schenke. Der Duft des Schinkens in ihren Händen ließ ihren Magen augenblicklich knurren. Anfangs noch unsicher, was sie von dem Geschenk halten sollte, war sie schon bald gelöst und stieg beschwingt den Weg hinauf. Ein richtiger großer Schinken! Sie konnte kaum mehr abwarten, die Gesichter von Gertrud und ihren Kindern zu sehen, wenn sie heimkam.

# 6. Kapitel

In den nächsten Tagen erwartete Isabel ein wenig bang den Moment, wenn Augustin Schonau, der Mann, der bei Gerald den Schinken für sie bezahlt hatte, wieder in die Schenke kommen würde. Wie sollte sie sich ihm gegenüber verhalten, was könnte sie sagen? Und noch wichtiger: Was erwartete er womöglich von ihr? Er war kein junger Mann mehr, hätte gut ihr Vater sein können. Zwar war er hochgewachsen und sah mit seinen noch immer vollen, aber doch schon grauen Haaren nicht schlecht aus. Doch Isabel wollte auf keinen Fall, dass er sich von ihr etwas versprach. Im Nachhinein wäre es ihr fast lieber gewesen, sie hätte den Schinken abgelehnt. Zwar hätte sie damit möglicherweise den Zorn des Mannes auf sich gezogen, wäre ihm aber nichts schuldig oder ihm gar verpflichtet gewesen. Sie konnte nicht glauben, dass es nur eine freundliche Geste eines Mannes war, der ihr Schicksal nachvollziehen konnte, weil er selbst geliebte Menschen verloren hatte. Nein, so etwas geschah einfach nicht. Zumindest nicht ihr. Solange sie denken konnte, hatte jemand, der freundlich zu ihr gewesen war, immer etwas von ihr gewollt. Anders war es nie gewesen. Noch während sie darüber nachsann, wurde die Tür geöffnet, und Augustin Schonau trat zusammen mit drei weiteren Männern ein. Isabel sah hinüber, schluckte schwer, unterdrückte jedoch ihre Beklemmung und ging sogleich an den Tisch.

»Vier Bier und Schnaps dazu«, bestellte einer der Männer.

»Ich bringe es gleich«, erwiderte Isabel, verharrte jedoch und sah Augustin Schonau an. »Ich wollte Euch für Eure Großzügigkeit danken, aber auch fragen, womit ich diese verdient habe.«

Erst schien es, als wisse er nicht, wovon sie überhaupt sprach. Dann änderte sich sein Gesichtsausdruck. »Ach, du meinst den Schinken? Das ist nicht der Rede wert. Haben die Deinen sich gefreut?«

»Ja, Herr, das haben sie. Doch ich weiß nicht ...«, setzte Isabel erneut an.

Augustin Schonau hob die Hand. »Lass gut sein. Und nenn mich Augustin. Du bist mir nichts schuldig. Es ist nicht einfach, wenn man allein für alles sorgen muss. Nimm ihn an und mach kein Gerede mehr darum. Und nun bring uns unser Bier.« Damit wandte er sich wieder den Männern am Tisch zu.

Isabel wusste nicht recht, wie sie reagieren sollte. Fast fühlte sie sich zurückgewiesen, weil er ihren Dank nicht wollte. Andererseits war sie erleichtert, dass ein Schinken für ihn offenbar keine große Sache war. Sie machte auf der Hacke kehrt und ging zum Schankraum, um die Getränke zu holen.

An diesem Tag war es wie auch schon die vergangenen zwei Tage verhältnismäßig ruhig in der Schenke, was vor allem daran lag, dass die ersten Ernten eingefahren wurden. Nicht mehr lange, dann würden auch die ersten Trauben gepflückt werden können, und Isabel müsste deshalb ihre Arbeit in der Schenke einstellen. Noch etwa drei Wochen, auf keinen Fall mehr als vier, dann war es so weit – eine neue Zeit würde für die Veltens anbrechen. Nie zuvor hatten sie Wein gemacht. Isabel konnte nur hoffen, dass die Mönche ihr, wie Abt Dimitrius es versprochen hatte, alles genau zeigen würden und sie sich geschickt anstellen würde. Der Abt hatte angeboten, dass sie ihren Wein über das Kloster verkaufen könnte. So müsste sie sich nicht auch noch um den Verkauf kümmern. Im ersten Moment war sie dankbar für die Offerte gewesen, zweifelte jedoch von Tag zu Tag mehr, ob dies wirklich klug wäre. Was immer der Abt mit den Käufern aushandelte, würde sie hinnehmen und sich mit dem zufriedengeben müssen, was am Ende für sie übrig blieb. Doch wollte sie das? Es war wie immer und was sie so sehr hasste: auf den guten Willen oder das Entgegenkommen anderer angewiesen zu sein und ihr Schicksal in deren Hände zu legen.

Als sie nun in den Schankraum hinüberging und die Krüge von Gerald holte, kam ihr ein Einfall. »Sag, Gerald, würdest du Wein von mir kaufen?«, fragte sie geradeheraus.

Der Wirt trocknete gerade einen Krug mit einem Tuch ab. »Wein von dir?« Kurz stutzte er. »Ach ja, deine Trauben. Wie viel verlangst du denn für ein Fass?«

Isabel überlegte. »Ich weiß nicht. Noch nicht. Das werde ich dir noch sagen. Aber wenn ich das Gleiche verlangen würde, wie du sonst bezahlen musst, würdest du dann von mir kaufen?«

Gerald schmunzelte. »Ich weiß ja nicht mal, ob man saufen kann, was du dort im Kloster zusammenrührst. Außerdem würde ich dir nicht das Gleiche bezahlen wie einem Mann.«

Isabel verzog das Gesicht, stemmte die Krüge und brachte sie an den Tisch.

»Wo ist der Schnaps?«, fragte Augustin Schonau.

»Ich bringe ihn.« Sogleich holte sie Schnaps, stellte ihn zu den Männern und ging dann wieder in den Schankraum zurück. Sie war wütend auf Gerald, obwohl sie nicht einmal recht wusste, weshalb. Isabel baute sich vor dem Tisch auf, auf den Gerald die Krüge stellte, und verschränkte die Arme. »Mein Wein ist besser als das Zeug, das du hier ausschenkst.«

»Ach ja? Und woher willst du das wissen? Du hast doch noch nicht einmal die Trauben gepflückt.«

»Weil ich schon oft Wein gemacht habe und es eben weiß«, log sie. »Ich kann dir einen besseren Wein geben als den hier, und das für das gleiche Geld. Und verkaufen kann ich ihn dir eh nur im Namen meines Sohnes, weil er der Erbe seines Vaters ist und die Reben ihm gehören. Somit kaufst du den Wein von einem Mann. Also, was sagst du?«

Noch bevor der Wirt antworten konnte, wurde Isabel gerufen.

»Kümmere dich lieber darum, dass meine Gäste was zu saufen haben«, grummelte Gerald. Isabel wollte noch etwas erwidern, merkte jedoch, dass ihr nichts als eine trotzige Bemerkung auf den Lippen lag. Dann würde sie eben wohl oder übel das Angebot Abt Dimitrius' annehmen und den Wein über das Kloster verkaufen. Noch. Denn eines Tages würde sie sich damit nicht mehr zufriedengeben.

Sie sah sich um, wer sie gerufen haben mochte, und fing Augustin Schonaus Blick auf.

»Hier!«, sagte er.

»Ja? Eure Krüge sind doch noch voll«, wunderte sich Isabel.

Schonau nickte zum Schankraum hinüber. »Euer Gespräch war nicht zu überhören. Wenn du es so anfängst, wirst du deinen Wein nie verkaufen.«

»Ich habe schon jemanden, der meinen Wein kaufen wird«, erklärte Isabel und versuchte, selbstbewusst zu wirken.

»Und warum bietest du ihn dann Gerald an?«

Isabel wiegte den Kopf. »Mir wurde der Verkauf über das Kloster angeboten. Doch wenn ich zusage, habe ich keinen Einfluss mehr darauf, was am Ende für mich übrig bleibt.«

»Eine tüchtige Geschäftsfrau, das muss ich sagen«, lobte Augustin Schonau. »Wo wirst du deine Trauben keltern und den Wein gewinnen?«

»Im Kloster.«

»Und wie viel wird dir dafür abgezogen?«

Die Frage traf Isabel wie ein Schlag. Darüber hatte sie mit dem Abt nie gesprochen. Dass sie als Pacht einen Anteil an das Kloster zahlen musste, war klar. Doch was war mit der Nutzung der großen Kelterfässer und derer, in die der Wein schließlich gefüllt würde?

Augustin Schonau schien ihre Gedanken zu lesen. »Wenn das noch nicht geklärt ist, kann ich dir anbieten, deine Trauben bei mir zu keltern. Ich verkaufe dir die Fässer zum Befüllen, und dann kannst du damit machen, was du willst.«

»Wie viel verlangt Ihr dafür?«

»Du!«, stellte Schonau klar.

»Gut. Wie viel verlangst du dafür?«, wiederholte Isabel.

»Ich berechne dir zwei Groschen für jedes Fass. Dafür kannst du so viel Wein herstellen, wie die Trauben hergeben.«

»Einen Groschen.«

»Nein. Fünf Groschen für drei Fässer – das ist mein letztes Wort.«

»Kann ich darüber nachdenken?«

»Eigentlich ist es üblich, ein Geschäft abzuschließen oder es zu lassen.«

»Ja, und so wäre es mir auch lieber. Doch ich muss mich erst mit meinem Sohn besprechen. Ihm gehören die Trauben, nicht mir.«

Augustin Schonau schmunzelte, ahnte er doch, dass Isabel sich mit dieser Behauptung nur etwas Zeit verschaffen wollte, um keine übereilte Entscheidung zu treffen.

»Wenn das so ist, dann rede mit deinem Sohn. Ich werde morgen wieder hier sein. Dann erwarte ich deine Antwort.«

Sie nickte. »Und was ist mit dem Verkauf?«

»Was soll damit sein? Du kannst bei mir keltern. Verkaufen musst du den Wein schon selbst.«

»Danke. Ich werde mit meinem Sohn sprechen.« Sie verließ den Tisch.

Gerald war in die Gaststube getreten und hatte das Gespräch verfolgt. »Wenn du beim Schonauer abfüllst«, sagte er, »kaufe ich deinen Wein. Aber ich gebe dir weniger als das Kloster.«

»Weshalb?«

»Wenn das Kloster auf die Einnahmen aus der Kelterei verzichten muss, werden sie dir die Fässer nicht abnehmen, und du musst sehen, wie du sie verkaufst. Mit einer Frau macht keiner Geschäfte. Du kannst also froh sein, wenn ich sie dir abnehme.« Er grinste sie unverschämt an.

Isabel blickte ihm in die Augen und lächelte. »Ich danke dir für deine Offenheit. Dann werde ich dir meinen Wein also gar nicht erst anbieten.«

Die Gäste in der Schenke verfolgten den Wortwechsel interessiert.

»An wen willst du ihn sonst verkaufen?«

»Das werde ich noch sehen.« Isabel war längst nicht so überzeugt von ihren Worten, wie diese klangen.

»Drauf sitzen bleiben wirst du«, kündigte Gerald an.

»Womöglich gönne ich mir auch ein Bad darin, wenn niemand ihn kaufen will.« Sie grinste ihn an und zuckte mit den Schultern. »Wer weiß?«

Die Gäste in der Schenke lachten, und Geralds Miene verfinsterte sich. Doch nur kurz. Dann schmunzelte er und lachte kehlig mit. »Wir reden noch mal darüber. Ich werde dich schon nicht übervorteilen. Und nun mach dich wieder an die Arbeit! Ich bezahle dich nicht fürs Rumstehen.« Damit ging er wieder in den Schankraum zurück.

Isabel hatte das Gefühl, einen kleinen Sieg errungen zu haben.

Noch am selben Abend war Isabel erneut beim Abt vorstellig geworden und hatte diesen nach den monetären Bedingungen für das Keltern und dem Preis für die Fässer gefragt. Die Antwort des Abtes, dass sie sich hierum keine Gedanken zu machen brauche, da das Kloster das Geld beim Verkauf der Fässer sogleich einbehalten würde, war für Isabel keineswegs befriedigend. Das Gespräch endete im Streit, da der Abt sich weigerte, ihr geradeheraus einen Preis zu nennen. Als er dann noch anzweifelte, dass sie als Frau überhaupt in der Lage wäre, die gesamten Zusammenhänge rund um das Pflücken, Keltern, Herstellen und schließlich auch noch den Verkauf des fertigen Weines zu begreifen, war Isabel mehr als erbost. Ihr Gruß fiel denkbar knapp aus, als sie knickste und ging.

Wütend war sie den Hügel hinuntergestapft und hätte ihre Schwiegermutter beinahe umgerannt, die gerade aus der Kate trat.

»Oh, verzeih«, bat Isabel eilig.

»Was ist denn geschehen? Du bist ja ganz aufgebracht.«

Isabel rieb sich über die müden Augen. »Ach, Gertrud, ich kann einfach nicht mehr.« Sie ging einige Schritte rückwärts, und Gertrud schloss die Tür, damit die Kinder ihr Gespräch nicht hören konnten.

Isabel schlug nun beide Hände vors Gesicht und wandte sich ab. »Ich habe es mir doch nicht ausgesucht!« Sie konnte die Tränen nicht länger zurückhalten. »Glauben denn alle, es ist mir ein Vergnügen, dass ich wie ein Mann handeln muss?«

Gertrud wartete, bis Isabel sich ein wenig beruhigt hatte. »Was ist geschehen?«, wiederholte sie ihre Frage.

Isabel berichtete zunächst von den Gesprächen mit Augustin Schonau und Gerald, dann davon, dass sie beim Abt vorstellig geworden war und was dieser zu Ihrem Anliegen gesagt hatte.

»Was genau besagt die Vereinbarung mit dem Kloster?«, wollte Gertrud wissen.

»Sie überlassen uns den Weinberg, wir bestellen ihn und leisten hierfür ein Zehntel als Abgabe an das Kloster. In den ersten zwei Jahren helfen wir bei der Ernte der bereits vorhandenen

Reben, und zwar auf einer Fläche, die der Größe unseres Teils des Weinbergs entspricht, und erhalten die Trauben. Nach diesen zwei Jahren müssen wir mit dem zurechtkommen, was unser eigener Hang hergibt.«

»Und was ist über den Verkauf vereinbart?«

»Soweit ich weiß, nichts.«

»Aber sicher bist du nicht?«

»Nein.« Isabel senkte den Kopf. »Ich selbst kann den Vertrag ja nicht lesen.«

»Ich leider auch nicht«, gestand Gertrud ein. »Wir müssen jemanden finden, der dies kann und der nichts mit dem Kloster zu tun hat.«

»Aber wen? Ich glaube kaum, dass es in der Schenke jemanden gibt, der lesen kann.« Isabel überlegte kurz. »Obwohl ...«

»Ist dir jemand eingefallen?«

»Ich bin nicht sicher.«

»Wer?«

»Augustin Schonau, von dem ich dir vorhin erzählt habe. Womöglich kann er lesen.«

»Wie kommst du darauf?«

»Nun ja, er wirkt so, als könnte er es womöglich.« Isabel fand selbst, dass dies keine gute Erklärung für ihre Vermutung war. Der zweifelnde Blick ihrer Schwiegermutter schien dies zu bestätigen.

»Du machst Folgendes«, schlug Gertrud vor. »Du nimmst die Urkunde morgen mit in die Schenke. Wenn dieser Schonau dort ist, wie er es angekündigt hat, legst du sie ihm vor und fragst ihn, ob seiner Meinung nach irgendetwas in der Urkunde steht, das gegen das Keltern bei ihm spricht. Dann hast du in jedem Fall die Antwort darauf, ob er lesen kann, und kommst womöglich bei deinen Verhandlungen mit ihm ein Stück weiter.«

»Und wenn er sie nicht lesen kann?«

Gertrud zuckte mit den Schultern. »Dann bleibt nur zu hoffen, dass es einen anderen in der Schenke gibt, der es vermag.«

Isabel kam ein Gedanke, den sie äußerst beunruhigend fand. »Die zweite Urkunde«, begann sie. »Die mich ermächtigt, in Alberts Namen zu handeln ...«

»Ja?«

»Was, wenn darin gar nicht das steht, was ich mit dem Abt vereinbart habe? Was, wenn ich dieses Recht doch nicht habe und es nur glaube?«

»Nimm morgen die zweite Urkunde auch gleich mit«, sagte Gertrud, der nun ebenfalls die Sorge anzusehen war. »Sollte dieser Abt dich hereingelegt haben, wissen wir es wenigstens vor der Ernte.«

»Und wenn es so ist? Was machen wir dann?«

»Ich weiß es nicht.« Gertrud klang mutlos. »Aber wir werden uns dagegen wehren. Wenn dieser Abt das getan hat, werden wir es nicht einfach so hinnehmen.« Sie lächelte die Schwiegertochter aufmunternd an. Doch beide wussten in diesem Moment, dass dann alles vorbei wäre. Dann hätten sie endgültig verloren.

Immer wieder sah Isabel zur Tür. Sie konnte ihre Nervosität nur schwer verbergen.

»Was ist denn heute mit dir?«, fragte Gerald.

»Nichts. Gar nichts«, antwortete sie rasch. »Mir geht nur viel im Kopf herum.«

»Aber dafür bezahl ich dich nicht«, stellte er klar. »Wisch die Tische dort hinten ab, bevor die nächsten Gäste kommen.«

Sie nickte, nahm einen Lappen, drückte ihn mehrfach in die Wasserschale und ging hinüber. Ihr Herz schlug heftig. Sonst war der Schonauer um die Zeit meist schon da. Wo blieb er nur? Hatte er womöglich von ihrem Besuch im Kloster und dem Streit mit dem Abt Kenntnis erlangt und wollte dies nun nutzen, um sich nicht mehr an seine Offerte gebunden zu fühlen und einen besseren Preis herauszuschlagen? Sie schüttelte den Kopf bei diesem Gedanken. Was für ein Unsinn! Wie sollte er denn hiervon Kenntnis erlangt haben? Und weshalb glaubte sie, dass er hieraus einen Vorteil für sich ziehen wollte? Isabel hatte das Gefühl, nicht mehr klar denken zu können. Es war, wie ihr verstorbener Mann oft zu ihr gesagt hatte: Sie steigerte sich in Sorgen dermaßen hinein, dass sie auf die absurdesten Gedanken kam.

»Noch sauberer wird der Tisch nicht.« Die Stimme Augustin Schonaus ließ sie zusammenfahren.

Erst jetzt wurde sie gewahr, dass hinter ihr sechs Männer standen und offenbar darauf warteten, dass sie mit dem Tisch fertig würde, während sie immer weiter darauf herumwischte.

»Es tut mir leid. Ich habe euch nicht bemerkt.«

»Das haben wir gesehen.« Schonau schmunzelte.

Isabel trat beiseite, damit die Männer sich setzen konnten. Augustin Schonau blieb als Einziger stehen. »Hast du dir durch den Kopf gehen lassen, worüber wir gestern sprachen?«

Sie nickte. »Kann ich dich einen Moment dort drüben sprechen?«, krächzte sie mit einer Stimme, die sie selbst noch nie bei sich gehört hatte. Sie räusperte sich.

»Gewiss.« Er folgte Isabel, die sechs Bier bei Gerald bestellte, obwohl sie gar nicht wusste, ob die Männer überhaupt etwas gesagt hatten. Aber sie tranken immer Bier und Schnaps. So verkehrt würde es also nicht sein. Dann ging sie in den schmalen Flur, von wo aus eine Treppe zu den oberen Fremdenzimmern führte, und wartete, bis Augustin Schonau ihr gefolgt war und nun vor ihr stand.

»Ich habe es mir überlegt«, verkündete sie, »möchte jedoch nicht gegen die Vereinbarung mit dem Kloster verstoßen. Soweit ich weiß, spricht nichts gegen ein Abkommen mit dir.

Doch ich möchte sicher sein und habe die Urkunde deshalb mitgebracht, um deine Meinung zu hören.«

»Dann zeig sie mir«, bat Schonau.

Isabel ging in die kleine Kammer, in der sie das Bündel abgelegt hatte, in dem sie die Schriftrollen mitgebracht hatte, und reichte die erste an Schonau. »Hier. Das ist die erste Urkunde.«

Er entrollte das Pergament und hielt es oben und unten straff, sodass er es lesen konnte. »Hm, soweit ich sehe, musst du lediglich ein Zehntel deiner Ernte an das Kloster abgeben. Wo du die Reben kelterst und den Wein verkaufst, ist hierin nicht geregelt. Also kannst du es handhaben, wie du willst.«

»Hier.« Sie reichte ihm das zweite Schriftstück.

»Was ist das?«

»Lies das bitte«, forderte Isabel ihn auf, ohne Näheres zu erklären, und Augustin tat es, ohne weiter nachzufragen. Er reichte ihr die erste Urkunde zurück und begann die zweite zu lesen. Ein Lächeln huschte über sein Gesicht. »Wie hast du den Abt dazu gekriegt, dich mit allen Rechten an die Stelle deines Mannes zu setzen, solange dein Sohn noch nicht erwachsen ist? Ich muss schon sagen, meine Hochachtung!« Er deutete scherzhaft eine Verbeugung an. »In dir scheint wahrlich mehr zu stecken, als auf den ersten Blick erkennbar ist.«

Isabel atmete erleichtert aus. »Also entdeckst du auch in der zweiten Urkunde nichts, was einem Abkommen zwischen dir und mir im Wege stehen könnte?«

Schonau zog etwas verwundert die Augenbrauen in die Höhe. »Hier ist ja von den Reben gar keine Rede mehr. Das Kloster erkennt dich als die alleinige Rechtehalterin an, bis dein Sohn groß ist. Was sollte hierin eine Einschränkung darstellen?«

Isabel musste sich beherrschen, nicht laut aufzujauchzen vor Glück. Sie rief sich selbst zur Ordnung. »Gut, wenn du keine Schwierigkeiten siehst, sehe ich auch keine. Dann nehme ich gern an und werde bei dir keltern.« Sie biss sich auf die Unterlippe und überlegte, ob es klug war, die Frage auszusprechen. »Sag, Augustin, an wen verkaufen die anderen Weinbauern hier in der Gegend?«

»Nun, die besten Geschäfte mache ich mit den Händlern rheinabwärts.« Er sah sie an, legte dann den Kopf schief. »Na gut, aber nur dieses Jahr. Im nächsten muss du dir selbst helfen.«

»Ich verstehe nicht.«

»Ich werde deine Fässer mitverkaufen.«

»Zu welchem Preis?«

»Zum gleichen, den ich für meine bekomme.«

»Was willst du dafür haben?«

»Ein Zehntel. Genau so viel, wie das Kloster bekommt.«

Isabel sah ihn verärgert an. »Das Kloster bekommt ein Zehntel für unseren Teil des Weinbergs. Das kannst du unmöglich verlangen.«

»Ein Zehntel«, beharrte Augustin weiter. »Dafür schaffe ich die Fässer den Rhein hinunter, verkaufe sie und bringe dir dein Geld.«

Isabel haderte mit sich.

»Das ist gewiss um einiges mehr, als du beim Verkauf über das Kloster oder an Gerald bekommen würdest.«

»Dann blieben nur noch acht Zehntel für mich und meine Familie.«

»Oder aber neun Zehntel von dem wenigen, was du ohne mich verkaufst – und den Rest kannst du selbst trinken.«

Isabel war noch immer nicht überzeugt. »Wenn ich mit den Trauben komme, um sie zu keltern, hilfst du mir dabei?«

»Ich soll dir auch noch helfen?«

»Ja. Wenn du das tust, sind wir uns einig.«

Er schüttelte mit dem Kopf, schmunzelte, dann streckte er ihr die Hand entgegen. »Wir sind uns einig, Isabel Velten. Ich bin gespannt, wohin uns das Ganze führt.«

Isabel war erleichtert und schlug ein. Dann brachte sie die Urkunden wieder in die Kammer, versteckte sie sorgfältig und ging zusammen mit Augustin in die Gaststube zurück. Alle Blicke richteten sich auf sie.

»Dass du auch mal wiederkommst«, schnauzte Gerald sie an.

Augustin grinste und setzte sich zu den Seinen an den Tisch. Isabel wollte etwas erwidern, als sie in diesem Augenblick zwei Gäste erblickte, die ihr für einen Moment den Atem nahmen: Johann und Matthis Stauber. Nie zuvor war einer von ihnen hier gewesen. Johann hielt ihrem Blick stand und sah dann zu Augustin hinüber. Was mochte ihm wohl durch den Kopf gehen? Isabel wurde nervös, hatte jedoch keine Zeit, weiter darüber nachzudenken, da Gerald sie schroff anwies, die soeben aufgefüllten Weinkrüge an den Tisch in der Mitte zu bringen. Sie folgte der Aufforderung und ging danach voller Unbehagen zu dem Tisch, an dem Johann und Matthis saßen.

»Sieh an. Hier bist du also den ganzen Tag.« Es klang spöttisch. »Wir haben uns schon gewundert, warum du nur deine Schwiegermutter und die Kinder arbeiten lässt.« Johann sah sie herausfordernd an.

»Was wollt ihr trinken?«, fragte sie knapp.

»Würzwein«, gab Johann ebenso knapp zurück.

Isabel machte auf der Hacke kehrt, ging in den Schankraum, bat Gerald um einen Krug und zwei Becher und brachte diese an den Tisch.

»Was Albert wohl dazu sagen würde, könnte er dich hier sehen, wie du bedienst und den Männern einen Anblick bietest.« Johann verzog spöttisch den Mund.

Sein Gerede traf Isabel, doch spürte sie, dass sie der Auseinandersetzung nicht ausweichen konnte. Mehr noch, sie wollte und durfte es nicht. Ohne zu wissen, woher der Mut dazu kam, lächelte sie ihn an, legte ihren Finger unter sein Kinn und hob es an. »Du sprichst von meinem Mann, den du und dein räudiger Sohn getötet habt?«, brachte sie zuckersüß hervor. »Nun, das kann ich dir sagen: Er wäre voll der Bewunderung, dass ich es allein schaffe. Wenn ich manchmal des Nachts wach liege, spüre ich geradezu einen heißen Schauer über meinen Körper jagen bei dem Gedanken daran, welche Glut ich mit meinem Mut bei meinem Mann auslösen würde.« In einer raschen Bewegung zog sie den Finger weg. »Und wenn ich dann meinen Wein mache und mit großem Gewinn verkaufe, während dir nur dein jämmerlicher Neid und deine Missgunst bleiben, werde ich in Gedanken auf dich spucken, Johann Stauber.« Sie schenkte den Wein ein und schob ihm einen Becher hin. »Wohl bekomm's!«

Damit machte sie auf der Hacke kehrt und ging wieder in den Schankraum. Sie spürte die Blicke aller Gäste, die das Geschehen staunend verfolgt hatten, in ihrem Rücken.

Als sie in die Gaststube zurückkehrte, war der Tisch, an dem die Staubers gesessen hatten, leer. Isabel registrierte es und hob den Kopf. »Wem kann ich noch etwas bringen?«, rief sie gut gelaunt in die Runde.

# 7. Kapitel

Der Tag der Ernte war gekommen. Isabel, Gertrud und den Kindern schien es, als sei es den ganzen Sommer über nicht einen einzigen Tag so heiß gewesen. Die Aufregung schien ebenso in der Luft zu flirren wie die Sonnenstrahlen, die unerbittlich auf die Arbeiter niederschienen. Überall herrschte emsiges Treiben. Alle verfügbaren Mönche waren im Weinberg mit der Lese beschäftigt. Isabel fand es mehr als unglücklich, dass der Bereich, in dem sie die Trauben zu pflücken hatten, direkt neben dem der Staubers lag. So arbeiteten sie dicht an dicht, enger noch, als es auf ihren eigenen Hängen der Fall war.

Hanna verrichtete ihre Arbeit in unmittelbarer Nähe zu Isabel. In der Frühe, als sie mit dem Pflücken begonnen hatten, hatte Hanna den zögerlichen Versuch eines Grußes gewagt. Beim Anblick von Isabels versteinerter Miene hatte sie den Arm jedoch sogleich wieder sinken lassen, und das traurige Gefühl der Verzweiflung blieb zurück, die wunderbare neu gefundene Freundschaft für immer verloren zu haben.

Abt Dimitrius hatte den Staubers wie den Veltens Karren bereitstellen lassen, auf die sie die geernteten Trauben schütten konnten. Der Karren der Veltens blieb jedoch leer, da diese von Augustin Schonau einen Karren mitgebracht hatten, der direkt neben dem anderen, unbenutzten stand. Einer der Mönche musste es bemerkt und gemeldet haben, denn plötzlich stand Abt Dimitrius neben ihr, ohne dass Isabel es bemerkt hatte.

»Isabel Velten, ich habe Euch einen Karren bereitstellen lassen. Doch wie ich sehe, befüllt Ihr ihn nicht. Darf ich Euch um eine Erklärung bitten?«

Isabel streckte den schmerzenden Rücken. »Gott zum Gruße, Abt Dimitrius.«

Er machte eine Handbewegung, als wollte er eine Fliege verscheuchen. »Gott grüße auch Euch«, gab er etwas widerwillig zurück.

Sie lächelte ihn an. »Verzeiht, ich wollte nicht unhöflich sein, indem ich den Karren zurückweise. Doch schien es mir nicht angemessen, einerseits Eure großzügige Geste anzunehmen und dann die Trauben zum Keltern fortzuschaffen.«

»Wovon genau sprecht Ihr?«

Johann Stauber sah zu ihnen herüber und kam dann näher heran, um das Gespräch verfolgen zu können.

Isabel bedeutete dem Abt, ihr zu folgen, und blieb ein Stück weiter weg stehen, damit Johann sie, sprach sie leise genug, nicht hören konnte.

»Ihr seid ein kluger Mann und wisst um die Spannungen zwischen meiner und der Stauber-Familie. Und gewiss hört dies nicht auf. Deshalb habe ich die Offerte eines Winzers angenommen, die Reben bei ihm zu keltern, sodass es am Ende keinen Streit darum geben kann, ob die Staubers oder wir zuerst die Möglichkeit zum Keltern haben, und auch niemand bezweifeln wird, wem welche Menge des Weines zusteht. Ich hoffe, Ihr seid erleichtert, wird Euch so manche Entscheidung über Streitigkeiten abgenommen.«

Der Abt sah sie einen Moment lang an, schien erst gedanklich ordnen zu müssen, was sie ihm soeben mitgeteilt hatte. »Aber das könnt Ihr nicht«, brachte er dann hervor. Es klang nicht unfreundlich, eher überrascht.

»Weshalb nicht?«, fragte Isabel in unschuldigem Ton.

»Weil der Wein im Kloster zu keltern ist.«

»Weshalb das?«

»Weil es die klösterlichen Hänge sind.«

»Die wir von Euch gepachtet und wofür wir Abgaben zu leisten haben.«

»Genau.«

»Aber wo wir die Trauben verarbeiten, ist unsere Entscheidung.«

»Nein.«

»Aber gewiss. Hierüber wurde nie gesprochen. Daher sind wir frei, zu keltern, wo es uns beliebt.«

»Und die Abgaben?«

»Werden wir leisten, wie in der Urkunde vereinbart. Das Kloster erhält ein Zehntel.«

»Doch für das Keltern würde uns weiteres Geld zustehen.«

»Das ist richtig. Aber gewiss nur dann, wenn ich bei Euch keltern würde. Und das tue ich nicht.«

»Das entspricht nicht der Vereinbarung.«

»Doch, das tut es. Lest die Urkunde.«

Der Abt wurde wütend. »Warum wollt Ihr unbedingt meinen Zorn auf Euch ziehen, Isabel Velten?«

»Das will ich keineswegs«, gab sie zurück. »Ich halte mich an die getroffene Vereinbarung und werde alles erfüllen. Ich habe es auch gut sein lassen, als Ihr mir zuerst Gleichbehandlung zugesichert hattet und dann dem Stauber Pferd und Pflug gegeben und mir nicht einmal die Hilfe Eurer Mönche gegönnt habt.«

»Ach, darum geht es.«

Sie schmunzelte. »Ihr täuscht Euch, Abt. Ich zürne Euch nicht und will Euch auch nicht verärgern. Doch Hilfe habe ich von Euch nicht erfahren. Also habe ich mich umgehört und für meine Familie das getan, was vonnöten war.«

»Ich habe Euch geholfen«, stellte er klar. »Oder habt Ihr bereits vergessen, dass ich Euch mit der Urkunde das Recht eingeräumt habe, im Namen Eures Sohnes zu handeln?«

»Nicht Ihr habt mir das Recht eingeräumt, es stand und steht mir zu. Ihr habt lediglich die Urkunde fertigen lassen, um die Folgen einer möglichen Einschaltung des Erzbischofs zu vermeiden.«

»Es kommt auf das Gleiche heraus.«

»Es kommt auch auf das Gleiche heraus, ob ich im Kloster oder woanders keltern lasse. Ihr erhaltet Euer Zehntel, ganz so, wie es vereinbart ist. Und sosehr ich die Plauderei mit Euch auch zu schätzen weiß, bitte ich nun um Verzeihung – ich muss mich wieder den Reben widmen.«

»Das werdet Ihr noch bereuen.«

»Droht Ihr mir, Abt?«

»Nein, ich gebe Euch nur meine Überzeugung kund.«

»Dann danke ich Euch.« Sie knickste mit höhnischem Blick. »Und meine Überzeugung ist, dass ich stets tun werde, was notwendig ist. Und die Stärke hierfür gibt mir der Herr.« Sie hob das Kinn.

»Ihr wagt es ...?«

»Was? Die Hilfe des Herrn zu erbitten? Ja, das wage ich. Allerdings. Und Ihr werdet künftig staunend beobachten dürfen, wie wohlgesinnt er mir ist.«

»Ihr tragt einen falschen Stolz in Euch!«

»Möge der Herr mit Euch sein, Abt Dimitrius.« Sie wollte sich abwenden.

»Wo lasst Ihr keltern?«, fragte der Abt rasch, als wollte er ihr dies unbedingt noch entlocken, bevor sie sich wieder an die Arbeit machte.

Isabel sah ihn an, lächelte, sagte jedoch nichts. Dann ging sie und nahm ihre Arbeit wieder auf.

Erst am frühen Nachmittag gönnten sich die Veltens eine Pause, setzten sich am Hang zusammen und aßen etwas. Die Staubers hatten dies schon vor Stunden getan, doch Isabel dachte gar nicht daran, so früh schon der Verlockung einer kurzen Ruhe nachzugeben.

»Geht es dir gut?«, fragte Isabel ihre Schwiegermutter mit besorgtem Blick.

Diese bemühte sich um ein Lächeln. »Es geht schon. Welche Frau meines Alters kann schon von sich behaupten, noch imstande zu sein, die gleiche Arbeit wie alle anderen zu leisten?«

»Wahre Worte«, bemerkte Isabel, die in letzter Zeit immer öfter festgestellt hatte, wie sehr ihr Gertrud mittlerweile ans Herz gewachsen war. Aufgrund der schwierigen Umstände waren die beiden Frauen einander sehr nahegekommen. Isabel wusste, dass sie sich auf Gertrud verlassen konnte, komme, was wolle.

»Was hatte Abt Dimitrius vorhin mit dir zu besprechen, Mutter?«

»Es ging um das Keltern, Albert. Es gefiel ihm nicht, dass wir unsere Trauben nicht ins Kloster bringen.«

»Wohin bringen wir sie denn dann?«, hakte Conrad nach.

»Zu einem Winzer, der hier in der Nähe ist. Dort werden wir alle zusammen mit ihm keltern und den Wein in Fässer füllen. Er wird diese dann für uns verkaufen.«

»Und weshalb nicht im Kloster?«

»Wegen der Staubers«, antwortete Isabel, obwohl dies nur einer der Gründe war. »In den letzten Monaten ist so viel geschehen. Ich fürchte, am Ende würden sie auch noch versuchen, unseren Wein für ihren auszugeben.«

»Dann ist es wirklich besser so«, urteilte Albert und erinnerte Isabel mit seiner Art in diesem Augenblick unglaublich an seinen Vater. Sie musste schwer schlucken, um das beklemmende Gefühl, das in ihr aufstieg, zu unterdrücken.

»Ja, so ist es«, sagte sie und räusperte sich.

Emilia gähnte herzhaft.

Isabel rührte der Anblick, doch wusste sie, dass noch eine Menge Arbeit vor ihnen lag. »Kommt. Wir haben aufgegessen.

Lasst uns weitermachen, bevor wir noch vor Müdigkeit einschlafen.«

Sie standen auf, klopften sich den Dreck von Hosen und Röcken und nahmen ihre Arbeit wieder auf.

Stunden später, es dämmerte bereits, kam Augustin Schonau wie vereinbart mit einem Ochsen am Strick, sprach kurz mit Isabel, spannte das Tier vor den Karren und nahm die geernteten Trauben mit. Erst dann konnten auch die Veltens den Feierabend einläuten. Erschöpft schleppten sie sich den Hügel hinunter bis zu ihrer Kate. Die Staubers hatten bereits vor gut zwei Stunden das Pflücken eingestellt. Sie waren über den Tag rascher vorangekommen, doch nun stellte Isabel mit Genugtuung fest, dass ihre Familie den Rückstand hatte wettmachen können. Sie lächelte und wuschelte Conrad durchs Haar.

»He, was soll das?«

»Ich bin stolz auf euch. Wisst ihr das?«

Conrad strich sich die Haare wieder zurück. Dann lächelte auch er. »Wir Veltens werden es schaffen, Mutter«, sagte er mit fester Stimme.

Albert drehte sich zu ihnen um und nickte zuversichtlich. Isabel musste sich zusammennehmen, um keine Glückstränе zu vergießen.

Sie brauchten volle zehn Tage. Erst dann war die letzte Traube gepflückt. Isabel war erleichtert, erschöpft und auf eine gewisse Art auch ein klein wenig traurig. Ihr hatte es gefallen, nach den Monaten in der Schenke endlich mal wieder den ganzen Tag mit ihren Kindern verbringen zu können. Auch wenn es anstrengend gewesen war und ihr Rücken sich nur noch wund anfühlte und ganz so, als wolle er jeden Moment zerbrechen, war sie glücklich gewesen. Zwischendurch eine Alberei mit der kleinen Emilia, Alberts strenge Blicke, ganz so, wie sein Vater es gemacht hätte, und dann Conrad, der stets um das Wohl aller besorgt war und sich überaus geschickt bei der Lese angestellt hatte. Er hatte ihnen gezeigt, wie sie die Trauben pflücken könnte, ohne dass ihre Finger sich irgendwann steif und taub von der Arbeit anfühlten. Einzig Gertrud machte ihr von Tag zu Tag mehr Sorgen. Isabels Bitte, sie möge einen Tag Ruhe einlegen und dann mit neuer Kraft wieder hinzustoßen, war an der Schwiegermutter abgeprallt. Um jeden Preis wollte diese ihren Teil beitragen und sich weder vom Alter, der Hitze oder irgendeinem Gebrechen abhalten lassen. Isabel wusste, dass es keinen Sinn hatte, weiter in sie zu dringen. Also respektierte sie die Entscheidung der Älteren, wenngleich die Sorge um deren Wohlergehen blieb.

Heute nun wollten sie sich am Morgen ein wenig Zeit lassen, waren sie doch in den letzten Tagen stets vor Sonnenaufgang zum Traubenpflücken auf den Hang gestiegen, um diesen erst am Abend wieder zu verlassen.

Die Staubers hatten täglich später angefangen und früher den Feierabend begangen. Die erste Zeit waren die Familien dennoch gleichauf mit der Lese, doch seit zwei Tagen lagen die Veltens deutlich vorn. »Fleiß zahlt sich nun einmal aus«, hatte Isabel noch gestern Abend gesagt, als sie fertig geworden waren, während die Staubers noch mindestens einen weiteren Tag brauchen würden. Es war ihr eine Genugtuung gewesen, heute Morgen, als sie den Nachttopf draußen entleert hatte, die ganze Familie Stauber an ihrer Kate vorbei den Hang hinaufgehen zu sehen, während ihre Arbeit bereits getan war und sie sich Zeit lassen konnten.

»Isabel«, sprach Gertrud sie an, als sie sich gerade bereit machten, um zu Augustin Schonau aufzubrechen.

»Ja?«

»Würde es dir etwas ausmachen, wenn ich euch heute nicht begleite?«

»Aber nein, gewiss nicht. Ist dir nicht wohl?« Sie sorgte sich mehr, als sie zeigen wollte.

»Es war einfach etwas viel«, beschwichtigte Gertrud. »Nur einen Tag. Dann wird es wieder gehen.«

»Brauchst du einen Medicus?« Fast fürchtete sich Isabel vor der Antwort, war ein Medicus für die Familie doch kaum zu bezahlen.

»Aber nein.« Gertrud machte eine wegwerfende Handbewegung. »Ich bin nicht krank, nur erschöpft. Lasst mir den einen Tag. Dann ist alles wieder in Ordnung.«

»Soll lieber eines der Kinder hierbleiben, damit es mich holen kann, sollte es schlimmer werden?«

Gertrud war gerührt. Sie schüttelte den Kopf. »Wirklich nicht. Ich möchte nur meine Ruhe haben.«

»Nun gut. Wenn du es sagst.« Sie gab den Kindern einen Wink. »Kommt. Lassen wir Großmutter allein.« Sie versuchte, ihrer Stimme einen heiteren Klang zu geben. »Jetzt werden wir Wein machen!«, kündigte sie an und folgte dann Albert, Conrad und Emilia hinaus.

»Das sind alles unsere Trauben?« Emilia ließ sich von Albert hochheben, um in den rechteckigen Bottich sehen zu können.

»Aber ja.« Augustin Schonau lachte gutmütig auf. Er deutete auf drei Fässer. »Und die dort auch. Es wäre nicht gut gewesen, sie über die gesamte Erntezeit liegen zu lassen. Also habe ich einen Teil eurer Arbeit getan.«

»Du hast was?«, fragte Isabel erstaunt.

»Ihr habt länger für die Ernte gebraucht, als für die Trauben gut ist. Es ist nicht der Rede wert. Meine Trauben sind schon seit Tagen gekeltert und abgefüllt. Nun seid ihr dran.«

Isabel hatte ein schlechtes Gewissen und wieder einmal das Gefühl, dass der Mann mehr für sie tat, als sie zurückzahlen konnte, nein, zurückzahlen wollte. Sie fürchtete sich vor dem Tag, an dem er sie an alles erinnern würde, was er für sie getan hatte, und eine Gegenleistung fordern würde.

Schonau wies die vier an, sich die Füße zu waschen, um dann in den Bottich zu steigen und die Trauben zu zertreten. »Der Saft läuft hier ab, seht ihr?« Er zeigte auf eine Öffnung, durch die die rote Flüssigkeit in ein Fass lief. »Und nun tretet ihr die Trauben so lange, bis sie nichts mehr hergeben. Ich wechsle das Fass aus, sobald es voll ist. Ihr werdet einen guten Gewinn machen.«

Anfangs noch etwas zögerlich, legten die vier ihre Scheu bald ab und stapften und traten, was die Füße hergaben. Die Freude war ihnen deutlich anzusehen, sie lachten und scherzten, genossen es geradezu. So einfach hatte Isabel es sich nicht vorgestellt, schon gar nicht, dass die Arbeit ein Vergnügen für sie würde. Sie füllten insgesamt fünf weitere Fässer, sodass sie mit den bereits von Schonau fertiggestellten insgesamt acht Fässer ihr Eigen nennen konnten.

»Ich hätte nicht gedacht, dass es so viel ist!«

»Ihr habt Glück«, urteilte Augustin. »Die Mönche haben euch einen guten Hang überlassen. Wenn ihr es richtig anstellt, werdet ihr ein hübsches Geschäft damit machen.«

»Wird der Gewinn bis zur Ernte im nächsten Jahr reichen?«

»Für fünf Seelen?« Augustin wiegte den Kopf. »Das denke ich doch.« Er gab seiner Stimme einen zuversichtlichen Klang.

Isabel atmete erleichtert aus.

»Ich werde einen guten Preis für euch aushandeln«, fügte er noch hinzu.

»Ich danke dir für alles, was du für uns getan hast.« Sie presste die Lippen zusammen.

»Du solltest nicht so laut denken.« Er grinste sie breit an. »Jemand, der nicht so verständnisvoll ist wie ich, könnte sich beleidigt fühlen.«

Isabel wurde rot, und Augustin lachte. »Na, na, es ist schon recht.« Er wandte sich den Kindern zu, die das Geplänkel wortlos verfolgt hatten. »Wisst ihr, eure Mutter ist argwöhnisch. Das mag durchaus seine Berechtigung haben, muss man doch sehen, dass es genug Leute gibt, die nur auf ihren eigenen Vorteil bedacht sind.« Er sah zu Isabel hinüber, dann wieder zu den Kindern. »Was eure Mutter nicht weiß: Adelheid, meine ältere Tochter, war nur wenige Jahre jünger als eure Mutter, glich dieser jedoch vom Aussehen her so sehr, dass mich fast der Schlag traf, als ich eure Mutter das erste Mal in der Schenke sah und sie mir mein Bier brachte. Bis dahin hatte ich geglaubt, dass es nur einen einzigen Menschen auf der Welt gab, der solch hellblonde Haare hatte, nämlich meine Adelheid.« Er sah wieder Isabel an und blickte ihr diesmal direkt in die Augen. »Nenn es die Taten eines alternden Mannes, der Frau und Töchter verloren hat und nun in dir eine dieser Töchter wiedererkennt. Wundert es da, dass der Vater in mir sich regt und helfen will?«

Isabel presste ihre Lippen noch fester aufeinander. »Das habe ich nicht gewusst«, sagte sie dann.

»Woher solltest du auch? Doch nun weißt du es und damit auch, wie ich dich sehe.«

»Und bin erleichtert«, vollendete sie.

Er nickte ihr zu. »Dann wäre das geklärt.«

»Was geschieht als Nächstes?«, fragte Conrad. »Ich meine, mit dem Wein?«

»Noch ist es kein Wein«, erklärte Augustin. »Wir werden den Saft etwa fünf Tage gären lassen und dann durch Tücher in andere Fässer füllen, um das, was sich abgesetzt hat, herauszubekommen.«

»Das ist alles?«, wunderte Conrad sich.

»Ja. Alles andere machen die Trauben selbst. Sie wollen nämlich unbedingt Wein werden, weißt du? Es muss nur warm genug sein dort, wo die Fässer stehen. Und wenn der Wein fertig ist, würzen wir ihn mit Nelken, Anis und Holunderblüten. Ihr könnt von Glück sagen, dass ich zufällig zu viele von den Kräutern erstanden habe und nichts damit anfangen kann. Ihr könnt sie haben, wenn ihr wollt.«

Isabel wollte schon protestieren, doch sie hielt sich zurück. »Danke«, sagte sie stattdessen nur. »Das ist wirklich sehr nett von dir.«

»Von Herzen«, entgegnete er knapp.

Isabel fühlte sich beschenkt. Zum ersten Mal im Leben hatte sie das Gefühl, einen echten Freund gefunden zu haben.

Gemeinsam verließen sie den Raum, der einen Anbau an dem Wohnhaus darstellte, das zwar nicht besonders prächtig wirkte, dafür aber groß war und bestimmt zehn, womöglich gar zwölf Leuten reichlich Platz bieten mochte. Isabel konnte nur erahnen, wie einsam Augustin sich nach dem Tod seiner Frau und seiner Töchter hier fühlen musste. Überall im Innenhof standen Fässer, Isabel schätzte, mindestens zwei Dutzend. Im hinteren Teil, von den Fässern fast verdeckt, standen vier Ochsenkarren. Dahinter sah sie ein weiteres Gebäude, vermutlich die Scheune.

»Ah, Gunter, komm herüber zu uns. Ich möchte dir jemanden vorstellen.«

Der Angesprochene, der soeben in den Innenhof getreten war, drehte den Kopf und folgte der Aufforderung.

»Gunter, das sind Isabel Velten und ihre Kinder Albert und Conrad, und hier haben wir die kleine Emilia.« Augustin deutete mit der Hand auf jedes der Kinder, als er ihren Namen sagte. »Ihr Veltens, das ist mein Schwiegersohn Gunter.«

Isabel war überrascht, hatte sie doch geglaubt, Augustin sei ein allein lebender Mann. Höflich nickte sie dem Fremden zu. Dieser starrte sie wie vom Donner gerührt an.

»Beim Herrn! Einen Moment lang dachte ich ...« Er verstummte. »Bitte verzeiht. Ihr habt unglaubliche Ähnlichkeit mit jemandem«, erklärte er dann.

»Ihr sprecht von Augustins Tochter, nicht wahr?«, bemerkte Isabel. »Er hat uns von ihr erzählt.«

Gunter nickte und begrüßte die Kinder mit einer Geste.

»Isabel ist Winzerin genau wie wir. Und ihre Kinder helfen ihr dabei.«

»Ach ja? Und du holst uns eine solche Konkurrenz auf den Hof, Augustin?«, gab er gespielt entrüstet von sich, was Emilia zum Lachen brachte.

»Wenn ich mich hier so umsehe, habt Ihr von uns wohl nichts zu befürchten«, erwiderte Isabel freundlich.

»Isabel keltert die Trauben bei uns, und wir verkaufen den Wein zusammen mit unserem«, erklärte Augustin.

»Also machen wir sogar Geschäfte miteinander«, sagte Gunter erfreut.

»Ja – und hoffentlich gute«, stimmte Isabel zu.

»Dessen bin ich sicher«, meinte Augustin. »Ich glaube ja, Gott gibt genug, dass es für alle reicht. Die Menschen müssen nur lernen, miteinander zu teilen.«

»Du bist aber leider der Letzte, der so denkt«, bemerkte Gunter.

»Einer muss ja der Letzte sein«, entgegnete Augustin.

»Isabel, ich darf Euch doch Isabel nennen?«

»Bitte, ja. Es würde mich freuen, wenn wir die förmliche Anrede aufgeben würden.«

»Umso besser, ich heiße Gunter. Hat Augustin euch schon den Hof und die Weinberge gezeigt?«

»Ich war eben im Begriff«, antwortete sein Schwiegervater an Isabels Stelle.

»Gut. Dann werde ich euch begleiten«, stellte Gunter zufrieden fest.

»Hast du denn gar nichts mehr zu tun?«

»Nun, ich wollte eben die Fässer aufladen und verschnüren. Doch das kann ich auch später machen.«

Augustin musterte ihn, schmunzelte und deutete mit dem Kopf an ihm vorbei. »Also lasst uns als Erstes zu den Weinbergen gehen. Dann zeigen wir euch, was ihr tun könnt, um möglichst viele Trauben zu gewinnen.«

»Aber wir haben nicht mehr allzu viel Zeit«, wandte Isabel ein.

»Ach, bitte, Mutter, ich würde die Weinberge so gern sehen«, bettelte Conrad.

»Erwartet dein Gatte dich? Oder weshalb die Eile?«, fragte Gunter freundlich.

Sofort sahen die Kinder betreten zu Boden.

»Sie ist Witwe«, sagte Augustin und ersparte Isabel damit, es selbst auszusprechen.

»Oh, ich bitte um Verzeihung. Ich ahnte nicht …«

»Wie solltest du auch?« Isabel bemühte sich um ein Lächeln. »Conrad hat vollkommen recht, wir müssen unbedingt die Weinberge sehen. Aber das Haus heben wir uns für unseren nächsten Besuch auf.«

Sofort stellte sich wieder die gelöste Stimmung von vorhin ein. Isabel war überrascht, wie viel besser die Kinder mittlerweile mit dem Tod des Vaters umzugehen wussten.

# 8. Kapitel

Nervös knetete Isabel ihre Hände. Sie müssten doch längst zurück sein. Augustin und Gunter waren vorgestern mit den Fässern rheinabwärts gefahren, um den Wein zu verkaufen. Sie waren zuversichtlich gewesen, einen guten Preis zu erzielen, war die Ernte in den etwas kälteren Regionen des Landes in diesem Jahr doch geringer ausgefallen. Isabel vertraute den beiden, fürchtete aber das, was geschehen könnte. Auf dem Rhein hatte sie ihren Mann verloren. Was, wenn das Schiff, auf dem sie waren, undicht war, im Strom unterging und die Männer wie die Fässer mit sich riss? Sie versuchte, das Bild aus ihrem Kopf zu verdrängen. Es war ohnehin Unsinn, da die Fässer oben treiben würden. Doch wie lange? Und würde das Wasser eindringen und den Wein verderben? Konnten Augustin und Gunter schwimmen? Sie schüttelte den Kopf, um die wirren Gedanken zu vertreiben. Scheinbar wurde sie allmählich wahnsinnig.

»Du sorgst dich, wo sie bleiben, nicht wahr?« Gertrud war aus der Kate getreten und setzte sich neben ihre Schwiegertochter auf den kleinen Holztritt.

»Ja. Sie müssten längst zurück sein.« Ein anderer Gedanke ging ihr durch den Kopf. Sie fürchtete sich, ihn der Schwiegermutter gegenüber auszusprechen, tat es aber dann doch. »Habe ich zu rasch Vertrauen gefasst, Gertrud?«

Die Schwiegermutter sah sie von der Seite an. »Du meinst Augustin?«

»Ja.«

Gertrud lächelte gutmütig. »Das glaube ich nicht. Ich habe ihm auch vom ersten Moment an jedes Wort geglaubt. Seine Augen sind die eines ehrlichen Mannes. Allerdings ...«

»Allerdings was?«

»Gunter. Ihm vertraue ich nicht.«

»Nicht? Weshalb?«

Gertrud rieb sich die Arme. »Ich kann es nicht recht begründen. Er ist freundlich, höflich und stets zuvorkommend, doch er hat etwas an sich, was mich schaudern lässt.«

»Schaudern? Weshalb?«

Gertrud spielte nervös mit den Fingern. »Er erinnert mich an jemanden.«

»An wen?«

Gertrud zögerte. »An meinen eigenen Mann.«

»Und das ist schlecht?«

»Nun, es ist zumindest nicht nur gut.«

Isabel wartete einen Moment, doch Gertrud führte das Gesagte nicht weiter aus. »Kannst du mir erklären, wie du das meinst?«

Die Schwiegermutter blickte geradeaus, als würde sie etwas dort im Grünen, wo nichts als Gräser und Büsche waren, genau beobachten. »Ich war noch sehr jung, als ich Nikolaus kennenlernte, weißt du? Er und seine drei Brüder zogen durch die Lande und verdingten sich, wo sie Arbeit fanden. Meinem Vater gehörte damals ein großer Hof.« Sie lächelte. »Wir hatten viel. Manch einer würde sagen, dass wir reiche Leute waren.« Sie beugte sich hinunter, zupfte einen Grashalm ab und drehte ihn zwischen den Fingern. »Nikolaus und seine Brüder halfen bei der Ernte.« Sie warf den Grashalm fort, legte beide Hände auf ihr Gesicht und rieb sich die Augen. »Ich war so furchtbar jung und dumm. Gewiss, ich hatte auch auf dem Hof helfen müssen, doch im Nachhinein betrachtet, hatte ich ein einfaches, sorgloses Leben. Geschwister hatte ich da schon keine mehr. Mein Bruder ertrank, als ich zehn Jahre alt war.«

»Er ertrank? O mein Gott … und jetzt auch noch deine Söhne!« Isabel schlug erschrocken die Hand vor den Mund.

Gertrud nickte. »Nun ja. Mein Vater war dagegen, doch schließlich habe ich ihn überreden können und Nikolaus geheiratet.« Sie atmete tief durch. »Es war die Hölle.«

Isabel war zutiefst bestürzt. »Das wusste ich wirklich nicht, Gertrud. Alles, was Albert mir von seinem Vater erzählt hat, war das, woran er sich noch erinnern konnte, und das war nicht viel. Wie alt war Albert, als dein Mann starb? Sieben, acht Jahre?«

»Sieben. Und das hat gereicht.«

»Wie meinst du das?«

»Ich glaube, wir werden erwartet«, schallte es laut herüber.

Isabel und Gertrud zuckten zusammen. Sie hatten gar nicht bemerkt, dass Augustin und Gunter den Pfad entlangkamen und sie schon fast erreicht hatten. Sofort standen die Frauen auf.

»Augustin.« Isabel ging ihnen einige Schritte entgegen. »Wir sind froh, euch beide wohlbehalten wiederzusehen. Wir waren schon in Sorge.«

Sie blieben stehen, und auch Gertrud machte noch die wenigen Schritte auf sie zu.

»Und?«, fragte Isabel ein wenig ängstlich. »Konntet ihr alle Fässer verkaufen?«

»Ja, Isabel, es ist alles verkauft.« Auch Augustin wirkte erleichtert. »Allerdings …« Er zögerte.

»Ja?« Sie sah ihn bang an.

»Nicht zu dem Preis, den wir uns erhofft hatten.«

Sie lächelte tapfer. »Gewiss habt ihr alles versucht.«

»Das haben wir«, versicherte Augustin. Er blinzelte ihr zu. »Deshalb haben wir auch nicht den Preis erzielt, den wir uns erhofft hatten, sondern stolze zwei Gulden mehr für jedes Fass.«

»Nein!« Isabel sah ihn ungläubig an. »Ihr habt …?«

»Wir haben, meine Liebe. Wir haben.« Die Freude war ihm deutlich anzumerken, und auch Gunter nickte ihr froh gelaunt zu.

Sie drehte sich zu ihrer Schwiegermutter, die ebenso fassungslos war. »Gertrud, hast du das gehört? Hast du das gehört?« Isabel fiel ihr um den Hals, drückte sie fest an sich. »Zwei Gulden mehr für jedes Fass!« Isabels Augen waren mit Tränen gefüllt. Gertrud erwiderte die zärtliche Geste und genoss es, diesen Moment der Freude zu teilen. Isabel löste sich, sah die Schwiegermutter glücklich an. Dann wandte sie sich wieder Augustin und Gunter zu. »Ihr wisst nicht, was das für uns bedeutet!«

Gunter reichte ihr ein Säckchen, das voll mit Münzen war. »Euer Anteil.«

Isabels Arm sank herab, so schwer war es.

»Ich dachte, es wäre das Beste, wenn ihr auch kleinere Münzen bekommt, sodass ihr überall damit bezahlen könnt«, sagte Augustin.

»Wir können euch gar nicht genug danken! Hiermit«, sie deutete auf das Geldsäckchen, »werden wir ein neues Leben beginnen, weitere Weinberge pachten und Knechte einstellen können, die uns bei der Arbeit helfen.«

»Aber erst einmal sollten wir mit einem guten Schluck darauf anstoßen, welch reichen Gewinn der Herr uns geschenkt hat.«

Albert, Conrad und Emilia waren, als sie die Stimmen gehört hatten, aus der Kate gekommen.

»Was ist geschehen, Mutter?«, fragte Albert.

»Die Reben«, sagte Isabel, »sie haben das Glück in unser Leben zurückgebracht.«

»Alle Fässer sind verkauft«, fügte Gertrud hinzu. »Unsere Sorgen haben ein Ende.«

Die Kinder jubelten, ließen sich von der frohen Stimmung mitreißen. Erst Stunden und zwei geleerte Trinkschläuche später, als es bereits dämmerte, verabschiedeten sich Augustin und Gunter und gingen zurück zu ihrem eigenen Hof. Und alle waren sich einig, sich nicht erinnern zu können, wann sie zuletzt einen so wunderbaren Abend erlebt hatten.

Die nächsten Wochen und Monate verbrachten die Veltens unbeschwert. Es war ruhiger geworden, die Trauben waren gelesen, nur noch selten sahen sie in der Ferne jemanden auf den Hängen. Einmal kam ein Mönch vorbei, um im Namen von Abt Dimitrius das Zehntel für das Kloster einzufordern. Als er die Summe genannt hatte, holte Isabel, ohne mit der Wimper zu zucken, die Münzen hervor, wünschte ihm Gottes Segen und schloss sogleich wieder die Tür. Danach hatte sie vonseiten des Klosters nichts mehr gehört. Zu gern hätte sie gewusst, wie hoch der Gewinn für die Staubers ausgefallen war, wo diese doch alles über das Kloster abgewickelt hatten. Isabel bezweifelte, dass es auch nur annähernd so viel war, wie sie selbst mit der Hilfe Augustins hatte einstreichen können. Und wenn sie ehrlich war, freute sie sich darüber. Sie gönnte den Staubers einfach nichts Gutes.

Das Jahr neigte sich dem Ende zu, und Isabel konnte kaum glauben, wie rasch die Monate seit ihrem Umzug aus Krefeld vergangen waren. In letzter Zeit war sie des Öfteren zu dem kleinen Friedhof hinaufgestiegen, der direkt ans Kloster anschloss, und hatte das Grab ihres Mannes besucht. Manchmal waren die Kinder mitgekommen, doch je öfter sie hinaufging, desto seltener begleitete sie jemand. Selbst Gertrud schien kaum Interesse daran zu haben, an die Gräber ihrer Söhne zu gehen. Sie hatte Isabel gegenüber schroff erklärt, dass alles, was von ihren Söhnen übrig war, längst zerfallen dort in der dunklen Erde lag. Es gebe keinen Grund für sie, dorthin zu gehen und auf einen immer mehr zusammenfallenden Hügel zu starren. Isabel hatte es hingenommen, teilte ihre Ansicht jedoch nicht. Ihr tat es gut, an Alberts Grab zu stehen und ihm zu erzählen, was sich in der letzten Zeit ereignet hatte. Manchmal hatte sie sich auch dort auf den Boden gesetzt, den Geräuschen gelauscht, leise mit ihm gesprochen und sich vorgestellt, Albert könnte sie jetzt sehen und ihr zuhören. Es hatte ihr einfach gutgetan, ja sogar Kraft gegeben. Sie brauchte das Gefühl, ihn noch immer an ihrer Seite zu haben, auch wenn sie es sich nur einbildete. Insbesondere gab es etwas, das sie ihrem verstorbenen Mann anvertraut hatte, um hierbei ihre eigenen Gefühle zu hinterfragen. Oder war es gar, um sein Einverständnis zu bekommen?

Gunter, der Schwiegersohn Augustins, der auf Betreiben seines Schwiegervaters ebenfalls den Nachnamen Schonau führte, war in letzter Zeit häufig zu Besuch gekommen. Häufiger, als notwendig gewesen wäre, um die Geschäfte zu besprechen. Einige Male waren sie zusammen durch die Weinberge gegangen. Gewiss nie, ohne dass mindestens zwei der Kinder dabei gewesen wären. Das hätte Gertrud nie zugelassen. Und eigentlich war Isabel auch wohler so, wollte sie doch keinesfalls in eine peinliche Situation geraten, aus der sie sich hätte herauswinden müssen. Gertrud hatte Isabel in der ihr eigenen, überaus deutlichen Art zu verstehen gegeben, dass sie nichts von Gunter hielt. Zwar musste Gertrud zugeben, dass Gunter stets höflich, zuvorkommend und äußerst korrekt war. Doch überwog, was sie Isabel schon vor einigen Wochen gesagt hatte: Er hatte etwas an sich, was sie schaudern ließ.

Heute nun war die gesamte Familie Velten zusammen mit Augustin und Gunter auf einem Weinberg gewesen, den ein Winzer verkaufen wollte. Der alte Heinrich, wie der Mann überall genannt wurde, hatte über die Jahre schon einen Teil seiner Weinberge an die Schonaus verkauft. Nachdem Isabel Augustin gebeten hatte, sich für sie umzuhören, damit auch sie die Möglichkeit bekäme, Weinberge zu kaufen, hatte er Heinrich und sie miteinander bekannt gemacht. Weil er nicht mehr so gut laufen konnte, zeigte Heinrich den Veltens und Schonaus vom unteren Ende des Hanges, wie weit die Reben reichten, die er einem neuen Besitzer übergeben wollte. Isabel hatte geschmunzelt, war es doch mehr Land, als sie mit dem Gewinn aus fünf guten Lesen hätte bezahlen können. Doch Augustin Schonau hatte ihr die Hand auf den Arm gelegt und ihr gesagt, dass sie später darüber reden könnten. Heinrich war sodann von Gunter nach Hause begleitet worden, weil der alte Mann tatsächlich bedenklich wacklig unterwegs war und keiner der anderen sich vorwerfen wollte, dass dieser auf dem Rückweg zu seinem Heim womöglich gestürzt sein könnte. Als sie außer Hörweite waren, hatte Augustin den Veltens angeboten, ihnen das Geld für den Weinberg zu leihen und jeweils einen Teil ihrer Einnahmen aus den künftigen Weinverkäufen als Rückzahlung zu akzeptieren. Isabel erschien das Angebot über die Maßen verlockend, Gertrud hingegen blickte kritisch drein. Sie verabschiedeten sich von Augustin und sagten ihm, dass sie es sich in Ruhe überlegen wollten. Dann machten sie sich auf den Rückweg zu ihrer Kate.

»Weshalb ein solches Wagnis eingehen?« Gertrud ging neben Isabel, während die Kinder ein Stück vorausliefen.

»Es ist ein gutes Angebot.«

»Ja, aber zu groß. Wer soll das alles bestellen? Selbst wenn du genug Arbeiter bekommst, musst du diese auch bezahlen. All das geht vom Gewinn ab und darüber hinaus schuldest du Augustin dann eine Menge Geld.«

»Er ist ein ehrlicher Mann.«

»Warum kauft er den Weinberg nicht selbst, wenn er es für einen so guten Handel hält?«

»Du hast ihn doch gehört, Gertrud. Er will nicht noch mehr Land besitzen.«

»Siehst du, selbst ihm ist es zu viel.«

»Ja, weil er bereits um ein Vielfaches größere Flächen besitzt. Unser kleiner, gepachteter Hang ist nichts dagegen.«

»Bist du etwa darauf aus? Immer mehr und mehr dein Eigen nennen zu wollen, ganz gleich, was du hierfür zu tun hast?«

Isabel blieb stehen. Gertrud machte noch einige Schritte, hielt dann aber ebenfalls inne, während die Kinder munter weiterliefen und den Disput der Frauen gar nicht bemerkten.

»Was willst du mir da unterstellen, Gertrud?«

Die Ältere zuckte mit den Schultern. »Ich sage, was ich denke. Du willst zu viel.«

»Zu viel wofür?«

»Ich verstehe nicht.« Gertrud zog die Stirn in Falten.

»Zu viel für eine Frau, nicht wahr? Hättest du die gleichen Bedenken, wenn es deine Söhne wären, die den Handel eingehen wollten?«

Gertrud ging langsam weiter und sprach erst wieder, als Isabel zu ihr aufgeschlossen hatte. »Was geht nur in deinem Kopf vor? Weshalb ist es dir so wichtig, einem Manne gleich Handel zu treiben? Das entspricht nicht dem Willen des Herrn.«

Isabel schluckte ihren Zorn herunter, bemühte sich, ihrer Stimme einen versöhnlichen Klang zu geben. »Aber so ist es doch nicht, Gertrud. Nur traue ich den Mönchen nicht und möchte nicht im nächsten Jahr erleben müssen, dass sie uns einen Hang zum Traubenlesen geben, der keine Ernte abwirft.«

»Und du denkst wirklich, das würden sie tun?«

»O ja, das würden sie. Und zwar mit Freude.«

Die Schwiegermutter überlegte einen Moment. »Dann ist es richtig, dass du handelst«, urteilte sie dann. »Aber muss es so viel sein? Warum nicht nur einen kleinen Hang?«

»Weil wir den großen Hang jetzt zu einem guten Preis erstehen können.«

»Oder alles verlieren.«

»Was soll ich tun, Gertrud? Sag es mir.«

Die Schwiegermutter antwortete nicht.

»Ich weiß, du hast Angst, dass wir uns übernehmen. Auch ich habe Angst«, sagte Isabel so leise, dass nur Gertrud, nicht aber die Kinder sie hören konnten. »Ich habe Angst, seit wir hier angekommen sind. Ich fürchte mich seit dem Moment, da Albert ins Wasser sprang, um Richard zu retten. Von diesem Augenblick an habe ich gebangt und gehofft, bis ich seinen toten Körper sah. Seitdem ist nicht ein Tag vergangen, an dem ich nicht morgens mit Angst aufwachte und abends mit dem gleichen Gefühl wieder eingeschlafen bin.« Wieder blieb sie stehen und Gertrud mit ihr.

»Ich weiß, dass es schwer ist«, gab Gertrud versöhnlich von sich.

»Ich hatte Angst, den Boden nicht gepflügt zu bekommen«, fuhr Isabel fort. »Ich fürchtete, dass die Pflanzen keine Triebe schlagen würden, dass sie vergehen, ehe wir sie gesetzt hätten. Jeden Tag in der Schenke waren da die Männer, und ich sah ihre Blicke, war stets darauf bedacht, keinen von ihnen zu nah an mich herankommen zu lassen. Und während ich ihnen Bier und Schnaps brachte, sorgte ich mich um euch, die ihr die Arbeit im Weinberg verrichtet habt. An jedem Abend blickte ich bei meiner Heimkehr ängstlich in die Kate, ob auch keinem von euch etwas geschehen ist.« Die Tränen liefen ihr über das Gesicht. Sie sprach wütend, dann wieder stockend, die Verzweiflung war in jedem ihrer Worte zu spüren.

Gertrud blickte hinab. Erst jetzt bemerkten die beiden, dass die Kinder ebenfalls stehen geblieben waren und die Frauen fragend ansahen.

Rasch wischte Isabel die Tränen ab.

»Was ist denn geschehen, Mutter?« Albert war zu ihnen zurückgekommen und sah Isabel fragend an.

»Es ist nichts.« Sie bemühte sich um ein Lächeln.

»Eure Mutter ist erschöpft«, stellte Gertrud fest. »Und die Aussicht, dass durch den möglichen Erwerb des Weinbergs alles leichter wird, hat sie überwältigt.«

Conrad und Emilia kamen ebenfalls herbei. Albert war nicht überzeugt von der Erklärung seiner Großmutter. »Geht es dir wirklich gut, Mutter?«, frage er noch einmal nach.

»Es ist, wie Gertrud sagte, ich bin froh, dass wir den Weinberg erwerben können.«

»Warum weinst du dann?«, bat Emilia um eine Erklärung.

»Vor Freude.« Isabel wischte sich noch einmal über das Gesicht und atmete tief durch. »Vor Freude, dass unser Leben nun glücklicher wird.«

»Ich bin jetzt schon glücklich«, erklärte Conrad, fügte aber sogleich hinzu: »Nur Vater fehlt mir.«

»Mir auch.« Emilia nickte bekräftigend mit dem Kopf.

Isabel blickte jedes ihrer Kinder an. Dann Gertrud. »Was machen wir denn hier? Da bekommen wir einen ganzen Weinberg zu Füßen gelegt, und statt uns zu freuen, fließen die Tränen. Wir sollten glücklich sein und tanzen, nicht weinen.«

Keiner der anderen wusste den Stimmungswandel der Mutter recht zu begreifen, doch mühten sie sich um ein Lächeln.

»Also hast du dich entschieden, das Angebot anzunehmen?«

»Ja, Gertrud, ich werde es annehmen. Und wir werden es zu Wohlstand bringen.«

»Sind wir dann reiche Leute?«, fragte Emilia.

»Ja, meine Kleine. Dann sind wir reiche Leute.«

»Das fände ich schön«, stellte Emilia fest.

»Können wir dann kleine tönerne Töpfe mit Deckeln kaufen? Ich könnte den Honig darin abfüllen und auf dem Markt feilbieten«, fragte Conrad.

»Welch tüchtiger Händler!«, lobte Isabel. »Die Töpfchen kannst du auch jetzt schon kaufen. Gleich morgen gebe ich dir ein paar Münzen, und du siehst zu, was du dafür bekommen kannst.«

»Danke, Mutter!« Die Überraschung stand Conrad ins Gesicht geschrieben, war seine Mutter doch sonst alles andere als angetan von seiner Liebe zu den Bienen.

»Bekomme ich dann auch was?«, wollte Emilia wissen.

»Bevor es uns gar zu viel kostet, sollten wir erst einmal heimgehen und es Abend werden lassen. Aber wisst ihr, eigentlich finde ich den Gedanken gut. Ihr habt fleißig gearbeitet und eine Belohnung verdient! Und du, Conrad, bekommst auch etwas, das nicht für die Bienen ist.«

Die Kinder bedankten sich brav, wenngleich sie überrascht ob der ungewohnten Großzügigkeit ihrer Mutter waren. In gelöster Stimmung liefen die Kinder voraus bis zur Kate. Doch die Spannung zwischen Isabel und Gertrud konnte der kleine Fußmarsch nicht verscheuchen.

Gleich am nächsten Morgen beschlossen die Veltens, den Markttag zu nutzen, damit die Kinder sich ihre Belohnungen aussuchen konnten und Conrad auch gleich die Töpfchen für den Honig erstehen konnte. Bisher hatten sie das, was die Bienen ihnen gegeben hatten, in einen Krug gefüllt und zum Süßen benutzt. Doch Isabel gefiel der Gedanke, dass ihr Sohn versuchen wollte, aus den Bienen einen weiteren Nutzen zu ziehen. Also sollte er ruhig seine Erfahrung machen und drei oder vier Töpfchen Honig feilbieten. Schaden konnte es ja nicht.

Zu fünft schlenderten sie an den Ständen entlang. Groß war der Markt gewiss nicht. Selbst in Krefeld hatte Isabel schon größere Märkte gesehen. Doch es gefiel ihr hier. Die Bauern boten den Teil ihrer Ernte an, den sie nicht für die Versorgung der Ihren benötigten. Es gab einen Bürstenmacher, der lauter rief als alle anderen. Zwei Frauen boten unter den gestrengen Augen ihrer Männer Tuche feil. Zwei

Gewürzhändler waren ebenfalls vertreten. Weinstände gab es am meisten, außerdem einen Kerzenzieher und einen Kesselflicker. Ein Bader versprach Heilung aller möglichen bekannten und unbekannten Krankheiten. Direkt daneben war ein Töpfer, dessen Auslagen Conrads Aufmerksamkeit auf sich zogen. Albert und Emilia hingegen hatten einen Stand mit kandierten Früchten entdeckt, und Emilia zog an der Hand ihrer Mutter, um diese dorthin zu lotsen.

»So warte doch! Erst soll Conrad die Töpfchen aussuchen, dann können wir immer noch ...«

»Emilia!« Eine helle Stimme unterbrach Isabel.

Ehe sie sich's versah, hatte Anna, die kleine Tochter der Staubers, Emilia fest umarmt und wollte sie gar nicht mehr loslassen. Emilia freute sich ebenso, drückte die Freundin herzlich und hüpfte mit ihr auf und ab. Erst als sie den Blick ihrer Mutter sah, wurde ihr bewusst, dass diese ihr untersagt hatte, je wieder mit Anna zu sprechen, geschweige denn in Freundschaft verbunden zu sein.

»Gott zum Gruße, Isabel!« Hanna war ihrer Tochter gefolgt und von der Seite herangetreten. Ihre Worte klangen traurig.

»Hanna.« Isabel nickte. Das war der einzige Gruß, der ihr über die Lippen kam.

Hanna senkte den Kopf. »Komm, Anna, wir müssen gehen.«

»Nein«, schrie die Kleine auf und wehrte sich gegen den Griff der Mutter. »Ich will bei Emilia bleiben!« Tränen der Verzweiflung liefen ihr über das Gesicht.

»Das geht nicht«, sagte Isabel schroff. »Emilia, verabschiede dich.«

Emilia sah die Mutter flehend an, schluckte schwer. Sie japste nach Luft, brachte kein Wort heraus.

»Sogleich!«, wies Isabel sie zornig zurecht.

»Bitte, Mutter«, flehte nun Anna. »Bitte!«

»Du hast Isabel gehört, Anna. Es geht nicht. Und nun komm.« Sie hielt der Tochter die Hand hin. Diese sah Emilia aus verheulten Augen an, schluchzte herzzerreißend auf. Schließlich hob sie ihre Hand, um sie in die ihrer Mutter zu legen. »Alles Gute, Emilia«, brachte sie traurig hervor.

Emilia nickte nur, traute sich nicht, unter dem gestrengen Blick der Mutter auch nur ein weiteres Wort zu sagen.

Isabel beugte sich zu ihrer Tochter herab und wischte ihr die Tränen von den Wangen. »Na komm, jetzt gehen wir zu den kandierten Früchten.«

Emilia gehorchte, warf jedoch noch einen Blick zurück auf Anna, die sich ebenso wie sie noch einmal umsah. Ihr wurde ganz übel, so furchtbar fand sie den Anblick, wie auch diese von ihrer Mutter weggezerrt wurde.

Conrad wagte nicht mehr zu sagen, welche Töpfchen er für seine Bienen hatte kaufen wollen. Betreten trotteten Albert und er hinter der Mutter her, die Emilias Hand im Klammergriff hielt. Gertrud hatte das Geschehen ohne jede Regung verfolgt. Kalt hatte sie Hanna angesehen mit einem Blick, der all die Vorwürfe in sich trug, die Gertrud den Ihren am Tod ihrer Söhne machte. Als Hanna es bemerkte, hatte sie rasch zu Boden gesehen, ihre Tochter an die Hand genommen und war der Situation entflohen.

»So, ihr könnt euch etwas aussuchen«, kündigte Isabel an und tat, als wäre nichts gewesen.

Emilia war nicht mehr im Geringsten danach, süße Früchte zu essen. Doch sie wusste, dass der Zorn ihrer Mutter übermächtig würde, sollte sie sich dies jetzt anmerken lassen. Also tat sie, als freute sie sich, und suchte sich gemeinsam mit ihren Brüdern etwas aus. Und tatsächlich besserte sich ihre Laune wieder, als sie das erste Stück in den Mund schob und genüsslich auf der Zunge zergehen ließ.

»Wartet einen Augenblick hier«, forderte Isabel und ging, ohne eine Antwort Gertruds oder der Kinder abzuwarten, davon. Die anderen folgten ihrem Blick und sahen sogleich, was sie entdeckt hatte. Mit einem unguten Gefühl beobachteten sie, wie sich ihre Mutter vor einem Weinstand aufbaute, hinter dem Matthis, Friedrich, Wendel und Johann Stauber standen.

»Na, noch immer nicht allen Wein verkauft?«, gab sie höhnisch von sich. »Womöglich hättet ihr das sichere Angebot des Abtes annehmen sollen.«

»Mach, dass du fortkommst, du garstiges Weibsbild!«, schnauzte Johann.

»Aber, aber. Was, wenn ich euch etwas abkaufen will? So wie ihr ausseht, könnt ihr jeden Kunden brauchen.«

»An dich verkaufen wir nicht. Lieber schütte ich's auf die Gasse.«

»Wahrscheinlich wäre das am Ende des Tages das Klügste.« Sie lachte spöttisch auf.

»Es ist gut, dass die Trauben das Glück in dein Leben zurückgebracht haben.«

Isabel drehte sich erschrocken um. Sie hatte nicht bemerkt, dass Hanna von hinten an sie herangetreten war. Diese sah sie traurig an. »Noch können wir das Gleiche nicht von uns behaupten. Doch wir hoffen auf das nächste Jahr.«

»Schweig still, Weib!«, schnauzte Johann seine Frau an. »Uns geht es gut. Und diese Kebse dort wäre auch die Letzte, die es kümmern würde, wenn es anders wäre.«

Hanna sah Isabel direkt in die Augen. »Du bist noch immer verbittert, ich kann es sehen. Doch ich gönne dir, dass die Reben dir mehr Glück brachten als uns. Das ist nur gerecht.«

Nach diesen Worten kam Isabel die Häme, mit der sie den Staubers soeben begegnet war, nicht nur falsch, sondern beschämend vor. Das Gefühl der Überlegenheit war verschwunden. Ohne noch etwas zu sagen, drehte Isabel sich um und ging zu ihrer Familie zurück. »Kommt. Wir wollen noch die Honigtöpfchen holen. Nun kommt schon!«

# 9. Kapitel

Nur zwei Wochen vergingen, da hatte Augustin dem alten Heinrich das Geld bezahlt und dieser hierfür eine Urkunde ausstellen lassen, die nicht ihren Sohn Albert, sondern Isabel selbst als neue Besitzerin eines mächtigen Weinbergs auswies. In einer weiteren Urkunde war geregelt, wie die Rückzahlung des geliehenen Geldes erfolgen sollte. Je eine Abschrift hatten Isabel und Augustin erhalten, und eine weitere wurde in der Amtsstube des Schreibers verwahrt. Damit war es amtlich: Isabel besaß jetzt einen eigenen Weinberg.

Der Advocatus, der ihnen beim Verfassen der Schriftstücke behilflich gewesen war, hatte keine Bedenken, Isabel als Eigentümerin zu benennen, solange Augustin Schonau sich seinerseits dafür verbürgte, dass sie den Handel mit dem Wein ausschließlich in seinem Auftrag abwickeln würde, solange sie keinen neuen Ehemann vorweisen konnte. Isabel war mit dieser Regelung zufrieden gewesen, obgleich sie es lieber gehabt hätte, wenn auf diesen Zusatz verzichtet worden wäre. Aber so war es nun einmal: Frauen durften weder Handel treiben noch sonst welche Geschäfte allein abschließen. Hierzu fehlte ihnen nach Meinung aller entscheidenden Persönlichkeiten der notwendige Verstand. Und ob Isabel dies nun einsah oder nicht – auch sie musste sich fügen wie jede andere Frau.

Obwohl es kalt geworden war, wenngleich längst nicht so kalt wie während der Winter in Krefeld, schlenderte Isabel durch ihren Weinberg und berührte mit den Fingerspitzen fast zärtlich die Rebstöcke. All das gehörte nun ihr. Zwar war nicht ein einziges grünes Blatt zu sehen, schon gar keine Blüte, und doch konnte sie sich genau vorstellen, wie prächtig der Anblick sein würde, waren die ersten warmen Wochen gekommen und der Saft erneut in die Pflanzen geströmt. Sie fühlte sich beschenkt und konnte ihr Glück fast nicht fassen. Doch würde es ihr gelingen, all die Trauben wachsen und gedeihen zu lassen? Sowohl Gertrud als auch Augustin gegenüber hatte sie so getan, als sehe sie hierin kein Problem. Aber dem war nicht so. Manche Nacht hatte sie seit dem Kauf wach gelegen und immer wieder Zweifel niederkämpfen müssen, ob sie wirklich die richtige Entscheidung getroffen hatte. Doch hatte sie überhaupt eine Wahl gehabt, wenn sie die Ihren auch in den nächsten Jahren versorgt wissen wollte? Sie rang die trüben Gedanken nieder. Die Zweifel mussten ein Ende haben. Noch drei Monate, dann würde sich das erste Grün zeigen. Isabel konnte es kaum mehr erwarten.

Sie blickte auf, als sie eine Bewegung wahrnahm. War das Gertrud dort unten am Fuße des Hangs? Isabel beschattete mit der rechten Hand ihre Augen, um besser sehen zu können. Jetzt war sie ganz sicher: Gertrud stand dort und winkte ihr. Doch es war kein freundliches, grüßendes Winken. Vielmehr schien es etwas Bedrohliches zu haben. Sie raffte die Röcke und lief, so schnell es ihr möglich war, zu ihrer Schwiegermutter hinunter. Als sie diese erreichte, war sie völlig außer Atem.

»Du musst kommen. Rasch!« Gertrud drehte sich um und rannte ihrerseits los.

»Was ist geschehen?«, keuchte Isabel.

»Augustin!«, brachte Gertrud gequält hervor, blieb jedoch eine weitere Erklärung schuldig. Erst als sie schon fast das Anwesen der Schonaus erreicht hatten, wurde Gertrud langsamer.

»Was ist denn nur?«, versuchte Isabel erneut, ihr Näheres zu entlocken.

»Augustin ist zusammengebrochen«, keuchte Gertrud. »In der Schenke. Die Männer haben ihn nach Hause getragen, und Kuno, sein Knecht, ist zu uns gelaufen und hat uns Bescheid gegeben. Es ist ernst, Isabel.«

Isabel schlug erschrocken die Hand vor den Mund. »O nein, nur das nicht!« Sie rannte erneut los und machte erst halt, als sie das Haus der Schonaus erreicht hatte. Sofort klopfte sie heftig an, und schon nach wenigen Augenblicken öffnete Kuno die Tür.

Er zeigte sich erleichtert. »Es ist gut, dass Ihr gekommen seid.« Er gab den Eingang frei. »Er hat nach Euch gefragt. Wieder und wieder nach Euch gefragt.«

»Wo ist er?«

»In der Stube. Bis in seine Kammer konnten wir ihn nicht tragen.«

Isabel und Gertrud, die hinter der Schwiegertochter ins Haus getreten war, schoben sich an Kuno vorbei und gingen zur Stube hinüber, in der sie schon so oft mit Augustin gesessen, gelacht und die Zeit miteinander verbracht hatten. Nun lag er auf einer notdürftig hergerichteten Lagerstatt, rang offenbar nach Luft. Gunter saß neben ihm auf einem Stuhl, sprach beruhigend auf ihn ein. Als Isabel und Gertrud hereinkamen, sprang Gunter auf. »Ich glaube, es ist sein Herz.«

»Hast du nach dem Medicus geschickt?« Isabel ging zum Lager hinüber, setzte sich auf den Stuhl, auf dem soeben noch Gunter gesessen hatte, und nahm die Hand des Kranken.

»Der Medicus müsste gleich kommen. Verdammt, wo bleibt der Kerl so lange?«, fluchte Gunter.

»Was ist geschehen, Augustin?«, fragte Isabel sanft.

»Ich«, röchelte Augustin, »ich habe Schmerzen in der Brust. Ich kann nicht richtig atmen.«

»Schneide ihm das Wams auf«, forderte Isabel schroff. »Er bekommt ja keine Luft.«

Ohne zu zögern, zog Gunter ein Messer hervor und tat, wie ihm geheißen.

»Aber verletz ihn nicht«, mahnte Isabel.

Gertrud trat einen Schritt näher und legte ihre Hand auf Augustins Stirn. »Er glüht ja!«

Ein Poltern war zu hören, und im nächsten Moment kam ein Mann herein, den Isabel nie zuvor gesehen hatte. »Lasst mich zu ihm, macht Platz«, forderte dieser sogleich, und Isabel sprang von dem Stuhl auf. Alle traten beiseite, sodass der Medicus sich um Augustin kümmern konnte.

»Tut es hier weh?« Er tastete vorsichtig die Brust des Kranken ab.

»Ja«, krächzte Augustin. »Es ist ein einziger Schmerz.«

»Ich gebe Euch jetzt etwas, das wird den Krampf in Eurer Brust lindern. Dann wird es gleich besser werden.« Zu Gunter sagte er: »Bringt Wasser. Und hieraus«, er zog ein kleines Kräutersäckchen hervor, »lasst Ihr einen Sud ansetzen.«

Gunter nahm das Säckchen und verschwand. Kurz danach kam er mit einem Becher zurück. »Das Wasser. Der Sud wird gerade in der Küche bereitet.«

»Danke.« Der Medicus half Augustin, sich etwas aufzurichten. »Nehmt einen Schluck Wasser und behaltet ihn im Mund. Ich habe hier Salbei und Muskat in einem Öl. Trinkt das in einem Schluck runter und danach wieder Wasser. Dann wird es Euch sogleich leichter werden um die Brust.«

Augustin tat bereitwillig, wie ihm geheißen, wollte er doch nur, dass diese quälenden Schmerzen ein Ende hatten. Gespannt warteten alle, ob sich eine Besserung einstellte, doch Augustin schnappte weiter mit schmerzverzerrtem Gesicht nach Luft.

»Bringt Kissen und stapelt sie hinter seinem Rücken auf«, forderte der Medicus, und sofort folgte Gunter seiner Weisung. Isabel half ihm, holte weitere Kissen von den Stühlen und stützte

Augustin, während Gertrud die Kissen hinter dem Rücken des Kranken aufeinanderlegte.

»Das reicht«, befand der Medicus. »Und? Wird es Euch bereits leichter?«

Augustin antwortete nicht, musste zu schwer um Luft ringen. In diesem Moment kam die Haushälterin der Schonaus, Dorothe, herein, reichte dem Medicus den Sud und ging sogleich wieder hinaus. Ihr Blick war ängstlich.

Der Medicus hielt das tönerne Gefäß dicht vor Augustins Gesicht. »Trinkt dies. Trinkt es in ganz kleinen Schlucken. Gebt Obacht, es ist heiß!«

Augustin tat es, wenngleich er immer wieder kleinere Mengen des Suds auf die Decke verschüttete, weil Krämpfe ihn peinigten. Isabel und Gertrud tauschten einen sorgenvollen Blick. Niemand sagte etwas. Sie konnten nichts weiter tun, als ihn bei seinem Leiden zu beobachten. Isabel spürte, wie sie selbst immer schlechter Luft bekam, so sehr schmerzte sie der Anblick des Mannes, der ihr im Laufe der Monate wie ein Vater geworden war.

Nach einer Weile entspannte sich Augustins schmerzverzerrte Miene ein wenig. Er öffnete die zuvor zusammengekniffenen Augen, schloss sie dann wieder, atmete ruhiger und tiefer.

»Es wird besser.« Die Erleichterung war Gertrud anzuhören.

Auch der Medicus schien zufrieden. »Ihr müsst besser auf Euch achten, Augustin Schonau! Lasst das Bier und den Schnaps weg, trinkt lieber einen Becher von Eurem Wein. Der bekommt Euch besser.«

Augustin wollte etwas erwidern, fühlte sich jedoch zu schwach dazu. Also nickte er nur, sank dann wieder in die Kissen und schloss die Augen.

Der Medicus machte Anstalten, aufzubrechen, und Gunter begleitete ihn hinaus. Im Flur gab Gunter ihm das geforderte Geld, dann verließ der Medicus das Haus.

»Du hast uns einen furchtbaren Schrecken eingejagt«, sagte Isabel gerade zu Augustin, als Gunter die Stube betrat.

»Ich dachte wirklich, es ginge zu Ende. Deshalb habe ich dich holen lassen.«

Isabel setzte sich wieder auf den Stuhl neben dem Lager, nahm Augustins Hand in die ihre.

»Wir müssen etwas besprechen«, brachte er stockend hervor. »Der Schreiber, er muss noch einmal kommen.«

»Weshalb?«

»Wir haben nicht geregelt, was ist, wenn ich sterbe.«

»Bitte, sprich nicht so! Du hast einen Krampf, das ist alles.« Isabel klang verzweifelt. »Das ist nicht von Bedeutung. In einigen Tagen wirst du wieder zu deiner alter Kraft zurückgefunden haben.«

Augustin machte Anstalten, etwas zu sagen, sank aber wieder in die Kissen zurück. »Hol den Schreiber«, krächzte er. »Und den Advocatus.«

»Ich bitte dich, Augustin, das ist jetzt zu anstrengend für dich. Ruh dich aus. Du kannst alles regeln, aber warte doch, bis es dir wieder besser geht«, flehte Isabel.

»Sogleich!«

»Komm, Isabel.« Gertrud streckte ihr die Hand entgegen. »Lass uns gehen und den Advocatus und den Schreiber holen. Ich begleite dich.«

»Ich bleibe hier bei ihm«, versprach Gunter.

Isabel erhob sich zögernd, strich Augustin noch einmal sanft über die Hand. »Wir werden so rasch wie möglich zurück sein. Versuche, ein wenig zu schlafen.«

Gunter nahm ihren Platz ein, setzte sich nah an Augustin heran. Isabel sah sich noch einmal um, bevor sie zusammen mit Gertrud die Stube verließ. Die Angst, erneut einen geliebten Menschen zu verlieren, packte sie mit aller Macht und ließ sie schaudern.

Entschlossen wandte sie sich ab und raffte die Röcke. »Beeilen wir uns«, sagte sie zu Gertrud und trat ins Freie.

Sie waren erleichtert, die Männer so schnell gefunden zu haben. Bei dem Schreiber war es nicht weiter verwunderlich, war dieser doch fast immer in seiner Amtsstube anzutreffen. Beim Advocatus verhielt es sich etwas anders, doch hatte der Schreiber glücklicherweise gerade erst mit diesem gesprochen, sodass er wusste, wo der Mann sich aufhielt. Zu dritt gingen sie ihn holen.

»Was möchte Augustin Schonau denn geändert haben?«, fragte der Advocatus, als sie gemeinsam zum schonauschen Anwesen gingen.

»Ich weiß es nicht. Wobei, er sagte auch nichts von Änderung. Ich habe es so verstanden, dass er etwas niedergeschrieben haben möchte für den Fall seines Todes. Ich denke, es geht darum, für den Fall die weitere Abwicklung zu klären.« Sie zuckte mit den Schultern. »Doch ich weiß es nicht genau.«

»Irgendetwas beunruhigt ihn.«

»Was hast du gesagt?«, fragte Isabel an Gertrud gewandt.

»Augustin. Es war ihm so dringend, eine Urkunde aufsetzen zu lassen. Ich frage mich, was es ist.«

»Wir werden es gleich erfahren«, versuchte der Advocatus Gertrud ein wenig zu beruhigen. »Dort vorn ist bereits das Haus.«

Sie liefen im Eilschritt auf die Eingangstür zu, traten ein, ohne zu klopfen, und gingen sogleich zur Stube. Isabel klopfte und drückte die Klinke herab, doch die Tür ließ sich nicht öffnen. Fragend blickte sie sich zu den anderen um.

»Gunter! Augustin! Die Tür geht nicht auf! Augustin!«

Nun begann auch der Advocatus gegen das Holz zu hämmern. »Öffnet! Hier ist der Advocatus. Was geht dort vor?«

»Ich komme!«, hörten sie Gunters Stimme, dann einige Schritte, ein Knarzen, als ob ein Stuhl verschoben wurde. Schließlich wurde die Tür geöffnet.

»Es ist zu spät«, sagte Gunter und schluckte schwer. »Er ist von uns gegangen.«

»Nein!«, schrie Isabel, zwängte sich an Gunter vorbei und rannte zum Lager Augustins hinüber. Dieser lag da, die Augen geöffnet und nach oben verdreht. »Augustin!« Sie rüttelte an seiner Schulter, obwohl sie sah, dass kein Leben mehr in ihm war. »Augustin, bitte, du musst atmen!«

Der Advocatus war herangetreten, drehte sich nun aber zu Gunter um. »Weshalb war die Tür verschlossen?« Er sah hinüber. »Ihr hattet den Stuhl dort untergehakt, nicht wahr?«

»Ja«, gab Gunter zu. »Augustin wollte es so. Er wollte seine Notdurft verrichten und hatte Furcht, dass Ihr genau in diesem Augenblick hereinkommen würdet.«

»Wo ist der Eimer?«, fragte nun der Schreiber, ein kleiner, unauffälliger Mann, mit einer gewissen Schärfe in der Stimme.

»Welcher Eimer?« Gunter verstand nicht, worauf er hinauswollte.

»Der Eimer für die Notdurft.« Der Schreiber sah sich um. »Ich sehe ihn hier nirgendwo.«

»Ich hatte ihn noch nicht geholt.«

»Weshalb versperrtet Ihr dann die Tür? Wie hättet Ihr ihn holen wollen bei verschlossener Tür?«

Gunter wurde rot vor Wut. »Was wollt Ihr mir hier unterstellen?«

»Beantworte die Frage.« Gertrud sah ihn herausfordernd an.

Isabel sah mit Tränen in den Augen zu den anderen hinüber. »Ich verstehe nicht, worum es geht.« Sie schüttelte den Kopf. »Augustin ist tot, und keinen von euch scheint das zu kümmern.«

»Doch, es kümmert uns«, stellte Gertrud klar. »Wir wollen nur wissen, warum er tot ist.«

Der Schreiber, der Advocatus und auch Gertrud sahen Gunter in Erwartung einer Antwort an. Nur an Isabel schien das ganze Geschehen vorbeizugehen.

Gunter ballte wütend die Faust. »Nun gut, dann werde ich es Euch sagen. Augustin krampfte erneut, sagte dann, ich solle den Stuhl unter die Tür schieben, damit niemand hereinkommen könne. Ich tat es, fragte nicht nach. Dann half ich ihm, sich aufzurichten. Er zitterte, sagte dann, dass er fürchtete, sich einzunässen. Ich sollte einen Eimer holen. Gerade als ich gehen wollte, krampfte er wieder und wieder. Ich versuchte, ihm zu helfen, zog ihn hoch, tat alles, was ich konnte. Doch es war nichts mehr zu machen. Er verdrehte die Augen und hörte auf zu atmen. Und dann habt Ihr bereits geklopft.«

»Ihr werdet zugeben, dass es merkwürdig anmutet«, sagte der Advocatus.

»Die Wahrheit neigt manchmal dazu, merkwürdig anzumuten«, gab Gunter scharf zurück. »Was bildet Ihr Euch ein, mir zu unterstellen, dass ich meinen Schwiegervater getötet habe?«

»Der Gedanke ist mir gekommen«, gab der Advocatus unverhohlen zu.

»Was erlaubt Ihr Euch?«

»Hört augenblicklich alle auf!«, schrie Isabel verzweifelt.

Der Advocatus ging zu dem toten Augustin, blickte ihn an, legte ihm die Hand auf die Stirn und drückte ihm die Augen zu. »Er ist also gerade in dem Moment gestorben, als wir kamen?«

»Kurz zuvor, ja«, bestätigte Gunter.

»Dafür ist seine Haut auffallend kalt, ganz so, als sei der Tod bereits früher eingetreten.«

»Raus aus meinem Haus!«, brüllte Gunter. »Macht, dass Ihr fortkommt! Und nehmt diesen elenden Schreiber gleich mit

Euch!« Er sah erst Gertrud an, dann Isabel. »Dies gilt nicht für euch.«

»Aus Eurem Haus?«, hakte der Advocatus nach und hob arrogant die Augenbrauen. »Ihr habt Euch rasch an die neuen Umstände gewöhnt.«

Gunter hob drohend die Faust.

»Wir werden gehen«, erklärte der Advocatus. »Kommt, Schreiber. Hier gibt es für uns nichts mehr zu tun.« Er wandte sich an Isabel. »Ich weiß, dass Ihr ihn aufrichtig gemocht habt und er Euch ebenso verbunden war. Seid Euch meines tiefen Mitgefühls gewiss.« Er nickte ihr zu, dann Gertrud. Sodann ging er mit dem Schreiber, der kein Wort des Grußes über die Lippen brachte.

Nur zwei Tage später übergaben sie den toten Körper Augustins der Erde. Für Isabel fühlte es sich unwirklich an, nach so kurzer Zeit schon wieder an dem Grab eines von ihr geliebten Mannes zu stehen. Sie konnte noch immer nicht begreifen, was geschehen war. Augustin hatte stets so stark und in der Blüte seiner Jahre auf sie gewirkt. Bis zu jenem verhängnisvollen Tag hatte er ihr gegenüber nie etwas von Beschwerden gesagt, geschweige denn, dass er sein Ableben fürchtete. Noch oft hatte sie über die schreckliche Situation am Tage seines Todes mit dem Advocatus, dem Schreiber, Gertrud und Gunter nachdenken müssen. Niemals wäre sie auf den Gedanken gekommen, dass Gunter etwas mit dem Tod seines Schwiegervaters zu tun haben könnte. Weshalb denn auch? Sie hatten tagein, tagaus Seite an Seite gearbeitet und sich Halt gegeben über den schweren Verlust, den sie in der Familie hatten erdulden mussten. Es war absurd, zu glauben, dass Gunter Augustin je etwas hätte antun können.

Viele Menschen waren gekommen. Augustin war beliebt gewesen. Es schien, als sei das gesamte Dorf da, um ihm die letzte Ehre zu erweisen. Die Welt erschien Isabel ein bisschen ärmer, jetzt, wo ein so guter Mensch nicht mehr unter ihnen weilte.

Die Veltens wollten nach der Beisetzung gerade aufbrechen, als Gunter Isabels Namen rief, woraufhin sie sich umdrehte und alle stehen blieben.

»Geht es euch so weit gut?«, fragte er die Familie.

»Ja. Für dich muss es noch schlimmer sein. Du hast mit ihm gelebt.«

»Ich werde nie vergessen, was ich ihm zu verdanken habe. Es ist für mich kaum vorstellbar, dass sein Platz am Tisch künftig leer bleibt.«

»Er wird uns allen fehlen«, seufzte Isabel.

»Kann ich dich kurz allein sprechen?«

Isabel sah Gertrud und die Kinder an, dann wieder Gunter. »Gewiss.«

»Wir gehen voraus«, erklärte Gertrud und gab Albert, Conrad und Emilia ein Zeichen, mit ihr zu kommen. Die drei folgten ihr schweigend.

Gunter und Isabel gingen ein Stück nebeneinander her. »Ich weiß, dass es nicht der geeignete Tag dafür ist«, begann Gunter. »Oder womöglich gerade, habe ich doch schon zu lange damit gewartet.« Er blieb stehen, nahm ihre Hand. Verwundert blickte sie ihn an. »Ich weiß, dass es ebenso in Augustins Sinne wäre. Willst du meine Frau werden, Isabel Velten?«

Isabel war zu überrascht, um zu antworten.

Er lächelte sie an. »Willst du denn gar nichts sagen?« Es klang liebevoll.

Sie sah ihn unverwandt an. Es war das erste Mal, dass er ihre Hand genommen hatte. Die erste Berührung. Er sah gut aus, war ein stattlicher Mann und nun, nach Augustins Tod, ein vermögender dazu. Doch würde sie ihn lieben können? »Ich ... äh ...«, stammelte sie, »nun, es ist ... mein Mann ist noch nicht einmal ein Jahr tot.«

»Du sorgst dich, weil du die Witwenzeit einhalten willst?« Es klang spöttisch, und Isabel machte einen Schritt rückwärts.

»Verzeih.« Sofort setzte er wieder sein charmantes Lächeln auf. »Doch ich halte dich nicht für eine der Frauen, die etwas auf das Gerede anderer geben.«

»Das stimmt wohl«, gab Isabel ihm recht. Sie hob den Kopf. »Ich danke dir. Bitte lass mich darüber nachdenken.«

»Du musst darüber nachdenken, ob du mich ehelichen willst?«

»Ich möchte mit meiner Schwiegermutter und den Kindern sprechen. Es ist nicht so, als ob du eine Frau ohne jede Verpflichtungen gefragt hättest. Ich habe einige Verantwortung und möchte die Meinen nicht ungefragt wissen.«

»Und das schätze ich auch an dir.« Er strich ihr zärtlich mit einem Finger über die Wange. »Deine Kinder mögen mich, deine Schwiegermutter kann niemanden leiden. Lass mich nicht zu lange auf die Antwort warten. Schütze dich Gott!« Er drehte sich um und ging davon, ohne dass sie noch etwas hätte sagen können.

»Und Gott mit dir«, erwiderte sie, obwohl sie nicht sicher war, ob er es noch hörte.

# 10. Kapitel

Nur zwei Wochen später sollte es so weit sein, dass sie Gunter Schonau heiratete. Isabel sah dem Tag mit gemischten Gefühlen entgegen. Einerseits war sie sicher, dass es der richtige Schritt war. Sie war schließlich noch nicht einmal dreißig. Sollte sie für den Rest ihres Lebens allein bleiben? Und die Kinder, sie selbst wie auch ihre Schwiegermutter würden sich keine Sorgen mehr um ihr Auskommen machen müssen. Andererseits sprach neben Gertruds erheblichen Einwänden gegen die Verbindung besonders eines: Isabel liebte Gunter nicht. Zwar war es nicht weiter ungewöhnlich, dass zwei Menschen die Ehe eingingen, die einander nicht in Liebe zugetan waren. Doch wer wie Isabel einmal die großen Gefühle hatte kennenlernen dürfen, die zwei Menschen miteinander verbanden, konnte nur schwer akzeptieren, dass es diesmal so vollkommen anders sein sollte. Besonders graute Isabel davor, sich ihm als Ehefrau hingeben zu müssen. Mit Albert hatte sie es geradezu genossen, doch ahnte sie schon jetzt, dass es mit Gunter nicht so sein würde. Die Verbundenheit, die ihr bei Gunter so sehr fehlte, würde derartige Hochgefühle nicht aufkommen lassen. Doch Isabel fand sich mit diesem Gedanken ab. Es musste eben sein, und der Umstand, dass mit der Heirat viele ihrer Sorgen für immer der Vergangenheit angehören würden, ließ es erträglicher erscheinen. Die Kinder hatten wieder einen Vater, sie musste sich nicht mehr rechtfertigen oder übervorteilen lassen, weil sie nur eine Frau war, und die Aussicht, dass sie schon bald in dem schönen, geräumigen Haus leben würden, milderte viele ihrer Zweifel. Ja, sie freute sich auf das Leben in diesem Haus. Das Haus, in dem Augustin zusammen mit seiner Frau und ihren Kindern ein glückliches Dasein geführt hatte, ein Haus, von dem aus sie nicht nur die Weinberge der Schonaus, sondern auch ihren eigenen, den sie vom alten Heinrich gekauft hatte, sehen konnte, ein Haus, das Geräumigkeit und Glück versprach. Ja, es war vernünftig, diese Ehe einzugehen, ganz gleich, was sie fühlte oder nicht.

Es klopfte an der Kate, und ein Mann rief, dass der Vogt sie zu sprechen wünsche.

Erschrocken öffnete Isabel die Tür, und sogleich standen auch Gertrud und die Kinder auf, um zu hören, was geschehen war.

»Seid Ihr Isabel Velten?«

»Ja, die bin ich.«

»Der Vogt braucht Euch als Zeugin, um einen feigen Mord aufzuklären.«

»Bitte was?« Isabel schüttelte mit dem Kopf. »Ein Mord? Was für ein Mord? An wem?«

»Dorothe, die Haushälterin der Schonaus, wurde ermordet. Widerlich, was man ihr angetan hat!«

Isabel musste schlucken. »Dorothe ist tot? Aber ich habe sie doch vor zwei Tagen noch gesehen.«

»Ebendeshalb, weil Ihr bei den Schonaus ein und aus geht, ist Eure Aussage von Belang.«

»Wird jemand der Tat verdächtigt?«, fragte Gertrud.

»Dazu kann ich nichts sagen«, bedauerte der Büttel. »Kommt Ihr also?«

»Ja, ich komme«, erklärte Isabel.

»Sollen wir dich begleiten?«, fragte Gertrud.

»Nein, bleibt ihr nur hier«, entgegnete Isabel. »Ich werde nicht lange fort sein.«

Gertrud warf ihr noch einen sorgenvollen Blick zu, als sie sich dem Büttel anschloss und die Tür hinter sich zuzog.

Isabel war dem Büttel bis in die Amtsstube des Vogts gefolgt und saß diesem nun an seinem Schreibtisch gegenüber.

»Es tut mir wirklich sehr leid«, erklärte Isabel zum wiederholten Male. »Zwar habe ich Dorothe gekannt, doch nur flüchtig. Sie arbeitete für meinen zukünftigen Ehemann, Gunter Schonau.«

»Ich habe davon gehört.« Der Vogt, ein grauhaariger, stämmiger Mann mit wettergegerbtem Gesicht, betrachtete sie eindringlich. »Was könnt Ihr mir über die Gewohnheiten der jungen Frau sagen?«

»Ich verstehe nicht. Meint Ihr, wie sie den Haushalt geführt oder gekocht hat?«

»Eher, ob Ihr wisst, was sie außerhalb dieser Arbeiten getan hat.« Er setzte sich gerade hin. »Hatte sie möglicherweise einen Liebsten?«

»Solche Dinge weiß ich nicht. Womöglich habt Ihr auch eine falsche Vorstellung. Ich lebe noch nicht im Hause Schonau. Meine Familie und ich werden erst nach der Eheschließung dort einziehen. Ich bin Dorothe nur eine Handvoll Male begegnet, wir begrüßten uns und verabschiedeten uns. Das war alles.«

»Und sonst habt Ihr nichts miteinander gesprochen?«

»Nein.«

»Wie lange kennt Ihr Gunter Schonau?«

Isabel überlegte. »Ich lernte zuerst seinen Schwiegervater Augustin kennen.«

»Wo?«

»Ich habe im ›Roten Hahn‹ bedient, und er war dort Gast. Wir kamen ins Gespräch, und er half mir schließlich, die

Trauben, die ich auf dem Hang des Klosters erntete, zu keltern und zu verkaufen. Hierbei habe ich auch Gunter kennengelernt. Es muss etwa im letzten Juni gewesen sein.«

»Wartet, ich verstehe nicht recht. Ihr habt einen Weinberg und bedient dennoch in der Schenke?«

»Nicht mehr. Ich tat dies, um meine Familie zu versorgen, bis die Trauben gereift waren.«

Der Vogt dachte einen Moment nach. Konnte sie womöglich die Frau sein, von der er schon gehört hatte? Die ihren Mann auf dem Weg hierher verloren hatte und nun allein mit ihren Kindern einen Weinberg für das Kloster bestellte und nebenher in der Schenke arbeitete? Alles passte zusammen.

»Ihr seid Witwe, nicht wahr?«, fragte er, obwohl dies mit der Angelegenheit, in der er sie befragte, nichts zu tun hatte. Er wollte sich lediglich vergewissern, ob er mit seiner Vermutung, wen er da vor sich hatte, richtiglag.

»Ja, das bin ich.«

»Gut. Dann kehren wir zu Dorothe zurück. Sie muss irgendwann gestern Abend ermordet worden sein.«

»Die arme Frau!«

»Wisst Ihr, hier geschieht so etwas sonst nicht. Die Gysinheymer schlagen sich, ja. Doch sie bringen sich nicht gegenseitig um. Schon gar nicht so.«

»Wie ist sie denn gestorben?«

»Seid Ihr wirklich stark genug dafür?«

Isabel nickte tapfer.

»Sie wurde mit Gewalt genommen. So brutal, dass ihr gesamter Unterleib geradezu zerfetzt war. Der Mörder muss etwas anderes als seinen ... nun ja, als eben das, was er von Natur aus zur Verfügung hat, benutzt haben. Und als er fertig war, hat er ihr mit einem Stein den Schädel eingeschlagen. Wahrlich, ich habe so etwas noch nie gesehen.«

Isabel war kreidebleich geworden. Erschrocken schlug sie die Hand vor den Mund.

»Seht Ihr? Deshalb fragte ich, ob Ihr stark genug dafür seid.«

Isabel brauchte einen Moment, um sich zu fangen.

»Soll ich Euch einen Würzwein bringen lassen?«

Im ersten Moment wollte sie ablehnen, doch ihr Magen befahl ihr, ihm etwas zu geben. »Das wäre sehr freundlich. Habt Dank.«

Der Vogt stand auf, ging zur Tür und gab dem Büttel, der auf dem Flur Wache stand, Weisung. Dann kam er zurück und nahm seinen Platz wieder ein. »Der Wein kommt sogleich.«

»Danke.«

Es dauerte nicht lange, da trat der Büttel mit zwei Bechern in den Händen ein, stellte diese auf dem Tisch ab und ging wieder hinaus, ohne auch nur einen Ton zu sagen.

»Trinkt einen Schluck. Dann wird es gleich besser werden.«

Isabel tat es und war überrascht. Tatsächlich hatte der Vogt recht. »Jetzt geht es wieder. Habt Dank.«

»Gut. Dann wollen wir weitermachen.«

»Gern. Obwohl ich wirklich nicht glaube, dass ich Euch überhaupt irgendwie weiterhelfen kann.«

Der Vogt lächelte sie an. »Wir werden sehen.« Es lag etwas in seiner Stimme, das Isabel nicht zu deuten wusste. Doch irgendetwas riet ihr zur Wachsamkeit.

»Wie bereits erwähnt«, fuhr er fort, »muss sich das alles gestern am späten Abend zugetragen haben. Sagt Ihr mir bitte, wo Ihr wart?«

»Als der Mord geschah?« Isabel sah ihn mit weit aufgerissenen Augen an. »Ihr glaubt, ich hätte etwas damit zu tun? Weshalb sollte ich Dorothe etwas antun? Und dann so etwas? Das muss doch die Tat eines Mannes gewesen sein.«

Der Vogt hob beschwichtigend die Hände. »Aber ja. Genauso sehe ich das auch. Und nein. Ihr seid keineswegs irgendeiner Tat verdächtig. Es geht lediglich darum, all jene zu befragen, die die Tote kannten und mit ihr Umgang hatten.«

Isabels Atmung beruhigte sich wieder. Sie zuckte mit den Schultern. »Wo soll ich schon gewesen sein? Ich war den Tag über mit meiner Schwiegermutter und den Kindern im Weinberg und habe die Stöcke nachgesehen, ob welche auszutauschen sind, bevor die Reben zu wachsen beginnen. Dann, als es dämmerte, sind wir in unsere Kate gegangen und haben das abendliche Mahl eingenommen. Danach habe ich meiner Tochter eine Handarbeit gezeigt, die sie gerade lernt.«

»Seid Ihr noch einmal weggegangen?«

»Nein. Und das wird meine Familie bestätigen.«

Der Vogt dachte kurz nach. »Wie gesagt, ich zweifle keinen Moment an Euren Angaben. Doch ich verstehe nicht … Ihr spracht soeben von Eurer Schwiegermutter und den Kindern.«

»Ja?«

»Soweit ich weiß, ist die Frau Augustins vor langer Zeit gestorben.«

»Ich sprach von Gertrud, der Mutter meines verstorbenen Mannes Albert«, erklärte Isabel. »Noch ist Gunter nicht mein Mann«, fügte sie hinzu, wenngleich sie es sofort bereute. Fast klang es wie eine Entschuldigung, diesen Schritt noch nicht getan zu haben.

»Gewiss. Ich habe nicht so weit gedacht. Bitte verzeiht. Noch einmal zu gestern Abend. Ihr wart also nicht fort, um Euch womöglich mit Eurem zukünftigen Gatten zu treffen auf ein, nun, kleines Stelldichein?« Er hob beschwichtigend die Hände. »Wir sind schließlich alle erwachsen, und Ihr werdet schon bald seine Ehefrau sein.«

Isabel funkelte ihn zornig an. »In zwei Wochen, wenn wir vermählt sind, wird es das geben, was Ihr ein ›Stelldichein‹ nennt. Vorher nicht.«

»Ich wollte Euch mit der Frage nicht verärgern. Bitte verzeiht.« Er schmunzelte.

»Habt Ihr noch weitere Fragen an mich?«

Der Vogt überlegte kurz. »Kennt Ihr jemanden, dem Ihr eine solche Tat zutrauen würdet?«

»Nein.«

»Und habt Ihr jemals, wenn Ihr im Hause Schonau zu Besuch wart, jemanden dort gesehen, mit dem sich Dorothe getroffen hat? Womöglich auch nur einen, der selbst dort zu Besuch war und mit der Haushälterin sprach?«

Sie schüttelte den Kopf. »Wirklich nicht. Da war niemand. Ich würde es Euch sagen, wenn ich es wüsste.«

»Dessen bin ich gewiss. Und bitte verzeiht mir, sollte ich Euch wieder zu nah treten, doch wisst Ihr, wie das Verhältnis zwischen Eurem künftigen Gatten und der Haushälterin war?«

Isabel legte den Kopf schief. Was wollte dieser Vogt nun wieder unterstellen? »Nein, das weiß ich nicht. Oder doch. Sie hat den Haushalt geführt und für die zwei Männer und das Gesinde gekocht, solange Augustin noch lebte. Und seither nur noch für einen Hausherrn und das Gesinde. Das ist alles.«

»Sie war eine auffallend hübsche junge Frau.«

»Wie es viele gibt.«

»Ich merke, dass ich Euch nun doch verärgert habe«, gab er bedauernd von sich.

Isabel seufzte. »Ich verstehe ja, dass Ihr mir Fragen stellen müsst. Doch glaubt mir, so werdet Ihr den nicht finden, der das getan hat.«

»Es gibt so einiges Gerede, wisst Ihr?«

»Was für Gerede?«

»Euer künftiger Gatte und Dorothe … Es gibt da einen Knecht, der bis vor Kurzem auf dem Hof der Schonaus gearbeitet hat. Der schwört bei allem, was ihm heilig ist, dass die beiden, nun ja, einander zugetan waren.«

»Welcher Knecht?«

»Wilbald.«

Isabel sah das Gesicht des Mannes vor sich. Ein alter, stets griesgrämig dreinblickender Kerl, der den Fleiß gewiss nicht erfunden hatte. Sie hatte nicht einmal bemerkt, dass er nicht mehr bei den Schonaus arbeitete. »Ich weiß nicht, warum er das sagt, ich wusste nicht mal, dass er nicht mehr dort ist.«

»Beunruhigt es Euch nicht, dass er womöglich die Wahrheit sprechen könnte?«

»Ich weiß nicht, was ich dazu sagen soll. Offen gesagt, glaube ich, dass er lügt. Weshalb sollte Gunter mich heiraten wollen, wenn er in Dorothe verliebt gewesen wäre? Immerhin bin ich alles andere als wohlhabend, während Gunter ein reicher Mann ist. Wenn es ihm also nicht um mich ginge, wozu dann das Ganze?«

Der Vogt wiegte den Kopf. »Da ist was Wahres dran.«

»Die Menschen lügen, Vogt, um sich wichtigzutun. Sie lügen, um einen anderen schlecht dastehen zu lassen, dem sie etwas neiden. Oder sie lügen, weil sie gerade nichts Besseres zu tun haben. Hätte ich in meinem Leben auf jede Lüge etwas gegeben, die mir unter die Nase gerieben wurde, wäre ich vor Wut und Trauer umgekommen.«

»Ihr seid auffallend klug.«

»Für eine Frau?«

Der Vogt schmunzelte erneut. »Wenn Ihr so wollt.«

»Habt Ihr noch weitere Fragen, Vogt? Sonst würde ich gern gehen. Es dämmert schon, und ich… nun, ich gebe zu, mir ist nicht ganz wohl bei dem Gedanken, dass derjenige, der Dorothe so zugerichtet hat, noch dort draußen ist.«

»Ein wahrer Gedanke. Ich werde den Büttel anweisen, Euch zu Eurer Kate zu begleiten.«

»Das ist wirklich sehr freundlich, und ich nehme das Angebot gern an.« Sie stand auf. »Ich hoffe, Ihr findet den Mann und dass nicht noch etwas geschieht.«

»Schenke der Herr Euch einen sicheren Weg, Isabel Velten!«

»Und möge der Herr Euch schützen, Vogt!«

Gemeinsam verließen sie die Amtsstube, und der Vogt gab dem Büttel die Weisung, Isabel sicher nach Hause zu bringen.

Eine Weile ging sie schweigend neben dem Büttel her. »Wo hat man die Tote gefunden?«, fragte Isabel schließlich.

»Oben bei der großen Eiche, dort, wo sich der Weg gabelt. Der Mörder hatte sie ein Stück weit ins Gebüsch gezogen.«

Isabel schauderte. Jedes Mal, wenn sie zu den Schonaus ging oder ins Dorf hinunter, kam sie an der großen Eiche vorbei. Bis jetzt hatte sie stets die Kraft und Erhabenheit, die der Baum ausstrahlte, gemocht. Doch nun würde sie diesen Ort mit anderen Augen sehen.

»Wer hat sie eigentlich gefunden?«

»Ein Knecht der Schonaus. Er war auf dem Weg ins Dorf und hat etwas aus dem Gebüsch herausragen sehen. Deshalb ist er hingegangen, um nachzuschauen, was es ist. Er hat immer noch am ganzen Leib gezittert, als er seine Aussage machte.«

»Welcher Knecht?«

»Ich glaube, er heißt Knut.«

Isabel kannte den Mann. »Ja, es gibt dort einen Knecht, der so heißt.«

Sie hatten die Weggabelung erreicht, befanden sich in unmittelbarer Nähe der großen Eiche. Ein beklemmendes Gefühl beschlich Isabel, als sie zu dem Baum hinübersah. »Von hier aus ist es nicht mehr weit. Wenn Ihr wollt, könnt Ihr umkehren.«

»Ich begleite Euch bis zu Eurer Kate und gehe erst, wenn Ihr von innen den Riegel vorgeschoben habt. Ihr seid ziemlich allein hier oben. Dort unten im Dorf ist es sicherer.«

»Wie Ihr wollt.«

Sie gingen weiter, und der Büttel hielt sein Versprechen. Als Isabel reingegangen war, legte sie den Riegel vor und rief ihm durch die verschlossene Tür zu, dass er jetzt gehen könne. Er bejahte es, wünschte eine gute Nacht und ging.

»Was wollte der Vogt von dir?« Gertrud ließ ihre Handarbeit sinken.

»Mutter, da bist du ja«, freute sich Emilia. »Sieh nur. Das habe ich ganz allein genäht. Großmutter hat mir ein ganz klein wenig geholfen, aber sonst habe ich es allein gemacht.«

Isabel nahm die Näherei an sich, besah sie und lobte die Tochter. Kurz überlegte sie, ob sie warten sollte, bis die Kinder sich schlafen gelegt hatten. Doch sie entschied sich dagegen. Sie fand es richtiger, die drei an dem Gespräch teilhaben zu lassen.

»Es ist, wie der Büttel vorhin sagte. Dorothe ist tot.«

»Die Haushälterin der Schonaus?«, fragte Gertrud.

»Ja. Sie wurde ermordet.«

Emilia bekam große Augen, drückte sich sogleich an ihre Mutter. »Aber was hat sie denn getan?«

Isabel suchte den Blick der Tochter. »Niemand kann etwas tun, um zu verdienen, so gemein getötet zu werden«, erklärte sie sanft.

»Wie ist das geschehen?« Albert hatte die ernste Miene seines Vaters angenommen, wie er es immer tat, wenn er glaubte, dass er als der Älteste sich wie das Familienoberhaupt zu benehmen hätte.

»Sie wissen es noch nicht genau. Deshalb war ich beim Vogt. Er hat mich gefragt, was ich über Dorothe weiß. Doch das war nicht viel.«

»Wurde sie ausgeraubt? Oder weshalb musste sie sterben?«, fragte nun Conrad.

»Davon hat der Vogt nichts gesagt.« Isabel warf Gertrud einen Blick zu, und diese schien zu verstehen, was der Täter von Dorothe gewollt hatte. Isabel war nicht sicher, ob sie der Schwiegermutter die Details mitteilen würde, wenn die Kinder außer Hörweite waren. »Ich wollte nur, dass ihr es wisst. Doch nun wollen wir versuchen, den Gedanken wieder aus unseren Köpfen zu verscheuchen.«

»Ja, Mutter«, sagte Albert und widmete sich wieder einem Holzstück, in das er mit einer Metallspitze Löcher bohrte, in die er dann Schweineborsten steckte, um sich an der Bürstenherstellung zu versuchen. Ganz so, wie sein Bruder es ihm gezeigt hatte. Doch der Ältere stellte sich hierbei weit weniger geschickt an.

Sie sprachen an diesem Abend nicht mehr viel. Jeder hing seinen Gedanken nach. Die Unruhe, die die Nachricht von Dorothes Ermordung mit sich gebracht hatte, war fast greifbar. Isabel konnte nur hoffen, dass mit dem Sonnenaufgang die Zuversicht zurückkehrte.

Die Hochzeit fand wie vereinbart zwei Wochen später statt. Isabel hatte es so klein wie möglich halten wollen, doch Gunter hatte darauf bestanden, reich aufzutragen. Schließlich würden die Weinberge, die ihnen zusammen gehörten, einen Großteil der Region mit dem Gold der Reben versorgen. Und seinen Kunden sollte man unbedingt von Zeit zu Zeit etwas Gutes tun, fand Gunter. Isabels Bedenken, dass sie schließlich beide verwitwet waren und noch dazu der Tod von Augustin und auch Dorothe nicht lange her war, wischte er einfach fort. Auch dass der Mörder noch immer nicht gefunden war, obwohl der Vogt sich redlich mühte, war für Gunter kein Grund.

So wurde es ein großes Fest, auf dem Isabel sich durchgehend um ein Lächeln bemühte, wenngleich ihr dies von Moment zu Moment schwerer fiel. Und das nicht nur, weil dadurch, dass Dorothes Mörder nicht hatte gefunden werden können, noch immer eine große Unsicherheit herrschte.

Es fühlte sich für Isabel so an, als wären viele der Gäste nur aus Neugierde oder gar Pflichtbewusstsein einem der größten Winzer gegenüber gekommen. So war sie froh, als der letzte Gast gegangen war und Knut die Eingangstür von innen verriegelt hatte. Das Gesinde räumte nach und nach auf. Nun waren Gunter und Isabel allein in der Stube, dem einzigen Raum, in dem die Spuren der Feier bereits beseitigt waren.

»Hast du das gesehen?«, freute sich Gunter und hatte ein Grinsen im Gesicht. Er nahm einen tiefen Schluck aus seinem Becher. »Manch einer konnte seinen Neid auf mein Haus kaum verbergen. Ja, glücklich der, der Neider hat!«

Isabel atmete schwer aus. »Ich sehe noch einmal nach den Kindern. Es ist ihre erste Nacht hier im Haus, und ich weiß nicht, ob sie bei all dem Krach Ruhe gefunden haben.«

»Ihnen wird's schon gut gehen«, tat Gunter Isabels Gedanken ab. »Jetzt ist nicht der Moment, sich um die Kinder zu kümmern. Jetzt kümmerst du dich um deinen Ehemann.«

Isabel wurde unwohl. Sie wusste genau, was er damit meinte. Und sein lüsterner Blick ließ auch keinen Zweifel zu.

»Gewiss. Doch erst sehe ich noch nach den Kindern.« Sie machte Anstalten, den Raum zu verlassen, doch er war mit drei schnellen Schritten bei ihr, packte ihr Handgelenk und zog sie zu sich her.

»Au, du tust mir weh!«, protestierte sie zornig.

»Nein, das tut nicht weh.« Er kam ganz nah an sie heran, fuhr mit seiner Zunge über ihren Hals.

»Gunter, lass mich. Knut ist noch in der Nähe und auch der Rest des Gesindes im ganzen Haus auf den Beinen.«

Er war ganz nah vor ihrem Gesicht. »Sag mir ja nicht, was ich tun soll! Ich bin dein Mann, und so wirst du mich auch behandeln.«

Sie bemühte sich um ein Lächeln. »Und das will ich doch auch. Doch jetzt …«

Er verdrehte ihr das Gelenk. »Jetzt machst du, was ich sage«, presste er wütend hervor.

Sie schrie auf, doch sofort schlug er ihr die Hand vor den Mund, presste fest zu. Er drehte sie herum, packte sie von hinten, stieß sie zur Wand hinüber und zerrte mit der anderen Hand an seiner Hose. Isabel versuchte, sich aus seiner Umklammerung zu befreien. Er zerrte an ihren Röcken, entblößte ihr Hinterteil.

»Gunter, nein!«, flehte sie, doch sie spürte bereits sein steifes Glied, das in sie einzudringen versuchte. Grob zog er sie noch ein Stück zurück, presste sich von hinten zwischen ihre Beine.

»Wenn du schreist, wird gleich das Gesinde hier sein und dich so sehen. Und deshalb höre ich noch lange nicht auf«, zischte er ihr ins Ohr.

»Bitte nicht«, winselte sie, da durchfuhr sie plötzlich ein so heftiger Schmerz, dass sie glaubte, die Besinnung zu verlieren. Wieder und wieder stieß er zu, keuchte widerlich in ihr Ohr, und mit jeder Bewegung spürte sie, wie ihre trockene Haut ein Stück weiter einriss. Welche Qual, welche Erniedrigung, welche Pein!

Bis er sich aufbäumte, sich in sie ergoss und endlich von ihr abließ, war für Isabel eine gefühlte Ewigkeit vergangen. Einen Moment verharrte sie, schob dann die Röcke wieder über ihr Gesäß, lehnte sich mit dem Kopf gegen die Wand und schluchzte. Alles fühlte sich taub an, und doch war da ein unglaublicher Schmerz. Etwas in ihr war gestorben, dort, an diese Wand gedrückt, in diesem Raum.

»Es wird dir schon noch gefallen«, hörte sie Gunters Stimme, dann begann er laut zu lachen.

Isabel sah sich nicht zu ihm um, richtete ihre Kleidung, wischte die Tränen von den Wangen und verließ die Stube. Sie ging die Treppe hinauf, schaute noch einmal nach, ob ihre Kinder auch schliefen. Zu Gertrud ging sie nicht, war doch ihre

Angst zu groß, die Schwiegermutter könnte noch wach sein und ihr ansehen, was soeben geschehen war. Dann öffnete sie die Tür zu der Kammer, in der ihr Ehebett stand und die sie sich künftig mit Gunter teilen würde. Sie sah hinein, machte einen Schritt rückwärts und schloss die Tür wieder. Sie ging den Flur entlang, öffnete die Tür zu der kleinen Arbeitskammer, in der die Besen und Bürsten aufbewahrt wurden. Sie trat ein, schloss die Tür von innen und klemmte einen kurzen Besenstiel unter die Klinke. Dann legte sie sich auf den Boden, rollte sich zusammen und begann zu weinen. So verharrte sie die ganze Nacht.

# 11. Kapitel

Drei Monate und vier Dutzend Vergewaltigungen später zeigten die Reben ihr erstes Grün.

Während die Natur neues Leben hervorbrachte, schien es aus Isabel entwichen zu sein. Sie war eine verbitterte Frau geworden, der kein Lächeln mehr über die Lippen kam. Die Verzweiflung, die mit dem Leid, das sie tagaus, tagein ertragen musste, einherging, schien grenzenlos und ohne jede Hoffnung auf Besserung. Das Gefühl war ähnlich dem vor etwa einem Jahr, als die Männer die toten Körper ihres Ehemannes und ihres Schwagers den Hügel zum Kloster hinaufgetragen hatten – alles war an ihr vorbeizogen. Doch was sich damals wie taub angefühlt hatte, ging jetzt in einem schier endlosen Schmerz unter.

Die ersten Tage nach ihrer Heirat war noch so etwas wie Wut in ihr aufgestiegen und der Wunsch, sich zu widersetzen und es Gunter heimzuzahlen. Doch dieses Gefühl war nicht mehr da. Es gab kein Aufbäumen mehr, keinen Hass oder das Sinnen nach Rache. Nur die ängstliche Erwartung des Moments, da erneut Schläge auf sie niederprasselten und sie mit Gewalt genommen wurde, als wäre sie nichts als ein willenloses Stück Fleisch. Ihr ganzer Körper bis auf das Gesicht war mit blauen Flecken übersät, was jedoch unter der Kleidung nicht zu sehen war. Es gab keinen Knochen, kein noch so kleines Stück ihrer Haut, das ihr nicht wehtat. Er schlug überallhin, nur nicht in ihr Gesicht. Höhnisch hatte er ihr schon mehrfach gesagt, dass er ja schließlich nicht wolle, dass jemand ihr Aussehen abstoßend fände.

Außerdem befürchtete Isabel, dass er ihr vor zwei Tagen, als er sie auf das Bett hatte schleudern wollen, sie jedoch auf den kleinen Beistelltisch gestürzt war, eine Rippe gebrochen hatte. Die Schmerzen waren furchtbar, und sie hatte Schwierigkeiten zu atmen. Fast glaubte sie, bei dem anschließenden Akt ersticken zu müssen, als er sich grob auf sie geworfen und von hinten genommen hatte. Sie hatte es überlebt, doch wusste sie nicht, ob sie sich hierüber freuen sollte.

Sie hatte sich niemandem anvertraut. Kein Wort war über das, was ihr geschah, über ihre Lippen gekommen. Und doch glaubte sie, dass Gertrud es gleichwohl wusste. Die Schwiegermutter fragte ein ums andere Mal nach, ob es ihr gut ginge, was Isabel stets mit einem gezwungenen Lächeln und der Beteuerung, dass alles in Ordnung sei, beantwortete. Früher hatte Gertrud nie nachgefragt, doch jetzt schien sie genau das zu erahnen, was sich jeden einzelnen Tag in dem Hause zutrug. Warum nur hatte Isabel nicht auf ihre Schwiegermutter gehört? Diese hatte es gewusst. Isabel konnte nicht sagen, woher, doch Gertrud hatte es ihr gleich damals gesagt, als sie Gunter kennengelernt hatte. War es bei der Schwiegermutter damals genauso gewesen? War es das, was sie als Hölle bezeichnet hatte, als sie Isabel von ihrem verstorbenen Ehemann Nikolaus erzählt hatte?

Sie waren alle auf dem Hang am Kloster und banden die Pflanzen mit Stroh an die Stöcke, als Gertrud nah an Isabel herantrat und so leise, dass es die Kinder nicht hören konnten, sagte: »Es muss aufhören, sonst gehst du daran zugrunde.«

Isabel sah sie mit leerem Blick an. Sie wusste, dass sie sich nicht die Mühe zu machen brauchte, es zu leugnen. »Sag mir, wie«, entgegnete sie ohne jede Regung.

Gertrud streichelte ihr zärtlich über die Wange. Nie zuvor hatte sie eine solche Geste gezeigt, und sofort liefen Isabel die Tränen über die Wangen.

»Komm her«, sagte Gertrud und nahm die Schwiegertochter in die Arme.

Isabel klammerte sich an Gertrud wie eine Ertrinkende, schluchzte heftig auf. Die Kinder sahen überrascht und ängstlich zugleich zu den beiden herüber.

»Was ist geschehen?«, wollte Albert wissen, der sich in letzter Zeit des Öfteren gefragt hatte, weshalb seine Mutter keine Freude mehr zeigte, ganz gleich, wie sehr er und seine Geschwister sich bemühten, sie aufzumuntern.

»Eure Mutter war ungeschickt und hat sich verletzt«, erklärte Gertrud, während sie weiter liebevoll über Isabels Rücken strich. »Ich kümmere mich um sie.« So verharrten sie noch einen Moment, dann fragte Gertrud die Kinder: »Könnt ihr eine Weile allein weitermachen? Ich möchte eure Mutter zur Kate bringen, damit sie sich ein wenig ausruhen kann.«

»Aber ja«, erwiderte Albert sofort, und Conrad und Emilia nickten.

Behutsam führte Gertrud Isabel den Hang hinab. Die Schwiegertochter lehnte sich die ganze Zeit an sie und weinte ohne Unterlass, während Gertrud den Arm um sie gelegt hatte und sie stützte, so gut es ging. Als sie die alte Kate, in der sie noch vor wenigen Monaten zusammen gelebt hatten, erreichten und die Tür öffneten, schluchzte Isabel noch einmal heftig auf. Was würde sie dafür geben, in dieses einfachere Leben zurückkehren zu können!

»Komm, leg dich einen Moment hin«, forderte Gertrud sanft und führte sie zu der Pritsche hinüber. Isabel verzog vor Schmerzen das Gesicht, als sie sich darauf niederließ. Die Rippe peinigte sie über die Maßen, nahm ihr den Atem. Sie musste husten, was den Schmerz noch verstärkte.

»Du musst flach atmen, nicht zu tief. Dann wird es besser.« Gertrud legte ihre Hand auf Isabels Oberkörper. »Ganz ruhig, Liebes. Lege dich so gerade hin, wie du kannst. Versuche, deine Schultern sinken zu lassen. Das nimmt den Druck von der Brust. «

Isabel hatte zunächst Schwierigkeiten, spürte jedoch, wie sie mit jedem Atemzug ruhiger wurde und der Schmerz ein klein wenig nachließ.

»So ist es gut«, sagte Gertrud sanft. »Und jetzt werde ich dir etwas sagen, das dir helfen wird. Gegen die Schläge hilft es nicht, doch gegen die unsäglichen Schmerzen, während er dir das antut.« Sie schluckte, lächelte dann. »Du musst die Anspannung aus deinem Körper nehmen. Ich weiß, dass du Angst hast vor dem, was er tun wird. Doch das ist es, was solche Männer wollen, ja, was sie sogar antreibt. Wenn er sich dir nähert, schreie nicht, gib keinen Laut von dir. Vor allem flehe nicht, dass er es nicht tun soll. Und wenn es dann so weit ist, versuche, an etwas anderes zu denken. Sei in Gedanken gar nicht dort. Denke dich fort, fort von hier und weg von alledem. Lass ihn tun, was er tun will, doch schenke dem keine Beachtung.«

»Und das soll möglich sein?«

»Es ist möglich. Diese unsäglichen Schmerzen wirst du nicht mehr haben, wenn du deinen gesamten Körper schlaff sein lässt. Es ist, als wärst du gar nicht dort.« Gertruds Gesicht veränderte sich. »Und dann wird etwas Eigenartiges geschehen.«

»Was?«

»Er wird keine Freude mehr daran haben. Solange du dich wehrst und er dich damit quälen kann, die Angst in deinen Augen sieht und die Verkrampfung deines Körpers spürt, erregt ihn dies. Doch wenn du ihm zeigst, dass es dich nicht trifft, es dir gleichgültig ist, du nicht mehr versuchst, ihn zu beknien oder dich gegen ihn zur Wehr zu setzen, verliert es für ihn seinen Reiz.«

»Wirklich?« Isabel richtete sich ein wenig auf. »Dann wird er keinen Gefallen mehr daran haben?«

»Die ersten Male womöglich schon noch, doch es wird weniger und weniger, bis er es einfach lässt. Begegne ihm gleichgültig, nur mit Verachtung. Zeig ihm, dass er dich nicht brechen kann.«

»Er hat mich schon gebrochen«, flüsterte Isabel.

»Nein, das hat er nicht. Du hast Kinder. Er darf dich nicht brechen. Du bist für Alberts Kinder verantwortlich. Werde deiner Pflicht gerecht.«

Isabel spürte, dass die Worte ihrer Schwiegermutter sie auf eine eigenartige Weise berührten. Was geschah hier gerade mit ihr? Die Aussicht, und war es auch nur eine schwache Hoffnung, dass sie etwas ändern könnte, ließ ein wenig Mut in ihr Bewusstsein zurückkehren.

»Du weißt das alles, weil es bei dir genauso war. Ist es nicht so?«

Anders, als Isabel es erwartete, senkte Gertrud nicht den Blick oder wich ihr aus. »Ja, so war es. Wieder und wieder, bis ich nicht mehr konnte.«

»Wie hast du es geschafft? Wie kamst du darauf, ihn einfach nur machen lassen zu müssen, damit es besser würde?«

»Sosehr ich Albert und Richard auch geliebt habe, wusste ich doch, dass ich es nicht länger aushalten würde. Ich konnte den Schmerz und die Demütigungen nicht länger ertragen.«

»Man fühlt sich wie ein Stück Fleisch, nicht wahr?«, fragte Isabel.

»Wie ein dreckiges Stück Fleisch«, bekräftigte Gertrud. »Deshalb beschloss ich damals, das Unverzeihliche zu tun. Ich wollte meinem Leben ein Ende bereiten.«

»Gertrud!« Isabel sah sie erschrocken an. »Und deine Söhne?«

»Meine Söhne hatten nichts von ihm zu befürchten. Zumindest nicht das, was er mir antat. Und ich habe nichts mehr gesehen und gespürt außer Angst, Schmerz und Pein. Ich habe zum Herrn gebetet und ihn angefleht, mich zu erlösen. Doch er ließ mich im Stich. Also mischte ich Kräuter, von denen ich wusste, dass sie giftig sind, mit Mohn und bereitete hieraus einen Sud.« Sie sah an Isabel vorbei, während die Erinnerungen sie einholten.

Isabel beobachtete die Schwiegermutter. Gertrud wirkte so ruhig und gefasst, wie sie dasaß und von einem der schrecklichsten Momente ihres Lebens erzählte, dass Isabel sich fragte, woher diese Frau so viel Kraft nahm.

»Als Nikolaus aus der Schenke kam, hatte ich den Sud bereits getrunken. Ich weiß nicht, ob es die Kräuter waren, die schon ihre Wirkung entfalteten, oder ob es war, weil ich wusste, dass ich es bald überstanden haben würde. Doch ich war an dem Abend ganz ruhig. Er beschimpfte mich wie sonst auch. Schlug mich. Aber die Kräuter wirkten bereits, besonders der Mohn. Ich wurde müde, alles zog nur noch an mir vorbei. Ich sah seine Fäuste kommen, spürte jedoch nichts und ließ es einfach geschehen. Als er mich dann nehmen wollte, war es mir einerlei. Ich kann nicht einmal sagen, dass ich den Moment genau mitbekommen habe. Und da geschah es.« Ein Schmunzeln umspielte ihre Lippen. »Nikolaus zerrte an mir, schlug wieder und wieder zu, doch ich regte mich nicht. Er versuchte, in mich einzudringen, doch sein Glied wurde schlapp und weich.«

»Hat er dich dafür nicht umso härter bestraft?«

»An dem Abend waren die Schläge noch schlimmer, das mag wohl sein. Doch er hat danach nur noch eine Handvoll Male versucht, mich mit Gewalt zu nehmen. Aber es gelang ihm nicht mehr.« Aus ihrem Schmunzeln war ein verächtliches Grinsen geworden. »Ich weiß nicht, ob sein Glied bis zu seinem jämmerlichen Ende je wieder steif geworden ist. Bei mir zumindest vermochte er nichts mehr zu verrichten.«

Obwohl ihr eigentlich nicht danach war, musste Isabel schmunzeln. Der Hass auf diese Sorte Mann verband die beiden Frauen mehr, als dies die Gefühle zwischen Schwiegermutter und Schwiegertochter je vermocht hätten.

»Was war mit den Kräutern?«

Gertrud zuckte mit den Schultern. »Ich habe wohl nicht genug hineingetan. Als ich am nächsten Morgen erwachte, fühlte ich mich zwar müde und schlapp, doch wusste ich schon da, dass ich einen Sieg errungen hatte. Doch fürchtete ich noch, dass es nicht anhalten würde.«

»Aber es hielt an.«

»O ja, ganz, wie ich dir sagte. Also mach es genauso wie ich.«

Isabel biss sich auf die Unterlippe. »Ich habe Angst, dass es dann noch schlimmer wird.« Sie erschrak, als Gertrud ihr mit einem Ruck die Röcke hochzog und ihre Beine entblößte.

»Sieh dich an! Könnte es wirklich noch schlimmer werden?«

Isabels Herzschlag beruhigte sich wieder. »Du hast recht«, erkannte sie dann. »Es kann nicht schlimmer werden.«

»Dann reiß dich zusammen und handle. Hilf dir selbst. Niemand außer dir kann das tun.« Damit stand Gertrud auf.

»Komm. Es ist alles gesagt. Wir müssen wieder auf den Weinberg.«

Isabel eilte sich, der Aufforderung der Schwiegermutter Folge zu leisten, ignorierte ihre schmerzende Rippe. Gertrud hielt ihr die Tür auf. »Sei die Frau, die Albert in dir gesehen hat, und strafe den, der dir das antut!«

»Das werde ich«, gab Isabel entschlossen zurück, hob den Kopf und trat mit Gertrud wieder ins Freie.

Am Abend saß die Familie zusammen am Tisch und nahm das Mahl ein, das die neue Haushälterin für sie zubereitet hatte. Gunter hatte sie vor einigen Wochen eingestellt. Bis dahin hatten Isabel und Gertrud gekocht und Ordnung gehalten, doch Gunter hatte darauf bestanden, dass Isabel als seine Frau derartige Aufgaben nicht übernahm. Dass sie jedoch mit den Kindern in den Weinbergen schwer schuftete, schien ihm recht zu sein. Womöglich wollte er auch nur eine weitere junge Frau im Haus haben. Der Herr allein wusste, ob Gunter sich mit ihr vergnügte. Doch selbst wenn – war es dann ein Vergnügen für die Frau, oder tat er ihr das Gleiche an wie Isabel?

Immer öfter musste Isabel an Dorothe denken und daran, welch grausames Schicksal ihr widerfahren war. Ob Gunter das gewesen war? Die Brutalität, mit der die Tat verübt worden war, sprach tatsächlich dafür. Doch warum hätte er sie töten sollen? Welchen Grund könnte es dafür gegeben haben? Oder brauchte dieser Mann gar keinen Grund, um derartige Gräueltaten zu begehen?

»Die Reben auf dem Weinberg vom alten Heinrich sind noch nicht gebunden. Ich bin heute dort gewesen«, stellte Gunter in vorwurfsvollem Ton fest und stopfte etwas von dem Braten in den Mund, den Reusin, die neue Haushälterin, ihnen vorgesetzt hatte.

»Isabels Reben«, sagte Gertrud.

Gunter warf Gertrud einen arroganten Blick zu. »Isabel ist meine Frau, und ich bin der Herr im Haus. Also sind es meine Reben«, korrigierte er sie.

Gertrud wollte noch etwas erwidern, doch Isabel bedeutete ihr mit einem fast unmerklichen Kopfschütteln, es zu lassen. Gertrud nahm es hin, sagte nichts mehr und aß ihrerseits weiter.

»Wir waren auf dem Klosterhang und haben dort die Reben gebunden«, entschuldigte sich Isabel. »Alberts Reben«, fügte sie noch hinzu. »Gleich morgen werden wir zu dem anderen Hang gehen.«

»Der Klosterhang«, echote Gunter nachdenklich. »Die dortigen Reben hatte ich fast vergessen. Die werden uns ein hübsches Sümmchen einbringen, nicht wahr, mein Sohn?« Er blickte zu Albert hinüber.

Dieser sah erst zu Isabel, dann zu Gertrud. »Ja, Gunter«, sagte er dann folgsam.

»Nenn mich Vater. Ich habe es euch schon einmal gesagt. Ich bin ab jetzt euer Vater und möchte auch so angesprochen werden.«

»Ja, Vater«, sagte Albert und sah betreten auf seinen Teller.

Isabel und Gertrud tauschten einen Blick.

»Ich werde morgen die Knechte auf den Hang schicken. Du wirst sie einweisen, Isabel.«

»Ja, Gunter.«

Daraufhin sagte niemand mehr etwas, bis sie aufgegessen hatten.

»Das Gesinde soll das Geschirr abräumen«, ordnete Gunter an. »Isabel, ich möchte mit dir sprechen. Komm.«

Ohne zu zögern, stand Isabel auf. Im Weggehen warf sie Gertrud einen Blick zu, den die Schwiegermutter mit einem Nicken erwiderte. Gunter stieg die Stufen hinauf und ging vor zu ihrer Kammer, Isabel folgte nach. Als sie eingetreten war, schloss sie hinter sich die Tür. Regungslos blieb sie stehen, abwartend, was er als Nächstes tun würde.

»Ich habe nicht den Eindruck, dass die Kinder schon vollends begriffen haben, dass ich fortan ihr Vater bin. Hast du dazu etwas zu sagen?«

»Ich werde noch einmal mit ihnen sprechen«, gab Isabel zurück.

Er sah sie fragend an. »Irgendetwas ist anders an dir. Was ist?«

»Ich weiß nicht, was du meinst.« Sie hob die Mundwinkel.

»Warum grinst du so blöd?«

»Tue ich das? Das war mir nicht bewusst.«

»Du brauchst wohl ein wenig Züchtigung, wie?«

Sie zuckte mit den Schultern. »Du bist der Herr im Haus. Wenn du meinst.«

»Verdammte Hure!« Er holte aus und schlug ihr rechts und links ins Gesicht. Ihr Kopf gab nach, flog erst zur einen, dann zur anderen Seite. Sie schluckte den Schmerz hinunter, blieb einfach stehen und sah ihn an. »Ist das alles?«, fragte sie.

Gunter bebte vor Zorn. »Ich weiß nicht, was du im Schilde führst – doch glaube mir, es wird nichts ändern!«

Sie erwiderte nichts, hielt seinem Blick stand.

»Ich wollte dir noch etwas sagen«, verkündete er.

»Ja?«

»Ich brauche das Geld, das du seinerzeit mit den Trauben verdient hast.«

Isabel war so überrascht, dass sie einen Moment brauchte, um nicht die Fassung zu verlieren. Nein, nicht das auch noch! Sie musste unbedingt verhindern, dass er ihr das Geld wegnahm.

»Ich habe es nicht mehr«, log sie.

»Was soll das heißen? Soll ich dir wirklich glauben, dass du alles ausgegeben hast? Pah!«, spie er aus. »Du gibst mir das Geld, oder ich werde es aus dir herausprügeln.«

»Das Geld gehörte mir nie. Es gehörte immer Gertrud. Sie hatte es mir und meinem Mann geliehen, und wir versprachen, es zurückzuzahlen, sobald wir es hätten.«

»Das glaube ich dir nicht.«

»Dann frag Gertrud.« Sie versuchte, es so gleichmütig wie möglich klingen zu lassen.

»Wie redest du überhaupt mit mir, du verdammtes Dreckstück?« Er holte aus, versetzte ihr einen Schlag, dann noch zwei, und sie ging zu Boden. Dort blieb sie einen Moment sitzen, rappelte sich dann wieder auf. Keine Träne rann über ihre Wangen. »Möchtest du nun Gertrud fragen? Sie wird dir bestätigen, dass es ist, wie ich sage.«

»Komm her, du Hure!« Er packte sie an den Haaren, zog sie zum Bett und stieß sie hierauf.

»Warte bitte«, sagte sie. Jedoch nicht flehend, sondern mit fester Stimme.

Er sah sie überrascht an.

Sie stand auf, löste die Schnüre, öffnete ihr Kleid und ließ es zu Boden gleiten. Dann legte sie es sorgfältig über einen Stuhl, ging wieder zum Bett und legte sich mit gespreizten Beinen hin. »Ich will nicht, dass mein Kleid zerknittert«, erklärte sie und wartete.

Gunter war völlig überrumpelt, konnte nicht glauben, was sie soeben getan hatte. »Du bist solch ein dreckiges Hurenstück, dass du es nicht anders verdient hast. Alle seid ihr Huren!«, fluchte er.

»Wie du meinst. Könnten wir beginnen? Ich habe noch eine Näharbeit, die ich heute gern fertigstellen würde.« Isabel lächelte ihn an.

Gunter rang um Fassung, wollte etwas sagen, doch ihm fiel nichts ein. Schließlich presste er »Hure! Dreckshure!« hervor, machte kehrt und ging eiligen Schrittes zur Tür. Er riss sie auf und knallte sie hinter sich zu.

Isabel blieb noch einen Moment liegen, dann stand sie auf, streifte ihr Kleid über. Und die ganze Zeit, während sie sich wieder anzog, die Röcke glatt strich und schließlich die Haare richtete, grinste sie. Ihre schmerzenden Wangen vergaß sie hierüber vollends.

# 12. Kapitel

Ohne dass Isabel sich mit Gertrud hätte absprechen können, hatte diese Gunter haargenau die gleiche Auskunft erteilt, die Isabel ihm zuvor gegeben hatte. Gertrud erzählte Isabel noch am gleichen Abend, dass Gunter von oben heruntergepoltert war und Gertrud um eine kurze Unterredung gebeten hatte. Sie war ihm ins Arbeitszimmer gefolgt, in dem er sie sogleich auf das Geld angesprochen hatte. Gertrud hatte eins und eins zusammengezählt und ihm erklärt, dass Isabel ihr das Geld schon längere Zeit schuldig gewesen wäre. Jedoch, so bot sie ihm an, würde sie auch ihm mit einer Summe aushelfen, sollte es denn notwendig werden. Hierauf war er ohne ein weiteres Wort aus dem Arbeitszimmer gestürmt und hatte sodann das Haus verlassen. Bis jetzt war er nicht zurückgekehrt.

»Gunter …«, Emilia presste die Lippen aufeinander, »äh, Vater ist immer so böse auf uns. Haben wir etwas falsch gemacht?«

Isabel hatte die Tochter ins Bett gebracht und wollte ihr soeben einen Kuss auf die Stirn geben. »Aber nein. Er hat viel Arbeit und muss an sehr viele Dinge denken, meine Kleine. Mach dir keine Gedanken darum!«

»Ist gut.«

»Gute Nacht, Emilia.«

»Gute Nacht, Mutter.«

Isabel ging hinaus und zog leise die Tür ins Schloss. Sie hatte der Tochter die Talgleuchte dagelassen, weil diese, seit sie eine eigene Kammer hatte und nicht mehr zusammen mit den Brüdern schlief, nachts öfter Angst bekam.

Dann ging sie noch zu Albert und Conrad. Die Söhne hatten sich ebenfalls bereits hingelegt, sprachen sie jedoch nicht darauf an, was sich mit Gunter ereignet hatte.

Zu späterer Stunde lag Isabel in ihrem Bett, als sie ihren Ehemann polternd nach Hause kommen hörte. Als er die Tür der Kammer öffnete, schlug diese mit Schwung gegen die Wand und wurde dann ebenso laut von Gunter wieder ins Schloss geknallt. Isabel blieb liegen, wartete ab.

»Glaubst du, ich nehme dir ab, dass du schläfst?«, lallte er.

»Ich schlafe nicht«, sagte Isabel mit fester Stimme.

»Ich will mein Geld haben«, lallte er. »Du hast einen Vertrag unterschrieben, und ich will mein Geld. Glaub bloß nicht, weil du meine Frau bist, musst du's nicht mehr bezahlen.«

Isabel musste überlegen, was er meinen könnte. »Ich werde das Geld, das ich von Augustin geliehen habe, wie vereinbart zurückzahlen, sobald die Trauben reif sind und der Wein verkauft ist.«

»Was die Trauben einbringen, gehört mir. Ich bin dein Mann. Alles ist meins.«

Isabel hielt sich zurück, ihn auf den Irrsinn, den er sich zurechtspann, hinzuweisen, dass er einerseits die Trauben als die seinen ansah und hierfür den Gewinn einstreichen wollte, andererseits aber noch zusätzlich das Geld von ihr forderte, das sie sich für den Kauf des Weinberges geliehen hatte. Das konnte unmöglich sein Ernst sein. »Dann wird es so sein«, antwortete sie nur.

»Du bist mein Weib und tust, was ich sage.«

»Gewiss.« Isabel war um einen gleichgültigen Tonfall bemüht, konnte die Angst vor dem, was womöglich gleich auf sie zukommen würde, jedoch nicht vollends unterdrücken.

Sie hörte, wie er sich die Kleidung abstreifte. Er fluchte leise. So betrunken wie jetzt war er lange nicht gewesen, wenngleich er sich angewöhnt hatte, jeden Tag mehrere Schnäpse zu trinken. Sie fragte sich, ob er dies auch schon zu Augustins Lebzeiten getan hatte, bezweifelte es jedoch. Vermutlich hätte dieser Gunter alsbald vor die Tür gesetzt.

Sie spürte, wie er zu ihr ins Bett kroch. »Komm her, du bist mein Weib. Wird's bald?«

Bereitwillig schob sie sich näher an ihn heran. »Möchtest du, dass ich mich umdrehe?«

Sie hörte, wie er schnaubte. Offenbar reizte ihn ihre Gleichgültigkeit bis aufs Blut. »Ja, dreh dich. Und dann warte ab, was ich dir zeigen werde«, grunzte er.

Isabel drehte sich um, streckte sich ihm sogar entgegen. Er machte mehrere Versuche, fluchte immer mal wieder, umfasste sein Glied. Sie lag nur da, wartete ab. Doch bis auf einiges Stöhnen und ein Grunzen tat sich nichts. Irgendwann erstarb auch das, und sie hörte, wie er schnarchte. Er war über seine kläglichen Bemühungen schlicht eingeschlafen.

Am nächsten Morgen waren Isabel, Gertrud und die Kinder längst zum Weinberg aufgebrochen, bevor Gunter auch nur das Bett verlassen hatte. Mit gedämpfter Stimme und einem Siegeslächeln im Gesicht erzählte Isabel ihrer Schwiegermutter auf dem Weg dorthin, was sich am Abend zuvor zugetragen hatte. Gertrud schmunzelte, doch dann fiel ihr Blick auf Isabels geschwollene Wangen. »Er hat dich sonst nie ins Gesicht geschlagen«, stellte sie besorgt fest.

»Das ist nichts im Vergleich zu dem, was ich sonst zu erdulden hatte«, wiegelte Isabel ab. »Hab vielen Dank für deinen Rat.« Sie zwinkerte ihrer Schwiegermutter zu.

»Mir macht das Geld Sorge«, sagte Gertrud. »Er will es haben und wird keine Ruhe geben.«

»Aber wir sagten ihm doch beide, dass es dir gehört.«

»Ich bin eine Frau, du bist eine Frau, und er ist der Ernährer der Familie. Zwar hat er es gestern auf sich beruhen lassen, doch dabei wird es nicht bleiben.« Gertrud schüttelte den Kopf. »Nicht bei einem solchen Kerl.«

»Was können wir tun?«

»Abwarten, aber auf alles gefasst sein. Hast du die Münzen gut versteckt?«

Isabel nickte, beugte sich noch weiter vor und flüsterte: »Im Bienenstock. Ich habe das Geldsäckchen in zwei Tücher gehüllt und dort verstaut.«

»Du bist einfallsreich«, lobte Gertrud. »Weiß Conrad davon?«

»Ich glaube nicht. Er hätte es mir gesagt, wenn er es bemerkt hätte.«

»Gut. Sag ihm auch nichts. Wenn er oder sonst jemand ein unbedachtes Wort fallen lässt, wird Gunter nicht zögern.«

»Er will auch noch das Geld von mir, das ich Augustin für den Weinberg schulde.«

»Die Trauben werden genug abwerfen«, meinte Gertrud.

»Die Trauben sind sein, weil er der Herr des Hauses ist.«

»Soll das heißen, der Weinberg gehört dir, wenn es um das geliehene Geld geht, aber ihm, wenn es um den Gewinn aus den Trauben geht?«

»Ganz recht.«

»Nein, das ist es nicht!«

»Ich könnte ihm einen Teil geben, wenn ich die Münzen angreife, die im Bienenstock versteckt sind.«

»Das wirst du nicht tun!«

»Was dann?«

»Er kann nicht beides fordern. Es stimmt, es ist sein Recht als Ehemann, all das sein Eigen zu nennen, was dir gehört. Doch wenn er das tut, spricht er dir das Eigentum ab und hat damit kein Anrecht auf die Rückzahlung.«

»Mag sein, und dennoch wird er darauf bestehen.«

»Dann wird ihm ein Advocatus erklären müssen, dass nicht beides geht. Er wird sich entscheiden müssen, so oder so.«

»Er würde mich totschlagen, wenn ich mich an einen Advocatus wende.«

»Er wird dich auch so totschlagen, wenn er Gelegenheit dazu hat«, bemerkte Gertrud trocken.

Isabel riss die Augen auf. »Du glaubst wirklich, er würde das tun?«

»Du nicht?« Gertrud überlegte. »Du bist nur so lange vor ihm sicher, wie er einen Vorteil in dir sieht.«

»Was könnte das für ein Vorteil sein?«

»Das weiß ich nicht. Doch ich werde darüber nachdenken.«

Sie hatten den Hang erreicht, und Gertrud sah hinauf. »Ich weiß nicht, wie lange ich es noch schaffen werde, tagaus, tagein dort hinaufzusteigen.« Sie seufzte. »Na kommt, an die Arbeit!«, rief sie dann so laut, dass auch die Kinder sie hören konnten.

»Wir fangen von oben an und kommen auf euch zu«, rief Albert, der schon ein Stück weiter war.

»Gut. Und wir beginnen hier unten. Mal sehen, wer zuerst die Mitte erreicht hat«, rief Isabel und bückte sich schon runter, was die Kinder als Aufforderung nahmen, den Hügel zu erklimmen, so schnell sie konnten.

Erst eine gute Stunde nachdem die Veltens mit der Arbeit begonnen hatten, kamen fünf Knechte und zwei Mägde hinzu, die sich von Isabel einweisen ließen. Zuvor hatten sie sich um Haus und Hof gekümmert und waren dann zum Hang aufgebrochen. Trotz der vielen Hände kamen sie nicht so voran, wie Isabel es sich gewünscht hätte. Zwar arbeiteten alle fleißig, doch die großen Flächen, die das Gebiet der Schonaus umfasste, schienen geradezu unbezwingbar.

»Als der frühere Herr, Augustin, noch lebte, war sich der feine Herr da unten nicht zu schade, mit auf den Hang zu steigen«, murrte Knut und störte sich auch nicht daran, dass Isabel ihn hören konnte.

Sie war neugierig geworden und ging ein Stück hinab, um in seine Nähe zu kommen.

»War er früher anders?«, fragte Isabel und sah zu Knut hinüber.

»Wer?«

»Mein Gatte.«

Er zögerte und sah sie nur an.

»Sprich ganz offen. Auch ich habe eine andere Seite von ihm kennengelernt seit der Eheschließung.«

Knut überlegte kurz und hatte dann offenbar eine Entscheidung getroffen. »Pah!«, spie er aus. »Bei allem Respekt für Euch, der Mann ist ein Taugenichts. Hinter dem Rücken des Alten hat er sich schon früher immer gern aufgespielt. Nur wenn seinerzeit Frau Adelheid in der Nähe war oder gar Augustin, dann war er nett und freundlich und sanft wie ein Kätzchen. Doch wehe, sie waren außer Hörweite! Dann hat er uns spüren lassen, wer der zukünftige Herr sein würde.«

»Adelheid, seine Frau, wie war sie so?«

»Ein Engel. Ein wahrer Engel mit goldenen Haaren.« Er nickte ihr zu. »Ganz so wie Ihr.«

»Und hat er sie gut behandelt? Mein Gatte, meine ich.«

»Ja, hat er. Dafür hat der Alte schon gesorgt. Wenn er sich auch nur irgendwas hätte einfallen lassen, der wichtige Herr Gunter, in den Hintern getreten hätte ihn der Alte, dass er eine Weile geflogen wäre.«

Isabel musste schmunzeln bei dem Bild, das bei seinen Worten vor ihrem inneren Auge auftauchte.

»Du hast keine Bedenken, dass mein Gatte von diesem Gespräch erfährt, nicht wahr?«

Knut schüttelte entschieden den Kopf. »Nicht bei Euch. Ihr seid eine ehrliche Frau und würdet solche Fragen nicht stellen, wenn Ihr die Wahrheit nicht wissen wolltet.«

»Hab Dank für deine Offenheit.«

»Wenn Ihr mir erlaubt, noch eins zu sagen: Ich weiß, dass er nicht gut zu Euch ist.«

Isabel errötete, doch der Knecht sprach weiter.

»Wir alle wissen es.« Er deutete mit dem Kopf zu den anderen Knechten und Mägden hinüber, die ihre Arbeit im Weinberg verrichteten. »Und keinem von uns gefällt, wie er mit Euch umgeht.« Er senkte den Kopf.

»Ich weiß das zu schätzen.«

»Schon recht«, sagte Knut und widmete sich wieder den Reben, während Isabel langsam aufstieg und dort weitermachte, wo sie vor dem Gespräch aufgehört hatte.

Eine Woche lang war Gunter erstaunlich friedlich. Er hatte Isabel weder geschlagen noch ihr auf andere Weise Gewalt angetan, was sie von Tag zu Tag misstrauischer werden ließ. Doch nicht nur das. Sie vermutete auch einen Zusammenhang zwischen seinem Desinteresse an ihr und der immer verschüchterter und ängstlicher wirkenden Haushälterin. War Reusin anfangs zurückhaltend und ruhig gewesen, huschte sie nun nur noch rasch in den Raum, brachte das Essen und verschwand wieder. Sie sah nicht auf, wollte nur sogleich wieder hinaus. Nicht nur Isabel war dies aufgefallen. Bei Tisch, als Reusin gerade aufgetragen hatte, folgte Isabel zunächst Gunters Blick, der auf das Hinterteil der Haushälterin gerichtet war, und sah dann hinüber zu Gertrud, die das Gleiche zu denken schien. Worte waren nicht nötig, um zu wissen, was beide zu erkennen geglaubt hatten. Isabel wurde übel bei dem Gedanken, dass dadurch, dass sie selbst sich nun auf eine gewisse Weise gegen Gunter gewehrt hatte, die junge Haushälterin Derartiges über sich ergehen lassen musste.

Das und der Geruch des Fleisches ließ bittere Galle in ihr aufsteigen. Es überkam sie mit einer solchen Heftigkeit, dass sie glaubte, sich sogleich übergeben zu müssen. Ohne ein Wort sprang sie auf und rannte hinaus. Doch sie schaffte es nicht mehr, das Badhaus zu erreichen, sodass sie mitten im Flur den Inhalt ihres Magens entleerte. Gertrud war ihr gefolgt und hielt sie, während sie noch immer würgte.

»Was machst du da?«, schnauzte Gunter sie an, nahm sich jedoch gleich wieder zurück, als er Reusin, Knut und auch Liebtrud, eine weitere Magd, herbeilaufen sah.

Isabel würgte noch, doch es kam nichts mehr heraus. Kraftlos richtete sie sich auf.

»Ich hole einen Eimer und Lappen, Herrin. Setzt Euch und ruht Euch aus«, sagte Liebtrud und eilte sogleich davon.

»Was ist denn mit dir?«, fragte Gertrud besorgt.

»Der Geruch des Fleisches.« Isabel schluckte schwer, weil sie schon wieder Galle in sich aufsteigen spürte.

Gunter gab einige missfallende Äußerungen von sich, dann ging er wieder ins Zimmer, setzte sich an den Tisch und aß weiter.

»Geht es dir gut, Mutter?«, fragte Conrad, der an der Tür stand.

Isabel hob die Hand. »Nur eine Unpässlichkeit. Esst weiter. Ich lege mich einen Augenblick hin.« Sie ließ sich von Gertrud die Stufen hinaufhelfen und in die Kammer begleiten, wo sie auf ihr Bett niedersank.

»Gib mir dein Kleid«, bat Gertrud, »bevor es ganz zerknittert ist.«

Isabel zog es aus, behielt nur das Unterkleid an.

»Hast du etwas Falsches gegessen?« Die Schwiegermutter legte ihr die Decke über.

»Ich glaube nicht.« Isabel überlegte. »Es war eben, als mir der Gedanke kam, dass Gunter ...« Sie ließ den Satz unvollendet.

»Reusin«, sagte Gertrud nur.

Isabel nickte.

»Wann hat er dich zuletzt angegriffen?«

»Das ist mehrere Tage her.«

»Dann ist es, wie wir denken.«

»Ich kann den Gedanken nicht ertragen, dass Reusin durch meine Schuld ...«

»Es ist nicht deine Schuld«, widersprach Gertrud. »Er ist ein Widerling und hat sich ein neues Opfer gesucht. Die Schuld daran trägt niemand außer er selbst.«

»Ich wünschte, ich könnte es genauso sehen.« Isabel rieb sich die müden Augen.

»Du musst es genauso sehen. Sonst treibt es dich in den Wahnsinn.«

»Was denkst du über Dorothe?«

Gertrud antwortete einen Moment lang nicht, dann sagte sie: »Du denkst, dass Gunter den Mord begangen hat, nicht wahr?«

»Ich weiß es nicht. Doch ich halte es für möglich.« Isabel atmete schwer durch. »Ich halte meinen eigenen Mann tatsächlich für einen Mörder«, bekräftigte sie noch einmal, als müsse sie sich selbst erst einmal klar werden, was dies bedeutete.

»Was willst du tun?«

»Was kann ich tun?«

»Nun, der Vogt wäre gewiss dankbar für einen Hinweis.«

»Doch beweisen kann ich es nicht. Und genau weiß ich es ja auch nicht.« Sie schüttelte fassungslos den Kopf. »Ich weiß nur, was er mir angetan hat. Doch ich bin seine Frau. Mit mir kann er machen, was er will. Doch es gab wohl Gerede seinerzeit.«

»Was für Gerede?«

»Der Vogt hat so was angedeutet. Gunter soll mit Dorothe verbandelt gewesen sein.«

»Hast du Gunter je gefragt?«

Isabel machte große Augen. »Nun, vor unserer Ehe habe ich ihn nicht gefragt. Und seit wir vermählt sind ... nun ja, du weißt ja, wie es ist.«

Gertrud überlegte, dann schüttelte sie mit dem Kopf. »Und selbst wenn er dir jemals erzählt hätte, dass er mit dieser Dorothe verbandelt gewesen war – das macht ihn noch lange nicht zum Mörder. Ganz gleich, was wir von ihm halten.«

Erneut stieg Übelkeit in Isabel auf. »Gertrud, ich würde gern eine Weile ruhen. Bitte verzeih.«

»Aber gewiss.« Gertrud schickte sich an zu gehen, drehte sich dann aber noch einmal um. »Wann war deine letzte Blutung?«

»Was?« Isabel riss die Augen auf. Dann begriff sie erst, auf was Gertrud hinauswollte. Fieberhaft dachte sie nach. Das konnte doch nicht sein. Das durfte nicht sein! »Ich, ich weiß es nicht. Die viele Arbeit und dann die Angst vor Gunter. Ich kann mich nicht erinnern.«

Gertrud presste die Lippen aufeinander und seufzte. »Nun, wir werden sehen. Wenn es so ist, können wir in diesem Moment ohnehin nichts mehr ändern. Schlaf jetzt und ruh dich aus. Wir finden einen Ausweg, ganz gleich, aus welcher Sorge. Ich stehe dir bei.« Damit verließ sie die Kammer und schloss leise die Tür hinter sich.

Isabels leises »Danke« hörte sie schon nicht mehr.

Am nächsten Morgen fühlte Isabel sich besser. Eigentlich hatte sie am Abend nur eine Weile ruhen wollen, war dann aber offenbar entschlummert und hatte die ganze Nacht tief und fest geschlafen. Sie richtete sich auf. Gunters Bettseite war leer. Er musste also irgendwo anders gelegen haben. Sofort kam ihr Reusin in den Sinn, doch sie schob den Gedanken beiseite. Was auch immer Gunter tat oder nicht tat, konnte sie nicht beeinflussen. Selbst wenn sie ihn weiter seine abartigen Spiele mit ihr machen ließ, würde dies nichts ändern. In Gunters Augen waren Frauen nichts wert, und das zeigte er ihnen, wie immer es ihm gefiel.

Mühsam schwang sie die Beine aus dem Bett und blieb einen Moment so sitzen. Ihr war schwindelig und wieder übel, doch nicht so schlimm wie gestern. Sie stand auf, griff nach ihrem Kleid, das Gertrud über den Stuhl gelegt hatte, und streifte es über. Erneut wurde ihr schwindelig. Sie schloss für einen Moment die Augen und lehnte sich gegen die Wand, um nicht zu stürzen. Tief atmete sie durch, wieder und wieder, bis sie spürte, dass der Schwindel vorüber war. Ganz plötzlich hatte sie schrecklichen Durst. Und Hunger. Sie schluckte mehrmals. Es fühlte sich an, als hätte sie tagelang nichts zu trinken bekommen. In ihrer Kammer stand nur die Waschschale. Hieraus konnte sie nicht trinken. Sie stieß sich von der Wand ab, hielt kurz inne, um sich zu vergewissern, ob der Schwindel wirklich vorbei war. Dann ging sie zur Tür und öffnete sie. Im Haus war es auffallend ruhig. Lediglich aus der Küche war ein leises Klappern zu hören. Jemand vom Gesinde war also bereits auf den Beinen. Isabel schlich über den Flur, um zu vermeiden, dass die Dielen knarrten, stieg so leise wie möglich die Stufen hinab und ging in die Küche. An der Kochstelle stand Reusin und rührte in einem großen Topf.

»Guten Morgen.«

Die Haushälterin zuckte zusammen und ließ vor Schreck die Kelle fallen.

»Oh, bitte verzeih, ich wollte dich nicht erschrecken.«

»Ich habe nicht gedacht, dass schon jemand auf ist.«

»Kannst du mir etwas zu trinken geben?«, bat Isabel. »Ich habe schrecklichen Durst.«

»Gewiss.« Sofort schickte sich Reusin an, einen Becher zu füllen, und stellte ihn dann auf den Tisch.

Isabel nahm auf der Bank Platz. »Danke.«

»Möchtet Ihr auch schon das Morgenmahl einnehmen?«

»Offen gesagt, habe ich tatsächlich Hunger.«

»Ihr habt ja gestern Abend nichts mehr gehabt«, stellte Reusin fest. »Geht es Euch besser?«

»Ja. Ich brauchte wohl nur etwas Schlaf.«

Die Haushälterin sagte hierauf nichts, rührte nur weiter in dem Topf und füllte dann eine Schale mit Haferbrei, die sie vor Isabel hinstellte.

»Danke, Reusin. Willst du dich nicht einen Moment zu mir setzen?«

»Ich?«

»Aber ja. Du bist nun schon eine Weile hier, und doch haben wir bisher noch gar nicht richtig miteinander gesprochen. Wo kommst du her, was hast du bisher gemacht?«

Reusin trat schüchtern an den Tisch heran, setzte sich dann in einer raschen Bewegung auf die gegenüberstehende Bank. »Ich komme von hier, also aus Gysinheym. Meine Eltern leben beide noch, sie haben einen Bauernhof. Und ein klein wenig Wein bauen sie auch an.«

»Und doch wohnst du hier und nicht dort? Ich meine, du könntest ja auch nur zur Arbeit hierherkommen.« Isabel dachte insgeheim, dass es für Reusin besser wäre, nicht auch die Nächte auf dem Anwesen zu verbringen. Doch das konnte sie nicht sagen.

»Ich habe vier ältere Schwestern und zwei Brüder. Zwei Schwestern leben mit ihren Männern zusammen auch noch auf dem Hof. Nun ja, und seit die Kinder da sind, ist es zu eng für uns alle geworden. So konnte ich von Glück sagen, die Anstellung hier bekommen zu haben.«

Isabel schluckte den bitteren Satz, der ihr auf den Lippen lag, hinunter. Wenn Reusin wüsste, was ihr hier womöglich bevorstand.

»Und ist für dich alles in Ordnung hier?«

Reusins Blick versteinerte sich. Nervös knetete sie ihre Hände. »Gewiss«, brachte sie flüsternd hervor.

»Reusin, du kannst mir die Wahrheit sagen. Ist dir etwas geschehen?«

Die Haushälterin schüttelte den Kopf. »Alles ist, wie es sein soll. Ich arbeite gern für Euch.«

»Und für meinen Mann auch?«

Reusin wurde rot. »Auch für ihn«, erklärte sie, konnte Isabel hierbei jedoch nicht in die Augen sehen.

Isabel spürte, dass sie nicht weiterkam. »Hast du schon etwas gegessen?«

»Noch nicht. Ich bereite immer erst die Speisen zu.«

»Dann iss jetzt mit mir. Gemeinsam schmeckt es doch besser.« Isabel lächelte die Jüngere aufmunternd an. Erst zögerte Reusin, dann stand sie auf und holte sich auch eine Schale. Zusammen aßen die beiden, und nach und nach wich die anfängliche Skepsis einem fröhlichen Geplauder, das sie erst beendeten, als auch die anderen im Haus erwachten und das Tagewerk sein Recht forderte.

Isabel verabschiedete sich von Reusin und sagte ihr, wie viel Freude sie während des Morgenmahls gehabt hätte. Die Haushälterin pflichtete ihr schüchtern bei, dann ging sie wieder an die Arbeit. Isabel sah sie noch einmal an, bevor sie die Küche verließ. Irgendetwas trieb die junge Frau um. Doch Isabel war längst nicht mehr sicher, dass es etwas mit Gunter zu tun hatte.

# 13. Kapitel

Fünf Monate später war Isabels Bauch nicht mehr zu übersehen. Rund ragte er nach vorn und bot einen seltsamen Anblick zu dem sonst so dünnen Körper. In der letzten Zeit war es mit Gunter wieder schlimmer geworden. Isabel hatte harte Schläge einstecken müssen, seine Wut schien inzwischen grenzenlos. Und auch ihre Taktik, ihren Körper erschlaffen zu lassen, um keine oder zumindest nicht so große Schmerzen zu verspüren, ging nicht mehr auf. Zu groß war ihre Angst, dass er dem Ungeborenen durch seine Brutalität schaden könnte. Sosehr sie sich auch hiergegen wehren wollte, kam doch so manch flehende Bitte über ihre Lippen, wenigstens auf das Kind in ihrem Bauch Rücksicht zu nehmen. Doch das tat er nicht. Brutal nahm er sie wieder und wieder. Das, was noch vor einigen Wochen gut funktioniert hatte, um ihn von ihr fernzuhalten, erfüllte seinen Zweck nicht mehr.

Hinzu kam, dass er immer öfter anfing, davon zu sprechen, dass schon bald die Ernte eingebracht werden könne und er dann auf die Zahlung der Rate des geliehenen Geldes bestehe. Alles Gerede und sämtliche Erklärungsversuche, dass er kein Geld aus den Reben des Klosterhangs von ihr erwarten könnte, wenn er ihr seinerseits die Reben des von ihr erworbenen Landes wegnahm, nützte nichts. Gunter hatte seine Meinung gefasst und wich kein Stück hiervon ab, sosehr sie auch mit Engelszungen auf ihn einredete.

In letzter Zeit war er des Nachts öfter nicht nach Hause gekommen, was für Isabel eine Wohltat war. Doch fragte sie sich, wo er die Nächte zubrachte, und auch, ob dies womöglich mit dem Geld zusammenhing, das er offenbar mit vollen Händen ausgab. Ihr Verdacht bestätigte sich, als eines Morgens zwei Büttel vor der Tür standen und um eine Unterredung mit Gunter baten. Dieser war noch in ihrer gemeinsamen Kammer und schlief den Rausch aus, den er am Abend mit nach Hause gebracht hatte.

»Mein Mann ist unpässlich. Was darf ich ihm ausrichten?« Isabel wollte Haltung bewahren. Vor allem aber brannte sie darauf, zu erfahren, was die Büttel von Gunter wollten.

»Darauf können wir keine Rücksicht nehmen«, sagte der eine von ihnen schroff. Isabel hatte ihn sogleich wiedererkannt. Es war der Büttel, der sie seinerzeit nach der Befragung beim Vogt im Zusammenhang mit der Ermordung Dorothes sicher nach Hause geleitet hatte.

»Nun, er wird nicht erfreut sein, wenn ich ihn wecke. Glaubt mir, wenn er wütend wird, wollt Ihr ihn gewiss nicht erleben.«

»Wenn wir wütend werden, er uns auch nicht«, gab der Büttel unbeeindruckt zurück. »Seid so gütig und holt ihn. Sonst tun wir es.«

»Darf ich fragen, worum es geht?«

»Nun, Ihr seid sein Weib, und wie ich sehe«, er deutete auf ihren gewölbten Bauch, »ist dies nicht die Zeit, verantwortungslos zu sein. Euer Mann hat Schulden, hohe Schulden, und die Leute wollen ihr Geld. Entweder er begleicht die Schulden oder er landet im Schuldturm.« Der Büttel sprach das letzte Wort etwas gedehnt aus, besaß Gysinheym doch gar keinen solchen Turm, sondern nahm stattdessen mit einer einfachen Kerkerzelle vorlieb.

Isabel machte große Augen. »Das kann ich kaum glauben. Mein Mann besitzt genug Geld.«

»Umso besser. Dann soll er bezahlen und die Sache in Ordnung bringen. Aber jetzt holt ihn, bitte.«

Isabel nickte kurz, bat die beiden, im Flur zu warten, und ging die Treppe hinauf. Zu ihrem Bedauern hatten die Kinder das Gespräch an der geöffneten Eingangstür mitbekommen. Nun ja, sie konnte es jetzt nicht mehr ändern. Also beeilte sie sich und öffnete vorsichtig die Tür zu ihrer gemeinsamen Kammer. »Gunter«, sagte sie leise. »Gunter, du musst aufstehen. Unten stehen zwei Büttel, die dich sprechen wollen.«

Gunter regte sich nicht.

»Gunter.« Isabel trat ans Bett und rüttelte kurz an seiner Schulter.

»Was soll das?«, schnauzte er sogleich. »Lass mich in Ruhe und mach, dass du auf den Hang kommst und dich um die Reben kümmerst.«

»Gunter, es stehen zwei Büttel unten.«

»Schick sie weg.« Er blieb einfach liegen.

»Bitte, Gunter. Sie sagen, dass sie ...« Weiter kam sie nicht. In einer plötzlichen Bewegung fuhr er hoch und schlug ihr so hart ins Gesicht, dass sie zu Boden ging. »Mach, dass du wegkommst, Dreckstück!« Er griff die Decke und legte sich wieder hin.

Isabel hielt ihre Hand an die schmerzende Wange, rappelte sich mühsam wieder auf. Schützend legte sie eine Hand auf ihren Bauch. Sie beruhigte sich, dass sie sich beim Sturz mit den Händen abgefangen hatte. Der Bauch hatte keinen Stoß abbekommen. Kurz stand sie da, hilflos, was sie tun sollte, dann ging sie wieder hinaus und schloss die Tür. Mit festem Schritt stieg sie die Stufen hinab in den Flur, wo die Büttel noch immer warteten. Sie spürte, dass ihre Wange bereits anschwoll.

Der Büttel, der sie seinerzeit heimbegleitet hatte, sah sie an. »Hat er Euch geschlagen?« Er deutete auf ihre Wange.

»Wenn Ihr die Treppe hochkommt, ist es die zweite Kammer«, sagte Isabel nur.

»Es wird uns ein Vergnügen sein«, gab der Büttel zurück. Sofort gingen sie mit schweren Schritten die Stufen hinauf. Isabel stand da, abwartend, was als Nächstes geschehen würde. Die Büttel zerrten einen fluchenden und sich wehrenden Gunter aus der Kammer, packten ihn an Armen und Nacken und zerrten ihn die Stufen herab. Es sah aus, als würde er jeden Augenblick die Stufen hinunterfallen. Isabel beobachtete es vollkommen ungerührt.

»Habe ich das dir zu verdanken, du verdammte Kebse, du Hure? Verfluchtes Dreckstück!«

Sie hörte ihn noch fluchen, als die Büttel ihn bereits aus dem Haus gebracht hatten. Doch nicht nur sie. Sowohl die Kinder als auch Gertrud und das Gesinde, die das Geschrei gehört hatten, waren herbeigekommen und sahen den dreien nach. Welch einen jämmerlichen Anblick Gunter doch bot in seinem Nachthemd, ohne Schuhe und wild zappelnd! Isabel verfolgte ihn mit den Augen, bis die Büttel ihn vom Hof gezerrt hatten und aus ihrem Sichtfeld verschwunden waren. Dann ging sie und schloss die Tür. Alle sahen sie an, verdutzt und auf eine gewisse Weise hilflos. »Das wäre geschafft. Nun haben wir zu arbeiten.«

Am nächsten wie auch am übernächsten Tag schickte der Vogt einen Büttel mit der Botschaft, dass ihr Mann sie zu sehen wünsche, um über die Bezahlung der Schulden und die damit einhergehende Freilassung zu sprechen. Isabel ließ beide Male ausrichten, dass sie wegen ihres Zustands derzeit nicht in der Lage sei, zu kommen. Beim ersten Mal hatte der Büttel es regungslos, beim zweiten Mal mit einem Grinsen hingenommen. Nun jedoch überbrachte der Büttel Isabel die Botschaft des Vogts, dass dieser bei allem Verständnis für ihre besondere Situation auf ihrem Kommen bestehen müsse. Widerwillig folgte Isabel der Weisung, gab Gertrud und den Kindern Bescheid und ging mit.

Es war ein schöner Tag, wie so viele in letzter Zeit. Die Sonne gab den Trauben Kraft, prall und saftig waren sie in diesem Jahr gewachsen, besser noch als im Jahr zuvor. Es würde eine reiche Ernte eingefahren werden können. Doch sorgte sich Isabel, was letztendlich hiervon übrig bleiben würde, wenn nicht nur Gunters Gier schier endlos war, sondern er sich allem Anschein nach auch noch übernommen hatte.

Isabel graute vor dem Moment, wenn sie Gunter gegenübertreten musste. Seine Beleidigungen prallten inzwischen zwar gänzlich an ihr ab. Doch sein mangelndes Unrechtsbewusstsein und die damit verbundene Erwartung und für ihn ganz selbstverständliche Forderung, dass alles ihm gehörte und er tun und lassen könnte, was er wollte, während sich Isabel, die Kinder, Gertrud und auch das Gesinde krumm und bucklig arbeiteten, fand sie schlicht unerträglich. Hinzu kam sein, wie sie fand, wirres Denken in Bezug auf den Weinberg, den sie seinerzeit erworben hatte. Ja, sie war nur eine Frau, doch dass er das Recht und den Anspruch auf die Reben erhob, sie dennoch dafür zahlen sollte – so etwas hatte sie noch nie gehört. Sollte der Vogt ihn doch in eine Zelle sperren und dort einfach verrotten lassen!

»Der Vogt würde Euch zunächst gern in seinem Amtszimmer sprechen, es sei denn, Ihr besteht darauf, Euren Mann vorher zu sehen.«

Isabel verzog spöttisch das Gesicht. »Ich freue mich, den Vogt zu sehen. Auf alle anderen Besuche würde ich gern verzichten.«

Der Büttel grinste. »Dann kommt, bitte.« Er ging voraus, als sie das Vogthaus betraten und die Treppe hinaufstiegen. Der Büttel klopfte an die Tür der Amtsstube und trat ein, als der Vogt ihn von drinnen dazu aufgefordert hatte. »Isabel Schonau für Euch, Vogt.«

»Sie mag eintreten.«

Der Vogt war von seinem Stuhl aufgestanden. »Ich grüße Euch, Isabel Schonau. So sieht man sich wieder.«

»Ja, so sieht man sich wieder«, echote Isabel. »Gott zum Gruße, Vogt!«

»Bitte, setzt Euch doch. Darf ich Euch etwas anbieten?«

Sie schüttelte mit dem Kopf. »Danke, ich möchte nichts.«

Er gab dem Büttel ein Zeichen, dass er sich entfernen könne. Der Büttel ging hinaus und schloss von außen die Tür.

»Nun, es ist mir gewiss kein Vergnügen, dass ich auf Eurem Kommen bestehen musste.« Er deutete auf ihren Bauch. »Darf ich fragen, wie es Euch geht?«

»Gut, danke. Noch besser wäre es, wenn ich nicht hier sein müsste.«

»Aber es gibt schließlich etwas zu klären. Sonst bleibt Euer Gatte so lange hier, bis das Kind in Eurem Leib längst geboren ist und bereits laufen kann.«

Isabel sah ihn an. »Das ginge?«

Der Vogt war verwirrt. »Wie meint Ihr das? Ich wollte nur einen Scherz machen.«

Isabel war enttäuscht und gab diesem Gefühl mit einem tiefen Seufzer Ausdruck. »Wie bedauerlich.«

»Eure Wange sieht ein wenig geschwollen aus«, stellte der Vogt fest. »Seid Ihr gefallen?«

Kurz überlegte Isabel, ob sie lügen sollte, wie sie es inzwischen ganz selbstverständlich tat, sprach jemand sie auf ihre Verletzungen an. Doch weshalb sollte sie Gunter noch schützen? »Nein. Die Schwellung ist von einem Schlag, den mein Mann mir versetzt hat, weil ich ihm die Ankunft Eurer Büttel mitteilte«, sagte sie ungerührt.

Der Vogt sah erschrocken drein. »Ist das Euer Ernst?«

»Natürlich.«

Für einen Moment schien der Vogt sprachlos. »Oh, das tut mir leid.«

»Weshalb sollte ich herkommen, Vogt?«

»Na, das müsst Ihr doch wissen. Wegen Eures Gatten. Er hat seine Schulden nicht bezahlt und sitzt nun im Kerker.«

»Was habe ich damit zu tun?«

»Nun ja, gemeinhin ist es üblich, dass ein Angehöriger oder naher Verwandter für die Schulden einsteht.«

»Und wenn das nicht der Fall ist?«

»Dann muss eine Vereinbarung getroffen werden zwischen dem Schuldner und denen, die auf ihr Geld warten.«

Sie zuckte mit den Schultern. »Ich bin nur eine Frau. Ich besitze kein eigenes Geld.«

»Nun, da habe ich etwas anderes gehört.«

»So? Woher?«

»Euer Gatte gab an, dass Ihr über Geld verfügt. Außerdem gehören Euch Weinberge. Ihr könntet den Gläubigern anbieten, die Schulden mit dem Erlös aus den Trauben zu begleichen. Der Schreiber würde ein entsprechendes Schriftstück aufsetzen, und so wäre alsbald alles geklärt.«

»Hat mein Gatte Euch gesagt, ich würde Weinberge besitzen?«

»Allerdings.«

»Nun, mir gegenüber behauptet er stets, dass ich mein Recht auf die Weinberge mit der Heirat verloren habe und nun alles ihm gehört.«

»Das soll mir einerlei sein. So oder so kann er dann die Vereinbarung treffen. Doch ich habe sowohl von dem Schreiber als auch dem Advocatus erfahren, dass die Weinberge, die nicht bereits verpfändet sind, Euch gehören.«

Isabel glaubte, sich verhört zu haben. »Was sagtet Ihr eben? Weinberge, die bereits verpfändet sind?«

»Aber ja. Euer Gatte hatte Schulden, beträchtliche Summen. Wenn er die Weinberge Augustin Schonaus nicht geerbt hätte, wäre er schon um einiges früher in den Kerker gekommen.«

Isabel schluckte. Erst jetzt wurde ihr das ganze Ausmaß der Lügen, die Gunter gesponnen hatte, klar. Und ganz plötzlich tauchte ein Bild in ihrem Kopf auf: die Stube, der Stuhl, der unter die Türklinke geklemmt worden war, Gunter, der mit gesenktem Haupt sagte, dass Augustin verstorben sei. »Ich brauche Eure Hilfe, Vogt«, brachte sie stockend hervor.

Er sah sie eindringlich an. »Wobei braucht Ihr meine Hilfe?«

»Ich habe den Verdacht, dass mein Gatte …«, sie schluckte, bevor sie es aussprach, »gemordet hat.«

»Also denkt Ihr genau wie ich, dass er für den Tod der Haushälterin verantwortlich ist?«

Erst nickte sie, doch dann schüttelte sie den Kopf. »Ja, ich meine, nein. Ich dachte nicht an Dorothe. Nicht nur. Ich fürchte, er hat Augustin Schonau getötet.«

»Was? Davon war bisher nie die Rede. Soweit ich weiß, war nichts Ungewöhnliches am Tode Augustins.«

»Das ist so nicht ganz richtig. Ich habe es damals nicht glauben wollen, doch befragt hierzu den Advocatus und den Schreiber. Sie waren dabei. Augustin wollte noch etwas regeln, nachdem er die Krämpfe bekam und seine Brust schmerzte. Auf seinen ausdrücklichen Wunsch hin holten meine Schwiegermutter und ich den Schreiber und den Advocatus. Doch als wir zurückkamen, konnten wir nicht in das Zimmer hinein. Gunter hatte die Tür von innen versperrt. Als er schließlich öffnete, war Augustin bereits tot.« Sie schlug die Hände vors Gesicht. »Wir hätten Augustin nie mit Gunter allein lassen dürfen!« Sie schüttelte den Kopf, wischte die Tränen weg. »Doch ich wusste es nicht. Ich dachte damals, er sei ein guter Mann und Augustin treu ergeben. Es gab da einen Moment … es war, bevor Gertrud und ich gingen. Augustin schien beunruhigt, überaus beunruhigt. Er wollte unbedingt etwas regeln. Doch dazu kam es nicht mehr. Ich glaube, allmählich zu erahnen, was es war.«

»Ihr denkt, dass er verhindern wollte, dass Gunter seinen Besitz erbt?«

»Ganz recht.« Isabel dachte einen Moment nach. »Doch eines verstehe ich nicht. Augustin ist noch kein Jahr tot. Und sein Besitz, die Weinberge, das Haus, all das ist doch ein Vermögen wert. Wie kann es sein, dass Gunter das Geld ausgegangen ist?«

»Nun, er war mehr als hoch verschuldet. Die Leute haben in ihm den Schwiegersohn Augustins gesehen, eines ehrlichen und aufrichtigen Mannes. Deshalb haben sie so lange stillgehalten. Sie wussten, wenn Augustin Schonau dahintersteht, würden sie ihr Geld bekommen.«

»Und sei es über seine Leiche«, fügte Isabel bitter hinzu. Sie musste tief durchatmen, als sie erkannte, dass Augustin, den sie so sehr geschätzt, ja wie einen Vater geliebt hatte, noch am Leben sein könnte, wäre sie nicht gegangen.

»Ich werde auf Euer Anraten hin den Advocatus und den Schreiber dazu befragen, was sich seinerzeit zugetragen hat«, kündigte der Vogt an.

»Und wie geht es dann weiter?«

»Nun, ich werde Euren Gatten zur Rede stellen. Manch einem ist es am Ende sogar ganz recht, sein Gewissen zu erleichtern und sich alles von der Seele zu reden.«

»Ein solcher Mensch ist Gunter nicht.«

»Ich will ganz offen sein, es ist schwierig. Zwar habe ich erhebliche Zweifel, was den Charakter Eures Gatten angeht, doch braucht es schon etwas mehr, um einen Mann an den Galgen zu bringen.«

»An den Galgen?«, echote Isabel.

»Gewiss. Für einen Mord gibt es nur diese Strafe, und sie ist noch gnädig. In anderen Gegenden werden den Verurteilten alle Knochen gebrochen, und sie werden aufs Rad gebunden. Aber so etwas gibt es hier nicht.«

Isabel kamen die Worte des Vogts wieder in den Sinn. »Als ich vorhin von Mord sprach, dachtet Ihr sogleich, ich würde von Dorothe reden.«

»Ja.«

»Und Ihr sagtet auch, dass Ihr glaubt, mein Mann hätte es getan. Weshalb?«

»Nach allem, was ich weiß, war sie seine Geliebte oder wie auch immer Ihr es nennen möchtet. Zwar kann ich keinen Grund für den Mord erkennen, doch steht er in zeitlichem Zusammenhang mit dem Tode Augustins und Eurer damals bevorstehenden Hochzeit. Womöglich wollte Dorothe nicht hinnehmen, dass er Euch ehelicht, während er genau das ihr versprochen hatte. Wer weiß? Oder es gab einen ganz anderen Grund. Oder eben auch gar keinen, und sie fiel einem umherstreunenden Fremden zum Opfer. Alles ist möglich.«

»Eines geht mir dabei im Kopf herum.«

»Ja?«

»Augustin. Ich habe ihn nie zuvor über Schmerzen in der Brust klagen hören.« Sie knetete nervös ihre Finger. »Doch Gunter schien es ganz und gar nicht zu erstaunen. Er war nicht verwundert, dass es Augustin mit einem Mal so schlecht ging. Gibt es jemanden, der darüber Auskunft geben kann, was zu solchen Schmerzen in der Brust führt?«

»Ihr meint, dass Augustin womöglich vergiftet wurde?«

»Ich halte es für denkbar. Und wenn nun die Haushälterin mit ihm unter einer Decke steckte und ihm Gift ins Essen tat, weil sie und Gunter an das Erbe wollten?«

»Und als Gunter dann auf einmal Euch statt sie heiraten und nichts mehr von ihr wissen wollte, könnte sie gedroht haben, alles zu verraten, und musste deshalb sterben«, spann der Vogt ihren Gedankengang fort. »Weit gedacht, aber möglich.«

»Was soll ich jetzt tun?«, fragte Isabel.

»Nun, nach diesem Gespräch erst einmal nichts mehr. Euer Gatte wird im Kerker bleiben, bis ich Antworten auf meine Fragen bekommen habe. Ich werde Euch eine Botschaft zukommen lassen, sobald ich Näheres weiß.«

Isabel stand auf. »Habt Dank, Vogt. Ich erwarte also Eure Nachricht.« Sie wandte sich um, doch plötzlich fiel ihr noch etwas ein. »Sagt, Vogt, bei wem hat mein Mann überhaupt die ganzen Schulden gemacht?«

»Nun, einige wenige in der Schenke und bei Würfelspielen. Den Rest …« Er zögerte kurz und sprach dann weiter: »Ach, was soll ich Euch schonen wollen, er hat hohe Schulden im Hurenhaus. Ein Vermögen. Es scheint, als wäre er täglich dort gewesen. Und wie der Hurenwirt mir sagte, verlangt er bei Gunter mehr als bei den anderen. Deshalb die hohe Summe.«

Isabel rang um Fassung. »Im Hurenhaus, ja?«

»Ganz recht.«

»Ich verstehe.« Wieder wollte sie gehen, doch nun brannte ihr eine neuerliche Frage auf der Seele. »Sie verlangen bei ihm mehr als bei den anderen? Weshalb?«

Der Vogt war ebenfalls aufgestanden. Es war ihm sichtlich unangenehm, die Frage beantworten zu müssen. »Offen gesagt, es fällt mir nicht leicht, es Euch gegenüber auszusprechen.« Er deutete auf ihren Bauch. »Schon gar nicht in Eurem Zustand.«

»Bitte. Ich möchte es wissen.«

»Nun gut, wie Ihr wollt. Der Wirt verlangt bei ihm mehr, weil er Wünsche hat, die nicht jedes der Mädchen erfüllen will.« Dem Vogt brach der Schweiß aus. »Er quält die Huren, und die müssen sich wehren. Er will sie mit Gewalt nehmen, und es reicht ihm nicht, wenn sie ihm etwas vorspielen. Ihre Angst muss echt sein. Und dafür sorgt er dann auch.« Er fuhr sich mit der Zunge über die Lippen. »Vermutlich wisst Ihr, was sie hierbei ertragen müssen, nicht wahr?«

»Ich verstehe.« Sie schloss kurz die Augen. »Habt Dank für Eure Offenheit.«

»Gott begleite Euch, Isabel.«

»Und Gott mit Euch.« Sie ging zur Tür, taumelte ein wenig, hielt sich an der Klinke fest. Der Vogt war schon im Begriff, zu ihr zu eilen, um sie zu stützen. Doch da öffnete sie die Tür und ging ohne ein weiteres Wort hinaus.

Der Büttel hielt auf dem Flur Wache. Isabel nickte ihm zu, hob den Kopf, ging die Stufen hinab und verließ das Gebäude. Draußen atmete sie tief durch, lehnte sich an die Hauswand, nahm sich einen Moment Zeit. Jeder wusste es also. Jeder wusste, was Gunter wollte, und jeder konnte sich ausmalen, was er ihr antat. Jeder wusste um die Erniedrigung, jeder sah in ihr nur noch die Frau, die man nehmen konnte, wie man wollte. Sie glaubte, nie wieder jemandem unter die Augen treten zu können. War die Erniedrigung in der eigenen Schlafkammer schon schrecklich genug, so fand sie es jetzt noch um ein Vielfaches schlimmer. Ihr wurde übel, und ihre Knie wurden weich.

»Isabel, um Himmels willen!« Sie spürte, wie zwei Hände sie unterfassten, an die Wand drückten und hielten. Ermattet öffnete sie die Augen und blickte direkt in das Gesicht Hanna Staubers.

»Und wenn du mich noch so hasst, du bist kreidebleich, und ich werde dich nicht loslassen«, erklärte diese, und ihre Stimme vibrierte vor Aufregung.

Hanna sah sich nach etwas um, auf das sie Isabel setzen konnte. Ein Findling auf der anderen Seite der Gasse erschien ihr genau richtig. Behutsam führte sie die Schwangere hinüber. »Setz dich. Komm, setz dich hierher, bis es wieder besser ist.«

Isabel sagte kein Wort, setzte sich einfach hin und ließ sich von Hanna stützen. Sie wusste nicht, wie lange sie mit ihrem Kopf an Hannas Oberschenkel lehnte und nur hoffte, der Boden würde sich auftun und sie verschlucken.

»Geht es wieder?«, fragte Hanna nach einer Weile.

»Ja.«

»Kannst du einen Moment allein hier sitzen? Dann besorge ich dir etwas zu trinken.«

Isabel nickte. Vorsichtig löste Hanna sich und wartete noch, ob Isabel wirklich allein sitzen konnte. Als sie sicher war, lief sie los, ausgerechnet in das Haus des Vogts, und kam nach einer kurzen Weile mit einem Becher in der Hand wieder heraus. Der Büttel war in die Tür getreten und sah zu Isabel hinüber.

Hanna reichte ihr das Wasser, das diese nahm und mit ihren zittrigen Händen mehr vergoss, als sie trank.

Der Büttel kam ebenfalls herbei. »Kann ich helfen?«

»Ihr ist offenbar übel geworden.«

»Könnt Ihr gehen? Dann begleite ich Euch nach Hause«, bot der Büttel an.

Isabel reagierte nicht, starrte nur auf das Wasser in dem Becher, schien gar nicht gehört zu haben, was der Büttel sie soeben gefragt hatte.

Hanna sah ihn hilflos an, dann stellte sie sich wieder dicht neben Isabel, um sie zu stützen. »Was denkst du, Isabel? Kannst du gehen, wenn ich dich halte?«

Isabel nickte wieder.

Hanna nahm ihr den Becher ab und reichte ihn dem Büttel zurück. »Habt Dank. Wir werden es schon schaffen.«

»Seid Ihr sicher? Sie sieht nicht so aus.«

»Sie ist stärker, als Ihr glaubt.« Hanna fasste Isabels Arm und zog sie behutsam hoch. Dann legte sie sich den Arm um die Schulter und umfasste ihre Taille. »Na komm.«

Ganz langsam gingen die beiden davon. Nach einer Weile nahm Isabel ihren Arm herunter und lehnte ihren Kopf an Hannas Schulter, die sie weiter fest umfasst hielt.

»Du hast mir gefehlt.«

Hanna musste gegen die aufsteigenden Tränen ankämpfen, als sie Isabel diese Worte flüstern hörte.

»Du mir auch.«

»Aber ich hasse deinen Mann.«

»Ja, ich weiß.«

Sie gingen schweigend weiter. Erst als sie eine gute Strecke geschafft hatten, bat Isabel um eine kurze Rast. Sie setzten sich ein Stück vom Weg entfernt ins Gras. Auch hier lehnte Isabel wieder ihren Kopf an Hannas Schulter.

»Es ist viel geschehen, seit wir hier angekommen sind«, sagte Hanna. »Du hast wieder geheiratet, wie ich hörte. Ich freue mich, dass du dein Glück gefunden hast.« Sie berührte sanft Isabels Bauch. »Das ist wunderbar.«

»Ich habe mein Glück nicht gefunden«, entgegnete Isabel matt. »Er ist ein schlechter Mensch. Er schlägt mich, und er nimmt mich mit Gewalt. Dieses Kind ist nicht in Liebe entstanden.«

»Das tut mir so leid«, brachte Hanna gequält hervor. »Ich dachte wirklich, dass für dich nun alles gut wäre.«

»Nichts ist gut. Gar nichts.«

Hierauf wusste Hanna nichts mehr zu sagen.

»Er sitzt im Kerker, weil er seine Schulden nicht bezahlen kann«, nahm Isabel das Gespräch wieder auf.

»Aber ihr seid doch reich. Ich weiß es. Du lebst in diesem großen Haus, euch gehören etliche Weinberge. Johann hat es mir gesagt.« Hanna verzichtete darauf, zu sagen, dass er hierbei gar lästerlich über Isabel geflucht hatte und darüber, dass sie mehr Glück hätte, als ihr zustünde.

»Ihm. Die Weinberge gehören ihm, nicht mir. Ich bin nur eine Frau.« Isabel fühlte sich vollkommen ermattet. Wenn sie nicht sogleich weitergingen, würde sie hier einschlafen. »Ich muss gehen.«

»Ja, ich auch.«

Hanna erhob sich und half Isabel auf. Kurz standen sich die beiden gegenüber, sahen sich an. Dann umarmte Isabel Hanna und ließ sie minutenlang nicht mehr los.

»Ich kann Johann nicht verzeihen«, sagte Isabel traurig.

»Das verstehe ich«, sagte Hanna gefasst. »Und dennoch, wenn ich eines Tages einmal in der Nähe deines Hauses wäre, könnte ich dich dann besuchen kommen – nur ich, nicht Johann?«

Isabel wollte ablehnen, hörte sich dann aber selbst sagen: »Wann immer du willst. Doch es wird nie mehr so sein, wie es einmal war.«

»Das weiß ich.«

Die Frauen gingen Arm in Arm weiter den Hügel hinauf, bis sie die große Eiche erreichten, an der sich der Weg gabelte. Die Eiche, wo Dorothe ihr Leben ließ.

»Ich wünsche dir, dass deine Sorgen bald ein Ende finden«, sagte Hanna.

»Hab Dank. Auch für deine Hilfe vorhin. Du bist ein guter Mensch. Gott schütze dich!«

»Schenke der Herr dir Frieden!«, gab Hanna zurück.

Sie umarmten sich, verharrten eine Weile, lösten sich dann wieder und gingen in verschiedene Richtungen davon. Doch immer wieder drehten sie sich um und winkten einander zu, bis sie aus dem Sichtfeld der anderen verschwunden waren. Sie fühlten sich glücklich und traurig zugleich.

# 14. Kapitel

Isabel war überrascht, als der Vogt drei Tage später höchstselbst bei ihr vorstellig wurde und nicht nur einen seiner Büttel geschickt hatte. Und er kam nicht allein, sondern in Begleitung des Advocatus. Sie hatte die beiden vom Weinberg aus zu ihrem Haus gehen sehen, woraufhin sie ihre Arbeit einstellte und sich eilte, ebenfalls dorthin zu gelangen.

»Gott zum Gruße!«, sagte der Vogt, als er sie herbeieilen sah.

»Gott zum Gruße, Vogt, Advocatus! Bitte folgt mir.«

Die Männer betraten hinter ihr das Haus. Rasch strich sie sich die Haare zurück und befreite ihr Kleid vom Staub der Hänge.

»Kommt hier herein und nehmt Platz.« Sie deutete auf das Esszimmer, ging dann aber selbst zur Küche hinüber. »Reusin, wir haben zwei Gäste. Bitte trage auf.«

Reusin versprach es und stellte sogleich drei Becher und einen Krug bereit. Isabel ging zum Esszimmer hinüber und Reusin folgte ihr einen Moment später nach. Zu dem Wein hatte sie noch ein Brett mit Schinken und Brot bereitgelegt.

»Bitte, greift zu«, bot Isabel an.

»Habt Dank. Wir sind hier, um mit Euch über Euren Gatten zu sprechen.«

»Das dachte ich mir.«

»Und es geht um den Besitz des Weinberges«, sagte der Advocatus. »Der Vogt sagte mir, dass es Unklarheiten darüber gibt, wem was gehört. Ich werde Euch hier gern weiterhelfen.«

»Das weiß ich zu schätzen«, dankte Isabel.

»Dann lasst uns dies zuerst besprechen. Es stellt sich folgendermaßen dar: Augustin Schonau hat den Weinberg für Euch gekauft.«

Sofort widersprach Isabel: »Nein! Ich habe den Weinberg vom alten Heinrich gekauft.«

Der Advocatus schüttelte bedauernd den Kopf. »Das stimmt leider nicht. Womöglich dachtet Ihr, Ihr hättet ihn gekauft. Doch ein solches Geschäft hätte keine Wirksamkeit gehabt. Ihr seid nun einmal eine Frau.«

Isabel wollte erneut einen Einwand erheben, doch der Advocatus gebot ihr mit einer Geste, ihn weitersprechen zu lassen. »Der Erwerb wäre Euch nicht möglich gewesen, deshalb hat Augustin den Weinberg gekauft und in der Urkunde verfügt, dass Ihr diesen bestellen sollt und jährlich einen Teil der Einnahmen zur Rückzahlung des Geldes zu verwenden habt.«

»Und wenn alles zurückgezahlt ist?«

»Dann wollte Augustin Euch den Weinberg übertragen, denn dann wäre es kein Kauf. Nur so konnte er das Gesetz einhalten und doch das tun, was für Euch das Beste ist. Ich muss gestehen, dass ich dachte, Augustin hätte das mit Euch besprochen.«

Isabel kaute auf ihrer Lippe. »Nein, das hat er nicht. Doch ich glaube, den Grund hierfür zu kennen. Er wollte mir das Gefühl geben, einen eigenen Weinberg zu haben, und mit der Urkunde, durch die ich auf der Übertragung nach vollständiger Zahlung bestehen konnte, war ich sicher.«

Der Advocatus nickte. »Genau das hat Augustin bewogen, so zu handeln.«

»Also hat der Weinberg nie mir gehört?«

»Nein. Er gehörte Augustin und ist mit dessen Tod auf Gunter übergegangen.«

»Also schulde ich jetzt tatsächlich Gunter das Geld?«

»Nun, genau genommen, schon.«

Ihr Gesicht hellte sich auf. »Damit wäre doch wieder alles so, wie Augustin es wollte.«

Der Advocatus verzog das Gesicht. »Nicht ganz. Aufgrund Eurer Heirat könnt Ihr nicht mehr auf der Übertragung bestehen, weil Gunter als Eurem Gatten ohnehin alles gehört, was vormals das Eure war.« Er hob den Zeigefinger. »Doch damit seid Ihr auch aus der Verpflichtung heraus, das Geld zurückzuzahlen.«

»Weshalb das?«

»Nun, er hat den Weinberg von Augustin geerbt. Alles, was Ihr wiederum besitzt, ist mit der Heirat in seinen Besitz übergegangen. Weshalb solltet Ihr ihm also etwas bezahlen müssen, was ihm bereits gehört?«

Isabel dachte einen Moment nach. »Jetzt begreife ich, was Augustin so dringlich noch regeln wollte«, erkannte Isabel.

»Diesen Gedanken hatte ich auch schon.« Er wandte sich an den Vogt. »Augustin muss klar geworden sein, dass ebendies geschieht, wenn er das Zeitliche segnet. Diesen Fall hat er bei Abschluss des Kaufs nicht bedacht. Er wollte, dass Ihr die Möglichkeit habt, zu arbeiten, und so für Euch selbst und die Euren sorgen könnt. Gewiss sah er die Heirat nicht voraus. Doch er ahnte wohl, dass Gunter sich etwas einfallen lassen würde, damit Ihr den Weinberg nicht bekommt.«

»Somit habe ich wieder nichts, nicht wahr?«, erkannte Isabel traurig.

»Zumindest habt Ihr nicht den Weinberg dort draußen.«

»Es tut mir leid«, brachte sich der Vogt ein. »Ich weiß, wie hart Ihr arbeitet.«

»Warum straft uns der Herr, indem er uns als Frauen zur Welt kommen lässt?«

Hierauf wusste keiner der Männer etwas zu sagen.

»Nur damit ich es richtig verstehe: Habe ich meinen Anspruch dadurch verloren, dass ich Gunter geheiratet habe?« Ihre Brust schnürte sich zu. All die Not und Pein, die sie seit der Eheschließung hatte erdulden müssen … und nun musste sie noch erfahren, dass sie hierdurch auch noch ihren Weinberg verloren hatte.

»Ohne es sicher wissen zu können, würde ich behaupten, dass Euer Gatte, sobald das Geld für den Weinberg von Euch vollständig zurückgezahlt worden wäre, sich etwas hätte einfallen lassen, um die Übertragung auf Euch zu verhindern. Grämt Euch nicht noch mehr, indem Ihr Euch vorwerft, mit der Ehe einen Fehler gemacht zu haben. Selbst Augustin, einem erfahrenen Mann, war die Tragweite der geschlossenen Verträge und deren Auswirkungen nicht vollends bewusst«, versuchte der Advocatus ihr gut zuzureden.

»Ich weiß Eure Worte zu schätzen. Habt Dank.«

»Aber was ist mit dem Klosterweinberg?«, fragte nun der Vogt und sah den Advocatus erwartungsvoll an. »Gehört die Pacht jetzt auch Gunter?«

»Ich müsste die entsprechende Urkunde sehen«, erwiderte dieser.

Hoffnung keimte in Isabel auf, doch wollte sie sich nicht zu früh freuen. Hatte sie mit der Heirat womöglich auch Alberts Erbe fortgegeben? Sie sprang auf. »Ich hole sie«, kündigte sie an und eilte hinaus.

Als sie wiederkam, hielt sie zwei Schriftrollen in ihren Händen. Die Vereinbarung mit dem Kloster, die zwischen Abt Prius und ihrem verstorbenen Gatten geschlossen und seinerzeit von dem Boten überbracht worden war, reichte sie ihm als Erstes.

»Es ist kein Erwerb, sondern eine reine Pacht«, urteilte der Advocatus. »Die hier genannten Männer, Albert und Richard Velten, sind Euer verstorbener Mann und …?«

»Mein Schwager. Er kam ebenfalls auf der Fahrt hierher ums Leben.«

»Ein schwerer Schlag«, stellte der Advocatus fest.

»Und hier ist eine weitere Urkunde.« Sie entrollte das Schriftstück und hielt es ihm ebenfalls hin.

Der Advocatus las es, besah sich noch einmal die andere Urkunde und rollte dann beide wieder ein. Er lächelte Isabel an. »Das kann Euer Gatte Euch nicht nehmen. Das ist ausgeschlossen. Die erste Vereinbarung bezieht sich auf Euren verstorbenen Gatten und dessen Bruder und die zweite auf Euren Sohn. Hatte Euer Schwager Kinder?«

»Nein.«

»Dann ist Euer ältester Sohn der Erbe und rechtmäßige Nachfolger beider Männer. Und mit der zweiten Urkunde tretet Ihr bis zu seinem Erwachsensein für den Erhalt des Erbes und dessen Verwaltung ein.« Er grinste breit. »Gut gemacht, Isabel. Hier kann Euer Gatte schimpfen und schreien, wie er will. An diese Pacht kommt er nicht heran.«

Isabel atmete erleichtert aus, doch gleich darauf holte die Sorge sie wieder ein.

»Was geschieht jetzt mit Gunter?«, fragte sie.

»Das ist der weitere Grund unseres Besuchs«, erwiderte der Vogt. »Der Advocatus und der Schreiber haben Eure Aussage bestätigt, wonach es ihnen zumindest ungewöhnlich vorkam, dass die Tür versperrt war, als Ihr gemeinsam bei Augustin ankamt. Doch leider«, er hob die Schultern, »ist das nichts, was irgendeine Auswirkung hat. Ob eine Tür verschlossen war oder nicht, sagt leider nichts darüber aus, was dahinter geschehen ist.«

»Und dass Augustin so plötzlich erkrankte, obwohl er doch stark wie ein Baum war?«, wandte Isabel ein.

»Er war kein junger Mann mehr, und es kommt häufig vor, dass so etwas geschieht und derjenige stirbt.«

»Habt Ihr meinen Gatten hierzu befragt?«

»Mehr noch. Ich habe ihm auf den Kopf zugesagt, dass ich glaube, er sei für den Tod seines Schwiegervaters verantwortlich und auch für den der Haushälterin.«

»Und? Was hat er gesagt? Er hat es geleugnet, nicht wahr?«, fragte Isabel nach.

Die Verärgerung war dem Vogt deutlich anzusehen. »Das ist es ja gerade, er hat nichts dergleichen getan. Er hat mir ins Gesicht gelacht und mir viel Freude dabei gewünscht, ihm das zu beweisen.«

»Er kennt sich aus«, urteilte der Advocatus. »Was wir dachten oder auch nicht, als wir den Raum betraten, kann ihm nichts anhaben.«

»Er ist ein solches Dreckschwein«, entfuhr es Isabel.

»Damit ist er treffend beschrieben«, gab der Vogt ihr unumwunden recht.

»Was soll ich jetzt tun?« Sie sah die Männer abwechselnd an.

»Nun, genau das ist die große Schwierigkeit«, antwortete der Vogt. »Soweit ich es sehe, könnt Ihr nichts tun, ebenso wenig wie ich oder irgendein anderer.«

»Und die Schulden? Könnt Ihr ihn nicht einfach im Kerker lassen, weil er sie nicht zurückzahlen kann?«

»Glaubt mir, wenn ich es könnte, würde ich es tun. Doch damit haben die Leute noch immer nicht ihr Geld, und keinem ist geholfen.«

»Mir schon«, sagte Isabel ein wenig zu rasch und entschuldigte sich sogleich, dass sie sich hatte hinreißen lassen.

»Ich kann Euch gut verstehen«, stimmte der Advocatus ihr zu.

»Nichtsdestotrotz werdet Ihr wohl oder übel das Geld auftreiben müssen. Sonst müsst Ihr damit rechnen, dass alle Weinberge, die im Besitz Eures Gatten sind, verkauft werden und der gesamte Erlös, der um einiges geringer sein dürfte als das, was diese wert sind, an die Gläubiger geht. Und wenn es nicht reicht, nehmen sie Euch auch noch das Haus.«

»Das Haus?« Isabels Augen wurden groß.

»Gewiss.«

Sie dachte einen Moment nach. »Wir haben auch vorher in der kleinen Kate gewohnt. Vermutlich hätten wir dort nie weggehen sollen.«

»Mit dem Unterschied, dass Gunter jetzt mit Euch dorthin gehen würde.«

»Was?«, rief sie erschrocken.

»Aber ja«, bekräftigte der Vogt. »Er ist Euer Gatte. Was glaubt Ihr wohl, wo er unterkommt, wenn ihm nichts anderes bleibt?«

Isabel glaubte, dass ihr gleich wieder schwindelig würde. »Was würdet Ihr tun?«, fragte sie dann an den Advocatus gewandt.

Dieser überlegte kurz. »Habt Ihr die Mittel, um die Schulden zu bezahlen?«

Isabel zögerte.

»Es wird niemand erfahren. Hier sind nur wir drei, und was wir besprechen, wird diesen Raum nicht verlassen.«

»Zumindest einen Teil, ja«, sagte Isabel. »Doch selbst wenn ich alles hergebe, was ich habe, geht Gunter, sobald er wieder frei ist, erneut ins Hurenhaus oder was auch immer und macht neue Schulden. Es wird niemals reichen und wird auch nicht besser werden.«

»Es sei denn, ich rede mit den Leuten«, warf der Vogt ein. »Ich kenne die, bei denen er in der Schuld steht, allesamt gut. Wenn Ihr ihnen einen Teil des Geldes jetzt gebt und den Rest, sobald die Trauben reif sind und der Wein verkauft ist, werde ich sie in die Verantwortung nehmen, sich nicht mehr mit Gunter einzulassen.«

»Und wenn er die Fässer verkauft und rheinabwärts fährt? Was er hier nicht bekommt, kriegt er dort«, gab Isabel resignierend von sich.

»Wenn einer nicht mehr zahlen kann, spricht sich das rasch herum«, entgegnete der Vogt.

»Doch was tue ich, wenn er das, was der Wein einbringt, sogleich wieder ausgibt? Dann kann ich mein Versprechen, das Geld an die Leute zurückzuzahlen, nicht halten.«

Der Vogt zuckte mit den Schultern. »Wir können Euch nur unterstützen, jedoch nicht all Eure Schwierigkeiten klären.«

»Ich weiß zu schätzen, dass Ihr mir helfen wollt, und bin Euch sehr dankbar dafür«, gab Isabel etwas reumütig zurück.

»Soll ich also mit den Leuten sprechen?«, fragte der Vogt.

»Ja, bitte tut das, Vogt. Und schickt sie zu mir, damit sie sich ihr Geld holen.« Sie wandte sich an den Advocatus. »Könntet Ihr mir bei der Abwicklung helfen? Ich kann nicht schreiben oder lesen, und ich brauche jemanden an meiner Seite, dem ich vertrauen kann.«

»Ihr könnt mir vertrauen und Euch meiner Hilfe gewiss sein«, versicherte der Advocatus in verbindlichem Ton. »Ich werde am besten gleich hierbleiben. Sobald der Vogt mit den Leuten gesprochen hat, werden diese keine Zeit verlieren wollen, sich zu holen, was ihnen zusteht.«

»Vielen Dank. Danke Euch beiden. Ich wüsste nicht, was ich ohne Euch getan hätte.«

Der Vogt erhob sich. »Ihr habt es nicht einfach. Euch ist viel Schlimmes widerfahren, und mir gefällt nicht, wie Euch mitgespielt wird. Der Tod Eures ersten Gatten, das Verhalten der Mönche und jetzt Gunter. Ich helfe Euch auch künftig, wenn ich kann.«

Isabel stutzte. »Woher wisst Ihr, dass die Mönche mir ihre Hilfe versagten? Das habe ich Euch gegenüber nie erwähnt.«

»Womöglich gibt es mehr Menschen, die Euch verbunden sind, als Euch bewusst ist.«

»Wen? Wer hat Euch davon erzählt?«

»Ihr Name ist Hanna Stauber. Ihr Mann hat auch einen Hang von den Mönchen gepachtet. Sie war sehr überzeugend und verließ meine Amtsstube erst, als ich versprach, mich für Euch einzusetzen.«

»Hanna«, sagte Isabel leise und lächelte.

»Ich werde jetzt gehen«, kündigte er an. »Gott schütze Euch und gutes Gelingen!«

»Gott zum Gruße, Vogt! Und habt vielen Dank für alles. Ach, eines noch: Wann wird mein Mann aus dem Kerker freikommen?«

»Nun, ich kann ihn gleich gehen lassen oder ihn noch ein, zwei Tage dortbehalten. Schließlich müsst Ihr ja Gelegenheit haben, alles zu regeln.« Er grinste breit.

»Zwei Tage werde ich brauchen«, gab sie lächelnd zurück.

»Gut, dann zwei Tage.« Damit verabschiedete er sich nochmals und ging hinaus.

Der Advocatus bat Isabel, Pergament und Feder zu holen, was sie sogleich tat. Dann aßen sie von dem Brot und dem Schinken, den Reusin ihnen hingestellt hatte, und tranken noch etwas. Nicht einmal eine Stunde später stand der erste Gläubiger vor der Tür. Danach ging es zu wie im Taubenschlag.

Isabel war vollkommen erschöpft, als der Letzte gegangen war. Nur drei Gulden hatte sie zurückbehalten, um die Versorgung der Familie und des Gesindes weiterhin sicherstellen zu können. Der Advocatus war auch gerade erst fort, und Isabel ließ ihren schmerzenden Kopf in den Nacken sinken und schloss die Augen.

»Ist es getan?« Gertrud stand im Türrahmen und sah zu ihr herüber.

»Ja.« Isabel blickte sie an. »Ich habe fast alles fortgegeben, was wir hatten.«

»Du musstest eine Entscheidung treffen. Ob es die richtige war, weiß man immer erst im Nachhinein.«

»Ich hätte ihn nie heiraten dürfen. Du hast es von Anfang an gesagt, doch ich habe nicht auf dich gehört.«

»Es hilft nichts, sich darüber noch den Kopf zu zerbrechen. Es ist, wie es ist, und wir müssen damit umgehen. Was wirst du tun, wenn er freigelassen wird?«

Isabel berichtete ihr, was der Vogt ihr versprochen hatte.

»Er wird also nicht mehr viele Orte haben, an denen er Geld ausgeben kann«, endete Isabel.

»Hoffen wir, dass er sich nicht etwas Neues einfallen lässt.« Gertrud trat in den Raum, setzte sich zur Schwiegertochter an den Tisch. Sie wirkte abgekämpft. »Ich will es nicht heraufbeschwören, doch hören meiner Erfahrung nach Männer wie er nicht auf, das zu tun, was sie immer schon taten.«

Isabel stiegen Tränen in die Augen. »Wie konnte er mich nur so täuschen?«

»Wäre ich in deinem Alter und hätte nicht erfahren müssen, was das Leben für mich bereithielt, vermutlich hätte ich ihm auch geglaubt«, versuchte Gertrud sie zu trösten.

»Hanna hat sich beim Vogt für mich eingesetzt.«

»Hanna? Die Frau des Staubers?«

Isabel nickte. »Ich habe sie vor Kurzem getroffen, als ich beim Vogt im Dorf war. Sie hat mir geholfen, weil es mir nicht gut ging.«

Gertruds Gesichtsausdruck versteinerte sich. »Ihr Mann ist schuld am Tod meiner Söhne und deines Mannes.«

»Daran musst du mich nicht erinnern. Ich habe ihr gesagt, dass ich Johann niemals verzeihen würde.«

Die Miene der Schwiegermutter entspannte sich wieder. Einen kurzen Moment hatte sie offenbar geglaubt, dass

Isabel der Stauber-Familie wieder wohlgesinnt war. »Die Kinder schlafen schon«, wechselte sie das Thema. »Ich habe sie hochgebracht, während du und der Advocatus mit den Leuten beschäftigt wart.«

»Danke.« Isabel seufzte. »Zwei Dinge machen mir nun noch Sorgen. Die Weinberge, die zuvor im Besitz Augustins waren, wurden von Gunter verpfändet. Ich muss das Geld für die Auslöse alsbald zusammenbekommen. Sonst werden sie zum Verkauf angeboten.«

Gertrud nahm die Nachricht ohne jede Regung auf. »Und was ist das Zweite, das dir Sorgen bereitet?«

»Gunter. Was, denkst du, wird er tun, wenn er nicht mehr so weitermachen kann, wie er will?«

»Das ist schwer zu sagen. Freundlicher wird es ihn nicht stimmen. Andererseits muss man es wohl so sehen: Was kann er tun, das er nicht schon längst getan hat?«

»Deine ruhige Art, die Dinge zu betrachten, verblüfft mich immer wieder.«

»Das Leben zwingt einen manchmal, eine solche Ruhe zu entwickeln. Wir wissen nun einmal nicht, was geschehen wird und was nicht. Also bleibt uns nur, die Schwierigkeiten dann anzupacken, wenn sie uns einholen.« Gertrud schob den Stuhl zurück. »Ich werde auch schlafen gehen. Es war ein langer Tag.« Sie erhob sich, setzte sich aber sofort wieder mit schmerzverzerrtem Gesicht.

»Gertrud?« Isabel sprang auf und eilte um den Tisch herum. »Was ist dir?«

»Es schmerzt mich in der Brust. Gib mir einen kleinen Moment, dann wird es wieder gehen.«

»Wir müssen den Medicus holen!« Isabel fühlte sich an den Tag erinnert, da Augustin ebensolche Schmerzen gehabt hatte. Angst krallte sich in ihren Nacken.

Gertrud fasste Isabels Arm. »Ich brauche keinen Medicus.«

»Aber, Gertrud, erinnere dich doch an Augustin.« Isabel verscheuchte den Gedanken, dass dieser vermutlich nicht an den Schmerzen in der Brust gestorben war. Zu groß war ihre Furcht, Gertrud könnte etwas Schlimmes geschehen. »Bei ihm war es genauso.«

»Es ist nicht das Gleiche, was er hatte.«

»Woher willst du das wissen?«

Gertrud nahm Isabels Hand, legte sie auf ihre Brust und bewegte sie ein wenig hin und her. »Spürst du das? Ich habe die Geschwulst schon eine ganze Weile, auf der anderen Seite sogar zwei. Sie sind größer geworden. Das bereitet mir die starken Schmerzen. Und ich spüre, wie die Kraft jeden Tag ein wenig mehr aus meinem Körper schwindet. Nicht mehr lange, dann werde ich nicht mehr in der Lage sein, dir bei den Reben zu helfen.«

Isabel traten Tränen in die Augen. Sie hatte schon von solchen Erkrankungen gehört. Soweit sie wusste, gab es kein Heilmittel. »Gertrud«, flüsterte sie. »O nein, nur das nicht! Lass mich nicht allein!«

»Scht, scht«, machte die Ältere. »Noch bin ich nicht tot.«

»Aber wir müssen doch etwas tun«, brachte Isabel verzweifelt hervor.

Zärtlich strich Gertrud ihr über das Haar. »Die Dinge sind nun einmal, wie sie sind. Wir müssen damit leben oder eben sterben. Dazwischen gibt es nichts.«

Isabel war, als schwankte der Boden. Sie konnte sich nicht länger zusammenreißen. Die Tränen liefen ihr unaufhörlich über die Wangen. Sie schluchzte heftig, lehnte den Kopf an ihre Schwiegermutter. So viele Jahre hatten sie zusammengelebt, ohne einander je nahegekommen zu sein. Und jetzt, wo alles besser geworden war und Isabel sich ihr herzlich zugewandt, ja sie aufrichtig lieben gelernt hatte, sollte sie ihr genommen werden. Isabel weinte und weinte, konnte sich gar nicht beruhigen, während Gertrud sie im Arm hielt und sanft und gleichmäßig über ihren Rücken strich.

»Wir müssen besonnen und klug sein und das Beste daraus machen«, sagte Gertrud nach einer Weile.

Isabel richtete sich auf, wischte die Tränen fort, denen jedoch sofort neue folgten. Es war ihr schier unmöglich, sich zu beruhigen.

»Ich habe nicht mehr die Kraft, das durchzustehen«, sagte Isabel leise. »Ich will nicht, dass dein Leben endet.«

»Unser aller Leben endet«, sagte Gertrud. »Meines schon bald und deines, so der Herr will, erst in vielen, vielen Jahren.« Sie tätschelte Isabels Wange. »Ich wünsche dir aufrichtig, dass du dein Glück findest.«

»Doch du hast deines nicht gefunden.«

»Noch nicht. Doch noch bin ich auch nicht tot.« Damit stand sie auf, küsste Isabel auf die Stirn, was sie nie zuvor getan hatte, und ging hinaus.

Isabel sah ihr nach und konnte dem Weinkrampf, der sie nun mit aller Macht überfiel, keinen Einhalt mehr gebieten. Ihr war, als würde ihr eigenes Leben enden.

# 15. Kapitel

Dass Gunter wieder da war, war nicht zu überhören. Es gab sonst keinen, der durchs ganze Haus brüllte, dass er Schnaps ins Esszimmer gebracht haben wollte.

Reusin huschte eben an ihr vorbei, als Isabel nach der Arbeit im Weinberg wieder das Haus betrat. Die Haushälterin warf ihr einen Blick zu, der ihre Angst verriet, dann eilte sie in die Küche zurück.

»Du bist also wieder da«, sagte Isabel nur, als sie einen Blick ins Esszimmer warf.

»Hat ja lang genug gedauert. Soll ich dir etwa glauben, dass du es nicht rascher hättest erledigen können?«

Sie war zu müde und, seit sie wusste, was mit Gertrud geschehen würde, auch zu gleichgültig gegenüber allem, um seinen Worten Bedeutung beizumessen oder die Angst an den Tag zu legen, die er bei ihr sehen wollte.

»Ich habe dir gern geholfen«, sagte sie spöttisch.

»Ich werde mich bestimmt nicht dafür bedanken«, schnauzte er zurück.

Isabel zuckte nur mit den Schultern, machte kehrt und ging davon.

»Ich bin noch nicht fertig! Ich rede mit dir!«, rief er ihr aufgebracht nach, doch Isabel kümmerte es nicht. Sie stellte sich darauf ein, dass er ihr alsbald folgen und sie für ihre ungehorsame Art bestrafen würde. Sie fürchtete sich nicht davor. Sie fürchtete sich vor gar nichts mehr. Der Herr hatte ihr genommen, wen sie geliebt hatte, erst Albert, dann Augustin, und bald schon würde es Gertrud dahinraffen. Sie hatte nicht mehr die Kraft, verzweifelt zu sein. Sie fühlte sich müde, taub und leer. Wahrscheinlich musste sie sich nicht einmal zwingen, ihren Körper erschlaffen zu lassen, um Gunter keine Freude zu bereiten, wenn er sie mit Gewalt nahm. Sie fühlte ohnehin nichts mehr.

Nur ganz schwach hatte Isabel mitbekommen, dass Gunter in das gemeinsame Bett gekommen war. Anders, als sie geglaubt hatte, hatte er keinen Versuch unternommen, sich ihr zu nähern. So war sie wieder eingeschlafen und erst erwacht, als Geräusche von unten aus der Küche zu ihr heraufdrangen. Am liebsten hätte sie die Decke über ihren Kopf gezogen und wäre liegen geblieben, doch das gleichmäßige Schnarchen neben ihr ließ sie rasch wach genug werden, um die Beine aus dem Bett zu schwingen, ihr Kleid überzustreifen und sogleich die Kammer zu verlassen. Sie wollte nicht riskieren, dass sie noch dort drin war, wenn Gunter wach wurde und womöglich das nachholte, was er gestern Abend unterlassen hatte.

Isabel stieg die Stufen hinab und ging den Geräuschen nach. Wie fast immer so früh am Morgen fand sie Reusin in der Küche vor. Gertrud saß ebenfalls am Tisch, und die beiden Frauen sprachen leise miteinander.

»Guten Morgen.«

Reusin zuckte zusammen, während Gertrud ihrer Schwiegertochter ein Lächeln schenkte. »Guten Morgen, Isabel. Komm, setz dich zu uns.«

Reusin machte Anstalten, sich zu erheben, doch Isabel bedeutete ihr, Platz zu behalten, und setzte sich neben sie auf die Bank und damit Gertrud gegenüber.

»Wir sprachen eben davon, wie die morgendliche Ruhe das Haus verändert«, sagte Gertrud. »Am Tage ist hier ein einziges buntes Treiben, doch jetzt, zu dieser frühen Stunde, ist alles ganz ruhig und trägt eine besondere Stimmung in sich.«

»Reusin kann es wohl am besten sagen, ist sie doch stets die Erste, die am Morgen auf den Beinen ist.«

Die Haushälterin sah Isabel an. »Wisst Ihr, ich gehe morgens zuallererst vor das Haus. Die klare Luft und der Blick auf die Weinberge lassen mich dem Herrn ein wenig näher sein.«

»Ach ja? Ich wusste gar nicht, dass du das tust.«

»Niemand weiß es. Ich bin es gewohnt, den Tag früh zu beginnen. Auf dem Hof meiner Eltern verließen wir das Haus stets, bevor der Morgen dämmerte. Sonst hätten wir die viele Arbeit nicht geschafft. Und eines Morgens, wir waren alle auf dem Feld, da glaubte ich, Gott zu spüren. Die ersten Sonnenstrahlen warfen ein besonderes Licht auf die Felder, und es schien mir, als wäre nie etwas Schöneres erschaffen worden. Seither genieße ich die Morgenstunden und freue mich jeden Tag darauf.«

»Und heute hatte ich denselben Gedanken«, erklärte Gertrud. »Ich traf Reusin draußen, und gemeinsam beobachteten wir, wie die ersten Sonnenstrahlen den Hang berührten.«

»Das klingt, als hättet ihr einen besonderen Moment zusammen erlebt.«

»Genauso war es«, gab Gertrud mit warmer Stimme zurück.

Isabel sah die Schwiegermutter an. Sie hatte sich verändert. War sie sonst stets eher kalt und verhärmt in ihrem Wesen, wirkte sie jetzt sanft. War das so aufgrund der Krankheit?

»Es war wirklich schön, und ich hoffe, wir können es wiederholen«, sagte Reusin. »Doch nun muss ich mit meiner Arbeit beginnen. Sonst sind am Ende alle im Haus wach und bekommen ihr Morgenmahl nicht.« Sie stand auf und ging zu dem großen gusseisernen Topf hinüber, hängte ihn über die Feuerstelle und legte ein Holzscheit nach.

Gertrud und Isabel nahmen ihr Morgenmahl zusammen in der Küche ein und unterhielten sich hierbei weiter mit Reusin, die ihre Arbeiten erledigte und in gelöster Stimmung mit den beiden sprach.

Als das übrige Gesinde kam, gaben Gertrud und Isabel ihre Plätze frei und wünschten allen einen guten Tag. Sie weckten die Kinder und warteten noch, bis auch diese gegessen hatten. Dann gingen sie hinüber zum Hang. Emilia blieb bei den Frauen, während Albert und Conrad von Isabel zum Kloster hinaufgeschickt wurden. Denn heute sollte die Ernte beginnen, und ihr war vom Abt bisher nicht gezeigt worden, welcher Teil ihr für die Lese vorbehalten war. Die Hänge der Schonaus sollten vom Gesinde bearbeitet werden, und Isabel, Gertrud und die Kinder würden erst hinzustoßen, wenn der Klosterhang erledigt war. Für den Moment jedoch, da sie noch nicht wussten, was ihnen zugeteilt war, halfen Gertrud, Isabel und Emilia in den schonauschen Weinbergen.

Conrad kam allein zurück. Isabel richtete sich auf, drückte ihren schmerzenden Rücken durch. Die Schwangerschaft machte es ihr immer schwerer, der Arbeit im Weinberg nachzugehen.

»Ich weiß jetzt, wo wir hinmüssen«, rief Conrad und kam dann ganz zu ihnen herauf. »Wir müssen ganz ans andere Ende des Hangs.«

Isabel sah hinüber. Gleich dort, wo das Gebiet der Schonaus endete und der Klosterweinberg begann, war ein halbes Dutzend Mönche bereits bei der Lese. Etwas weiter hinten glaubte Isabel, Johann und Matthis Stauber ausmachen zu können. Hanna und die anderen Kinder sah sie von hier aus nicht, doch war sie überzeugt, dass diese auch dort zu finden waren.

»Albert ist dortgeblieben. Er sagte, wir sollen gleich den Karren mitbringen. Es ist ein ganzes Stück von hier und dauert eine Weile, dorthin zu kommen.«

»Soso, hat uns der Abt in den hintersten Winkel verbannt.« Es klang eher belustigt denn verärgert, und Isabel musste tatsächlich schmunzeln. Dann sagte sie an Gertrud gewandt: »Glaubt dieser Kirchenmann allen Ernstes, dass mir das etwas ausmacht nach all dem, was ich schon erlebt habe?«

»So ist es richtig. Nimm hin, was du nicht ändern kannst, und lächle ihm entgegen.«

Sie stiegen zusammen den Hang hinab, und Isabel gab Knut Bescheid, wo sie zu finden waren. Dann holten sie vom Hof einen Karren und schoben ihn gemeinsam. Kurz sah sie zu den Staubers, als sie in etwa auf gleicher Höhe waren, doch keiner der sechs blickte auf. Alle schienen zu beschäftigt damit, die Trauben zu pflücken. Isabel maß mit den Augen die Fläche ab, die durch Tücher gekennzeichnet war. Soweit sie sehen konnte, stimmte die Größe mit dem Teil des Hangs überein, den die Staubers gepachtet hatten. Für den Moment war Isabel zufrieden, allerdings rechnete sie damit, dass ihre Fläche womöglich kleiner ausfallen könnte als die, die ihren eigenen gepachteten Anteil am Hang ausmachte. Sollte dies der Fall sein, würde sie den Weg eben wieder zurückgehen und sich selbst zum Kloster aufmachen müssen. Sie würde sich weder von diesem Abt noch sonst jemandem übervorteilen lassen und war es leid, jeden Tag wieder das durchsetzen zu müssen, was für einen Mann vollkommen selbstverständlich war.

Als sie oberhalb ihrer früheren Kate vorbeikamen, blickte Isabel mit einem sehnsüchtigen Gefühl auf die Hütte. So vieles hatte sich verändert, seit sie nicht mehr dort wohnten. Wie sehr wünschte sie, die Kate nie verlassen zu haben! Doch es half nichts. Aus der Ehe mit Gunter gab es kein Entkommen, und sie würde so viele Schläge einstecken müssen, wie er austeilte, ohne etwas dagegen ausrichten zu können. Energisch wandte sie sich ab und widmete sich wieder dem Schieben des Karrens. Es kam ihr schier endlos vor, bis sie den Teil des Weinbergs erreichten, den sie zu pflücken hatten. Sie war verblüfft, neben ihrem Sohn Albert Abt Dimitrius stehen zu sehen. Mit einem unguten Gefühl ging sie auf die beiden zu.

»Ich grüße Euch im Namen des Herrn, Isabel.« Es klang freundlich.

»Gott mit Euch, Abt Dimitrius.«

Sein Blick fiel auf ihren Bauch. »Ihr seid guter Hoffnung? Davon wusste ich nichts. Nur, dass Ihr wieder vermählt seid. Ich wünsche Euch Gottes Segen für diese Verbindung.«

»Ich danke Euch. Was kann ich für Euch tun?« Es sollte nicht so schroff klingen, doch sie war zu müde und geschafft und erwartete durch sein plötzliches Erscheinen bereits den nächsten Ärger.

»Ihr denkt, ich verfolge eine Absicht mit meinem Besuch?«

Sie antwortete nicht, legte nur den Kopf schief.

»Nun, dem ist nicht so. Vielmehr wollte ich sehen, ob Ihr mit dem Euch zugewiesenen Hang einverstanden seid, und Euch darüber hinaus einmal wiedersehen, ist doch unser letztes Zusammenkommen eine Weile her und, nun ja, nicht ganz unbeschwert verlaufen.«

Isabel traute ihm noch immer nicht. Sie blickte über den Hang. »Unser Bereich ist bis zu den wehenden Tüchern dort?«, fragte sie und deutete mit dem ausgestreckten Arm.

»Ganz recht. Er ist damit sogar etwas größer als Euer eigener Hang. Ich wollte den Weg wieder gutmachen, den Ihr bis hierher zurücklegen müsst.«

»Weshalb?«, fragte sie argwöhnisch.

»Na, weil es nur recht ist. Hätte ich gewusst, welch zusätzliche Last Ihr mit Euch herumtragt, wäre es womöglich noch mehr geworden.« Er deutete auf ihren Bauch, sah dann noch einmal jeden der Familie an, die sich im Halbkreis um Isabel gruppiert hatten.

»Ich kann in Euren Augen lesen, dass Ihr mir misstraut«, sagte er dann ohne Umschweife. »Doch wollen wir die

Vergangenheit nicht ruhen lassen und hier und heute einen Neuanfang wagen?«

»Von unserer Seite steht dem nichts entgegen«, gab Isabel zurück.

Der Abt schmunzelte. »Ich muss schon sagen, das Kloster hat eine hübsche Einbuße gehabt dadurch, dass Ihr Euren Wein nicht bei uns gekeltert und auch nicht über uns verkauft habt.«

»Wir haben es so gemacht, wie es uns von der Vereinbarung her zustand.« Auch Isabels Tonfall war nun freundlicher. Zwischen den Zeilen hatte der Abt eingestanden, Isabel unterschätzt zu haben. Auf eine gewisse Weise gefiel ihr dies.

»Was denkt Ihr? Könntet Ihr Euch vorstellen, dieses Jahr den Verkauf der Weine durch das Kloster in Erwägung zu ziehen?« Es klang, als wollte er tatsächlich eine Versöhnung herbeiführen. Sie dachte an Gunter und daran, dass sie keine Möglichkeit hatte, ihn am Verkauf der Fässer zu hindern, war der Wein erst einmal abgefüllt.

»Abt Dimitrius«, begann sie freundlich. »Wir wissen Euren Besuch hier wirklich zu schätzen. Es zeugt von Umsicht und Größe, das Gewesene abzustreifen und einen Neuanfang zu wagen. Und diesem wollen wir uns nicht entgegenstellen. Wie Ihr wisst, betreibt mein Gatte selbst ein großes Weingut. Sobald die Trauben gelesen und gekeltert sind, kommen sie zu den anderen, denen der schonauschen Weinberge. Gewiss werden wir Euch das Zehntel zahlen, wie vereinbart. Ich würde sogar eine etwas höhere Schätzung in Kauf nehmen müssen, weil die Trennung der Trauben einen größeren Aufwand bedeuten würde. Doch da Ihr nun gerade hier seid, hört meinen Vorschlag: Wir werden die Trauben dieses Hanges hier pflücken und auf den Karren dort laden. Schickt heute Abend ein paar Mönche her, damit sie die Trauben abholen.« Sie deutete mit dem ausgestreckten Arm. »Hieraus kann man sieben, vermutlich sogar acht Fässer gewinnen. Eure Mönche werden das

Keltern übernehmen, mir stehen nur sechs Fässer zu, auf die Ihr sodann das Zehntel erhaltet.«

»Und der Verkauf?«

Isabel überlegte kurz, tauschte einen Blick mit Gertrud. Es war klug, wenn auch der Verkauf über das Kloster abgewickelt wurde. So war ihr dieses Geld sicher und konnte nicht einfach von Gunter eingestrichen werden. »Auch den lege ich vertrauensvoll in Eure Hände, Abt. Erzielt einen guten Gewinn, und wir werden auch künftig die Vereinbarung auf diese Weise fortführen.«

Abt Dimitrius sah sie freudig an. »Ich muss schon sagen, das ist mehr, als ich erwartet hatte.«

»Ich bin glücklich, fortan auf ein gutes Miteinander hoffen zu dürfen«, gab Isabel zurück.

Noch einmal blickte er auf ihren Bauch. »Ab dem Nachmittag werde ich Euch zwei Mönche schicken, die Euch beim Pflücken der Trauben helfen werden. Das ist das Mindeste, was ich für unsere neu gewonnene Freundschaft tun kann.«

»Seid Euch unseres aufrichtigen Danks gewiss.«

»Was für ein wunderbarer Tag! Der Herr segne Euch alle und halte schützend seine Hand über Euch!«

»Gott schütze auch Euch, Abt Dimitrius.«

Sie nickten einander zu, dann ging der Abt von dannen. Isabel hätte laut jubeln können. Was hatte sie sich den Kopf zerbrochen, wie es ihr gelingen sollte, Gunter an dem Verkauf der Trauben aus dem Klosterhang zu hindern. Nun würde sie diese nicht einmal mehr selbst keltern müssen und nur noch die Münzen einstreichen. Es war einfach wunderbar!

»Das ist gut, nicht wahr, Mutter?« Conrad sah sie an. »So haben wir weniger Arbeit und erhalten dennoch das Geld.«

»Aber nur für sechs Fässer«, wandte Albert ein. »Und wir wissen noch nicht, wie gut die Mönche die Fässer verkaufen können.«

»Zumindest verkaufen sie sie, Albert. Sieh, Trauben haben wir genug zur Verfügung. Die Hänge der Schonaus, die wir ebenfalls noch zu ernten und zu keltern haben, sind groß. Aber es ist, wie Conrad sagt, wir haben hier weniger Arbeit und müssen uns auch nicht weiter darum kümmern.«

»Dann ist doch alles gut«, brachte sich Emilia ein. »Und Abt Dimitrius sah freudig aus.«

Albert schien nicht ganz überzeugt, wandte jedoch nichts mehr ein.

»Na, dann an die Arbeit, Kinder!«

Als hätten sie nur darauf gewartet, nahmen die drei ihre Körbe und rannten den Hügel hinauf. Isabel und Gertrud blieben noch unten stehen.

»Da hast du den nächsten Mann in der Familie«, sie deutete mit dem Kopf auf Albert, »der deine Entscheidungen hinterfragt.« Gertrud konnte sich das Schmunzeln nicht verkneifen.

»Das soll er lieber nicht wagen«, erwiderte Isabel, doch auch ihre Lippen umspielte ein Lächeln. Dann wurde ihr Blick ernst. »Wie geht es dir, Gertrud?«

»Es geht. Die Brust schmerzt sehr, aber solange ich etwas zu tun habe, lenkt mich das ab. Doch ich spüre, dass es an mir nagt. Es ist, als fresse sich die Geschwulst jeden Tag etwas weiter durch meinen Körper.«

»Es tut mir so leid.«

»Ja, mir auch. Ich würde gern noch länger leben, doch ich spüre, dass es mir nicht vergönnt ist. Aber eines werde ich noch tun.«

»Was?«

Gertrud sah die Schwiegertochter wissend an. »Das verrate ich nicht. Noch nicht. Der Gedanke kam mir gestern Abend. Ich muss ihn erst noch zu Ende denken.«

»Nun gut, wie du willst.« Isabel brannten weitere Fragen auf den Lippen, doch sie ließ es dabei bewenden, und die

Frauen wandten sich ihrer Arbeit zu. Doch ihr schwirrte die ganze Zeit während des Pflückens im Kopf herum, was Gertrud wohl gemeint haben könnte.

Die Mönche waren schon am frühen Nachmittag zu ihnen gekommen und hatten mitgeholfen, sodass sie um einiges rascher vorankamen. Isabel war erleichtert, weil sie nicht mehr die ganze Arbeit allein machen mussten. Korb um Korb beluden sie den Karren, und noch am Nachmittag brachten die Mönche das gefüllte Fuhrwerk ein erstes Mal zum Kloster hinauf. Isabel, Gertrud und die Kinder nutzten die Zeit, um eine kleine Rast einzulegen und etwas zu essen. Sie plauderten, die Stimmung war gelöst. Ganz anders als zu Hause – zumindest dann, wenn Gunter daheim war. Keines der Kinder hatte Isabel gegenüber je erwähnt, wie sehr sie unter den Launen und dem schlechten Gebaren ihres Mannes litten. Und das war auch nicht notwendig, Isabel wusste es auch so. Doch sie konnte nichts dagegen tun. Noch bevor die Mönche zurückgekehrt waren, nahmen die fünf ihre Arbeit wieder auf und pflückten weiter. Gerade rechtzeitig, als schon alle Körbe wieder voll waren, kamen die Mönche mit dem leeren Karren an.

Sie arbeiteten bis zur Dämmerung, dann machten sie sich auf den Heimweg, und die Mönche schoben den bereits wieder gut gefüllten Karren zum Kloster hinauf. Sie hatten darauf verzichtet, einen Ochsen oder ein Pferd zu holen, weil der jeweilige Weg so lang war, dass die Mönche das Fuhrwerk lieber schoben.

Als sie ins Haus kamen, ging Isabel zuerst in das Esszimmer und dann in die Stube, um zu sehen, ob Gunter dort war.

Reusin trat auf sie zu. »Ich habe das Essen bereits vorbereitet. Gewiss seid Ihr hungrig nach dem langen Tag.«

»Ja, hab Dank. Sind die Knechte vom Weinberg zurück?«

»Ja, aber noch nicht lange. Ich habe ihnen eben ihr Essen gegeben.«

»Und Gunter?«

»Er ist vor einer Weile fortgegangen. Ich weiß nicht, wohin. Er ist noch nicht zurück.«

Isabel war erleichtert, wollte es sich aber vor Reusin nicht anmerken lassen. Sie ging zum Badhaus hinüber, wusch sich und wies die Kinder an, es ihr gleichzutun. Als sie ins Esszimmer zurückkehrte, hatte Reusin bereits aufgetragen. Kurz nach ihr kamen auch Gertrud und die Kinder. Sie aßen gemeinsam, sprachen noch einmal über das Geschehen mit dem Abt, und Isabel bat die anderen, die Vereinbarung, die sie mit diesem getroffen hatte, nicht an Gunter weiterzugeben.

»Wo ist er überhaupt?«, fragte Gertrud.

Isabel zuckte mit den Schultern. »Ich weiß es nicht.«

»Ich wundere mich nur, weil der Vogt ja dafür gesorgt hat, dass es kaum noch jemanden gibt, zu dem er gehen kann«, gab Gertrud zu bedenken.

Die Kinder blickten zwischen ihnen hin und her und schienen überaus interessiert an dem, was die beiden zu besprechen hatten.

»Er wird es wahrscheinlich trotzdem versuchen«, meinte Isabel. »Aber mir soll es einerlei sein.«

Allen war die Erschöpfung anzumerken, und durch das Essen wurde dieses Gefühl nur noch verstärkt. Also aßen sie auf, räumten selbst ihr Geschirr ab und machten sich schon bald für die Nacht bereit.

Isabel war gerade dabei, sich zu entkleiden, als sie von unten lautes Poltern hörte. Schnell streifte sie sich ihr Kleid wieder über, strich es glatt und öffnete die Tür der Kammer, um nachzusehen. Da sah sie Gunter bereits mit großen Schritten die Stufen heraufkommen. Sie seufzte und ging in die Kammer zurück. Nur einen Moment danach folgte er ihr nach, knallte die Tür ins Schloss.

»Du verdammte Dreckshure! Was bildest du dir ein, wer du bist?«

Isabel, die eben noch mit dem Rücken zu ihm gestanden hatte, seufzte und drehte sich um. »Wovon redest du nun wieder?«

»Das weißt du doch ganz genau. Ich war bei Hannes, und er lässt mich nicht mehr rein.«

»Ich weiß nicht einmal, wer dieser Hannes ist.«

»Ich glaube dir kein Wort.«

Sie zuckte mit den Schultern. »Dann lass es. Ich bin müde und erschöpft.«

»Hannes ist der Besitzer einer Schenke im Ort«, presste Gunter wütend hervor.

Langsam verstand Isabel. »Ach ja, da war einer deiner Gläubiger, der Hannes hieß. Jetzt weiß ich, von wem du sprichst. Ihm gehört das Hurenhaus.« Sie verschränkte die Arme vor der Brust.

»Du bringst das in Ordnung!«, brüllte er.

»Ich? Als ob ich die Macht gehabt hätte, diesem Hannes irgendetwas zu sagen. Es war der Vogt, nicht ich.«

»Wenn es der Vogt war, dann nur, weil du ihn darum gebeten hast.«

»Das ist nicht wahr.« Sie drehte sich um und wollte ihn stehen lassen, doch er machte zwei Schritte vor und packte sie an den Haaren. Sie schrie auf und versuchte, sich ihm zu entwinden. Doch es gelang ihr nicht. Mit der einen Hand hielt er sie am Schopf gepackt, mit der anderen umklammerte er sie, wirbelte sie herum. Er presste seine Lippen auf ihre. Sie wollte sich nicht wehren, doch alles in ihr sträubte sich so sehr, dass es nicht anders ging. Verzweifelt versuchte sie, ihn wegzuschieben. Gierig fasste er ihr an die Brust, dann zwischen die Beine, drängte sie zum Bett hinüber. Er schubste sie darauf und warf sich dann auf sie. Es gelang ihr nicht, sich zur Seite wegzudrehen, um so ihren Bauch und das ungeborene Leben darin zu schützen. Sie bekam kaum noch Luft, ihr Unterleib schmerzte von seinem Gewicht. »Das Kind. Geh runter!«, keuchte sie, doch er zerrte an ihrem Kleid, riss den Stoff entzwei.

Isabel schloss die Augen. Sie musste sich beruhigen. Sie durfte ihm ihre Angst nicht zeigen. Womöglich ließ er von ihr ab, wenn er glaubte, ihr gefiele, was er tat. Keine Angst. Keine Angst! Nur dann würde er aufhören.

»Ja, so ist es gut«, quetschte sie gequält hervor, als er mit der Hand ihren Unterleib packte und mit mehreren Fingern in sie eindrang. Er hielt in der Bewegung inne.

»Was hast du Hure gesagt?«

Sie schluckte die Angst hinunter. »Es ist gut so. So will ich es. Mach weiter.«

Sein Gesichtsausdruck verriet Verwirrung, er zog die Hand zurück, stützte sich auf, sodass er nun kniete.

»Du willst mich reinlegen. Du bist und bleibst eine verdammte Hure!«

Isabel hielt seinem Blick stand. »Ja, das bin ich. Mach weiter, was du angefangen hast.« Sie spreizte ihre Beine ein wenig mehr. »Na, mach schon. Wir wollen es doch beide. Ich bin deine Frau. Du kannst machen, was du willst, und ich kann es genießen.« Sie versuchte, das Zittern in ihrer Stimme zu unterdrücken.

Er verzog das Gesicht, schien angewidert. »So will ich es nicht.« Er sah sie an, überlegte. Dann schien ihm ein Einfall gekommen zu sein. Spöttisch verzog er den Mund, dann hob er die Faust und schlug ihr mit Wucht gegen den Bauch. Sie schrie auf vor Schmerz und Entsetzen. Wieder hob er an und ließ seine Faust auf sie niedersausen.

»Ich wehre mich, ich wehre mich«, rief sie. »Du bekommst, was du willst. Aber schlag nicht das Kind!«

Doch Gunter war wie im Rausch. Er schlug wieder und wieder gegen den Bauch, und als Isabel weinend und wimmernd dalag, zog er seine Hose herunter und drang in sie ein.

Er brauchte nicht lange, bewegte sich schnell und heftig, bis Isabel vor Schmerz ohnmächtig wurde. Er ergoss sich in sie, stieg mit einem Ächzen herunter. Isabel kam allmählich wieder zu sich, rollte sich vor Schmerz zusammen. Kurz darauf verließ Gunter die Kammer und zog die Tür hinter sich ins Schloss. Isabel glaubte, sich übergeben zu müssen, würgte mehrere Male. Sie hatte nicht die Kraft, aufzustehen und zur Waschschale hinüberzugehen, konnte sich nicht einmal aufrichten. Sie drückte ihren Oberkörper ein wenig hoch, zog sich bis an die Bettkante und übergab sich auf den Fußboden. Sie hörte, wie die Tür geöffnet wurde. Jetzt würde er sie umbringen. Diesmal gab es kein Entrinnen.

»O mein Gott!« Gertrud kam an das Bett geeilt, stützte sogleich den Kopf der Schwiegertochter, die ohne Unterlass würgte. Gertrud half ihr, sich ein wenig weiter aufzurichten, hielt sie fest, stützte sie. Es dauerte, bis Isabel sich so weit beruhigt hatte, dass das Würgen ein Ende hatte.

»So schlimm war es noch nie«, brachte sie gequält hervor und lehnte sich kraftlos an Gertrud an.

»Es tut mir so leid.« Tränen schimmerten in Gertruds Augen. »Leg dich ein wenig hin und versuche dich zu beruhigen. Ich wische das dort auf.« Sie half Isabel, sich wieder richtig ins Bett zu legen. Dann erhob sie sich, holte Eimer und Lappen und wischte das Erbrochene auf. Als sie wieder zu Isabel hinübersah, erschrak sie. Zwar konnte man wegen des kleinen Talglichts nicht allzu viel sehen, doch genügte es, damit sie wusste, was geschehen war. Sie stellte den Eimer ab, ging zum Bett und setzte sich an Isabels Seite.

»Isabel, ich muss gehen und die Wehmutter holen.«

»Die Wehmutter?«, wiederholte Isabel gedehnt und schüttelte mit dem Kopf. »Aber ich bin noch nicht so weit.«

»Dein Kind ist tot, Isabel.« Gertrud blickte auf das dunkelrote Blut, das aus Isabels Unterleib rann und sich auf deren

Kleid und dem Bett ausbreitete. »Wir müssen es herausholen. Sonst verblutest du.«

Isabel war vollkommen benommen, verstand nicht, was die Schwiegermutter ihr zu sagen versuchte. »Ich muss mich nur ausruhen, Gertrud. Bitte lass mich einfach ein wenig ruhen.« Sie schloss die Augen.

Gertrud strich ihr zärtlich das Haar aus der Stirn, tätschelte ihre Wange und erhob sich. Sie nahm den Eimer mit hinaus. Draußen auf dem Flur wartete Reusin. »Wie geht es ihr?«

»Du hast es also auch gehört?«

»Ich glaube, jeder im Haus.« Reusin blickte traurig drein.

»Wir brauchen die Wehmutter. Sie hat ihr Kind verloren.«

»Bleibt Ihr bei der Herrin. Ich geh sie holen.« Reusin machte kehrt und stieg geschwind die Stufen hinab.

Alberts Kammertür wurde geöffnet, und das Gesicht des Enkels lugte heraus. »Was ist geschehen?«

»Gar nichts, Albert. Leg dich wieder hin.«

»Er hat ihr wehgetan, nicht wahr?«

»Geh wieder schlafen. Ich kümmere mich um alles.« Sie wandte sich um, ging zu Isabels Kammer zurück. »Ja, ich werde mich um alles kümmern«, wiederholte sie leise für sich selbst.

# 16. Kapitel

Isabels Miene war ausdruckslos, sämtliche Kraft war aus ihrem Körper gewichen. Der Abend, an dem die Wehmutter hatte kommen müssen, war nun vier Tage her. Ihr Kind war tot, erschlagen von seinem eigenen Vater.

»Ich möchte nichts essen.« Sie schob die Schale weg, die Reusin ihr hingestellt hatte.

»Aber das müsst Ihr doch. Ihr habt ja gar keine Kraft mehr.«

Isabel schüttelte den Kopf. »Morgen. Ich esse morgen etwas.«

»Nein.« Gertrud stand im Türrahmen und hatte gehört, was Isabel gesagt hatte. »Es ist an der Zeit, dass du etwas isst.«

»Bitte, Gertrud. Ich kann nicht.«

»Reusin, lässt du uns bitte allein?«

»Gewiss.« Die Haushälterin hielt die Schale in der Hand.

»Gib sie mir«, bat Gertrud. »Meine Schwiegertochter wird noch etwas davon zu sich nehmen.«

Reusin reichte die Schale an Gertrud, die noch wartete, bis die Haushälterin die Tür hinter sich geschlossen hatte. Dann ging sie mit der Schale in der Hand zu Isabels Bett hinüber und setzte sich.

»Du hast einige Tage gehabt, doch nun ist es an der Zeit, dich wieder zu fangen.«

»Ich kann nicht.«

»Doch. Du kannst und du wirst. Du magst ein Kind verloren haben, hast jedoch noch drei, die dich brauchen.«

»Könntest du ihnen eine Zeit lang beistehen? Ich werde es nicht schaffen.«

»Das wird nicht möglich sein.«

»Weshalb nicht?«

»Meine Krankheit. Ich habe nicht mehr lange.«

»Das kannst du nicht wissen.«

»Ich weiß es. Ich weiß es so genau, wie man es überhaupt nur wissen kann.«

Isabel fragte nicht, wie Gertrud das meinte. Sie fühlte sich zu kraftlos.

»Iss etwas.«

»Ich möchte nicht.«

»Ich habe dich nicht gefragt, ob du möchtest oder nicht. Ich habe dich aufgefordert, etwas zu essen.« Es klang streng, nahezu barsch.

Isabel wollte zuerst widersprechen, nahm dann aber die Schale, fingerte ein Stück Brot heraus und begann, langsam zu kauen.

»So ist es gut«, lobte Gertrud sie wie ein kleines Kind. »Du musst jetzt noch eine Weile stark sein, dann wird es besser.«

»Was meinst du damit?«

»Du musst mir versprechen, dass du stark sein wirst, wenn ich nicht mehr da bin.« Sie suchte den Blick der Schwiegertochter, die auf dem Brot herumkaute. »Du bist die Mutter meiner Enkel. Ich erwarte von dir, dass du dich um sie kümmerst.«

»Ich habe mich immer um meine Kinder gekümmert.«

»Das hast du. Deshalb ist es wichtig, dass du, sobald du aufgegessen hast, das Kleid dort drüben anziehst und mit mir nach unten kommst.«

»Gib mir noch Zeit bis morgen.«

»Es gibt kein Morgen«, erklärte Gertrud.

»Ich verstehe dich nicht.«

»Das ist auch nicht wichtig. Es zählt einzig, dass du tust, was ich dir sage.«

»Ist Gunter im Haus?«

»Nein. Er ist eben fortgegangen.«

»Weiß er, dass das Kind tot ist?«

»Ja.«

Isabel wartete, ob Gertrud noch etwas dazu sagte, wie er die Nachricht aufgenommen hatte, doch das tat sie nicht.

»Ich muss noch einmal zum Hang«, kündigte Gertrud an. »Kann ich mich darauf verlassen, dass du dich anziehst und nach unten zu den Kindern gehst? Ich habe sie gebeten, im Esszimmer auf dich zu warten. Sobald du das Brot dort hinuntergeschluckt hast, wird es besser werden. Dann nimmst du gemeinsam mit den Kindern unten ein Mahl ein.«

»Ich werde gleich kommen.« Ihr Blick fiel auf das Kleid, das auf dem Stuhl bereitlag. »Das ist nicht meines.«

»Deines war zerrissen«, erklärte Gertrud. »Dies dort gehört mir. Schnüre es ein wenig zurecht, dann wird es schon passen.«

»Das kann ich nicht annehmen.«

»Ich brauche es nicht mehr.« Sie rückte noch etwas näher heran, nahm Isabel die Schale ab und stellte sie auf den kleinen Beistelltisch. Dann zog sie die Schwiegertochter in ihre Arme, hielt sie minutenlang fest. »Ich habe dich lieben gelernt, Isabel. Du bist mir die Tochter geworden, die ich nie hatte. Und ich bin wahrlich stolz auf dich, was du alles geschafft hast. Bevor ich gehe, möchte ich dir noch eines sagen: Du sagtest mir noch vor Kurzem, ich hätte das Glück in meinem Leben noch nicht gefunden. Nun jedoch, kann ich dir sagen, habe ich es gefunden.« Gertrud setzte sich wieder gerade, sah Isabel liebevoll an.

»Du hast dein Glück gefunden? Wie?«

»Weil ich jetzt weiß, welchen Sinn mein Leben am Ende hat.«

Isabel schüttelte den Kopf. »Ich verstehe nicht, was du meinst, Gertrud.«

»Das wirst du noch.« Sie beugte sich vor, küsste Isabel auf die Stirn und erhob sich.

»Steh auf und geh nach unten!« Sie wandte sich um und ging ihrerseits zur Tür. »Ich habe mein Glück gefunden, und jetzt findest du deines.« Damit verließ sie die Kammer.

»Da bin ich also«, sagte Gunter, als er die Tür öffnete und eintrat. Er rutschte aus, wäre fast gestürzt und fluchte. »Was ist das hier für ein Geschmiere auf dem Boden? Da kann man sich ja den Hals brechen.«

»Schließ die Tür«, entgegnete Gertrud und stocherte mit dem Schürhaken in der Feuerstelle.

»Warum wolltest du, dass wir uns hier in Eurer alten Kate treffen? Und was willst du überhaupt von mir? Du sagtest, dass du mir ein Geschäft vorzuschlagen hast, das sich für mich lohnen würde. Also, ich bin hier. Was hast du mir zu sagen?«

Gertrud hielt den Schürhaken in der Hand. »Möchtest du einen Wein trinken?«

»Es wird doch wohl kaum so lange dauern.«

Sie zuckte mit den Schultern. »Nun, ich werde einen trinken.« Sie nahm den Trinkschlauch und schenkte sich einen Becher voll.

»Dann gib mir auch einen«, sagte Gunter. »Also, was willst du mir vorschlagen?«

»Es geht so nicht weiter, Gunter. Das weißt du genauso gut wie ich. Du mordest nach Belieben. Dir muss doch klar sein, dass das ein Ende haben muss.«

»Pah!«, spie er verächtlich aus. »Was willst du mir denn? Ich und morden. Hast du mir nun etwas vorzuschlagen oder nicht?«

»Ja, doch erst hörst du dir an, was ich zu sagen habe.«

Er verdrehte die Augen.

»Du hast Augustin, deinen Schwiegervater, ermordet, dann die Haushälterin, und schließlich hast du dein ungeborenes Kind zu Tode geprügelt. Und das sind nur die, von denen ich weiß. Es würde mich nicht wundern, wenn es noch mehr gewesen wären im Laufe der Jahre.«

»Willst du mir ein Geständnis entlocken?«, spottete er.

»Ein Geständnis? Wozu? Hier ist niemand außer uns, und du würdest hernach alles abstreiten. Nein, Gunter, darum geht es mir nicht.« Sie trank ihren Becher leer und stellte ihn auf dem Tisch ab. Dann ging sie wieder zu der Feuerstelle, über der ein großer Topf hing.

»Warum schürst du hier das Feuer? Du wohnst nicht hier, und draußen ist es warm. Was soll das werden?« Er lachte auf. »Willst du mir eins mit dem heißen Schürhaken überziehen und mich zum Vogt schleppen?« Er lachte noch lauter. »Wenn er wirklich etwas wüsste und sich nicht nur seinen Teil denken würde, würde ich längst am Galgen baumeln.«

»Aber nein.« Sie lächelte, griff einen Lappen, nahm den Topf vom Feuer und kippte den Inhalt auf dem Boden aus. Gunter machte einen Satz in die Ecke, damit die Flüssigkeit ihn nicht erreichte.

»Bist du vollkommen verrückt geworden? Was tust du da?«

»Ich vergieße Öl«, gab sie ohne jede Regung zurück und stellte den Topf ab. »Und das, worauf du beim Eintreten ausgerutscht bist, ist Rindertalg. Rindertalg, der an der ganzen Tür verschmiert ist und nun auch an deinen Schuhen haftet.« Wieder lächelte sie.

»Was hast du vor?«

»Kannst du dir das nicht denken? Das Feuer, das Öl, der Rindertalg ... So dumm bist du doch nicht. Alles hier wird beim ersten Funken in Flammen aufgehen.«

»Du bist wahnsinnig!« Er war bleich geworden. »Du bist vollkommen wahnsinnig. Leg den Schürhaken hin, Gertrud! Nicht nur ich würde brennen. Auch für dich gäbe es kein Entkommen.«

»Ganz recht. Und so wird auch niemand auf den Gedanken kommen, dass es ein Anschlag auf dich gewesen sein könnte, mit dem womöglich Isabel oder die Kinder etwas zu tun haben könnten. Sie sitzen jetzt im Esszimmer und nehmen gemeinsam ihr Mahl ein. Reusin sieht sie, wenn sie die Speisen aufträgt. Und auch die anderen des Gesindes werden beschwören können, dass keiner von ihnen das Haus verlassen hat. Ich habe an alles gedacht.« Sie umklammerte den Schürhaken fester.

»Du stirbst! Du stirbst zusammen mit mir, wenn du das tust!«, brüllte er. Der Schweiß stand ihm auf der Stirn.

»Ich wünschte, Isabel könnte deine angstverzerrte Fratze sehen. Gewiss würde ihr der Anblick Kraft geben«, bemerkte Gertrud zufrieden.

Gunter schielte zur Tür. Nur sechs Schritte, dann würde er sie erreichen. Gertrud schien seinen Gedanken zu ahnen. Mit einer schnellen Bewegung stieß sie den Schürhaken ins Feuer und schleuderte ein brennendes Holzscheit gegen die Tür. Sofort loderten die Flammen auf, zischend brannte der Rindertalg und setzte sogleich die Tür unter Feuer. Es wurde heiß, unerträglich heiß, während sich die Flammen weiter und weiter durch den Raum fraßen und das ausgekippte Öl entzündeten. Das Feuer breitete sich überallhin aus. Es gab kein Entkommen.

Gunter schrie wie am Spieß, als die Flammen ihn erreichten und den Talg an seinen Schuhen entzündeten. Der Gestank von verbranntem Talg und verbrannter menschlicher Haut machte das Atmen unmöglich. Gertrud sah, wie Gunter die Flammen auszuschlagen versuchte. Seine Kleidung fing vollends Feuer, und er stakste wie eine lebende Fackel unter geradezu unmenschlichem Geschrei einige Schritte. Die Flammen züngelten an Gertruds Kleid hinauf, hüllten sie schließlich ein. Sie schloss die Augen, rief sich als letztes Bild die Gesichter ihrer Enkelkinder und das Gesicht ihrer Schwiegertochter in Erinnerung. Dann schwanden ihr die Sinne. Gunter stieß noch einen letzten Schrei aus, dann verstummte er. Von der Kate blieb nichts übrig als Asche und Staub.

»Erkennen konnte man keinen von beiden mehr, doch allem Anschein nach waren es Euer Gatte und Eure Schwiegermutter. Wisst Ihr, weshalb sie in der Kate waren?«

»Nein. Ich kann es mir nicht erklären«, antwortete Isabel, wenngleich sie sicher war, dass Gertrud ihr Leben gegeben hatte, um ihr Gunter ein für alle Mal vom Hals zu schaffen.

»Hm, wir werden es wohl nie erfahren«, urteilte der Vogt. »Das Feuer muss mit ungeheurer Kraft gewütet haben. Sie hatten keine Möglichkeit mehr, noch rechtzeitig die Tür zu erreichen.«

»Habt Ihr noch weitere Fragen an mich, Vogt? Ich muss mich mit dem Abt wegen des Begräbnisses besprechen.«

Der Vogt erhob sich. »Nein, ich wollte Euch nur mein Mitgefühl aussprechen.« Er deutete auf ihren flachen Bauch. »Auch dafür, dass Ihr Euer Kind verloren habt.«

»Ich danke Euch.«

Dem Vogt lagen sehr wohl noch Fragen auf den Lippen, doch er fand, dass die junge Frau genug durchgemacht hatte. Dennoch konnte er sich nur schwer die Bemerkung verkneifen, dass erstaunlich viele Menschen um sie herum zu Tode kamen.

»Gott schütze Euch«, verabschiedete er sich.

»Und Gott mit Euch, Vogt. Ich hoffe, wenn wir uns einmal wiedersehen, sind es angenehmere Umstände.«

»Nur eines noch. Die Leute, denen Euer Gatte das Geld schuldete …«

»Werden es trotz seines Todes zur Gänze erhalten«, vollendete sie den Satz.

Er nickte ihr zu. »Auf bessere Umstände, die uns zusammenführen.«

Sie erwiderte die Geste. »So soll es sein.«

Der Vogt verließ das Haus mit dem Gefühl, dass Isabel mehr über den Tod ihres Mannes wusste, als sie preisgab. Doch war bei dem Brand auch ihre Schwiegermutter ums Leben gekommen, die ihr offenbar viel bedeutet hatte. Dies ließ Zweifel bei ihm aufkommen, ob er mit seinem Gefühl richtiglag. Letztendlich war es aber ohnehin müßig, sich darüber Gedanken zu machen. Sie war mit all ihren Kindern im Haus gewesen, zusammen mit der Haushälterin und mindestens zwei Knechten und einer Magd. Alle hatten das Gleiche gesagt. Keiner von ihnen konnte also die Kate in Brand gesteckt haben. Er zuckte mit den Schultern. Und wenn dabei nur Gunter Schonau und nicht auch Gertrud Velten umgekommen wäre, hätte er ohnehin keinen zweiten Gedanken an den Brand verschwendet. Dass Schonau tot war, tat ihm keinen Moment lang leid. Fast fand er es sogar amüsant, dass dieser Kerl schon gebrannt hatte, bevor er endgültig zur Hölle gefahren war.

Was Abt Dimitrius über Gunter zu sagen hatte, hörte Isabel kaum. Die ganze Zeit war sie in Gedanken bei Gertrud, die ihr Leben gegeben hatte, um Isabels noch einmal von Neuem beginnen zu lassen. Albert, Conrad und Emilia standen dicht bei ihr. Wie sehr ihr die Kinder leidtaten! Wieder und wieder hatten sie in den vergangenen Monaten hier oben gestanden und einen nach dem anderen zu Grabe getragen. Es fühlte sich fast an, als würde es nie mehr ein Ende haben. Der Tod hatte sich fest in ihrer Mitte eingenistet. Dabei wollte Isabel vor allem eines: leben! Die Erleichterung darüber, dass mit dem Tode Gunters die Gewalt ein Ende hatte, hatte sich erst nach und nach eingestellt. Auf der einen Seite war da diese unglaublich schmerzhafte, tief sitzende Trauer über den Tod Gertruds. Und wenn Isabel nicht gewusst hätte, dass die Schwiegermutter todkrank gewesen war und ihre Tage ohnehin gezählt, hätte sie deren Tod kaum ertragen können. Wie falsch war doch das Bild gewesen, das Isabel über so viele Jahre von Gertrud gehabt hatte. Sie war alles andere als die kalte, unbarmherzige Frau, als die Isabel sie immer gesehen hatte. Und wenn ihr Herz auf manchen hart und versteinert wirkte, so kannte doch keiner außer Isabel die Gründe hierfür, die sie seit der Ehe mit Gunter nur allzu gut verstehen konnte. Würde sie auch so angesehen werden? Hielte man sie für kalt, nur weil sie gewiss nicht mehr in der Lage war, allzu schnell Vertrauen zu fassen? Wenn überhaupt.

Viele, wenn nicht gar alle Gläubiger Gunters waren zum Begräbnis gekommen. Isabel machte sich auf Fragen des einen oder anderen gefasst, wie es um die geschlossene Vereinbarung stünde, sobald das Begräbnis vorbei war. Neben einigen Gesichtern aus dem Dorf, unter anderem auch Gerald, dem Wirt, sah Isabel in der Menge Hanna. Von deren Familie schien jedoch niemand da zu sein. Isabel war dankbar, dass Hanna ihr offenbar trotz allem, was gewesen war, Beistand leisten und die Freundschaft noch nicht verloren geben wollte. Die Blicke der Frauen trafen sich, und Isabel lächelte sie an. Hanna erwiderte das Lächeln, und für einen Moment schien es Isabel, dass zumindest zwischen ihnen alles gut werden könnte. Wäre doch nur Hannas Mann Johann auch tot! Dann wäre es ein Leichtes, die Freundschaft wieder aufleben zu lassen. Kaum dass sie es gedacht hatte, schämte Isabel sich für diesen Gedanken. Auf keinen Fall wünschte sie der Freundin, dass diese genau wie sie auf sich allein gestellt war und ohne Mann ihr Leben fristen musste. Rasch sah sie zu Boden, als fürchtete sie, dass Hanna ihre schändlichen Gedanken erahnen könnte.

Entgegen ihrer Erwartungen kam keiner der Gläubiger nach der Beerdigung zu ihr, um sie auf die Verbindlichkeiten ihres Mannes anzusprechen. Isabel war erleichtert. Schweigend stieg sie mit ihren Kindern und dem Gesinde als Gefolge den Weg vom Klosterfriedhof hinab, blickte über die Weinberge. Die Trauben waren gelesen, die Rebstöcke leer. Doch das Grün war noch immer satt und voller Kraft, der Boden roch gesund und nach Leben. Isabel atmete tief durch. Immer wieder musste sie an die letzten Worte denken, die Gertrud und sie getauscht hatten. Gertrud hatte ihr Glück gefunden, indem sie in ihren letzten Momenten Gunter getötet und damit ein neues Leben für Isabel und die Kinder möglich gemacht hatte. So schrecklich es war, so viel Sinn machte es, und das gab Isabel Mut. Es lag noch eine Menge Arbeit vor ihr, und sie würde jede Hilfe brauchen können, um alles zu schaffen. Die Knechte hatten die Weine gekeltert und abgefüllt. Isabel konnte nur hoffen, dass ihr Wissen und das des Gesindes ausreichte, um Wein herzustellen. Sie hatte es bisher nur einmal gemacht, im letzten Jahr zusammen mit Augustin. Und hierbei hatte er einen Großteil der Arbeit übernommen. Wie viele Kräuter tatsächlich beigefügt werden mussten, konnte sie nur erahnen und musste sich hier vor allem auf Knut, der bereits eine gefühlte Ewigkeit als Knecht in Augustins Dienst gestanden hatte, verlassen. Wenigstens konnte sie sicher sein, dass der Wein des Klosterhanges, den die Mönche kelterten, zu genießen und damit auch zu verkaufen war. In Anbetracht der veränderten Situation war sie noch einmal so erleichtert, diese Vereinbarung mit dem Abt getroffen zu haben.

Die Sonne schien heiß auf sie herab, ließ die Luft vibrieren. Isabel nahm Emilia an die Hand und legte ihren Arm auf Conrads Schulter. Albert ging neben Conrad.

»Es kommt viel Arbeit auf uns zu«, sagte Isabel und sah dabei weiter auf die Weinberge. »Die Flächen, die wir zu bestellen haben, sind groß.«

»Wir werden es schaffen«, antwortete Albert und drehte sich kurz zu den Mägden und Knechten um, die hinter ihnen hergingen. »Wir haben viele helfende Hände, und ich werde von Tag zu Tag ein wenig stärker. Fast bin ich ein Mann, dann werde ich mich um alles kümmern.«

»Ich weiß, dass du das tun wirst, Albert.« Isabel lächelte. »Hab es nur nicht ganz so eilig, ein Mann zu werden.«

»Ich werde niemals so einer, wie er war. Niemals werde ich wie Gunter.«

Isabel schluckte schwer. »Dessen bin ich gewiss.«

Albert sah zu seiner Mutter hinüber. Wie oft hatte er sich in letzter Zeit gewünscht, schon erwachsen zu sein und sie vor Gunter beschützen zu können. Doch er sagte es ihr nicht. Zu schwer lastete das Gefühl auf ihm, versagt zu haben.

Den Rest des Weges legten sie ohne weitere Unterhaltung zurück. Jeder hing seinen Gedanken nach, war tief betroffen über den Tod Gertruds und ebenso erleichtert, von Gunter befreit zu sein. Zwar hatte keiner vom Gesinde etwas gesagt, doch auch ihnen war anzumerken, dass der Tod ihres Herrn sie nicht allzu traurig stimmte. Als sie das Haus erreichten, trennten sich ihre Wege. Reusin ging zusammen mit Mechthild, einer der Mägde, ins Haus, während die Knechte Knut, Hubert, Karl und Vinzenz zusammen mit Isabel und den Kindern zum Anbau und den darin befindlichen Weinfässern hinübergingen.

»Wann wissen wir, ob der Wein gelungen ist?«, fragte Isabel an Knut gewandt.

»Man müsste es schon schmecken können«, antwortete er. »Die Schonau-Weine waren immer gut. Warum sollte es jetzt anders sein?«

»Da du es gerade ansprichst«, sagte Isabel. »Ich möchte, dass ihr mich fortan wieder mit meinem eigentlichen Namen ansprecht, Velten. Die Erinnerung an Augustin Schonau werde ich stets in Ehren bewahren, doch der Mann, durch den ich den Namen bekam, ist es nicht wert, sich an ihn zu erinnern. Deshalb ist mein Name wie der Name meiner Kinder Velten. Und die Weinberge werden künftig die der Veltens, nicht mehr der Schonaus sein.«

»Ja, Herrin«, gab Knut folgsam von sich, und die anderen murmelten zustimmend.

Knut griff zu der Schöpfkelle, die an einem Haken an der Wand hing, und tauchte sie in eines der Fässer. Dann gab er sie Isabel, die einen Schluck nahm. Fast hätte sie die Flüssigkeit wieder ausgespuckt, so bitter schmeckte sie.

Isabel verzog das Gesicht. »Das ist doch kein Wein. Du musst etwas anders gemacht haben.«

»Ich habe alles so gemacht, wie Augustin Schonau es mir beigebracht hat«, widersprach Knut. »Nur die Gewürze, die hat er immer selbst beigefügt.«

»Also hast du gar keine Gewürze am Wein?«

»Doch. Aber ich weiß nicht, ob genug oder gar zu viel.« Knut hob bedauernd die Schultern. »Ich wollte alles in Eurem Sinn erledigen.«

Isabel war verärgert, wollte es jedoch nicht zeigen. Außerdem war es nicht seine Schuld. Sie war die Winzerin. Es oblag ihr, für einen guten Wein zu sorgen. Wenn sie auf jemanden zornig war, dann auf sich selbst.

»Ich wollte es dir nicht zum Vorwurf machen, Knut. Bitte verzeih.«

Vinzenz räusperte sich, trat von einem Bein aufs andere. »Wenn Ihr mir die Offenheit verzeihen wollt, Herrin.« Offenbar kam ihm das letzte Wort nur schwer über die Lippen.

»Ja, Vinzenz?«

»Nun ja, es gibt die Weinberge, es gibt Eure Familie und uns Knechte und die Mägde. Doch einen, der etwas davon versteht, wie man Wein macht, gibt es hier nicht.«

Isabel versuchte, ihrer Stimme einen heiteren Klang zu geben. »Wir werden uns nach und nach verbessern. Augustin hat auch irgendwann einmal angefangen.«

»Das schon, doch … ach, ich sage es ganz offen, es gibt keinen Herrn mehr auf diesem Hof.«

»Das stimmt. Und es wird auch keinen Herrn mehr geben, solange Albert nicht erwachsen ist. Doch es gibt eine Herrin, und der unterstehst du. Deshalb rate ich dir, gut darauf zu achten, was du sagst.« Sie reckte das Kinn.

Erst sah er noch zu Boden, dann hob er den Blick. »Dann sagt mir und uns allen hier, wie Ihr den Hof weiterführen wollt. Keiner wird mit Euch Handel treiben, weil Ihr nur eine Frau seid. Da können wir noch so viele Trauben stampfen und Fässer füllen.«

»Was fällt dir ein, so mit mir zu reden?«

Albert funkelte den Knecht wütend an. »Wage nicht zu viel, Knecht! Ich bin dein künftiger Herr, und ich vergesse nicht, was du heute zu meiner Mutter gesagt hast.«

»Pah! Bis du der Herr bist, gibt es hier längst nichts mehr, worüber du bestimmen könntest.« Er drehte sich zu den anderen um. »Ich werde mich anderswo verdingen. Hubert, Karl, was ist mit euch?«

Hubert schüttelte den Kopf, doch Karl machte einen Schritt vor. »Ich gehe mit Vinzenz. Sosehr ich Euch auch schätze, muss ich doch sehen, wo ich bleibe.«

»Knut?«, fragte Vinzenz.

»Macht, dass ihr fortkommt, widerliches Pack! Der alte Augustin Schonau würde euch prügeln, dass ihr nicht mehr laufen könntet, würde er euch reden hören.«

»Wenigstens wissen wir auch am Ende des Jahres noch, dass wir etwas zu essen bekommen.«

»Fort mit euch!«, schimpfte Isabel aufgebracht. Sie war rot vor Zorn. »Macht, dass ihr von meinem Hof verschwindet, und ihr könnt von Glück sagen, wenn ich nicht beim Vogt Meldung über euch mache.«

Vinzenz zuckte nur mit den Schultern, während Karl schuldbewusst dreinblickte.

»Ich wünsche Euch nur das Beste«, sagte Karl an Isabel gewandt.

»Und ich dir, dass du mit ihm zusammen zur Hölle fährst. Und jetzt verschwindet!«

Die nächsten Tage verbrachte Isabel damit, das bittere Gesöff, das Knut gekeltert hatte, in kleine Krüge zu füllen und mit Gewürzen zu versetzen. Immer wieder schmeckte sie ab, und es wurde auch etwas besser, doch wer ihr ein Fass abnehmen würde, würde danach gewiss kein zweites kaufen. Sie hatte die Krüge auf einen Tisch gestellt, den Knut und Hubert ihr eigens in den Anbau geschleppt hatten. Hier saß sie nun Stunde um Stunde und hatte bereits eine große Menge an Gewürzen verschwendet, doch der gewünschte Erfolg blieb aus. Die Tür öffnete sich mit einem Knarren, und Isabel sah auf.

»Womöglich kann ich dir helfen, Mutter.« Conrad hatte den Anbau betreten.

»Ich wünschte, dem wäre so. Doch wenn du nicht Botschaft von einem langjährigen Winzer bringst, der mir die Zusammensetzung der Gewürze verrät, fürchte ich, dass es nicht in deiner Macht steht.« Sie seufzte tief.

Conrad stellte eines der kleinen Honigtöpfchen vor ihr auf den Tisch. »Versuch es hiermit. Der Honig ist süß und kräftig. Womöglich bringt er mehr Geschmack als all die getrockneten Kräuter.«

Isabel sah ihn an und wollte schon widersprechen. Doch dann schien ihr der Gedanke gar nicht mal so abwegig. Sie füllte etwas Wein in einen Becher, träufelte ein klein wenig Honig hinein und wartete einen Moment, damit die Süße sich entfalten konnte. Dann nahm sie den Löffel, rührte den Wein eine Weile um und führte den Becher schließlich an ihre Lippen. Sie fürchtete, gleich wieder die bittere Flüssigkeit im Mund zu schmecken, und verzog schon vorher das Gesicht. Doch kaum dass der Wein ihre Zunge berührt hatte, riss sie die Augen auf. »Conrad, beim Herrn, trink einen Schluck davon!«

Ihr Sohn tat es, trank, setzte ab – und setzte sofort wieder an, um noch mehr von dem Wein die Kehle herunterlaufen zu lassen.

»Genug«, lachte Isabel, und die Erleichterung war ihr deutlich anzumerken.

»Wie viel Honig hast du?«, fragte sie aufgeregt.

»Einige Töpfe sind schon gefüllt, und in den nächsten Tagen kommt noch einmal etwas hinzu.« Conrad war überglücklich, mit seinem Einfall helfen zu können.

Isabel sprang auf, fasste das Gesicht ihres Sohnes und küsste ihn auf beide Wangen. Er kniff die Augen zusammen und verzog angewidert das Gesicht.

»Ich brauche allen Honig, den deine Bienen dir geben können. Und wenn es nicht reicht, kaufen wir noch welchen auf dem Markt.«

Knut hatte die Stimmen aus dem Innern des Anbaus gehört und steckte seinen Kopf herein. »Alles in Ordnung, Herrin?«

»O ja, das ist es. Wir haben wohlschmeckenden Wein, Knut. Jetzt haben wir einen Wein, den wir verkaufen können!«

# 17. Kapitel

Die nächsten Tage verbrachten Isabel, Albert, Conrad und die Knechte damit, den bereits gewürzten Wein mit Honig zu versetzen. Emilia war noch zu klein, kam ohne Hocker nicht einmal an die Fässer heran. Deshalb beschäftigte sie sich damit, Reusin bei der Hausarbeit behilflich zu sein, wenngleich sie es ungerecht fand, immer zurückstehen zu müssen.

Isabel verspürte mehr als einmal die berauschende Wirkung des Weines. Und auch Albert und Conrad traten oft schwankend den kurzen Weg vom Anbau zum Wohnhaus an, während Knut und Hubert nicht das Geringste zu spüren schienen. Es war Isabel schier unbegreiflich, wie man so viel Alkohol vertragen konnte, ohne dass sich eine Wirkung zeigte.

In den letzten Tagen hatten sie bis in den Abend hinein gearbeitet, um die Fässer für den Verkauf bereit zu machen. Alle waren sich einig, dass der Wein besonders war und keiner von ihnen je einen so wohlschmeckenden Tropfen getrunken hatte. Sie mussten sich beeilen, mit der Herstellung fertig zu werden, waren doch die anderen Winzer längst auf den Märkten, um ihre Weine feilzubieten. Isabel ärgerte sich, dass es ihr nicht gelungen war, ihren Wein frühzeitig zu verkaufen. Ganz abgesehen davon saßen ihr Gunters Gläubiger im Nacken, denen sie die restlichen Zahlungen schuldig war. Noch immer musste sie fürchten, dass der verpfändete Weinberg oder zumindest ein Teil zum Verkauf angeboten wurde, schaffte sie es nicht rechtzeitig, die Pfandschuld zu begleichen.

Am Tag des Aufbruchs hatte sie sich gewaschen, ihr bestes Kleid angezogen und ihre Haare aufwendig gebunden, um den Handelspartnern ebenbürtig gegenüberzutreten. Knut und Hubert hatten die Fässer bereits aufgeladen, als Isabel sich von ihren Kindern verabschiedete und Reusin auftrug, sich während ihrer Abwesenheit gut um sie zu kümmern. Knut hatte Augustin früher stets begleitet, sodass er wusste, wem Isabel den Wein anbieten konnte. Sie hoffte inständig und betete zum Herrn, dass ihr noch niemand zuvorgekommen war und die Händler sich an die jahrelange Partnerschaft gebunden sahen.

Am gestrigen Nachmittag hatte sie Albert zum Kloster hochgeschickt, um den Abt zu bitten, ihr einen Teil des zu erwartenden Gewinns aus dem Verkauf des Klosterweines bereits jetzt auszuzahlen, um sicherstellen zu können, für die Fahrt rheinabwärts und die Tage des Handels genug Münzen bei sich zu haben. Der Abt hatte ohne Widerspruch eingewilligt und Albert das Geld sogleich mitgegeben. Nun war Isabel bester Laune und konnte es kaum mehr erwarten, endlich Weinhandel treiben zu können.

Isabel war nur etwas unwohl, als sie die Planke zum Oberländer hinaufging, nachdem ihre Fässer verladen worden waren. Sofort war da die Erinnerung an ihren Mann und dass er auf dem Rhein sein Leben gelassen hatte. Sie wischte die Gedanken fort. Was geschehen war, war geschehen. Nun galt es, alles zu tun, um den Ihren ein gutes Auskommen zu sichern.

Noch am gleichen Tag legten sie in St. Goar an. Hier hatte Augustin, wie Knut ihr versicherte, stets gute Geschäfte gemacht, hatte manchmal bereits seinen gesamten Wein dort verkauft, sodass er noch am selben Tage ohne Fässer, dafür aber mit einem Sack voller Münzen nach Hause zurückgekehrt war. Isabel hoffte inständig, dass es ihr nun genauso gehen würde.

Als Erstes wurde sie bei Claus von Hoheneck, einem angesehenen Patrizier, vorstellig. Isabel erklärte ihm freundlich, wer sie sei und dass sie die Nachfolge des verstorbenen Augustin Schonau angetreten hätte. Das Gespräch war nur kurz. Der Mann sagte ihr, dass mit dem Tode Augustins auch die Geschäftsverbindung beendet sei. Er hatte dessen Schwiegersohn nie vertraut und würde dessen Witwe ganz gewiss keinen einzigen Tropfen abkaufen. Damit ließ er sie einfach stehen.

Bei den anderen Männern, mit denen Augustin über viele Jahre gehandelt hatte, verlief es ähnlich, wenngleich die meisten sie abwiesen, weil sie eine Frau war. Isabel war vollkommen niedergeschlagen, wollte jedoch nicht aufgeben. Oder besser: Sie konnte nicht aufgeben. Was sollte sie denn tun? Sie musste den Wein verkaufen, komme, was da wolle.

Sie ließen die Fässer, die sie vom Oberländer auf einen Karren geladen hatten, der von Hubert bewacht worden war, wieder auf das Schiff laden und fuhren weiter rheinabwärts. Isabel konnte von Glück sagen, dass der Kapitän noch nicht weitergefahren war und ein wenig Mitleid zeigte, sodass sie nur auf die Fahrt von vorhin draufzahlte, nicht jedoch noch einmal den vollen Preis zu entrichten hatte. Sie legten in Lahnstein an. Diesmal jedoch vereinbarte Isabel mit dem Kapitän, dass die Fässer vorerst an Bord bleiben sollten und sie sich beeilen würde, um möglichst rasch zurück zu sein, damit der Kapitän nicht lange zu warten brauchte. Das niederschmetternde Ergebnis war, dass Isabel auch hier kein einziges Fass verkaufen konnte. Die Verzweiflung machte sich immer mehr breit.

»Versucht es in Koblenz. Der Markt dort ist groß, und womöglich gelingt es Euch so, etwas zu verkaufen«, schlug der Kapitän vor. In Ermangelung anderer Optionen folgte Isabel dem Rat, wenngleich sie nicht sehr zuversichtlich war. Sie erreichten die Stadt kurz vor der Dämmerung. Der Kapitän machte fest und bot den dreien an, die Nacht auf dem Oberländer zu verbringen, damit sie morgen in aller Frühe ihr Glück auf dem Markt versuchen konnten. Zu Isabels Überraschung verlangte er für die Übernachtung kein zusätzliches Geld. Entweder, so dachte Isabel, tat sie ihm leid, oder aber, und das fürchtete sie, führte er etwas im Schilde. Deshalb gab sie Knut und Hubert auf, die Fässer so zurechtzuschieben, dass sie sich dahinterlegen konnte und die Knechte direkt vor den Fässern ihre Schlafposition bezogen. Wenn der Kapitän sich etwas einfallen lassen sollte, würde er es zumindest nicht leicht haben, an sie heranzukommen.

Die Nacht verlief ohne jedes Vorkommnis. Am Morgen kam Isabel sich albern, geradezu töricht vor, dem Kapitän, der es offenbar nur gut mit ihr meinte, dermaßen misstraut zu haben. Sie entschuldigte es vor sich selbst, dass Gunter ihr den guten Glauben an die Menschen genommen hatte, und befand, dass es immer noch besser war, sich am Morgen über sich selbst zu wundern, als unvorsichtig zu sein und in der Nacht das Nachsehen zu haben.

Sie stand auf, strich ihr Kleid glatt und drückte sich hinter den Fässern hervor. Knut und Hubert saßen direkt davor, standen jedoch auf und gaben den Weg frei, als sie Isabel bemerkten. Knut hielt ihr einen Kanten Brot hin, den Isabel dankbar annahm.

»Guten Morgen, Herrin. Sollen wir die Fässer abladen oder erst warten?«

»Wir nehmen zwei mit zum Markt. Wenn wir uns mit jemandem handelseinig werden, können wir den Rest immer noch holen.«

Hubert stopfte sich das restliche Brot in den Mund, dann begannen sie mit der Arbeit.

Wieder hatte der Kapitän zugesichert, auf sie zu warten, und Isabel verließ sich darauf, dass er sein Wort halten würde, wenngleich sie das bange Gefühl, dass er ebenso gut ablegen und ihre Fässer mitnehmen könnte, nicht ganz zu vertreiben vermochte.

Als sie den Markt erreichten, war erst eine Handvoll Ständler da. Isabel begrüßte diejenigen, an denen sie vorbeiging. Dann sagte sie Knut und Hubert, sie sollten den Karren abstellen, und wandte sich an eine Frau, die gerade einige Tuche ausbreitete. »Gott zum Gruße. Ich möchte hier Wein verkaufen. Kann ich hier stehen bleiben, oder gibt es für Fremde einen eigenen Platz?«

Die Frau sah auf. »Schickt Euren Mann zum Marktaufseher. Der wird Euch sagen, wo Ihr hinkönnt.«

Isabel seufzte. »Wo finde ich diesen Marktaufseher?«

Die Frau sah auf und ließ ihren Blick über den Platz schweifen. »Der dort vorn, der Große mit dem breitkrempigen Hut. Das ist er.«

»Habt Dank.« Sie wandte sich an Hubert und Knut. »Ihr wartet so lange hier.«

Die beiden sicherten es zu, dann ging Isabel zu dem Mann hinüber. »Gott zum Gruße! Seid Ihr der Marktaufseher?« Sie bemühte sich um ein charmantes Lächeln.

»Der bin ich.« Er musterte sie von oben bis unten. »Welch bezaubernder Anblick! Was kann ich für Euch tun?«

»Ich habe Wein zu verkaufen und möchte wissen, wie hoch die Standgebühr ist und wo ich mich hinstellen darf.«

»Wo ist Euer Wein?«

»Dort.« Isabel deutete mit dem ausgestreckten Arm. »Die beiden Männer gehören zu mir. Seht Ihr?«

»Habt Ihr nur die beiden Fässer?«

»Nein, der Rest ist noch im Hafen. Ich werde mehr holen lassen, sobald diese dort verkauft sind. Dann brauche ich auch nicht so viel Fläche.«

»Gut. Ich zeige Euch, wo Ihr stehen könnt.«

Er ging mit Isabel zu Knut und Hubert und bedeutete ihnen, wo sie den Karren abstellen und ihren Stand errichten könnten.

»Wir haben keinen Stand, nur den Karren«, erklärte Isabel entschuldigend.

Der Marktaufseher zuckte mit den Schultern. »Das ist Eure Sache. Doch glaube ich kaum, dass Ihr gut verkaufen werdet, wenn Ihr nicht einmal einen Tisch und Becher habt, um die Leute kosten zu lassen.« Er hielt ihr die geöffnete Hand entgegen. »Das macht drei Groschen.«

Isabel zog ihre Geldkatze hervor, zählte die Münzen ab und gab sie ihm.

»Dann gute Geschäfte«, wünschte er und ging davon.

Isabel fand, sie hatte einen ersten kleinen Sieg errungen. Kurz überlegte sie, woher sie womöglich noch einen Tisch oder Becher bekommen könnte. Doch ihr fiel im Moment nichts ein. Also schickte sie Hubert zum Kapitän des Oberländers, um mit diesem abzusprechen, wann sie spätestens die Fässer abzuladen hätten, bevor er weiterfuhr. Hubert kam mit der Botschaft zurück, dass noch bis zum Mittag Zeit wäre. Dann sollten sie wiederkommen und das Weitere besprechen, je nachdem, wie viel sie bis dahin schon verkauft hatten. Isabel hoffte inständig, dass es nicht lange dauern und das Glück auf ihrer Seite sein möge. Sie musste diese Fässer verkaufen!

Nach und nach füllte sich der Markt. Die Stände waren aufgebaut, und die ersten Menschen kamen und sahen sich die Auslagen an. Isabel, Knut und Hubert standen neben dem Karren mit den zwei Fässern, doch kein einziger Besucher machte Anstalten, sie anzusprechen. Isabel konnte es ihnen nicht verdenken, mussten die drei doch ein jämmerliches Bild abgeben. Sie musste handeln, sonst hätten alle ihre Einkäufe erledigt und sie nicht einen einzigen Schluck Wein verkauft. Plötzlich kam ihr ein Einfall. »Ihr bleibt hier! Ich bin gleich zurück.« Sie raffte die Röcke und ging entschlossenen Schrittes los. Immer wieder reckte sie den Hals, um zu finden, was sie suchte. Dann endlich sah sie es. Ohne zu zögern, trat sie in die Schenke und zog damit sogleich alle Blicke auf sich. Eine Frau, die allein eine Schenke betrat, hatte man hier wohl auch noch nicht gesehen. Mit einem charmanten Lächeln ging sie auf den Wirt zu.

»Gott zum Gruße, guter Mann!«

»Gott schütze Euch! Was kann ich für Euch tun?«

»Nun, ich kann eher Euch etwas Gutes tun«, verkündete sie.

»Ach ja?« Er sah sie verblüfft an.

»Ja. Hättet Ihr die Güte, zwei Becher zu nehmen und mir zu folgen?«

»Ich verstehe nicht.«

Die Gäste und auch die Bedienung, die soeben auf einem der Tische Biere abstellte, verfolgten das Gespräch.

»Ich möchte Euch ein Geschäft vorschlagen, das sich für Euch lohnen wird«, frohlockte sie. »Zwei Becher und nur einen kurzen Moment, mehr braucht es nicht.«

Der Wirt schüttelte den Kopf und sah sie fragend an. Dann hatte er eine Entscheidung getroffen. »Marie, ich bin kurz weg. Pass du hier auf!«

»Ist gut«, antwortete die Bedienung und schmunzelte.

Der Wirt griff sich zwei Becher und folgte Isabel hinaus.

»Hier entlang«, bat sie den Mann, der bereitwillig hinter ihr herging. »Wie nennt man Euch?«

»Burkhard. Und Euch?«

»Mein Name ist Isabel Velten. Ich komme aus Gysinheym. Sagt, Burkhard, wie viele Schenken gibt es hier in Koblenz?«

»Wie viele? Hm, ich weiß nicht. Ein Dutzend, womöglich mehr.«

»Wenn ich so offen sein darf, es war eben nicht besonders voll bei Euch. Und es ist Markttag.«

»Ein jeder muss sehen, wie er zurechtkommt.«

»Ebendas ist auch meine Überzeugung«, erklärte sie. »Dort vorn ist es schon.« Sie bahnte sich einen Weg durch die entgegenkommenden Menschen und sah sich immer wieder um, ob der Wirt ihr auch wirklich nachging. Sie war beruhigt, dass er ihr weiter folgte. Als sie Knut und Hubert bei dem Karren erreicht hatten, drehte Isabel sich zu ihm um. »Darf ich um einen Becher bitten?«

Der Wirt gab ihn ihr bereitwillig.

Knut stieg auf den Karren und öffnete den Fassauslass so weit, dass Isabel den Becher füllen konnte. Danach verschloss Knut das Fass wieder.

»Trinkt.« Isabel hielt dem Wirt den Becher entgegen.

Der Wirt nahm den Becher, trank erst einen kleinen Schluck, wiegte den Kopf hin und her und trank dann noch einmal.

»Ich wusste, dass er Euch schmecken würde.«

»Das habe ich nicht gesagt«, erwiderte er.

»Das müsst Ihr auch nicht. Ich sehe es in Eurem Gesicht. Und glaubt mir, einen solchen Wein findet Ihr hier sonst nirgendwo.«

»Was wollt Ihr dafür haben?«

»Fünfzehn Gulden das Fass.«

»Fünfzehn Gulden? Das kann nicht Euer Ernst sein. Das wären ja dreihundert Schilling.«

»Ganz recht.«

»Ich mag Euren Wein, doch nicht zu diesem Preis.«

»Nun gut. Mein Onkel, der schon oft in Eurer Schenke zu Gast war, wenn er in Eurer schönen Stadt Handel trieb, sagte mir, ich sollte Euch den Wein anbieten, weil Ihr ein ehrlicher Kerl und guter Wirt seid. Dann liegt es nicht mehr an mir, wenn ein anderer Wirt daran verdient. Schließlich wird von diesem Wein mehr getrunken als von den anderen.« Isabel konnte nur hoffen, dass er sie nicht weiter zu dem angeblichen Onkel befragen würde.

»Man trinkt mehr davon? Weshalb das?«

»Nun, Ihr habt es doch geschmeckt. Er ist süßer, stillt nicht den Durst, sondern weckt den Wunsch nach mehr. Euch als gestandenem Wirt muss ich das nicht erklären.«

»Ich gebe Euch zweihundertfünfzig Schilling das Fass.«

Sie schüttelte den Kopf. »Nein. Aber wenn es Euch tröstet, ich wollte es nur Euch für fünfzehn Gulden verkaufen. Den anderen Wirten nehme ich mehr ab.« Sie drückte ihm die Becher in die Hand. »Welche Schenke liegt Eurer am nächsten?«

»Wartet. Wie viele Fässer habt Ihr?«

»Diese zwei und noch mal zehn auf dem Oberländer, mit dem wir hergereist sind.«

»Zwölf Fässer also.« Er überlegte. »Das ist mir zu viel.«

»Dann nehmt nur so viele, wie Ihr braucht.«

»Aber ich will auch nicht, dass die anderen Wirte den Wein bekommen. Denn Ihr habt recht. Er schmeckt anders und wird den Gästen munden.«

»Ich mache Euch einen Vorschlag: Ihr nehmt jetzt sechs Fässer und gebt mir hundert Gulden.«

»Aber sechs Fässer kosten mich nur neunzig Gulden.«

»Ganz recht. Doch Ihr gebt mir hundert, damit ich die Fässer wieder mit mir nehme und bei mir lagern werde. So bekommt sie kein anderer Wirt hier in der Stadt. Sobald Ihr mir Nachricht und die restlichen achtzig Gulden schickt, lasse ich Euch die Fässer auf den Oberländer laden, und Ihr nehmt Sie im Hafen in Empfang. Damit habe ich die Sicherheit, dass Ihr sie abnehmt, weil Ihr sonst zehn Gulden verlieren würdet. Und Ihr könnt den Rest anfordern, sobald Ihr den Wein braucht.«

Er überlegte einen Moment. »Keinen Kerl hab ich je erlebt, der so verhandelt wie Ihr!«

»Und genau deshalb ist es gut, dass ich eine Frau bin. Also, sind wir uns einig?«

»Das sind wir.«

»Gut.« Isabel hätte am liebsten einen Luftsprung gemacht, hielt sich aber zurück. »Knut, Hubert, begleitet den Wirt und bringt ihm die Fässer in seine Schenke. Ich werde zum Hafen gehen und vier weitere Fässer abladen lassen.«

»Ja, Herrin.« Knut freute sich mit ihr und musste für einen Moment an Vinzenz und Karl denken, die der Herrin die Fähigkeit abgesprochen hatten, Handel zu treiben. Wie sehr hatten die beiden sich getäuscht! Es war über die Maßen unterhaltsam gewesen, dem Gespräch zwischen dem Wirt und der Herrin zu folgen, und Knut staunte nicht schlecht, als plötzlich von einem Onkel die Rede war, von dem er wusste, dass es ihn gar nicht gab. Isabel Velten hatte sich zu einer erstaunlichen Frau entwickelt, deren Zähigkeit ihn schon manches Mal überrascht hatte.

Knut und Hubert folgten dem Wirt, zogen und schoben den Karren, da es nicht ganz einfach war, sich mit dem sperrigen Gefährt einen Weg durch die Menschen zu bahnen.

Isabel ging in die andere Richtung davon und marschierte zum Hafen. Sie hätte glücklicher nicht sein können. Ja, sie hatte ein wenig schwindeln müssen. Es war ihr leichtgefallen, hatte sie doch, als sie von ihrem Onkel sprach, das Bild Augustins vor Augen, und sie war sicher, dass er ihre kleine List gutgeheißen hätte. Beschwingt legte sie den Weg zurück, erreichte schon bald darauf die Anlegestelle und winkte dem Kapitän schon von Weitem zu. Sie raffte die Röcke und lief das letzte Stück.

»Wir laden noch vier weitere Fässer ab.«

Der Kapitän grinste. »Ihr habt sie also wirklich verkauft?«

Sie nickte heftig. »Ja, ich habe alle verkauft!«

»Alle?«

»Ja. Ist das nicht wunderbar?« Isabel erklärte dem Kapitän, welche Vereinbarung sie mit dem Wirt geschlossen hatte.

»Ihr seid tüchtig, das muss man Euch lassen. Wenn es denn so weit ist und Ihr die restlichen Fässer liefern sollt, lasst es mich wissen. Ich werde dafür sorgen, dass sie sicher bis in diesen Hafen gelangen.«

»Habt Dank«, gab Isabel überglücklich von sich. In diesem Moment hätte sie die ganze Welt umarmen können.

# 18. Kapitel

Als der Oberländer wieder in Gysinheym anlegte, war Isabel, als kehre sie nach einer siegreichen Schlacht heim. Knut sorgte dafür, dass die Weinfässer entladen und auf einen Karren verfrachtet wurden. Hubert lief derweil nach Hause, um einen Ochsen zu holen, und Isabel machte sich auf den Weg zum Vogt.

»Ich bin Isabel Velten«, sprach sie beim Büttel vor. Es war nicht der, dem sie schon einige Male begegnet war. Diesen Mann hatte sie nie zuvor gesehen. »Ich möchte gern mit dem Vogt sprechen.«

»Habt Ihr Euer Kommen angekündigt?«

»Nein. Ich kündige mich ja jetzt an.«

Er musterte sie abfällig. »Was wollt Ihr vom Vogt?«

»Das bespreche ich mit ihm und nicht mit Euch.« Isabel missfiel, wie dieser Kerl mit ihr sprach.

»Der Vogt hat jetzt keine Zeit. Sagt mir, was Ihr wollt und wann Ihr wiederkommen werdet, dann richte ich es ihm aus.«

»Euren Namen«, forderte sie.

»Was?«

»Ich nannte Euch meinen Namen, nun möchte ich Euren wissen.«

»Jasper, aber das geht Euch nichts an.«

»Nun denn, Jasper.« Sie sprach den Namen höhnisch aus. »Euch mag mein Kleid schmutzig erscheinen, was jedoch daran liegt, dass ich gerade von einer Handelsreise heimkehre. Doch ich sage Euch eines: Entweder Ihr geht jetzt diese Stufen hinauf und meldet dem Vogt, dass ich ihn zu sprechen wünsche, oder ich gehe ohne Euch hinauf.« Sie hatte so laut gesprochen, dass man sie auch oben im Amtszimmer des Vogts gehört haben musste.

Prompt wurde die Tür geöffnet, und das Gesicht des Vogts erschien oben am Treppengeländer. »Isabel Schonau, wenn das keine Freude ist!«

Sie warf dem Büttel einen ärgerlichen Blick zu, schob sich an ihm vorbei, raffte die Röcke und stieg die Stufen hinauf. »Mein lieber Vogt, wie schön, Euch zu sehen! Der Büttel hier wollte mir den Besuch verwehren. Und nennt mich bitte Isabel Velten. Ich trage den Namen Schonau nicht mehr.«

»Ganz, wie Ihr wollt. Bitte, tretet ein.« Er deutete auf sein Amtszimmer.

»Einen Moment, bitte.« Sie trat nahe an ihn heran, näher, als es notwendig gewesen wäre, und flüsterte ihm etwas ins Ohr. Er lachte kurz auf. »Gewiss, wenn Ihr es wünscht.« Er beugte sich über das Geländer. »Jasper! Wann immer Isabel Scho..., verzeiht, Isabel Velten mich zu sehen wünscht, gewährst du ihr unverzüglich Zutritt.«

»Ja, Herr«, gab der Büttel grimmig zurück.

»Danke.« Sie lächelte den Vogt an. Noch vor wenigen Monaten wäre es ihr unangenehm gewesen, ihren Liebreiz so einzusetzen, um zu bekommen, was sie wollte. Doch seither war viel geschehen, und sie war froh um die Entwicklung, die sie an sich selbst feststellte.

»Bitte, nehmt Platz«, bot der Vogt an. »Was kann ich für Euch tun?«

Isabel setzte sich auf den Besucherstuhl und der Vogt auf seinen Platz hinter dem Schreibtisch.

»Als wir uns das letzte Mal sahen, sprachen wir beide die Hoffnung aus, dass wir uns unter angenehmeren Umständen wiedersehen würden. Nun, ich denke, das ist jetzt der Fall.«

»Ihr lächelt verschwörerisch, Isabel. Also, was führt Euch her?«

»Ich möchte Euch bitten, mich zum Hurenwirt zu begleiten.«

»Welche Antwort ich auch immer erwartet hätte, diese sicherlich nicht.« Er lachte auf, und Isabel stimmte gelöst mit ein.

»Ich kann den gesamten Rest von Gunters Schulden zurückzahlen«, sagte sie dann. »Ganz so, wie es vereinbart war, und möchte einen Zeugen dabeihaben, der über jeden Zweifel erhaben ist.«

»Das wird Hannes freuen. Und offen gesagt, ich freue mich auch. Ihr seid ebenso tüchtig wie tapfer, Isabel. Es ist mir wahrlich eine Freude, zu sehen, wie gut Euch alles gelingt.«

»Wahrscheinlich nicht alles, aber doch viel. Und als Dank für Eure Unterstützung würde ich Euch gern eine große Schweinsblase mit einem ganz besonderen Wein zukommen lassen.«

»Das braucht Ihr doch nicht.«

»Ich weiß, doch ich will es so. Es gab nicht viele, die mir uneigennützig helfen wollten. Ihr schon, und dafür möchte ich mich bedanken.«

»Dann nehme ich gern an und werde den Wein genießen.«

»Das werdet Ihr in der Tat«, frohlockte sie. »Es ist ein ganz besonderer Wein, so einen ähnlichen habt Ihr gewiss niemals getrunken.«

»Ihr habt meine Neugierde geweckt.«

»Ich werde ihn Euch zukommen lassen, sobald ich wieder daheim bin. Doch zunächst möchte ich die Sache mit diesem Hannes geklärt wissen.«

Der Vogt stand auf. »Dann lasst uns gehen.«

Isabel erhob sich und ging zusammen mit dem Vogt hinaus. Als sie das Haus verließen und an dem Büttel vorbeikamen, konnte Isabel es sich nicht verkneifen, ihm noch einmal einen Blick zuzuwerfen.

Auf dem Weg plauderten sie wie alte Bekannte, und zu ihrer eigenen Überraschung fühlte Isabel sich auffallend wohl in Gesellschaft dieses Mannes. Womöglich lag es daran, dass schon das Amt, das er innehatte, eine gewisse Ehrlichkeit vermuten ließ und ihr so das Gefühl gab, ihm vertrauen zu können.

Als sie das Haus erreicht hatten, klopfte der Vogt.

»Es sieht ja aus wie ein ganz normales Haus«, flüsterte Isabel.

»Was habt Ihr erwartet?«

Hannes selbst öffnete in diesem Moment die Tür, sodass sie die Antwort schuldig bleiben konnte.

»Gott zum Gruße, Hannes!«

»Gott zum Gruße, Vogt!« Er sah zu Isabel. »Was macht Ihr hier?«

»Seid gegrüßt, Wirt. Ich komme, um Euch wie vereinbart das Geld zu bringen.«

»Das hat sich erledigt«, entgegnete Hannes. »Ihr schuldet mir kein Geld mehr.«

»Aber gewiss, ganz so, wie wir es vereinbart haben.«

»Die Vereinbarung besagte, dass Ihr spätestens vor zwei Tagen die Zahlung hättet leisten müssen. Das habt Ihr nicht getan. Also habe ich mein Pfand eingesetzt und den Teil des Weinbergs, der mir als Sicherheit gegeben worden war, verkauft. Wie ich sagte, Ihr schuldet mir also kein Geld mehr.«

»Meinen Weinberg? Ihr habt meinen Weinberg verkauft?«, entrüstete sich Isabel.

»Er war das Pfand und wurde mir bezahlt. Ich habe mein Geld bekommen, und Ihr habt eine Sorge weniger. Freut Euch also und gebt Ruhe.«

»Na, na, wie redest du denn?«, mahnte der Vogt.

»Ach, den ganzen Tag muss ich mir das Gejammer von Weibern anhören. Da kann es einem schon mal zu viel werden.«

»Ihr hattet nicht das Recht, das Pfand herzugeben. Ich will es zurück. Auf der Stelle. Ich werde Euch das Geld geben und bekomme von Euch die Pfandurkunde.«

»Habt Ihr nicht zugehört? Das Pfand ist erloschen. Ihr hättet eben früher kommen müssen.«

»Ich war auf Handelsreise, um meinen Wein zu verkaufen und damit das Geld zu verdienen, das ich Euch nun geben wollte.«

Er zuckte mit den Schultern. »Das ist mir einerlei. Für mich ist die Sache erledigt.«

»Kommt, Isabel. Er ist im Recht. Ihr könnt hier nichts mehr ausrichten.« Der Vogt fasste sie sanft am Arm.

»Wartet!« Sie stieß die Tür wieder auf, die der Hurenwirt soeben schließen wollte.

»Was soll das?«, beschwerte Hannes sich.

»Wer hat den Weinberg gekauft? Nennt mir seinen Namen.«

»Ein einfacher Kerl, bestellt selbst die Reben. Er lebt mit seiner Familie in einer Kate am Klosterhang. Staufer oder so ähnlich.«

»Johann Stauber«, sagte Isabel leise, und Übelkeit stieg in ihr auf wie bittere Galle.

»Ja, Johann Stauber, so hieß er«, stimmte Hannes zu. »Ihr kennt ihn also?«

»Mach auf!« Isabel hämmerte gegen die Tür. »Mach auf, du verdammter Dreckskerl!«

Man hörte ein Geräusch, dann wurde die Tür geöffnet. Isabel blickte in das erschrockene Gesicht Hannas. »Isabel? Was um Himmels willen ist geschehen?«

»Wo ist er? Wo ist Johann?«

Hanna gab die Tür ein Stück weiter frei, sodass Isabel in den Raum hineinsehen konnte. Johann saß am Tisch, steckte sich ungerührt ein Stück Fleisch in den Mund. Auch die Kinder waren rund um den Tisch versammelt. Wütend schob sich Isabel an Hanna vorbei.

»Du verdammter Dreckskerl!«, schrie Isabel wieder. »Es reicht dir also nicht, dass du meinen Mann getötet hast. Du willst es mir so richtig zeigen, ja? Aber das kannst du vergessen. Das werde ich mir von dir nicht gefallen lassen. Und leugne es ja nicht, indem du behauptest, du wusstest nicht, dass der Weinberg mir gehört hat.«

Johann sah sie nur an, kaute in aller Ruhe weiter.

»Es war Isabels Weinberg, für den du dir Geld geliehen hast, um ihn zu kaufen? Und du wusstest es?« Hanna war fassungslos.

»Selbstverständlich habe ich es gewusst. Und? Weshalb sollte ich Rücksicht darauf nehmen? Du hast genug Weinberge. Einer weniger wird dir kaum fehlen.«

»Dass ich dich hasse, hat einen Grund. Du hast meinen Mann ermordet. Doch warum hasst du mich?«

Er verdrehte die Augen. »Wenn du noch einmal behauptest, ich hätte Albert ermordet«, er sprach das letzte Wort gedehnt aus, »weiß ich nicht, was ich tue. Albert ist von sich aus ins Wasser gesprungen, ich habe ihn nicht gestoßen.«

»Doch du bist schuld daran!«

Johann sprang so heftig auf, dass sein Stuhl unter lautem Gepolter umfiel. Mit wenigen Schritten war er bei Isabel, sein Gesicht ganz nah vor ihrem und den Zeigefinger mahnend erhoben. »Ja, du hast recht. Die Schuld, dass er gesprungen ist, lastet auf mir, und das jeden einzelnen Tag meines Lebens. Jeden Morgen, wenn ich wach werde, muss ich an jenen Tag denken. Und kaum eine Nacht vergeht, in der ich nicht davon träume. Ich habe diese Schuld auf mich geladen, ohne es mir ausgesucht zu haben, und muss damit leben. Und das bis ans Ende meines

Lebens. Und du, Isabel, hast nicht die geringste Ahnung, wie schwer das ist.« Er nahm den Finger runter, schnaufte vor Wut. Die Kinder saßen starr vor Schreck da, wagten nicht, sich zu rühren.

»Aber wenn es dich beruhigt, Isabel – als mir der Weinberg angeboten wurde, wusste ich noch nicht, dass es deiner ist. Schon lange hatte ich versucht, weitere Flächen zu pachten oder auch zu kaufen, um mehr Gewinn erzielen zu können. Und als von einem Weinberg die Rede war, der weniger kostete, weil er als Pfandschuld galt, da habe ich nicht lange überlegt.«

»Und das soll ich dir glauben?«

»Mir ist vollkommen egal, was du glaubst oder nicht.«

»Und du hast nur nebenbei davon erfahren, ja? Woher denn?«

Johann zögerte. Erst jetzt merkte er, in welche Lage er sich mit seiner offenen Rede gebracht hatte.

Isabel grinste verächtlich. »Ja, jetzt fällt es dir auf.« Sie sah zu Hanna hinüber. »Der die Pfandschuld hatte, ist der Besitzer des Hurenhauses. Nun können wir uns alle vorstellen, womit dein Gatte beschäftigt war, als er ganz nebenbei von dem Weinberg erfahren hat.«

»Fahr zur Hölle, Isabel!«, presste Johann wütend durch die Zähne.

»Nein«, gab sie arrogant zurück. »Ich will nicht am gleichen Ort enden wie du.« Damit drehte sie sich um und verließ die Kate. Noch ehe die Tür von innen zugeschlagen wurde, hörte sie Hanna laut schluchzen.

Zornig war Isabel nach Hause gestapft. Was nützten ihr die Münzen in ihrem Geldsack, wenn sie künftig auf den Teil des Weinbergs sehen musste, der von Johann Stauber bestellt wurde?

Am Abend hatte sie ihrer Familie davon, jedoch auch von dem großartigen Geschäft, das sie hatte abschließen können, erzählt. Während Conrad und Emilia zu ihrem Geschimpfe auf Johann Stauber schwiegen, äußerte Albert seine Meinung.

»Ich weiß, dass du ihm noch immer zürnst. Und ich verstehe, wie sehr dir Vater fehlt. Uns auch. Doch genau genommen, ist Johann nicht schuld an seinem Tod.«

»Was sagst du da?« Isabel war blass geworden.

»Vater ist gesprungen, um Onkel Richard zu retten. Es war ein Unglück, dass er auf die Steine gefallen ist.«

Isabel war fassungslos. Wie konnte ihr eigener Sohn ihr so in den Rücken fallen?

»Albert!« Sie schlug mit der flachen Hand auf den Tisch. »Du bist dreizehn und damit fast erwachsen. Also denk auch wie ein Mann!«

»Das tue ich«, erwiderte er ruhig, und Isabel schauderte, klang er doch wie sein Vater. »Alle hier leiden unter der Feindschaft. Emilia vermisst Anna, Conrad würde es gewiss gefallen, Friedrich und Wendel wiederzusehen.«

»Und am besten soll ich euch auch noch den Umgang mit Matthis erlauben, wegen dem das alles überhaupt geschehen ist!«

»Nein«, sagte Albert nur, »du hast recht.« Er behielt für sich, dass er genau das Gegenteil dachte. Den Rest des Essens brachten sie schweigend hinter sich und gingen dann zeitig zu Bett.

Am nächsten Morgen hatte Isabel Mechthild, die Magd, zum Advocatus geschickt und um sein Kommen gebeten. Es musste schließlich irgendetwas geben, um den Kauf rückgängig zu machen.

»Es tut mir sehr leid, Isabel.« Er prüfte die Pfandurkunde und die weitere Vereinbarung, die sie mit dem Hurenwirt geschlossen hatte. »Das Recht ist auf seiner Seite. Er hat den Weinberg erst verkauft, als das Geld fällig war und Ihr es noch nicht zurückgezahlt hattet.«

»Aber ich war auf Handelsreise, um meinen Wein zu verkaufen, damit ich genug Geld dafür zusammenbekam«, erklärte sie.

»Das verstehe ich ja, doch berechtigt Euch diese Tatsache nicht, den Kaufvertrag für nichtig erklären zu lassen. Doch soweit ich sehe, ist es nur das Teilstück eines Hanges. Die Fläche wird Eure Einkünfte zwar schmälern, doch nicht erheblich.«

»Es geht nicht nur darum, dass der Hang verkauft wurde, sondern an wen. Johann Stauber hat den Tod meines Mannes zu verantworten.«

»Er ist schuld an Gunters Tod?«

»Aber nein, an Alberts. Mein erster Mann.«

»Ich verstehe.«

»Es wäre mir eine unbeschreibliche Qual, den Mann tagein, tagaus direkt neben mir die Reben lesen zu sehen.«

»Das will ich Euch gern glauben, doch ich fürchte, Ihr werdet Euch damit abfinden müssen.«

»Aber das kann ich nicht.« Sie war den Tränen nahe.

»Isabel, ist es nicht vielmehr so, dass Ihr den Hass auf ihn schürt, um ihm nicht womöglich eines Tages zu verzeihen?«

»Was redet Ihr da?«

»Nun, dann will ich es anders sagen: Was nützt es Euch, den Hass immer und immer wieder aufs Neue aufleben zu lassen?«

»Ihr redet daher wie mein Sohn«, schimpfte sie.

»Wer weiß, womöglich liegen wir damit nicht falsch.«

Isabel wurde zornig. Was wusste dieser einfältige Kerl von einem Advocatus über die Trauer, die man nach dem Verlust eines geliebten Menschen erfuhr? »Alsdann, Advocatus«, sie erhob sich. »Habt Dank für Euren Rat, wenngleich er mir nichts genützt hat.«

»Womöglich nützt er Euch, wenn Ihr den Ratschlag zulasst. Wer weiß?« Er deutete eine Verbeugung an. »Gott schütze Euch, Isabel!«

»Der Herr mit Euch«, erwiderte sie gereizt und drehte sich um. Sie war wütend auf jeden und alle. Vor allem aber auf die, die ihr mit guten Ratschlägen kamen.

Der Advocatus verließ das Arbeitszimmer, in dem Isabel ihn empfangen hatte. Enttäuscht, nichts gegen den Verkauf ihres Weinbergs ausrichten zu können, blieb sie zurück. Dieser verdammte Hurenbock Gunter! Nur durch ihn war ein Teil dessen, was Augustin in jahrelanger Arbeit aufgebaut hatte, verpfändet worden. Hätte Gertrud nicht diesen mutigen und doch so schrecklichen Schritt getan, wäre vermutlich noch mehr, am Ende womöglich alles verloren gegangen.

Das Klopfen am Türrahmen ließ sie zusammenfahren.

»Abt Dimitrius wünscht Euch zu sprechen, Herrin«, meldete Reusin den Kirchenmann an.

»Der Abt?«, fragte Isabel überrascht.

»Ich wollte mich nicht um das Vergnügen bringen, selbst mit Euch zu sprechen«, erklärte der Abt beim Eintreten und lächelte Isabel freundlich an.

»Abt Dimitrius, Gott zum Gruße!« Sie war aufrichtig erfreut, ihn zu sehen. Der Groll, den sie monatelang auf ihn gehabt hatte, war verflogen.

»Gott schütze Euch, Isabel!«

»Bitte, Abt, setzt Euch doch. Darf ich Euch einen Becher Wein anbieten?«

Der Abt zögerte.

»Ich bestehe darauf«, fügte Isabel rasch hinzu. »Glaubt mir, einen solchen Wein habt Ihr nie zuvor getrunken.«

»Wenn das so ist, werde ich den Rebensaft gewiss nicht zurückweisen.«

Sie gab Reusin, die noch immer im Türrahmen stand, einen Wink, woraufhin die Haushälterin nickte und verschwand.

»Was führt Euch zu mir, Abt?«

»Das müsst Ihr doch ahnen. Ich bringe Euch das Geld.«

»Aber ja, fast hätte ich nicht mehr daran gedacht.«

»Was sagt Ihr da? Ihr hättet beinahe eine solche Menge Geld vergessen?«

»Nein, Ihr habt recht. Es ist nur so, dass ich eben eine unerfreuliche Unterredung hatte und in Gedanken war.«

»Oh, kann ich Euch womöglich helfen?«, erkundigte er sich sogleich.

Reusin betrat mit einem Tablett, auf dem zwei irdene Becher und ein gefüllter Weinkrug standen, das Zimmer. Sie stellte die Gefäße ab und verließ den Raum so leise, wie sie gekommen war.

»Habt vielen Dank für Eure Freundlichkeit, Abt«, nahm Isabel das Gespräch wieder auf. »Doch ich fürchte, in dieser Sache könnt Ihr nicht helfen.«

»Das ist bedauerlich«, erwiderte der Abt. »Wenn es Euch erleichtert, es Euch von der Seele zu reden, leihe ich Euch gern mein Ohr.«

»Ist es nicht eigenartig, wie sich alles entwickelt hat, Abt Dimitrius?« Sie blickte ihn freundlich an. »Immerhin waren wir einander noch vor einigen Wochen nicht gerade wohlgesinnt.«

»Nun, ich würde behaupten, wir mussten einander erst besser kennenlernen. Kennen- und schätzen lernen. Mir ist nie zuvor ein Mensch wie Ihr begegnet.«

»Was meint Ihr damit?«

»Ihr wollt etwas erreichen und steht dazu. Im Kloster verfolgt auch ein jeder seinen Vorteil, der eine mehr als der andere, doch spricht es keiner offen aus. Ihr arbeitet unermüdlich bis zur Erschöpfung und tut, was Ihr könnt, um die Euren zu versorgen. Ich glaube, es gibt nicht viele Menschen wie Euch.«

»Ihr seid sehr großzügig mit Eurem Lob. Habt vielen Dank, mein Abt. Eure Worte tun mir gerade heute sehr gut und spornen mich an, in meinen Bemühungen nicht nachzulassen.«

»Wart Ihr denn davor, Eure Bemühungen einzuschränken?«

»Ich habe viele Rückschläge hinnehmen müssen«, sagte sie nachdenklich.

»Ich habe Euch noch nicht mein Mitgefühl zum Verlust Eures Kindes ausgesprochen. Seid Euch gewiss, dass ich wie auch meine Brüder für seine Seele gebetet habe.«

Sie blickte ihn dankbar an.

»Und welche Sorge ist es, die Euch nun zweifeln lässt?«

Sie atmete einmal tief durch. »Mein Gatte Gunter war kein guter Mensch«, begann sie. »Er hat mich schlecht behandelt und – ich hoffe, ich bringe Euch nicht in Verlegenheit – oft das Hurenhaus besucht.«

Der Abt hob die Augenbrauen, sagte aber nichts.

»Und in ebenjenem Haus hat er einen Pfandschein ausgestellt.«

»Einen Pfandschein worüber?«

»Über einen Teil des Weinbergs, der neben dem großen in der Nähe der Klosterhänge liegt.«

»Das ist in der Tat verabscheuungswürdig.«

»Ich wollte den Pfandschein auslösen, daher habe ich mich auf Handelsreise begeben und habe genug Geld aus dem Verkauf meines Weines erlöst. Doch ich kam zwei Tage zu spät. Und in dieser Zeit hat der Hurenwirt, verzeiht mir den Ausdruck, den Hang verkauft.«

Der Abt legte erschrocken die Hand vor den Mund.

»Und gekauft hat den Weinberg Johann Stauber.«

Er seufzte tief. »Ach, Isabel, das tut mir von Herzen leid. Ich weiß, wie schwierig es für Euch mit den Staubers ist nach dem, was auf Eurer Herfahrt geschah. Wie kann ich Euch helfen?«

»Ich fürchte, gar nicht.« Sie hob den Becher. »Doch es tut gut, mit Euch zu sprechen. Ich habe niemanden mehr, mit dem ich mich austauschen kann, seit meine Schwiegermutter gestorben ist. Nehmt einen Schluck dieses Weines. Ich bin gespannt, wie er Euch mundet.«

Der Abt griff zu, trank und behielt den Wein noch einen Moment genießerisch im Mund. Erst dann schluckte er ihn hinunter. Sogleich nahm er einen weiteren Schluck. »Isabel! Ich muss sagen, ich habe noch nie einen so köstlichen Wein getrunken.« Er hob den Becher an, bis er ihn vollends geleert hatte, und schob ihn ihr dann hin. »Wäre es gar zu unverschämt, um noch einen Becher zu bitten?«

»Aber nein.« Sie lächelte erfreut, nahm den Krug und schenkte nach.

Wieder griff der Abt sogleich zu und trank. »Verratet mir Euer Geheimnis, Isabel Velten.«

»Unter keinen Umständen«, gab sie zurück. »Aber Ihr seid stets willkommen, mein Gast zu sein. Oder ich könnte Euch sogar etwas von meinem Wein verkaufen.«

»Nur das nicht!« Er machte eine abwehrende Geste. »Wenn die Brüder Euren Wein kosten, werden sie sich weigern, unseren eigenen zu trinken.« Sein Gesichtsausdruck wurde ernst. »Mir kam soeben ein Gedanke«, verkündete er. »Könntet Ihr Euch vorstellen, auf Eure Pacht am Klosterhang zu verzichten?«

Einen Moment lang wurde Isabel misstrauisch. Führte der Kirchenmann sie mit seiner freundlichen Art womöglich an der Nase herum? »Warum sollte ich?«

»Nun, um mit Johann Stauber zu tauschen. Dann hätte er zwei Hänge direkt nebeneinander, was ihm die Arbeit erleichtern würde, und Ihr könntet den Hang hier direkt bei Eurem Hof wieder Euer Eigen nennen.«

Isabel war überrascht. Auf diesen Gedanken war sie noch gar nicht gekommen.

»Ihr müsstet es nur mit Eurem Sohn Albert besprechen. Immerhin gehört die Pacht am Klosterhang letztendlich ihm.«

Isabel überlegte, fand den Einfall immer reizvoller. »Albert wird sich dem gewiss nicht in den Weg stellen. Allerdings müsste der Stauber noch etwas drauflegen. Immerhin ist der Klosterhang um einiges größer als die Fläche, die er erworben hat.«

»Wenn ich Euch einen Rat geben darf: Besteht nicht darauf! Meinem Eindruck nach müsst Ihr nicht auf jeden Heller sehen und hättet so die Gelegenheit, Frieden zu schließen.«

»Ein weiser Rat«, meinte Isabel. »Und der erste, den ich gewillt bin, anzunehmen.«

Der Abt trank und hatte seinen Becher bereits wieder geleert.

»Darf ich noch einmal nachfüllen?«

»Nein, besser nicht. Sonst komme ich am Ende nicht mehr zum Kloster hinauf. Bevor ich es noch vergesse: Hier habt Ihr Euer Geld.«

»Wie viel ist es?«

»Dreizehn Gulden das Fass.« Er strahlte sie an. »Ich hoffe, Ihr seid damit ebenso zufrieden wie ich.«

»Habt vielen Dank, Abt«, sagte Isabel ausweichend. Sie wollte sich ihre Enttäuschung nicht anmerken lassen.

Er hob den Geldsack an und schob ihn über den Schreibtisch. »So viel haben wir noch nie für ein Fass bekommen. Der Herr hat uns reich beschenkt.«

»Das freut mich zu hören.«

»Ich kann Euch anbieten, mir eine Botschaft zukommen zu lassen, sobald Ihr mit Eurem Sohn gesprochen habt. Erklärt er sich einverstanden, werde ich den Vorschlag gern dem Stauber unterbreiten.«

»Das würdet Ihr für mich tun?«

»Selbstverständlich.« Er stand auf. »Ich hoffe aufrichtig, dass es zu dem Tausch kommt. Das Seelenheil ist es am Ende des Tages, das uns ruhig schlafen lässt.«

»Wenn ich das sagen darf, Abt – ich bin glücklich über unsere neu gewonnene Freundschaft.«

»Ich ebenso.«

Auch Isabel erhob sich. »Geht mit Gott, mein Abt, auf ein baldiges Wiedersehen!«

»Gott schütze Euch, Isabel Velten! Ich erwarte Eure Botschaft.«

# 19. Kapitel

Albert willigte sogleich ein, kaum dass Isabel den Vorschlag ausgesprochen hatte. Er war erleichtert, dass durch diesen Tausch die Streitigkeiten mit den Staubers ein für alle Mal der Vergangenheit angehören könnten. Keinen Gedanken verschwendete er daran, dass der Klosterhang für ihn eine gewisse Sicherheit darstellte, die er mit seinem Einverständnis aufgeben würde. Isabel bot ihm an, einen Hang in gleicher Größe aus dem schonauschen Erbe direkt auf ihn übertragen zu lassen, doch Albert wollte hiervon nichts hören. Ihm reichte der Tausch, wenngleich die Fläche des Hangs, der noch im Besitz Johann Staubers stand, kleiner war als der gepachtete Klosterweinberg. Doch für Albert war nicht sein persönliches Fortkommen, sondern das der Familie entscheidend und dass die Streitigkeiten ein Ende fanden. Alles andere, so sagte er, könne später noch geregelt werden.

Isabel sah mit einem bangen Gefühl der Botschaft entgegen, die der Abt ihr senden würde, sobald er mit Johann Stauber gesprochen hatte. Sie war nervös, dünnhäutig. Was, wenn Stauber nur aus Boshaftigkeit das Angebot ablehnte? Erst am frühen Abend, kurz vor der Dämmerung, bat ein Mönch aus dem Kloster darum, mit Isabel sprechen zu dürfen.

Reusin wusste, dass ihre Herrin den Boten voller Ungeduld erwartet hatte, und eilte sich, ihn anzukündigen.

Isabel war im Arbeitszimmer, bat Reusin, den Mönch vorzulassen, und setzte sich aufrecht hin. Zu ihrer Überraschung hatte der Abt Bruder Thomasius gesandt. War es womöglich ein schlechtes Zeichen?

»Bruder Thomasius«, begrüßte sie ihn. »Es ist lange her, dass wir uns zuletzt gesehen haben. Bitte, setzt Euch.«

Er nahm Platz. »In der Tat, eine halbe Ewigkeit.« Er deutete auf das Zimmer, in dem sie saßen. »Und für Euch hat das Leben eine Menge bereitgehalten. Welch ein wunderbares Haus, in dem Ihr lebt!«

»Danke, Bruder Thomasius.« Sie wollte nicht unhöflich sein, konnte ihre Nervosität jedoch kaum verbergen. »Möchtet Ihr etwas trinken?«

Er schien ihre Unruhe zu spüren. »Habt Dank, aber ich muss mich schon gleich auf den Weg zurück ins Kloster machen, wenn ich noch vor der Dunkelheit dort sein will. Der Abt schickt mich.«

»Ja?«

»Ich soll Euch ausrichten, dass Johann Stauber auf den Tausch eingeht. Ich denke, Ihr wisst dann Bescheid.«

Ihr Gesicht hellte sich auf. »Ja, ich weiß Bescheid«, echote sie. »Und ich freue mich sehr über die Botschaft. Bitte richtet dem Abt meinen tiefen Dank aus.«

»Das werde ich.« Schon stand Bruder Thomasius wieder auf. »Ich muss schon sagen, es ist erstaunlich, wozu Ihr es in der Kürze der Zeit gebracht habt. Von Euch kann man etwas lernen.«

Isabel war nicht sicher, ob es freundlich oder gar als Beleidigung gemeint war. Sie versuchte, sich ihre widersprüchlichen Gefühle nicht anmerken zu lassen, und erhob sich ebenfalls.

»Alsdann, Bruder Thomasius, ich wünsche Euch einen sicheren Heimweg.«

»Gott schütze Euch, Isabel Velten.«

»Und der Herr sei mit Euch, Bruder Thomasius.«

Er verbeugte sich leicht und ging hinaus.

Isabel ließ sich auf den Stuhl zurückfallen. Es war getan und sie war erleichtert. Womöglich hatten Albert und auch der Advocatus recht gehabt. Es war an der Zeit, die Fehde hinter sich zu lassen. Nie würde sie Johann verzeihen, doch wollte sie auch den Hass nicht mehr zulassen, der jeden Tag an ihr fraß. Sie spürte, dass mit dem Tausch eine neue Zeit beginnen würde, eine Zeit, die durch Glück und Zuversicht statt Hass und Missgunst geprägt wäre. Isabel freute sich darauf. Es lag nun an ihr, alles in die richtigen Bahnen zu lenken. Sie war fest dazu entschlossen.

Der Termin mit dem Advocatus, dem Schreiber, dem Abt und dem Vogt als Zeugen fand im schonauschen Haus statt. Albert war auch zugegen, ging es bei der Übertragung auf Johann Stauber doch um sein Erbe. Der Vogt, der Schreiber und der Advocatus kamen als Erste und waren schon eine Weile da, als Johann Stauber eintraf. Die Begrüßung zwischen Johann und Isabel fiel karg aus. Sie wollten ein Geschäft abschließen und beschränkten sich auf das Nötigste. Mehr, da waren sie sich einig, konnte und durfte nach allem, was gewesen war, niemand von ihnen verlangen. Der Abt traf als Letzter ein, und erst jetzt kam auch Albert hinzu. Sie saßen im Esszimmer am Tisch, Isabel hatte für alle Weinbecher bereitstellen lassen und bemühte sich um eine gelöste Stimmung.

»Trinken wir zuerst«, sagte Isabel und hob den Becher. »Ich hoffe, unser Wein mundet Euch.«

Der Vogt probierte einen Schluck und leerte dann den Becher fast vollständig. »Isabel Velten, Ihr versteht Euch aufs Weinmachen«, lobte er.

»Habt Dank, Vogt.« Sie überwand ihren Stolz. »Johann, schmeckt dir der Wein?« Es war aufrichtig gemeint, und sie gab ihrer Stimme einen freundlichen Klang.

»Nicht besser oder schlechter als anderer«, urteilte dieser grimmig.

Isabel seufzte leise, und der Advocatus ergriff das Wort: »Ich habe bereits zwei jeweils gleichlautende Urkunden vom Schreiber vorbereiten lassen gemäß den Angaben, die mir gemacht wurden«, erklärte er, nachdem alle sich gesetzt hatten. »Ich werde diese nun verlesen und bitte die Anwesenden darum, sie mich erst einmal vollständig vorlesen zu lassen, bevor gegebenenfalls Fragen hierzu gestellt werden. Es können noch Änderungen vorgenommen oder Ergänzungen hinzugefügt werden, ganz so, wie die Vereinbarungen geschlossen werden sollen.« Er wartete, ob jemand diesem Vorgehen widersprach. Doch niemand sagte etwas.

»Ich habe hier die Übertragung der Pacht des Klosterweinbergs mit folgendem Wortlaut verfasst: ›Ich, Albert Velten, Erbe der verstorbenen Albert Velten und Richard Velten, übertrage hiermit das mir zustehende Recht aus dem zwischen meinem verstorbenem Vater und Onkel mit dem Kloster geschlossenen Pachtvertrag über den in der vorstehenden Urkunde näher bezeichneten Weinberg. Das Recht geht uneingeschränkt auf den hier anwesenden Johann Stauber über. Die Übertragung entfaltet mit dem Tage der Urkunde ihre Wirksamkeit. Johann Stauber nimmt diese Übertragung an. Des Weiteren erklärt der hier anwesende Abt Dimitrius das ausdrückliche Einverständnis des Klosters zu vorgenannter Übertragung, ebenso die hier anwesende Mutter und Verwalterin des Erbes, Isabel Velten. Die Übertragung erfolgt unentgeltlich.‹« Der Advocatus sah auf. »Gibt es hierzu irgendwelche Fragen?«

Die Anwesenden schüttelten die Köpfe.

»Gut, dann lese ich nun die zweite Urkunde vor: ›Ich, Johann Stauber, übertrage hiermit den mittig gelegenen, durch Pfanderlös in meinen Besitz übergegangenen Weinberg des schonauschen Gesamtanwesens auf den hier anwesenden Albert Velten. Albert Velten nimmt die Übertragung und die damit verbundenen Rechte und Pflichten in vollem Umfang an. Die Übertragung entfaltet mit dem Tage der Urkunde ihre Wirksamkeit und erfolgt unentgeltlich. Die hier anwesende Mutter und Verwalterin des Albert Velten, Isabel Velten, erklärt ihr ausdrückliches Einverständnis.‹« Wieder sah er auf. »Fragen hierzu?«

Johann räusperte sich. »Ich glaube, ich will noch einmal darüber nachdenken.«

»Was?« Isabel funkelte ihn wütend an.

»Ihr bekommt einen Weinberg in euren Besitz, während ich lediglich eine Pacht erhalte.«

»Für eine um ein Vielfaches größere Fläche«, stellte der Abt fest.

»Mag sein, aber Besitz ist Besitz.«

»Was willst du?«, fragte Isabel abschätzig.

»Einen kleinen Anreiz, damit ich diese Urkunde da unterschreibe«, antwortete Johann. »Dir und den Deinen ist es gut ergangen in den letzten Monaten.«

»Und das fällt dir erst heute ein, wo wir alle nur hier sind, um die Urkunden zu unterzeichnen?«

»Besser spät als nie«, gab Johann zurück.

Kurz war Isabel in Versuchung, ihm Geld anzubieten, doch dann besann sie sich. Sollte er doch an seinem Neid ersticken! »Nein«, entschied sie. »Ich weiß, dass du für den Hang nicht viel gezahlt hast. Wenn du ein Geschäft machen willst, gut. Doch nicht auf diese Art. Darauf lasse ich mich nicht ein. Ich wollte Frieden schließen, deshalb haben wir uns heute hier versammelt. Aber ich lasse mich nicht übervorteilen. Und das, nur damit du noch ein paar Münzen in die Hand bekommst, die du ins Hurenhaus tragen kannst!«

»Dann gibt es keine Übereinkunft«, polterte Johann.

»Gut, dann eben nicht. Als hätte ich geahnt, dass es so kommen würde.« Sie schüttelte fassungslos den Kopf. »So wünsche ich dir denn viel Freude, deinen Hang von Weitem zu bestaunen und dich an dem Anblick zu erfreuen.«

»Aber könnt Ihr denn nicht miteinander reden?«, bat der Abt.

»Was soll das heißen – von Weitem bestaunen?« Johann blickte auf.

Isabel lächelte. »Advocatus, Ihr kennt den fraglichen Hang und dessen Lage, nicht wahr?«

»Gewiss.«

»Und das Gebiet um diesen Hang herum, wem gehört es?«

»Euch.« Ein Schmunzeln umspielte die Lippen des Advocatus, der zu ahnen schien, worauf Isabel hinauswollte.

Sie nahm sich einen Moment, tat, als würde sie nachdenken. »So sagt mir, Advocatus, wenn nun ein Mann, ganz gleich, welches Ansinnen er hätte, meinen Grund und Boden betreten wollte, ich dies aber nicht möchte, so könnte ich es ihm verbieten, nicht wahr?«

»Ja, das ist Euer gutes Recht.«

»Das dachte ich mir.« Sie sah Johann direkt in die Augen. »Du hättest das Angebot annehmen sollen, denn dann hättest du Trauben gehabt, die du hättest ernten können. Doch da du wieder versucht hast, mich zu übervorteilen, und das hier vor diesen ehrlichen Männern, die nur aus dem Grunde hier sind, weil auch sie Frieden zwischen unseren Familien wünschen, reicht es mir ein für alle Mal. Ginge es dir darum, dass du nicht wüsstest, wie du die Deinen versorgen solltest«, fuhr sie zornig fort, »ich hätte dir etwas für die Übertragung bezahlt. Und das mit Freude. Doch wie groß kann deine Not schon sein, wenn du es vorziehst, dein Geld im Hurenhaus zu lassen.«

Johann verstand offenbar noch immer nicht, worauf sie hinauswollte. »Also wirst du nun für die Übertragung bezahlen oder nicht?«, grunzte er.

»Nein, das werde ich nicht. Und sobald du vom Hof bist, untersage ich dir hier vor diesen Herren als Zeugen ausdrücklich, meinen Grund und Boden je wieder zu betreten. Das gesamte Gebiet bis zu der großen Eiche, an der sich der Weg gabelt, gehört mir. Und wenn du es wagen solltest, je wieder einen Fuß darauf zu setzen, lasse ich dich von meinen Knechten davonjagen wie einen Köter.« Sie wandte sich an den Vogt. »Vogt, Ihr wisst mehr um das Recht. Muss ich eine Urkunde aufsetzen lassen, um ihm das Betreten meines Grundstücks zu verwehren, oder reicht das gesprochene Wort?«

»Es reicht das gesprochene Wort. Wir alle hier am Tisch haben es gehört. Johann Stauber, es ist Euch bei Strafe untersagt, die im Eigentum der Isabel Velten stehenden Flächen zu betreten.«

»Aber ich muss an meinen Weinberg herankommen können, um diesen zu bestellen«, widersprach Johann. »Ich habe eine Urkunde, dass der Hang mir gehört.«

»Er wird Euch auch weiter gehören«, erklärte der Advocatus, »doch wenn Euch keine Flügel wachsen, sehe ich keine Möglichkeit für Euch, ihn zu betreten.«

»Verschworenes Lumpenpack!«, brüllte Johann und sprang so heftig auf, dass der Stuhl, auf dem er gesessen hatte, zu Boden polterte.

»Ich bin ein Mann des Glaubens, Johann Stauber, doch was Ihr soeben hier vor unser aller Augen und Ohren versucht habt, könnte schändlicher nicht sein! Isabel wollte Frieden schließen, ehrlich und aufrichtig. Sie wollte den Tausch, sodass künftig jeder auf seinem Weinberg die Reben bestellen könnte, damit im Laufe der Jahre wieder Frieden in Euer aller Leben einkehren wird. Doch Ihr hattet nichts im Sinn, als sie zu übervorteilen, und das für eine Handvoll Münzen, obwohl Ihr mir zuvor zugesichert hattet, mit dem Tausch einverstanden zu sein. Ich schäme mich für Euch, Johann Stauber.«

Die Worte des Abtes schienen ihn nicht erreicht zu haben. »Mir kann doch niemand den Zutritt zu meinem Eigentum verwehren. Das kann unmöglich rechtens sein!«

»Niemand verwehrt dir etwas«, stellte Isabel mit arroganter Miene fest. »Wie der Advocatus schon sagte: Wenn du dir Flügel wachsen lässt, bist du deiner Sorgen ledig.«

»Bitte, Mutter.« Albert suchte ihren Blick. »Wenn Johann auf das Geld verzichtet, können wir dann nicht doch noch übereinkommen?«

»Es scheint mir vernünftig, Isabel«, schaltete sich der Abt noch einmal ein. Auch er wollte die Angelegenheit noch nicht verloren geben.

»Nein!« Das war von Johann gekommen. »Ich werde mir von einem richtigen Advocatus – nicht so einem wie Euch – helfen lassen, mein Recht zu bekommen. Und wo immer ich kann, werde ich dich und deinen verfluchten Wein schlechtmachen, Isabel. Du hättest mir nur einige Münzen geben müssen als Zeichen deines guten Willens. Aber du bist ja zu stolz und nicht in der Lage, ein Einsehen zu haben.« Er ging zur Tür. »Ein verfluchtes heuchlerisches Dreckspack seid ihr alle miteinander! Und es wird euch noch leidtun, euch so gegen mich verschworen zu haben!« Er schlug mit der Hand gegen den Türrahmen, dann stürmte er hinaus.

Isabel sprang auf und lief ihm ein paar Schritte nach. »Sieh dir deinen Weinberg noch ein letztes Mal aus der Nähe an!«, rief sie ihm hinterher, doch er reagierte nicht. Wütend knallte er die Eingangstür zu.

Isabel wandte sich an ihre Gäste. »Ich danke Euch, dass Ihr hier zusammengekommen seid, auch wenn wir alle auf einen anderen Ausgang gehofft hatten.« Sie wirkte traurig.

»Nichtsdestotrotz haben der Schreiber und ich das Geld für unsere Arbeit zu bekommen«, äußerte der Advocatus.

»Gewiss. Wartet hier, ich hole es«, erwiderte Isabel und ging hinaus. Sie kam mit einem kleinen Münzsäckchen wieder und reichte es dem Advocatus. »Hier, das müsste mehr als genug sein. Und den Rest betrachtet als Anzahlung. Denn ich vermute, dass ich schon in Kürze einen Advocatus brauchen werde. Ich kann doch auf Eure Hilfe zählen?«

Der Advocatus sicherte ihr seine Unterstützung zu, nahm das Säckchen entgegen und überreichte zwei Münzen daraus dem Schreiber, der während des gesamten Geschehens nur schweigend dagesessen und von einem Redner zum anderen gesehen hatte. Sofort ließ dieser das Geld in seiner Tasche verschwinden und verabschiedete sich sodann zusammen mit den anderen. Nur der Abt blieb noch bei Isabel stehen.

»Denkt noch einmal darüber nach, ob es das wirklich wert ist«, mahnte er leise, damit Albert, der noch am Tisch saß, seine Worte nicht hören konnte. »Denkt immer an Euer Seelenheil!«

»Und mich übervorteilen und zur Närrin machen lassen? Nein, das trägt gewiss nicht zu meinem Seelenheil bei.«

»Wie Ihr wollt.« Er verabschiedete sich von ihr und nickte Albert noch einmal zu. Dann ging auch er aus dem Haus.

Der Himmel hatte sich zusammengezogen und grollte. Nicht mehr lange, dann würde ein fürchterliches Unwetter niedergehen. Dem Abt war, als wäre es ein Zeichen.

»Ich komme im Auftrag des Johann Stauber«, erklärte der Fremde in gestelztem Tonfall. »Mein Name ist Martin von Hohenstett, Advocatus.«

Es waren fast zwei Monate vergangen seit dem Tag, da die Beurkundung hatte stattfinden sollen und Johann schließlich schimpfend das Anwesen verlassen hatte.

Isabel nickte ihm zu. »Isabel Velten. Seid willkommen in meinem Hause.« Sie führte ihn ins Arbeitszimmer, bedeutete ihm, vor dem Schreibtisch Platz zu nehmen, und setzte sich hinter den Tisch. »Nun, Advocatus, was ist Euer Begehr?«

»Ich denke, Ihr wisst, weshalb ich hier bin.«

»Kann ich Euch einen Wein anbieten? Er ist ganz ausgezeichnet.«

»Nein.« Er hob abwehrend die Hand. »Habt Dank. Ich bin gekommen, weil Ihr Johann Stauber den Zutritt zu seinem eigenen Grund und Boden verwehrt.«

»Das ist nicht richtig«, stellte sie klar. »Ich verwehre ihm nicht den Zutritt zu seinem«, sie betonte das letzte Wort, »Grund und Boden, sondern zu meinem«, und deutete mit dem Daumen auf sich. »Seinen Weinberg kann er betreten, wie er will. Doch meine Wege nutzt er nicht.«

»Ihr wisst, dass Eure Wege die einzigen sind, die zu seinem Weinberg führen.«

»Gewiss.«

»Und wie soll Stauber seinen Weinberg bestellen und die Trauben ernten, wenn er nicht dorthin kommen kann?«

»Eine Gegenfrage, Advocatus: Warum hat er sich das nicht überlegt, bevor er den Weinberg gekauft hat?« Sie schüttelte den Kopf. »Ihr tretet für einen Mann ein, der nicht über seine Taten nachdenkt. Das ist die wahre Misere des Johann Stauber.«

Der Advocatus machte den Mund auf und wieder zu. Dann sagte er: »Eigentlich hatten wir es vermeiden wollen, doch so müssen wir denn dem Bischof die Sache vortragen. Immerhin untersteht die Gerichtsbarkeit ihm. Und er wird gewiss nicht erfreut sein, durch den Starrsinn einer einzelnen Frau mit etwas derart Unwichtigem belästigt zu werden. Und man weiß nie, wie ein Bischofsurteil ausfällt.«

Isabel schmunzelte. »Nun, Advocatus, ich habe Kenntnis, dass Johann Stauber genau dies schon vor Wochen getan hat. Er hat dem Bischof sein Anliegen vorgetragen, und dieser hat es rundweg abgelehnt.« Sie genoss ihre Überlegenheit. Dank Abt Dimitrius, der vom Bischof selbst um seine Meinung in dieser Angelegenheit gebeten worden war, wusste sie aus erster Hand, dass Johann mit seinem Anliegen gescheitert war.

»Woher wollt Ihr hiervon Kenntnis haben? In derartige Entscheidungen habt Ihr keinen Einblick.«

»Ich weiß immer gern, was um mich herum geschieht.« Sie beugte sich vor, faltete ihre Hände und legte sie in entspannter Haltung auf dem Schreibtisch ab. »Johann Stauber hat verloren, Advocatus. Und wenn ich an Eurer Stelle wäre, würde ich rasch zu ihm gehen und mein Geld verlangen. Denn da er sich, wie ich ebenfalls weiß, für den Kauf bei einem Geldverleiher verschuldet hat und nun nicht einmal mit dem Verkauf der Trauben dieses Weinbergs rechnen kann, zu dem er bekanntlich keinen Zutritt hat, dürften ihm schon bald die Mittel ausgehen.«

»Er hat ein Weib und vier Kinder.«

»Und auch daran hätte er denken sollen, bevor er mich übervorteilen wollte.« Sie lehnte sich wieder zurück. »Ihr kennt nicht die ganze Geschichte, Advocatus. Und es ist nicht an mir, sie Euch zu erzählen, da ich noch eine Menge Tagewerk vor mir habe. Doch ungeachtet dessen, was Johann Stauber mir angetan hat, habe ich ihm die Hand gereicht und Frieden schließen wollen. Einen Frieden, der ihm zusätzlich noch reiche Einnahmen beschert hätte. Aber er wollte mich ja unbedingt übervorteilen.« Ihr Gesichtsausdruck veränderte sich, ihre Augen wurden kalt. »Und das lasse ich mir von niemandem mehr gefallen.«

»Ihr seid ein herzloses Weib!«

Isabel stand auf. »Einen sicheren Heimweg, Advocatus.«

Er wollte noch etwas sagen, doch er wusste hierauf nichts zu erwidern. So stand er auf und ging ohne Gruß.

Zwei Tage später erhielt Isabel die Nachricht, dass Johann Stauber sich an der großen Eiche erhängt hatte.

# 20. Kapitel

Isabel ging nicht zu der Beerdigung. Zu groß war ihre Furcht, in Hannas Blick den Hass und die Verachtung zu sehen, die sie selbst Johann gegenüber empfunden hatte, als Albert zu Tode gekommen war. Isabel rang mit sich. An dem Tage, als sie das Streitgespräch mit Johanns Advocatus gehabt hatte, hatte sie ihre Überlegenheit über die Maßen genossen. Doch jetzt fühlte sie sich schlecht und wusste nicht, wie sie damit leben sollte. Das hatte sie nicht gewollt! Sie hatte das Spielchen noch ein wenig weitertreiben wollen, gestand sie sich ein. Denn im Grunde wusste Johann, dass er, wenn sie ihm nicht entgegenkäme, am Ende war. Also hätte sie, wenn er vor ihr zu Kreuze gekrochen wäre und um den Tausch gebettelt hätte, diesen großmütig gewährt. Dass er stattdessen die Todsünde begangen und das Unvorstellbare getan hatte, konnte sie kaum glauben.

Sie dachte an Hanna und die Kinder. Was mussten die fünf jetzt durchmachen und welchen Groll mochten sie auf Isabel haben, da es keinen Zweifel daran gab, wer Johann in diese verzweifelte Lage gebracht hatte! Isabel hatte ihm den Tod ihres Mannes nicht verzeihen können, und dies war, wie sie sich längst eingestanden hatte, ein tragischer Unglücksfall gewesen. Aber Johann hatte sich ausschließlich ihretwegen getötet, das war etwas ganz anderes. Was hatte der Abt seinerzeit gesagt? Das Seelenheil eines Menschen sei das Wichtigste. Wie nur sollte sie ihres je wiederfinden?

Sie wollte Hanna ihre Hilfe anbieten, schließlich würde diese nicht wissen, wie es mit ihr und ihren Kindern weitergehen sollte. Doch sie traute sich nicht. Wenn einige Wochen ins Land gezogen waren, würde sie all ihren Mut zusammennehmen und bei Hanna vorstellig werden. Zu lange wollte sie es jedoch nicht aufschieben, würden doch schon bald die Weinberge bestellt werden müssen. Mit dem Tode Johanns hatte sich alles geändert. Auf keinen Fall würde sie Hanna den Zugang zum Weinberg verwehren. Womöglich, so ihre Hoffnung, könnten die Frauen irgendwann sogar zu einer Freundschaft zurückfinden, wenn sie gezwungen waren, Seite an Seite zu arbeiten.

Sie sah auf, als Albert den Raum betrat. Groß war er geworden, ihr Ältester. Er überragte Isabel bereits ein wenig. Er hatte das Aussehen und die Stimme, ja sogar den Gang seines Vaters geerbt. Isabel war stolz auf ihren Sohn wie auch auf ihre anderen Kinder. Die Frage war nun, ob er noch das Gleiche für sie empfand. Als sie die Nachricht von Johanns Tod erhalten hatten, war etwas in Alberts Blick, das Abscheu ihr gegenüber verriet. Gestern hatte sie mit ihm darüber gesprochen, dass sie nicht gewollt hatte, dass es so weit kam. Er hatte es zur Kenntnis genommen. Was er jedoch darüber dachte, behielt er für sich. Er war stark geworden, körperlich wie geistig. Isabel spürte, dass ihr Einfluss auf ihn nach und nach an seine Grenzen stieß, und sie konnte dies nur schwer akzeptieren.

»Albert«, begrüßte sie ihn ruhig. »Wie geht es dir, mein Sohn?«

»Gut.« Er kam näher, setzte sich ihr gegenüber.

Erst jetzt sah Isabel, dass seine Wange rot und leicht geschwollen war. »Was ist mit deiner Wange geschehen?«

Albert sah seine Mutter eindringlich an. »Ich war bei der Beerdigung und habe Hanna, Matthis, Wendel, Friedrich und Anna das Mitgefühl unserer Familie ausgesprochen. Und ich habe mich entschuldigt.«

»Wofür hast du dich entschuldigt?«

»Ich habe mich in deinem Namen entschuldigt und habe die Ohrfeigen bekommen, die eigentlich für dich bestimmt waren, Mutter.«

Isabels Herz klopfte wie wild. »Hanna hat dich geschlagen?«

»Ja. Jeder von ihnen, selbst Anna«, entgegnete er ruhig. »Jeder von ihnen ist vor mich getreten und hat mich geohrfeigt. Ich bin stehen geblieben und habe es hingenommen, Mutter. Und bevor du etwas sagst – es war richtig so! Ich habe mich sogar heruntergebeugt, damit Anna mein Gesicht erreichte.«

»Warum sagst du mir das?« Isabel war schrecklich zumute.

»Weil du es hättest tun sollen, Mutter. Du, nicht ich. Du willst Respekt, du willst, dass man dich einem Manne gleich ansieht und mit dir Handel treibt. Doch den Mut, zu deinen Taten zu stehen, den hast du nicht.«

»Albert, ich ...«, begann sie, brach aber ab.

Er stand auf. »Ich wollte es dir nur sagen, Mutter. Du musst damit leben, was geschehen ist.«

Isabel sah ihm nach, als er hinausging. Sein Blick hatte sie schaudern lassen. Sie fürchtete, dass ihr Sohn seinen Respekt vor ihr verloren hatte. Und sie konnte es ihm nicht verdenken.

Als sie die Nachricht von Burkhard, dem Wirt aus Koblenz, erhielt, dass die Lieferung der weiteren Fässer erfolgen sollte, war es für Isabel eine Erleichterung. Zum einen würde nun die zweite Rate fällig, zum anderen bedeutete es schlicht eine Abwechslung, und sie überlegte sogar kurz, die Weinfässer selbst zu überbringen. Doch sie verwarf den Gedanken. Die Stimmung zu Hause war noch immer gedrückt, und Isabel fragte sich, was die Kinder über sie dachten und hinter ihrem Rücken sprachen, wenn sie nicht anwesend war. Sie bemühte sich um Normalität, war freundlich und nahm sich für die Kinder mehr Zeit als je zuvor. Sie sehnte sich danach, dass ihre

Kinder sie wieder so liebevoll ansahen, wie sie es vor Johanns Tod getan hatten.

Wäre doch nur Gertrud noch da! Sie hätte gewusst, dass Isabel das nicht gewollt hatte. Wie oft hatte sie in letzter Zeit geträumt, dass sie Johann ein Säckchen Münzen überreichte und dieser daraufhin die Urkunde unterschrieb! Es wäre so einfach gewesen, doch ihr Stolz, ihr verdammter, alles zerstörender Stolz hatte es nicht zugelassen. Wie sehr wünschte sie, das alles ungeschehen machen zu können! War es nicht genau das, was Johann über Alberts Tod gesagt hatte? Dass er jeden einzelnen Tag damit zu kämpfen hatte und nur eines wünschte: dass es nie geschehen wäre! Er hatte erst sein Leben geben müssen, damit sie verstand, wie er sich gefühlt hatte. Sie seufzte. Gott gab seltsame Wege auf, um das Leiden eines anderen verstehen zu können.

Sie stand neben dem Karren, als Knut und Hubert soeben die Fässer für Burkhard aufgeladen hatten, um sich mit diesen auf den Weg zum Hafen zu machen. Beide würden dafür Sorge tragen, dass die Fässer ihren Weg zu Burkhard fanden. Jedoch bedeutete es für Isabel, mindestens einen, fuhr der Kapitän nicht gleich zurück, sogar zwei Tage auf die Knechte verzichten zu müssen. Und das, wo das Vorbereiten der Weinberge und das Setzen der neuen Rebstöcke anstand. Sie brauchte weitere Knechte, das wusste sie. Doch obwohl sie in den Schenken hatte nachfragen lassen, wollte keiner auf ihrem Hof arbeiten. Sie war eine Frau, und man traute ihr nicht. Außerdem hatte sich ihr Verhalten und wozu es Johann Stauber getrieben hatte, längst herumgesprochen. Ein Knecht, der an dem Tag, an dem Johann sich erhängte, vorstellig geworden war und kurz darauf seinen Dienst hatte antreten wollen, war deshalb gar nicht erst wiedergekommen.

Albert, Conrad und Emilia kamen hinzu, als Isabel Seile am Karren prüfte.

»Bekommt die Fässer der Wirt, der auch schon die ersten sechs genommen hat?«, fragte Emilia.

»Ganz recht. Dann haben wir nur noch ein Fass für uns selbst. Alle anderen konnten wir verkaufen.«

»Wir wollten dich fragen, wann du zu den Staubers gehst«, sagte Albert unvermittelt.

»Ich weiß noch nicht«, wich sie aus und beschäftigte sich weiter mit den Seilen.

»Ich würde dich begleiten«, bot Albert an.

»Ich fürchte, ich muss diesen Weg allein gehen«, entgegnete Isabel und drehte sich zu ihm um.

»Wir sind dann so weit«, verkündete Knut.

Isabel wandte sich dem Knecht zu. »Dann brecht sogleich auf! Umso rascher seid ihr zurück. Möge Gott euch schützen und vergesst die Münzen nicht!«

Sie versprachen es, Knut griff den Strick des Ochsen, und sie gingen los.

Albert, Conrad und Emilia standen noch immer da und warteten auf Isabels Antwort, wann diese zu den Staubers gehen wollte.

»Lass uns mitkommen«, ergriff Conrad als Erster das Wort.

Isabel schüttelte den Kopf. »Es würde nur dazu führen, dass ...« Sie brach ab und glaubte, ihren Augen nicht trauen zu können, als in diesem Moment Hanna und ihre Kinder durch das Tor traten. Isabel straffte ihren Körper. Es war also so weit. »Kommt«, sagte sie zu ihren Kindern und ging den Staubers entgegen. Die Familien gingen aufeinander zu und blieben zwei Armlängen entfernt voneinander stehen.

»Seid willkommen«, sagte Isabel, doch kaum dass sie es ausgesprochen hatte, bereute sie es. Dies hier war alles andere als ein freundschaftlicher Besuch.

»Ich bin gekommen, um die Angelegenheiten zwischen uns zu klären. Die Kinder bestanden darauf, mich zu begleiten«, sagte Hanna.

Matthis funkelte Isabel zornig an.

»Es tut mir so leid«, sagte Isabel leise und senkte den Kopf. Dann trat sie einen Schritt vor. »Schlagt mich wie zuvor Albert. Ich habe es verdient.«

Ohne zu zögern, holte Mattis aus und schlug zu. Albert sprang Isabel zur Seite, baute sich vor der Mutter auf und sah den größeren Matthis wütend an.

»Matthis!«, schimpfte Hanna. »Lass das! Du weißt, warum wir hier sind.« Sie sah wieder Isabel an. »Wir sind hier, um dich zu fragen, ob du auch uns den Zugang zum Hang verwehrst.«

»Nein.« Isabel schüttelte heftig den Kopf. »Keinesfalls! Bitte, lasst mich erklären. Johann und ich, wir haben gestritten. Doch ich wollte nicht, dass das geschieht. Bitte, ihr müsst mir glauben!«

»So, wie du Johann glaubtest, dass er aufrichtig wegen deines Mannes Tod litt?« In Hannas Stimme lag keine Schärfe, nur Schmerz, Enttäuschung und Niedergeschlagenheit.

»Ich will es wieder gutmachen.«

Hanna schüttelte mit dem Kopf. »Das kannst du nicht. Ganz gleich, was du tust oder sagst, Johann wird nicht wieder lebendig. Er hat sich selbst gerichtet und wird dafür im ewigen Feuer brennen.«

Isabel wurde schlecht bei dem Gedanken.

»Ich werde dir nicht verzeihen, Isabel, doch den Streit will ich beilegen. Bist du dazu bereit?«

»Ja, das bin ich.«

»Gut. Dann werden wir morgen beginnen, im Weinberg zu arbeiten.«

»Unser Angebot, die Weinberge zu tauschen, besteht noch immer«, sagte Albert.

»Ich weiß, dass du es gut meinst, Albert«, erwiderte Hanna. »Doch mein Gatte ist für diesen Weinberg gestorben. Es ist nur recht, wenn seine Familie ihn bestellt.« Sie sah ihre Kinder an. »Kommt. Es ist alles gesagt.« Sie machten kehrt.

»Gott schütze dich, Hanna!«, sagte Isabel.

Hanna blieb stehen und drehte sich noch einmal zu ihr um. »Und möge er deiner Seele gnädig sein.« Dann ging sie mit ihren Kindern davon.

Früh am nächsten Morgen erklommen die Staubers den Hang. Isabel hielt es für besser, mit ihrer Familie am äußersten Ende des Weinbergs mit der Arbeit zu beginnen, wollte sie doch nicht noch mehr Vorwürfe hören, so berechtigt diese auch sein mochten.

Am gestrigen Abend war Emilia zu Isabel ins Bett gekrochen. Etwas, was sie lange nicht getan hatte. Tief hatte Isabel den Duft ihrer zarten Haut eingeatmet und ihrem Herzschlag gelauscht. Wie sehr sie die Nähe der Kleinen vermisst hatte! Nach dem Zusammentreffen mit den Staubers hatte sich die Stimmung in der Familie entspannt. Die Kinder wussten nun, dass Isabel alles tun würde, um wieder gutzumachen, was gutzumachen war. Mehr als das konnte sie nicht tun.

Am Morgen waren auch Reusin und Mechthild mit ihnen auf den Hang gestiegen, um zu helfen. Rebe um Rebe banden sie mit Stroh an die Stöcke.

»Entschuldigt!«, hörten sie einen Mann rufen, der unten am Hang stand und ihnen winkte.

»Herrin, seht dort!« Reusin machte Isabel auf den Fremden aufmerksam.

Isabel beschattete ihre Augen mit der Hand, um etwas erkennen zu können. »Ich bin gleich zurück«, sagte sie zu ihren Kindern, die in ihrer unmittelbaren Nähe ihre Arbeit verrichteten, und stieg dann den Hang hinunter.

Der Mann, er mochte einige Jahre älter sein als Isabel, wartete und beobachtete sie, während sie zu ihm herunterkam.

»Je vous salue, Madame!« Er verbeugte sich formvollendet. »Mein Name ist Claude de Lazalle. Bitte sagt mir, wo ist der Besitzer dieses wunderbaren Weinberges?«

»Die Besitzerin steht vor Euch.«

Die Verblüffung stand ihm ins Gesicht geschrieben. »Ihr?«

»Ja. Also, was kann ich für Euch tun?«

»Nun, ich bin entzückt. Ich habe Euch einen Vorschlag zu machen.«

»Einen Vorschlag? Was sollte das für einer sein?« Isabel war erschöpft, obwohl es noch nicht einmal Mittag war. Entweder dieser Kerl, offenbar ein Franzose, redete jetzt, oder sie würde sich einfach umdrehen und weitermachen.

»Ich habe Rebensetzlinge zu verkaufen, eine ganz besondere Sorte. Man nennt sie Orleanstrauben, genau wie die Stadt Orléans.«

»Ich habe genug Reben. Habt Dank.«

»Aber, Madame, solche Trauben habt Ihr nicht, das versichere ich Euch. Die Trauben sind besonders wohlschmeckend, und der Wein hieraus ist mit keinem anderen, den man kaufen kann, vergleichbar. Ich besitze selbst einen Weinberg in Frankreich. Es ist die beste Traube, die ich je schmecken durfte.«

Sie musterte ihn. Er sah nicht wie einer der Winzer aus, die sich im Weinberg krumm schufteten. Eher wies er Handlanger an und befahl Gesinde.

»Wir machen schon den besten Wein hier in der Gegend.«

»Nun gut, so bin ich wohl bei Euch nicht richtig. Nur eines noch.« Er zog einen Trinkschlauch hervor. »Kostet den Wein. Wenn er Euch nicht um vieles besser schmeckt als Euer eigener Wein, gehe ich sogleich.« Er reichte ihr den Schlauch. »Wisst Ihr, ich bin auf der Suche nach einem Geschäftspartner, der große Weinberge in Besitz hat, so wie Ihr. Die Traube gibt es in einigen Regionen Eures Landes schon, doch nicht hier.«

Isabel nahm einen Schluck, während er weiterredete. Sie ließ den Wein einen Moment auf der Zunge, schluckte ihn runter und trank erneut. »Er ist mild«, stellte sie fest. Im Gegensatz zu ihrem eigenen Wein, den sie mit viel Honig versetzen mussten, war dieser hier ohne zusätzliche Süße und dennoch so wunderbar im Geschmack, dass sie am liebsten noch einen Schluck genommen hätte. Für einen solchen Wein könnte sie noch mehr verlangen. Sie könnte ja zwei Sorten Trauben anbauen, nicht nur eine. Und den Wein aus diesen Trauben würde sie hochgestellten Personen vorbehalten.

»Seht Ihr? Das meinte ich.« Er sah sie an. »So ging es mir auch, als ich ihn das erste Mal kostete.«

»Ihr macht mich neugierig, das gebe ich zu. Was wollt Ihr für die Setzlinge?«

»Fünf Groschen das Stück.«

Isabel war überrascht, hatte sie doch mit mehr gerechnet. »Ihr seid im falschen Land, guter Mann«, frotzelte sie. »Drei Groschen sind schon mehr, als die Leute hier für einen Setzling zu zahlen bereit sind.« Sie reichte ihm den Schlauch zurück. »Habt Dank, doch wir kommen auf keinen Fall ins Geschäft.«

»Vier. Vier Groschen.«

»Weshalb, wenn Ihr doch so überzeugt von der Qualität seid?«

Er senkte den Kopf. »Ich habe große Einbußen gehabt und bin gezwungen, einen Teil meiner Setzlinge zu verkaufen.«

»Eure Offenheit überrascht mich.«

»Nun, gewiss ist es bei einem Handel nicht besonders geschickt, es eben zu sagen, wie es ist.«

»Womöglich nicht, nein.«

Isabel sah ihn an. Er sah gut aus, ganz anders als die Männer hierzulande. Sein Haar war dunkelblond, fast schon braun. Besonders auffällig waren seine hellblauen Augen, die sie lebhaft anfunkelten.

»Ich gebe Euch zehn Groschen für drei Setzlinge«, bot sie ihm an. »Dann seid Ihr über die drei Groschen das Stück hinaus.«

Er zögerte, dann willigte er ein. »Ich habe die Pflanzen im Hafen gelassen, um sie nicht überallhin mitzutragen und so über die Maßen zu belasten. Ich kann sie sogleich holen, wenn Ihr wollt.« Er sah zu dem Hang hinauf, auf dem er nur die Kinder und zwei weitere Frauen sah. Ein ganzes Stück weiter entfernt eine weitere Frau und Kinder. »Noch ein Vorschlag«, setzte er an.

»Wir waren uns doch schon einig.« Sie hob die Augenbrauen.

»Gebt mir zwölf Groschen für drei Pflanzen – dann setze ich sie für Euch auch noch in die Erde.«

Isabel schmunzelte. Einen günstigeren Helfer konnte sie nicht bekommen. »Einverstanden. Doch ein weiteres Entgegenkommen gewähre ich Euch nicht.«

Claude verbeugte sich abermals. »Es ist mir eine Freude, mit Euch Geschäfte zu machen, Madame.«

Isabel lachte auf, war etwas verlegen. »Holt Eure Setzlinge. Sonst seht Ihr nicht einen einzigen Heller.«

Sie hatte Claude eine einfache Kammer im Haus überlassen, weil es noch mindestens einen weiteren Tag dauern würde, alle Setzlinge in den Boden zu bringen. Am Abend saß er mit der Familie am Tisch, ließ sich den Braten, den Reusin aufgetragen hatte, schmecken und trank hierzu den Wein der Veltens. »Ich weiß, was Ihr getan habt«, stellte er fast amüsiert fest. »Ihr habt dem Wein Nelken und Salbei, vor allem aber Honig beigemischt, um ihn schmackhaft zu machen.«

»Das schmeckt Ihr?«, fragte Conrad erstaunt.

»Aber ja. Ich bin Winzer. Schon meinem Großvater gehörten die Reben, dann meinem Vater und jetzt mir. Durch meine Adern fließt kein Blut, sondern Wein.«

Isabel lachte gelöst. Es war ein schöner Abend, und sie hatte sich schon lange nicht mehr so unbeschwert gefühlt. »Wo kommt Ihr her?«

»Aus Burgund.« Er lehnte sich mit dem Weinbecher in der Hand an der Stuhllehne an. »Eine herrliche Gegend! Schöner noch als Eure Weinberge hier, wenngleich auch diese prächtig sind.«

»Ihr liebt die Reben, nicht wahr? Das spürt man.«

Claude sah Isabel an. »Es gab für mich nie etwas anderes. Doch – und das muss ich zu meiner Schande gestehen – bin ich nicht wie mein Vater. Er baute unglaubliche Mengen an und verkaufte diese zu einem guten, aber nicht besonders guten Preis. Ich hingegen rede mit den Trauben, dass sie gedeihen und Geschmack bekommen mögen. Ich hege die Reben, dünge sie.«

»Ihr düngt Eure Reben?«

»Mit Stalldung. Manch einer sagte mir schon ins Gesicht, dass er mich für verrückt hält. Doch die Reben danken es mir Jahr für Jahr.«

»Und dennoch müsst Ihr in ein fremdes Land reisen, um Eure Setzlinge zu verkaufen?«, hakte Isabel nach.

»Wir hatten mit großen Regenfällen zu kämpfen, drei Jahre hintereinander. Im ersten Jahr genossen es meine Reben, nahmen gierig das Nass aus dem Boden auf. Im zweiten Jahr war ihnen der Regen bereits zu viel, doch sie schenkten mir eine gute Ernte. Im dritten Jahr jedoch, als sich zu den starken Regenfällen auch noch gewaltige Winde gesellten, fanden viele meiner Reben keinen Halt mehr in dem aufgeweichten Boden und starben.« Er sah betrübt drein.

Albert und Conrad sahen Isabel verwundert an. Sprach dieser Mann wirklich von Reben wie von Menschen?

»Ach, das tut mir leid«, sagte Emilia. »Ich verstehe gut, dass Ihr deshalb traurig seid.«

»Ja, das bin ich. Die Reben sind meine Kinder, so wie du das Kind deiner Mutter bist.«

Emilia gefiel diese Erklärung, doch wusste sie hierauf nichts zu erwidern.

»Und Ihr?«, fragte Claude. »Gehörten die Reben auch schon Eurem Vater?«

»Nein.« Isabel schüttelte den Kopf. »Es ist erst unser drittes Jahr hier.«

Er sah sich um. »Und dann nennt Ihr bereits einen solchen Weinberg Euer Eigen?« Er tat, als zöge er seinen Hut vor ihr.

»Es ist eine lange Geschichte.«

»Ich habe heute nichts mehr vor.«

»Ich schon, denn ich bin müde, und wir müssen morgen wieder in aller Frühe raus.« Sie bedeutete den Kindern, die Teller zusammenzustellen. »Gute Nacht, Claude. Ich wünsche Euch erholsame Ruhe.«

»Gute Nacht, Isabel, Albert, Conrad und Emilia.« Er nickte jedem einzeln zu. »Habt Dank für Eure Gastfreundschaft und träumt von den Reben.« Er hob den Becher.

Isabel musste schmunzeln, schüttelte den Kopf, nahm die Teller und ging hinaus. Die Kinder folgten ihr. Albert und Conrad stiegen sogleich die Stufen hinauf, während Emilia die Becher gegriffen hatte und diese hinter Isabel hertrug.

»Aber, Herrin, das hätte ich doch erledigt«, beschwerte sich Reusin, als Isabel die Teller in die Küche brachte.

»Ich war ganz froh, dem Gerede auf diese Weise zu entkommen«, verriet Isabel ihr leise. »Der Mann gibt zu, mit den Reben zu sprechen, und nennt sie seine Kinder.« Sie deutete mit einer Handbewegung an, dass Claude womöglich nicht ganz klar im Kopf war, und Reusin musste lachen.

»Aber ich finde ihn nett«, urteilte die kleine Emilia, als Isabel die Tochter nach oben brachte.

»Ja, ich auch. Obwohl ich eigentlich gar nicht weiß, weshalb.«

Am nächsten Morgen aßen sie gemeinsam mit Claude, um sodann wieder auf den Hang zu gehen. Knut und Hubert waren noch nicht zurückgekehrt, und Isabel sorgte sich, es könnte ihnen etwas geschehen sein. Doch nicht nur das. Was, wenn sie die Gelegenheit genutzt und sich mit dem Geld davongemacht hatten? Sie versuchte, den Gedanken zu verdrängen, doch es gelang ihr nicht. Viel hing für die Familie von diesem Geld ab. Was im ersten Moment wie ein Vermögen wirkte, musste schließlich von einer Ernte bis zur nächsten und damit ein volles Jahr reichen. Und es waren viele Mäuler zu stopfen.

Sie sah zu Claude hinüber, der einige Reihen weiter die Setzlinge so behutsam in die Erde brachte, dass Isabel nur mit dem Kopf schütteln konnte. Was sie am Abend noch für eine Übertreibung gehalten hatte, stellte sich nun als wahr heraus: Er sprach mit jeder einzelnen Pflanze. Isabel wusste nicht, ob sie ihn gut oder einfach nur vollkommen verrückt finden sollte. In jedem Fall fand sie ihn besonders, wie sie sich eingestehen musste, und die Leidenschaft für die Reben verlieh ihm eine Anziehungskraft, der sie sich nur schwer entziehen konnte.

»Herrin!«, hörte sie jemanden rufen. »Herrin, wir sind wieder da!«

Alle sahen auf, und Isabel fiel ein Stein vom Herzen. Unten am Hang standen Knut und Hubert. Mit der einen Hand winkte Knut, in der anderen hielt er einen Geldsack in die Luft, den er hin und her schwenkte. Ein schönerer Anblick hätte sich Isabel nicht bieten können.

# 21. Kapitel

Erst fünf Tage nachdem er wie aus dem Nichts bei den Veltens aufgetaucht war, war Claude wieder abgereist. Isabel war traurig, war er ihr doch in dieser Zeit ein wunderbarer Gesprächspartner gewesen. Claude war vollkommen anders als alle Menschen, die sie je getroffen hatte. Er war schwärmerisch, und auf eine gewisse Weise, so fand Isabel, übertrieb er stets, was er tat. Beispielsweise hatte er mehrfach Erde in die Hände genommen, um daran zu riechen. Er machte Isabel auf die verschiedenen Farben der Pflanzen aufmerksam oder führte sie bis ganz hinauf auf den Hang, um ihr von dort den in der Entfernung fließenden Rhein zu zeigen, der geschmeidig seinen Weg durch die Landschaft zog. Isabel war mehr als einmal verlegen gewesen und hatte nicht gewusst, wie sie sich verhalten sollte. Was dachte sich dieser Mann? Sie musste mit der Arbeit vorankommen, und er wusste nichts Wichtigeres, als sie einen Hügel hinaufzuführen, um einen Fluss zu bewundern. Noch immer schüttelte sie den Kopf, wenn sie an ihn und sein eigenartiges Gebaren dachte. Doch, so musste sie zugeben, hatte es ihr auch gefallen. Und wie sehr! Ganz selbstverständlich hatte er sich oben auf dem Hang hinter sie gestellt, mit seiner linken Hand an ihre Schulter gefasst und mit dem ausgestreckten rechten Arm hinunter auf den Rhein gezeigt. Die Berührung hatte sie unruhig werden lassen, und sie hatte Mühe gehabt, ihre Atmung wieder unter Kontrolle zu bringen. Er ging so vertraut mit ihr um, als würden sie sich schon seit vielen Jahren kennen.

Als der Tag des Abschieds gekommen war, hatte er sie auf beide Wangen geküsst und ihr gesagt, dass er bei jedem Weizenfeld an ihr Haar und beim Blau des Himmels an ihre Augen denken würde. Dann hatte er Emilia gedrückt, sich von Albert und Conrad verabschiedet und war gegangen. Einfach so. Er war wieder fort, wie er gekommen war, und Isabel fand die Leere, die für sie mit seinem Weggang einherging, unerträglich. Sie schalt sich selbst eine Närrin, weil sie so oft an ihn dachte. Was für ein Unsinn, die wenigen Momente, die sie miteinander gehabt hatten und die über jeden Zweifel erhaben gewesen waren, derart hoch zu bewerten! Doch sie konnte nicht anders. Dieser Mann ging ihr nicht mehr aus dem Kopf. Das charmante Lächeln, sein Akzent, die Art, wie er sie ansah und mit ihr sprach. Einmal, als er sich mit Albert unterhielt, hatte sie eine Weile auf Claudes Mund gesehen und sich gefragt, wie seine Lippen sich wohl anfühlen mochten. Mit einer ruckartigen Bewegung hatte sie den Gedanken sogleich verscheucht, und Albert und Claude hatten verwundert zu ihr herübergesehen. Sie tat, als wäre dort eine Fliege gewesen, drehte sich aber rasch um, damit die beiden ihre geröteten Wangen nicht sahen. Kurz ärgerte sie sich über sich selbst, dann musste sie schmunzeln. Was war nur mit ihr, dass sie solche Gedanken hatte?

Die nächsten Wochen verbrachten Isabel, die Kinder und das Gesinde durchgehend in den Weinbergen. Die Flächen schienen Isabel schier endlos, und sie fragte sich, wie es Augustin gelungen war, alle zu bestellen. Dabei hatte sie einige, die neu bepflanzt werden mussten, sogar brach liegen lassen und sich nur um die gekümmert, die sie schaffen konnten. Hinzu kam noch der Klosterhang, den die Veltens als Letztes bestellten. In diesem Jahr würden sie dort zum ersten Mal Trauben ernten können. Zufrieden sah sie auf die Pflanzen, die sie seinerzeit noch zusammen mit Gertrud gesetzt hatte. Sie erinnerte sich liebevoll daran, wie sie selbst den Pflug gezogen und die Schwiegermutter ihn geschoben hatte. Was war das für eine schwere Zeit gewesen, und die Verzweiflung ob ihrer Situation hatte Isabel mehr als einmal zu überwältigen gedroht. Doch gegen alle Widerstände hatten sie es geschafft, und wenn sie nun auf die gesunden Pflanzen sah, die schon bald die ersten Trauben tragen würden, spürte sie nichts als Dankbarkeit dafür, Gertrud in ihrem Leben gehabt zu haben. Die Reben, die sie berührt hatte, würden weiterwachsen und gedeihen, und jede Traube würde auch etwas von Gertrud in sich tragen. Ein Gedanke, den Isabel tröstlich fand.

Einige Male hatte Isabel, als sie die Reben auf dem Klosterhang an die Stöcke banden, in der Ferne Hanna gesehen, wie sie aus der Kate getreten und alsbald wieder darin verschwunden war. Das waren die Momente, in denen Isabel sich einsam fühlte.

Die Monate vergingen, Ruhe war eingekehrt. Isabel hatte Gewürze gekauft, die sie jeweils in Säckchen füllte, um die immer gleiche Menge je Fass vorzuhalten. Es würde eine reiche Ernte werden, das war schon jetzt abzusehen. Die Trauben des Klosterhangs waren süß und saftig, besser noch als die auf den eigenen Weinbergen der Veltens. Mit Hanna hatte Isabel inzwischen einige Male ein paar Worte gewechselt, doch das Verhältnis blieb insgesamt kühl. Wie sollte es auch anders sein, nach allem, was geschehen war?

Außerdem war der alte Heinrich, von dem Isabel seinerzeit ihren ersten eigenen Weinberg gekauft hatte, vor einigen Tagen gestorben. Es war ein friedvoller, ruhiger Tod, der während des Schlafs zu dem alten Mann gekommen war. Isabel fand, dass Heinrich gesegnet gewesen war, ein langes, glückliches Leben führen zu können, das mit einem milden Tod seinen Abschluss fand. So sollte es, könnte sie es sich aussuchen, bei ihr auch eines Tages sein.

Albert war noch einmal um Kopfeslänge gewachsen, und Isabel musste zu ihm aufsehen, wenn sie mit ihm sprach. Auch Conrad und Emilia wurden größer, jedoch fiel es Isabel bei den beiden nicht so auf. Doch an Albert sah sie, dass sie keine junge Frau mehr war, wenngleich sie sich noch immer so fühlte. Der monetäre Erfolg würde ihr auch dieses Jahr sicher sein, hatte doch Burkhard, der Wirt aus Koblenz, eine Botschaft gesandt, dass er die gleiche Menge Wein wie beim letzten Mal abnehmen würde. Isabel hatte dies mit Freude bestätigt, waren damit doch die Einnahmen für fast ein ganzes Jahr gesichert.

Sie spürte, dass sie an einem Punkt in ihrem Leben angekommen war, an dem sie mehr wollte. Mehr Wein, mehr Handel, vor allem aber mehr Knechte und Mägde. Sie war es leid, einen krummen Rücken vom Setzen der Rebstöcke und Pflücken der Trauben zu bekommen und sich jeden Tag mit einer Arbeit zu schinden, die ebenso gut andere erledigen konnten. Lieber wollte sie feste Handelsbeziehungen auftun und den Wein lagern, statt jedes Jahr nur so viel herzustellen, wie sie verkaufen konnte. Wenn sie mehr Leute einstellen würde, könnte sie auch die Teile des Weinbergs mit Rebstöcken bepflanzen, die brach lagen.

Doch so weit war sie noch nicht. Die einzigen neuen Setzlinge, die sie gekauft hatte, waren vor einigen Monaten die von Claude gewesen, dessen Bild sie seither immer wieder vor sich sah. Sie fragte sich, ob er im nächsten Jahr wiederkommen würde, um Setzlinge anzubieten, und auch, wie sie aufeinander reagieren würden. Allein der Gedanke an ihn ließ ihre Knie weich und ihren Pulsschlag rascher werden. Und das, obwohl sie den Mann gar nicht kannte. Und es war ohnehin aussichtslos.

Er wohnte in Burgund, sie in Gysinheym, und beide hatten sie ihre Weinberge, die nicht an einen anderen Ort versetzt werden konnten. Sie rief sich zur Ordnung. Was sollten diese albernen Gedanken?

Schon morgen würden sie mit der Lese der ersten Trauben beginnen. Gleich in der Frühe, bevor die Sonne an Kraft gewinnen und glühend heiß auf sie niederscheinen würde, würden sie auf den Hang steigen und einen Karren voll Trauben pflücken. Nur einen Karren, mehr nicht. Das Keltern war bei kleineren Mengen eher zu bewältigen, und Isabel hoffte, so einen besseren Überblick zu behalten, wie viel Gewürze pro Fass beigefügt wurden, und damit eine gleichbleibende Qualität sicherstellen zu können. Knut hatte bereits alles vorbereitet, die Fässer bereitgestellt und den Bottich zum Stampfen mehrfach gereinigt.

Neben dem, was sie an Burkhard verkaufen konnte, hatte sie zwei weitere Weinbestellungen hereinbekommen, worüber Isabel sich über die Maßen freute. Außerdem wollte Gerald, der Wirt der Schenke, in der Isabel seinerzeit bedient hatte, ihr ebenfalls ein Fass abnehmen und möglichweise noch nachordern, wenn der Wein den Gästen schmeckte. Isabel war hin- und hergerissen, ob sie wie im letzten Jahr die Trauben des Klosterhangs zum Gefallen des Abtes dort keltern lassen sollte. Schließlich hatte sie ebenso die Möglichkeit und bekäme, wenn sie den Wein selbst kelterte und abfüllte, einen besseren Preis. Sie entschloss sich, sogleich, bevor sie morgen mit der Lese beginnen würden, zu Abt Dimitrius zu gehen und die Sache mit ihm zu besprechen.

»Gehst du fort, Mutter?«, fragte Emilia, als Isabel sich die Haare zurechtmachte und ihr Kleid glatt strich.

»Ja. Ich muss mit Abt Dimitrius sprechen.«

»Bist du böse auf ihn?«, fragte Emilia bang.

Isabel sah zu ihr herunter. »Aber nein. Wie kommst du darauf?«

»Weil du so ernst aussiehst.«

»Alles ist in Ordnung«, erwiderte Isabel in gutmütigem Ton. »Es geht nur um die Reben. Ich habe mich entschieden, dieses Jahr auch die Trauben des Klosterhangs hier bei uns zu keltern.«

»Ach so«, gab die Achtjährige beruhigt zurück. »Dann ist es ja gut.«

Isabel beugte sich zu ihr hinab und drückte die Tochter fest an sich.

»Mutter?«

»Ja, Emilia?«

»Versprichst du mir, nicht böse zu werden, wenn ich dir etwas sage?«

»Das kommt darauf an, was es ist.«

»Dann sage ich es nicht.«

»Emilia, ich habe nicht mehr allzu viel Zeit, will ich zum Abt gehen und rechtzeitig vor der Dunkelheit zurück sein. Sag es mir also oder nicht. Aber tu es jetzt.«

Emilia seufzte. Offenbar musste sie all ihren Mut zusammennehmen. »Ich habe Anna gesehen und mit ihr gesprochen. Es war auf dem Markt, mit Reusin. Und ich möchte sie gern wiedersehen.« Emilia atmete geräuschvoll aus. Sie hatte es gesagt und war zufrieden, doch fürchtete sie ein Donnerwetter ihrer Mutter.

»Weiß Hanna davon?«

Emilia zuckte mit den Schultern.

»Du weißt, wie schwierig es mit unseren Familien nun einmal ist.« Isabel überlegte kurz. »Doch wenn Hanna nichts dagegen hat, wovon ich allerdings ausgehe, kannst du dich künftig wieder mit Anna treffen.«

Ein Strahlen ging über Emilias Gesicht. Glücklich umarmte sie Isabels Beine. »Danke, Mutter! Vielen, vielen Dank!«

»Aber ihr trefft euch nicht hinter Hannas Rücken! Wenn sie es nicht erlaubt, bleibt alles, wie es ist.«

»Ja, Mutter.«

»Gut. Ich mache mich jetzt auf den Weg zum Kloster, um mit Abt Dimitrius zu sprechen. Sagst du Albert und Conrad, dass ich eine Weile fort bin?«

»Das mache ich.« Emilia ließ sich noch einmal von der Mutter umarmen, dann rannte sie los, um ihre Brüder zu suchen.

Es war später Nachmittag, doch die Luft flirrte noch immer von der Hitze des Tages. Der satte Duft von Erde und Trauben stieg Isabel in die Nase, die Sonne wärmte ihre Haut. Sie eilte sich nicht, genoss es, einmal langsamer gehen zu können. Sobald sie auf dem Hof war, gab es immer etwas zu tun und einen, der etwas von ihr wollte. Umso schöner fand sie es, sich nun ein wenig Zeit lassen zu können. Kurz bevor sie die große Eiche erreichte, an der sich der Weg gabelte und man entweder nach rechts ins Dorf, geradeaus zu Hannas Kate oder nach links zum Kloster hinaufgehen konnte, hörte Isabel plötzlich laute Stimmen. Sie ging einige Schritte vor, um erkennen zu können, wo die Stimmen herkamen, und sah, dass zwei Büttel Hannas Sohn Matthis in die Mitte genommen hatten und diesen den Weg vom Dorf heraufzerrten.

»Lasst mich gefälligst, Ihr Hunde!«, brüllte Matthis, vollkommen außer sich vor Wut.

Isabel ging auf sie zu. »Was ist geschehen?«

»Wer braucht dich denn?«, schnauzte Matthis. »Mach, dass du fortkommst!«

Die Büttel waren stehen geblieben, hielten Matthis' Arme mit festem Griff umfasst. Isabel sah die beiden in Erwartung einer Erklärung an.

»Er hat gestohlen, dieser verdammte Beutelschneider. Und als der Wirt ihn dabei ertappt hat, hat er mit dem Krug ausgeholt und dem Gerald eins übergezogen.«

»Gerald? Geht es ihm gut?«

»Sein Schädel ist noch ganz«, sagte der Büttel, mit dem sie schon mehrfach zu tun gehabt hatte und den sie inzwischen recht gut kannte.

»Was hat er gestohlen?«, wollte Isabel wissen.

»Ein kleines Münzsäckchen von einem der Gäste in der Schenke. Hat das Lederband durchgeschnitten, der räudige Dieb.«

»Und nun bringt Ihr ihn nach Hause?«

»Er hat kein Geld, muss aber noch das Bier, den zerbrochenen Krug und das zerschnittene Lederband bezahlen.«

Matthis sah zu Boden. »Meine Mutter hat das Geld nicht. Von ihr könnt Ihr nichts erwarten.«

»Das werden wir ja sehen«, entgegnete der Büttel.

»Nein, wartet!« Isabel fingerte an ihrer Hüfte herum und zog ihre Geldkatze hervor. »Ich gebe Euch das Geld.«

»Ich will dein Geld nicht!«, schnauzte Matthis sie an.

Sie holte ein paar Münzen hervor, als hätte sie ihn gar nicht gehört, und gab sie dem Büttel, der hierauf Matthis' Arm losließ.

»Ich denke, das wird reichen«, meinte Isabel und sah den Büttel fragend an.

»Das wird es«, versicherte ihr dieser. »Und du, lass dich nicht mehr in der Schenke blicken! Wenn du Gerald noch mal unter die Augen kommst, nimmt das kein gutes Ende für dich.«

Matthis grunzte eine Beleidigung und machte seinen anderen Arm von dem Büttel los.

»Schütze Euch Gott, Isabel Velten!«

»Gott mit Euch, Büttel!«, gab sie zurück, woraufhin die Männer kehrtmachten und davongingen.

»Ich wollte nicht, dass du mir hilfst. Ich will dir nichts schuldig sein.« Es klang wütend und trotzig zugleich.

»Du bist mir nichts schuldig. Ich habe deiner Mutter schon genug Kummer bereitet. Wenn ich ihr wenigstens einen solchen Zwischenfall ersparen kann, ist es mir nur recht.«

»Ach, du! Geh doch zurück in dein schönes großes Haus und erstick an deinem Protz!«, schmetterte Matthis ihr entgegen und drückte sich an ihr vorbei.

»Warte!«, rief sie, und er hielt in der Bewegung inne. Isabel ging zu ihm, stellte sich vor ihn hin. »Warum tust du das, Matthis?«

»Was geht dich das an? Lass mich gefälligst in Ruhe und meine Familie auch!«

»Ich erwarte eine Antwort«, sagte sie streng.

»Du hast gar nichts zu erwarten. Und wenn ich stehle, dann bist du und sonst niemand daran schuld. Was glaubst du, wie es uns geht, seit Vater tot ist?«

»Ich weiß es nicht. Sag du es mir.«

»Wir haben kein Geld. Die Trauben sind noch nicht gepflückt, kein einziger Schlauch Wein ist gekeltert und abgefüllt. Und doch müssen wir die Zahlungen an den Geldverleiher leisten, von dem Vater das Geld für den Weinberg bekam.«

Isabel ersparte sich, zu bemerken, dass Johann auch schon vor dem Kauf nicht gut dagestanden hatte und etwas hätte zurücklegen können, wäre er nicht ins Hurenhaus gegangen. Doch das war weder der Moment noch der geeignete Gesprächspartner.

»Ich verstehe«, sagte sie. »Das wusste ich nicht. Es tut mir leid.«

»Kann ich jetzt gehen?«

»Ich möchte euch helfen.«

»Das würde Mutter nicht zulassen.«

»Wir haben alle Fehler gemacht, doch meine wiegen schwerer. Lass es mich versuchen.«

Er zuckte mit den Schultern.

»Wie schlimm ist es?«

Matthis wirkte verändert. Die Verzweiflung hatte über seine Wut gesiegt. »Wir haben nichts mehr. Kein Geld, kein Essen, nichts. Deshalb habe ich versucht, das Geld zu stehlen.«

»Komm, ich werde dich zu deiner Mutter begleiten.«

»Um ihr zu sagen, was ich getan habe?«

»Nein, gewiss nicht. Ich bitte dich nur, dabei zu sein, wenn ich mit ihr spreche, und mir zuzustimmen, wenn es in deinem Sinne ist.«

»Was hast du vor?«

»Komm.« Sie zog an seinem Ärmel. »Gehen wir. Du wirst es gleich erfahren.«

Als sie die Kate erreichten, atmete Isabel tief durch.

»Öffnet! Ich bin es, Matthis.«

Isabel hörte, wie der Riegel zurückgeschoben wurde. Dann öffnete Hanna die Tür. Überrascht sah sie erst Isabel, dann Matthis an.

»Was tust du hier?«, fragte sie an Isabel gewandt.

»Ich habe Matthis getroffen und die Gelegenheit genutzt, ihm ein Angebot zu machen. Du hast einen guten Sohn mit einem klaren Verstand. Er hat sich angehört, was ich zu sagen hatte. Nun bitte ich dich, mir zuzuhören.«

Hanna zögerte, gab dann jedoch die Tür frei. »Bitte, komm herein.«

Friedrich und Wendel beäugten sie misstrauisch, die kleine Anna eher neugierig.

»Bitte, setz dich.« Hanna deutete auf einen der Stühle am Tisch. »Ich habe nur Wasser da«, entschuldigte sich Hanna.

»Ich möchte nichts, danke. Und bitte verzeih, dass ich mich mit meinem Anliegen zunächst an Matthis gewandt habe. Doch ich fürchtete, du würdest mir womöglich nicht zuhören, wenn ich dich direkt ansprechen würde.«

»Geht es wieder um den Hang auf deinem Grund und Boden?« Hanna blickte sie ernst, fast verärgert an.

»Nein. Nicht darum. Es ist Folgendes: Ich habe nicht genug Knechte, um die Hänge zu bestellen. Der Wein, den ich mache, ist gut. Es gibt genug Käufer, doch habe ich nicht genügend Trauben. Deshalb möchte ich dir anbieten, mir die Trauben von eurem Anteil des Klosterhangs zu verkaufen. Auch wenn euch nicht daran gelegen ist, mir zu helfen, so würdet ihr es dennoch tun.«

»Für wie viel?«

»Fünfzehn Gulden das Fass. Ich könnte euch die Hälfte sogleich geben. Nun ja, ich habe das Geld nicht hier, sondern zu Hause. Doch schon morgen könntet ihr es bekommen.«

»Aber die Trauben sind ja noch nicht einmal gepflückt. Warum solltest du uns dann schon jetzt bezahlen?«

»Nun, ich möchte meine Geschäfte ausweiten und könnte mit deiner Zusage die Aufträge annehmen, die ich sonst ablehnen müsste. Du bist eine ehrliche Frau. Ich weiß, dass ich die Trauben bekomme, wenn wir uns einig werden.«

»Fünfzehn Gulden das Fass«, murmelte Hanna. »Das ist um einiges mehr, als wir vom Kloster bekommen.«

»Weil ich die Trauben dringender brauche als die Mönche«, erklärte Isabel. »Ich verstehe, wenn ihr euch erst besprechen wollt. Bitte, überlegt es euch und gebt mir morgen eure Antwort.«

»Was ist mit dem Hang?«, wollte Hanna wissen.

»Welchem Hang? Du meinst den auf meinem Grundstück?«

»Ja.«

»Nun, ihr habt ihn bestellt. Wenn ihr mir diese Trauben auch noch verkaufen wollt, kennt ihr den Preis, den ich zu zahlen bereit bin. Wenn nicht, verkauft an das Kloster oder einen anderen Händler. Das geht mich nichts an.« Sie lächelte Hanna aufmunternd an. »Ich habe deinem Mann und damit euch Furchtbares angetan, und ich könnte verstehen, wenn du mich abweist. Doch ich bitte dich, lass die Vergangenheit ruhen und lass uns versuchen, einander wieder zu vertrauen. Wir sind

Witwen und müssen unsere Kinder durchbringen. Ich helfe dir, wenn ich kann, und bitte dich nun, mir zu helfen und mir die Trauben zu überlassen.«

Hanna standen Tränen in den Augen. »Ich kann es nicht allein entscheiden. Ihr seid die Erben eures Vaters.« Sie blickte die Kinder an, die sie allesamt erleichtert, ja geradezu glücklich ansahen.

»Ich habe damals durch meine Unbedachtheit, nein«, korrigierte er sich, »durch meinen Diebstahl das Unglück heraufbeschworen«, erklärte Matthis. »Vater hat seinen Teil beigetragen, Isabel den ihren. Keiner von uns wollte, dass es kommt, wie es kam. Isabel macht uns nun ein Angebot, wie wir es so nirgendwo wiederbekommen. Ich möchte ihr die Reben verkaufen und damit alle Streitigkeiten begraben, die uns trennten.«

Hanna war so stolz auf ihren Sohn, dass sie ihn am liebsten umarmt hätte.

Friedrich und Wendel tauschten einen Blick. »Wir würden es auch gern machen«, sagte Wendel im Namen beider.

Isabel sah Anna an. »Und du? Könntest du es dir auch vorstellen?« Es klang liebevoll.

»Ja, das wäre schön«, erklärte die Kleine brav.

»Und du, Hanna?« Isabel schluckte. »Ich weiß, es ist schwer für dich, mehr noch als für irgendwen sonst. Doch ich versichere dir ...« Weiter kam sie nicht. Hanna war neben sie getreten und fasste an ihre Schulter. Isabel stand auf, sodass ihre Gesichter nur eine Handbreit voneinander entfernt waren. Hanna umarmte Isabel, die die Geste erwiderte.

»Du hast mir so unglaublich gefehlt.«

»Du mir auch«, brachte Isabel stockend hervor, während ihr Tränen der Erleichterung die Wangen herunterliefen. »Ich kann dir gar nicht sagen, wie sehr.«

# 22. Kapitel

Es war, als wäre das Leben in ihr Leben zurückgekehrt. Hatten die Familien bei der Bestellung des Hangs noch nebeneinander gearbeitet, ohne ein Wort zu wechseln, lachten und scherzten sie jetzt, bewarfen sich manchmal sogar übermütig mit Trauben oder stimmten Lieder an. Die Trauben pflückten sich fast wie von selbst und füllten Karren um Karren. Es war eine reine Freude!

Isabel hatte am Tag, nachdem sie die Übereinkunft mit den Staubers getroffen hatte, Reusin zu Abt Dimitrius geschickt und um ein Treffen gebeten. Noch am gleichen Tage war er gekommen und hatte von Isabel erfahren müssen, dass weder ihre noch die Trauben der Staubers an das Kloster gehen würden. Im Vertrauen erzählte sie dem Kirchenmann, weshalb sie den Staubers das Angebot gemacht hatte und dass dies nun endlich die Versöhnung herbeigeführt hatte, die alle so sehr ersehnt hatten. Anders, als Isabel befürchtet hatte, war der Abt weder ungehalten noch machte er ihr Vorwürfe, die Trauben nicht zu erhalten. Ganz im Gegenteil. Er lobte sie dafür, so gehandelt zu haben, und sprach ihr gut zu, dass die Reben auch im nächsten Jahr noch da sein würden und es dann zu einer neuerlichen Vereinbarung kommen könnte, wenn Isabel es denn wollte. Sie dankte ihm von Herzen und war erleichtert, dass sie sich durch ihr Vorgehen den Abt nicht wieder zum Feind gemacht hatte. Doch sie hatte auch bemerkt, dass der Abt müde und abgeschlagen ausgesehen hatte. Hierauf angesprochen, hatte er abgewiegelt und gesagt, dass es bessere und schlechtere Tage gebe, ganz, wie es dem Herrn gefiele. Kurz darauf hatte er sich verabschiedet und war zum Kloster zurückgegangen.

Seitdem war eine volle Woche vergangen, in der die Veltens und die Staubers mit der Hilfe von Knechten und Mägden die Trauben gepflückt und auf die Karren geladen hatten. Jeder tat, was er konnte, um seinen Teil zum Gelingen beizutragen. Und noch etwas war geschehen: Zwei neue Knechte hatten sich bei Isabel verdingt. Sie mutmaßte, dass es auch daran lag, dass ein jeder im Dorf von der Versöhnung der Familien gehört hatte und diese begrüßte, hatte doch niemand gern Menschen um sich, die fortwährend zankten. Es war, als ginge auf einmal all das, was Isabel zuvor Kopfzerbrechen beschert hatte, wie von selbst. Das Wichtigste jedoch war wohl für jeden von ihnen, dass sie endlich wieder unbeschwert zusammen sein konnten.

Isabel stand auf dem Hang, streckte den Rücken und sah hinab. »Wir haben viel geschafft heute«, sagte sie zu Hanna, die nur ein kleines Stück von ihr entfernt die Trauben in ihren Korb fallen ließ.

Hanna richtete sich ebenfalls auf. »Zwei Tage noch, dann müssten wir es geschafft haben.« Sie sah zu Isabel hinüber. »Fast bedauere ich, dass die Erntezeit bald vorüber ist. Es war so schön, Seite an Seite zu arbeiten. Findest du nicht auch?«

»Es muss ja nicht vorbei sein«, erwiderte Isabel. »Auf dem Hof gibt es genug Arbeit. Wenn du willst, könntest du mit den Kindern auch weiterhin mithelfen. Allerdings werde ich dir nicht so viel bezahlen können, sonst komme ich am Ende selbst nicht mehr hin.«

»Nun, ich habe vor Kurzem ein sehr gutes Geschäft abschließen können«, frotzelte Hanna. »Ich habe dein Geld gar nicht nötig.«

Isabel bückte sich und griff einige Trauben, die sie nach der Freundin warf.

»He!«, beschwerte diese sich. »Hör auf! Mein Kleid wird noch schmutziger, als es ohnehin schon ist.«

»Dann lass dir ein neues machen«, lachte Isabel. »Du hast ja schließlich genug Geld.«

»Das ist auch wieder wahr.« Hanna war über die Maßen erleichtert, so gelöst mit der Freundin scherzen zu können.

»Mir kommt gerade ein Einfall«, kündigte Isabel an. »Ich habe schon eine Weile überlegt, wie es mir gelingen könnte, die früheren Geschäftspartner Augustins dazu zu bewegen, wieder Handel mit mir zu treiben.«

»Und?«

»Was hältst du von einem Fest? Ein großes Weinfest, zu dem wir einladen und bei dem unsere Weine gekostet und am Ende auch gekauft werden können.«

Hanna überlegte kurz. »Zwar habe ich noch nie von etwas Derartigem gehört, doch für mich klingt es gut. Und du glaubst, die feinen Herrschaften würden kommen?«

»Wenn sie hören, dass es nur für ausgewählte Gäste ist, und sie fürchten müssen, dass die anderen Händler gehen, nur sie es verpassen könnten, vermutlich schon.« Isabel blickte verschwörerisch.

»Nun gut, dann gib dein Fest.«

»Wir«, stellte Isabel klar. »Es sind unsere Reben. Und wer sie verkauft, ist am Ende einerlei. Lass es uns zusammen vorbereiten, Hanna. Ein Fest für die gut betuchten Kunden und auch für uns. Und für diesen Anlass werden wir beide uns neue Kleider fertigen lassen.«

»Neue Kleider?«

»Aber ja. Wie alt ist der Fetzen, den du am Leibe trägst?«

Hanna sah an sich herab. »Ich weiß nicht. Ich kann mich nicht erinnern.«

»Eben. Mein bestes Kleid ist eines, das Gertrud mir gegeben hat. Es ist also an der Zeit.«

Hanna gefiel der Gedanke immer besser. »Nun gut, wenn du es sagst, dann lassen wir uns Kleider schneidern, ganz wie die vornehmen Damen.« Sie hob die Nase, stolzierte einige Schritte auf der Stelle und verzog hierbei das Gesicht. Isabel lachte laut los und beruhigte sich erst, als jemand, der unten am Hang stand, ihre Aufmerksamkeit erregte. »Claude«, entfuhr es ihr.

»Wer ist Claude?« Hanna drehte sich um und folgte Isabels Blick.

»Ich bin gleich zurück«, kündigte Isabel an und lief zunächst, um dann etwas ruhiger weiter den Hang hinabzusteigen. Claude sollte nicht sehen, wie überschwänglich ihre Freude war.

»Isabel!«

»Claude!«

Sie standen direkt voreinander, dann nahm er sie einfach in seine Arme. Isabel ließ es geschehen, war es doch genau das, was sie wollte.

»Was tust du hier? Warum bist du nicht in Burgund?«

»Ich habe dich vermisst, Isabel«, raunte er und warf ihr dabei einen Blick zu, bei dem ihr heiß und kalt zugleich wurde. Sie wusste nicht, was sie sagen, ja nicht einmal, was sie denken sollte. Verlegen drehte sie sich um, winkte Hanna zu sich herunter.

»Ich möchte dir jemanden vorstellen«, kündigte Isabel an und wartete, bis die Freundin sie erreicht hatte. »Claude, das ist Hanna, meine Vertraute und Geschäftspartnerin. Hanna, das ist Claude.«

»Bonjour. Es ist mir eine Freude, Euch kennenzulernen.« Er verbeugte sich.

»Ich habe Euch schon einmal gesehen. Es ist eine Weile her. Im Frühjahr muss es gewesen sein, als wir die Hänge vorbereiteten. Aber nur von Weitem«, fügte sie noch hinzu.

»Verzeiht, doch ich hatte wohl nur Augen für Isabel«, gab er zurück.

Isabel wurde augenblicklich rot. Er sprach solche Dinge immer einfach so aus und brachte sie in äußerste Verlegenheit.

»Claude lebt in Burgund und besitzt ebenfalls Weinberge. Die Setzlinge dort drüben am Hang«, sie deutete mit dem ausgestreckten Arm, »stammen von ihm.«

»Orleanstrauben«, erklärte Claude. »Saftigere und zugleich lieblichere Trauben werdet Ihr nirgendwo finden.«

»Es ist schön, dass du erneut den Weg zu uns gefunden hast. Bist du auf der Durchreise?«

»Nein. Ich bin deinetwegen gekommen«, gab er unverhohlen zu. Hanna schmunzelte, während Isabel ein wenig erschrocken die Augen aufriss. Warum nur sagte er solche Sachen immer einfach so?

»Ich pflücke noch weiter«, sagte Hanna. »Lass du es doch für heute gut sein und kümmere dich um deinen Gast.«

»Willst du nicht auch mit zum Haus kommen?«, fragte Isabel, der die Situation mehr als unangenehm war.

»Nein«, sagte Hanna nur, zwinkerte Isabel zu und ging wieder hinauf.

Auf dem Weg zum Haus berührten Claudes Hände wie zufällig immer einmal wieder Isabels. Sie tat, als würde sie es gar nicht bemerken.

»Geh du schon ins Esszimmer hinüber. Die Kinder sind noch auf dem Hang.«

»Ja, ich habe sie gesehen.«

»Ich werde Reusin sagen, dass sie dir auftragen soll. Gewiss bist du hungrig.«

»Wie sollte ich da ablehnen?« Nun fasste er ihre Hand, hob sie an und strich zärtlich mit den Fingern darüber. »Du siehst wunderschön aus, wenn du die Trauben pflückst.«

»Ich sehe gewiss vollkommen zerrupft aus«, parierte sie. »Und deshalb werde ich jetzt ins Badhaus gehen. Warte im Esszimmer auf mich.« Sie machte sich los und war erleichtert, als sie aus seinem Blickfeld verschwunden war. All ihre Selbstsicherheit war dahin, sobald dieser Mann sie nur ansah. Ihre Knie wurden weich, ihre Gedanken jagten wie wild durch ihren Kopf, und sie vergaß, was sie hatte sagen wollen. Sie musste sich augenblicklich zusammenreißen.

Isabel gab Reusin Bescheid, die sich erfreut über den Besuch des Franzosen zeigte. Dann ging Isabel ins Badhaus. Ihr Kleid war voller Staub, ihre Haare staken vor Dreck. Doch sie konnte sich unmöglich Zeit lassen, um all das in Ordnung zu bringen. Sie wusch sich Gesicht und Oberkörper, öffnete ihren Zopf und flocht ihn neu. Dann lief sie vom Badhaus direkt die Treppe hinauf zu ihrer Kammer. Sie griff das Kleid von Gertrud, das sie vorhin Hanna gegenüber erwähnt hatte, streifte es über, strich abermals ihre Haare glatt und ging hinunter. Claude saß im Esszimmer am Tisch. Er hatte sich den Stuhl ausgesucht, auf dem er auch während seines Aufenthalts vor einigen Monaten immer gesessen hatte. Vor ihm stand ein Becher, den er zwischen seinen Händen drehte. Daneben ein Krug und ein weiterer Becher für Isabel.

»Nun ist es besser«, sagte sie beim Eintreten.

Er blickte auf, sah sie von oben bis unten an. Wie sehr sie diesen Blick genoss! »Du bist eine Schönheit, Isabel. Wie sollte ich nicht ständig an dich denken bei so einem Anblick.«

»Bitte, Claude, sag so etwas nicht.« Sie setzte sich ihm gegenüber an den Tisch.

»Weshalb nicht?«

»Es ist mir unangenehm.«

»Aber du bist eine Schönheit. Soll ich dir sagen, dass es nicht so ist? Das ist doch Unsinn.«

»Wie fällt dieses Jahr deine Lese aus?«, wechselte sie das Thema. »Bist du zufrieden?«

»Das bin ich.« Er trank einen Schluck. »Die Trauben waren gut zu mir.« Er sah sie nachdenklich an. »Und ich möchte gut zu dir sein, Isabel. Es ist kein Tag vergangen, an dem ich nicht an dich gedacht habe.«

»Bitte, Claude. Du darfst nicht so sprechen.«

»Wer sollte es mir verwehren?«

»Ich.«

»Und weshalb? Weil du dich vor dem fürchtest, was uns überkommen könnte? Weil du fürchtest, nicht widerstehen zu können? Nun, ich kann es nicht.«

»Du lebst in Burgund und ich hier. Wir können uns nicht ...« Sie brach ab, weil in diesem Moment Albert hereinkam.

»Claude, was für eine Freude!« Er ging um den Tisch herum, begrüßte den Franzosen herzlich. »Mutter hat gar nicht gesagt, dass du kommen würdest.«

»Sie wusste nichts davon, und fast scheint es mir, es ist ihr nicht recht.«

»So ein Unsinn«, erklärte Albert. »Nicht wahr, Mutter? Auch du freust dich, Claude zu sehen.«

»Gewiss, das tue ich.«

»Siehst du, du bist willkommen!« Alberts Freude war aufrichtig. »Wie lange wirst du bleiben?«

»Ich weiß noch nicht.« Claude sah zu Isabel hinüber.

»Hat Mutter dir schon von dem Fest erzählt? Hanna hat es mir gerade eben gesagt. Ein unglaublicher Einfall! Du musst unbedingt so lange bleiben.«

»Aber bis zum Fest wird es noch dauern. Mindestens zwei Wochen. Es ist eine Menge Arbeit, so etwas vorzubereiten«, widersprach Isabel. »Claude kann unmöglich so lange bleiben.«

»Nun, ich hätte auch drei Wochen, wenn es so lange dauert.« Claude warf Isabel wieder diesen Blick zu, bei dem ihr heiß und kalt wurde. »Es sei denn, deine Mutter wirft mich vorher hinaus.«

»So etwas würde sie nie tun, nicht wahr, Mutter?« Albert war in seiner Begeisterung nicht mehr zu bremsen. »Und du musst unbedingt die Staubers kennenlernen. Hanna hast du ja schon getroffen, wie sie sagte. Sie hat drei Söhne und eine Tochter. Meist sind ohnehin alle hier bei uns. Du wirst sie mögen.«

»Ich freue mich, so herzlich willkommen zu sein«, sagte Claude. »Sehr gern möchte ich eure Freunde kennenlernen.«

»Wir müssen noch mal darüber sprechen. Ich muss viel arbeiten in nächster Zeit. Das Keltern der Reben steht an, dann das Fest. Ich werde mich kaum um dich kümmern können.«

»Ich liebe es, Reben zu keltern.« Claude sog den Duft ein, als könne er die Trauben bis hierher riechen. »Wer weiß, womöglich kann ich dir noch etwas beibringen? Oder du mir? So oder so wird es mir eine Freude sein.«

»Gut. Dann ist es entschieden. Ich sage den anderen Bescheid.« Albert verließ das Esszimmer in Windeseile.

Isabel fühlte sich überrumpelt, wusste nicht, wie ihr geschah. Zwei Wochen wollte Claude bleiben, womöglich noch länger. Was in dieser Zeit alles geschehen könnte, durfte sie sich gar nicht vorstellen.

Es wurde ein heiterer Abend. Claude hatte anfangs Mühe, Hannas Zwillinge nicht zu verwechseln. Doch Conrad half ihm, Friedrich und Wendel durch einige kleine Unterschiede am Ende doch auseinanderhalten zu können.

Es war spät geworden, als Hanna mit ihren Kindern zu ihrer Kate aufbrach.

»Wollen wir sie nicht noch ein Stück des Weges begleiten?«, fragte Claude an Isabel gewandt. »Ich war noch nicht einmal bei Mondschein in eurem schönen Lande vor der Tür. Gewiss ist es reizvoll in dieser Landschaft, nicht wahr?«

Schon wieder hatte Isabel das Gefühl, von ihm überrumpelt worden zu sein. »Ich weiß nicht. Es ist schon spät.«

»Ich werde euch morgen helfen, die Trauben zu lesen. So müssen wir alle nicht so früh aufstehen und können den Abend noch genießen.«

Diesem Mann schien einfach immer noch etwas einzufallen, was er sagen konnte. Sie zuckte mit den Schultern. »Wenn du unbedingt willst.«

Albert kümmerte sich darum, Emilia ins Bett zu bringen, bevor Conrad und er selbst sich ebenfalls zur Nachtruhe betteten. Die kleine Anna war so müde, dass sie, im Freien angekommen, kaum zehn Schritte machte und dann bereits sagte, nicht mehr gehen zu können. Matthis beugte sich zu ihr hinunter, nahm die Schwester auf den Rücken und gab Friedrich und Wendel auf, sie zu stützen, sollte sie seitlich wegrutschen. Claude und Hanna plauderten noch miteinander, Isabel hingegen schwieg die meiste Zeit während des Weges. Sie fühlte sich unwohl bei dem Gedanken, auf dem Rückweg allein mit Claude zu sein. Kurz kamen die Gedanken an Gunter hoch. War es möglich, dass sie sich in Claude getäuscht hatte – wie damals in Gunter? War er womöglich grob und wollte sie zu etwas zwingen? War das der Grund, warum er auf den kleinen Spaziergang bestanden hatte, damit man am Ende ihre Schreie im Haus nicht hörte und ihr niemand zu Hilfe eilen konnte?

»Gute Nacht«, sagte Hanna. »Und einen schönen Abend noch euch beiden.«

Isabel erschrak, hatte sie doch gar nicht mitbekommen, dass sie die Kate der Staubers bereits erreicht hatten.

»Gute Nacht«, sagte sie rasch. »Wir sehen uns morgen früh.«

»Nicht zu früh«, bemerkte Hanna. »Wir haben ja jetzt zwei weitere helfende Hände.«

»Bonne nuit«, wünschte Claude und drehte sich dann zu Isabel um. Kaum dass die Staubers die Tür der Kate von innen verriegelt hatten, nahm er ihre Hand.

»Du bist so still«, bemerkte er, als sie eine Weile nebeneinander hergegangen waren.

»Wir haben den ganzen Abend geredet.« Sie mühte sich, ihre Stimme freundlich klingen zu lassen.

Claude sah zum Himmel hinauf, betrachtete die Sterne. »Es ist wunderschön hier bei dir. Lass uns auf den Hang hinaufgehen und sehen, ob wir den Rhein dort oben schimmern sehen.«

»Claude, es ist spät.«

»Nur der Tag endet. Die Nacht jedoch beginnt gerade erst.«

Sie ließ sich von ihm mitziehen, wenngleich ihr immer unwohler wurde. Als sie oben ankamen, reckte er den Hals. »Es ist zu dunkel, um den Fluss zu erkennen«, gab er mit Enttäuschung in der Stimme von sich. »Damné. Wir müssen morgen noch einmal hier herauf, um zu sehen, ob es dann anders ist.«

»Claude, ich möchte gehen.«

»Habe ich dich verärgert? Das tut mir leid.« Enttäuschung schwang in seinen Worten mit.

Sie schüttelte den Kopf. »Aber nein, das ist es nicht. Du hast nichts falsch gemacht.«

»Aber weshalb bist du dann zornig auf mich? Ich kann es in deiner Stimme hören. Es ist dir nicht recht, dass ich da bin, nicht wahr? Das ist es.«

»Nein, Claude. Ich freue mich aufrichtig über deinen Besuch. Doch du bist so ...«, sie suchte nach dem richtigen Wort, »so fordernd. Du sagst Dinge zu mir, die man einer Witwe nicht einfach so sagen kann. Und ich fürchte, dass du etwas von mir willst, das ich nicht zu geben bereit bin.«

Er fasste sanft ihre Schultern, sah ihr in die Augen, die in der Dunkelheit wässrig schimmerten. »Ich würde mir nie etwas nehmen, das du mir nicht geben willst. Was auch immer zwischen uns geschieht, mon amant, möchtest du ebenso sehr wie ich, oder es wird gar nicht geschehen.«

Sie legte ihren Kopf an seine Brust, und er umarmte sie. Sanft strich er ihr über den Rücken. Alles in ihr drängte sich ihm entgegen. Seine Hand wanderte von ihrem Rücken zum Nacken und seitlich an den Hals. Jede seiner Berührungen löste sanfte Schauer in ihr aus. Sie hob den Kopf, sah ihn an. Die Dunkelheit hatte die beiden noch nicht vollends eingehüllt, doch genug, dass Isabel sich in ihrem Schutz geborgen fühlte. Er beugte sich zu ihr herab, legte seinen Finger unter ihr Kinn und küsste sie zärtlich. Isabel erwiderte den Kuss, genoss es, seine Lippen auf ihren zu spüren. Kurz löste sie sich, dann küsste sie ihn erneut, umfasste seine Taille und presste sich an ihn. Sie spürte sein Glied steif werden, drückte sich ihm entgegen. Die Küsse wurden heftiger, fordernder. Claude berührte mit seiner Hand ihre Brust, erst ganz zart, dann in kreisenden Bewegungen. Isabel hob ihren Kopf, genoss die Berührungen, stöhnte auf. Claude verstärkte den Druck, küsste voller Leidenschaft ihren Hals. Isabel genoss es, drückte ihren Unterleib noch fester an ihn heran. Er stöhnte, holte tief Luft, löste sich ein wenig von ihr, atmete durch.

»Wenn du dir nicht sicher bist, müssen wir jetzt aufhören. Sonst kann ich nicht mehr zurück.« Seine Stimme vibrierte vor Erregung.

Isabels Herz klopfte wild. Sie sah ihn an, öffnete langsam die Schnüre ihres Kleides, ließ ihn nicht aus den Augen. Sie streifte ihr Kleid von den Schultern, trat aus dem Stoff heraus, nahm seine Hand und legte sie auf ihre Brust. Laut atmete sie aus, stöhnte. Claude zog sie zu sich heran, küsste ihren Hals, ihre Brüste, ließ seine Zunge spielen. Isabel legte den Kopf in den Nacken, atmete mit offenem Mund. Claude liebkoste ihren Hals, küsste sie leidenschaftlich, ließ seine Zunge in ihren Mund dringen. Sie umfasste sein Gesäß, fühlte seine Muskeln. Sanft zog er sie zu Boden, küsste sie heftiger, vollkommen losgelöst. Sie genoss es, keuchte, als er mit der Hand zwischen ihre

Beine fuhr. Sie fingerte an seiner Hose, ließ sich schließlich von ihm helfen. Mit einem kräftigen Ruck streifte er sie ab, hob seinen Körper auf sie und glitt sanft in sie hinein. Für Isabel war es wie ein Rausch, ein Strudel, der sich immer schneller zu drehen schien und sie mit sich riss. Sie stöhnte, keuchte, nahm sein Glied gierig in sich auf. Sie spürte ihre Muskeln, die sich eng um ihn schlossen, wollte ihn immer tiefer in sich spüren. Ihr Unterleib pulsierte. Claude bewegte sich immer rascher, fordernder, dann bäumte er sich auf und ergoss sich in sie. Dann sackte er auf sie nieder, und Isabel umarmte ihn, genoss den Duft seiner Haut. Nie zuvor hatte sie einen solchen Rausch erlebt.

# 23. Kapitel

Die nächsten Tage verbrachte Isabel mit dem Traubenpflücken auf dem Hang und dem Vorbereiten des Festes. Des Nachts liebte sie Claude, als gäbe es kein Morgen. Eine solche Leidenschaft hatte sie auch bei Albert nicht kennengelernt, obwohl sie das Zusammensein mit ihm stets genossen hatte. Alles, was Claude tat, war so voller Hingabe und Genuss, dass es Isabel den Atem nahm. Er machte Dinge mit ihr, die sie nie gekannt hatte, berührte sie auf eine Weise, die sie überwältigte, weckte Sehnsüchte in ihr, die neu und aufregend waren und sie, wenn sie tagsüber daran dachte, erröten ließen. Fast fühlte es sich an, als wäre sie eine ganz andere Frau als die, die es vor Claude gegeben hatte. Je öfter sie sich liebten, desto selbstverständlicher schien es Isabel, ihn immer raffinierter zu verführen und die Lust bis ins Unerträgliche zu steigern, um ihm dann die ersehnte Erleichterung zu verschaffen.

Zehn Tage war Claude bereits bei ihnen, und in fünf Tagen sollte das Weinfest sein. Isabel und Hanna hatten es bei den Vorbereitungen an nichts fehlen lassen, wenngleich Isabel mit einer gewissen Sorge auf den immer kleiner werdenden Münzstapel blickte. Doch, so sagte sie sich, würde sich dieser schon bald wieder füllen, wenn das Fest ein Erfolg würde und die Gäste es sich nicht nur gut gehen ließen, sondern fässerweise kauften.

Isabel hatte so viel Wein gekeltert wie nie zuvor. Der Fassschläger musste ihr noch fünfzehn weitere Fässer fertigen, weil die ihren nicht ausreichten, um all den Wein abzufüllen. Der Anbau war voll bis unter die Decke. Zufrieden betrachtete Isabel das Lager. »Wenn wir das alles verkaufen, werden wir reiche Leute sein«, sagte sie zu Albert.

»Hoffentlich kommen alle oder zumindest viele derer, die wir eingeladen haben.« Sorge klang in seiner Stimme mit. »Wenn wir auf diesen Weinmengen sitzen bleiben, werden wir uns nicht mehr lange über Wasser halten können.«

»Mit dem Kauf vonseiten Burkhards ist bereits ein Teil unserer Kosten gedeckt«, versuchte sie seine Bedenken zu zerstreuen.

»Das Fest wird uns viel Geld kosten. Dann die neuen Weinfässer, der Knochenhauer, der das Schwein bringt.«

»Mein großer, sorgenvoller Sohn.« Sie umarmte ihn, wenngleich er ihr bedeutete, dies nicht zu wollen. »Von Tag zu Tag erinnerst du mich mehr an deinen Vater. Ich weiß es zu schätzen, dass du dir Sorgen machst. Doch lass sie nicht Oberhand gewinnen. Sorge und Leichtigkeit müssen sich immer die Waage halten. Nur dann kann man glücklich sein.«

»Du hast dich verändert«, erkannte er. »Es liegt an Claude, nicht wahr?«

Isabel errötete. »Was willst du damit sagen?«, fragte sie schroff.

Er grinste sie breit an. »Ich bin kein Kind mehr, Mutter, sondern fast erwachsen. Selbst Conrad weiß, was geschieht, wenn ihr am Abend das Haus verlasst und durch die Weinberge schlendert.«

»Albert!«

»Es stimmt doch«, sagte er amüsiert. »Ich mag Claude, Mutter. Er ist ein guter Mann. Ganz anders als Gunter. Und wenn er bleibt, und damit meine ich, auch noch nach dem Fest, wird er Conrad, Emilia und mir willkommen sein.«

»Du bist wirklich erwachsen geworden«, sagte sie, wenngleich sie sich ein wenig für das schämte, was für alle offensichtlich schien.

»Wir können sehen, wie glücklich du bist«, erklärte er. »Es waren anstrengende Jahre für dich, für uns alle. Wenn das Fest gelingt und du einen Teil der alten Geschäftspartner Augustins zurückgewinnen kannst, werden wir alle ein erfülltes Dasein haben. Da ist es nur recht, wenn Claude auch noch das Glück für dich zurückbringt.«

»Ich danke dir von Herzen, Albert. Deine Worte bedeuten mir viel.«

Nun war er es, der auf die Mutter zuging und sie kurz umarmte. Dann verließ er das Weinlager.

Der Tag des Festes war gekommen, und Isabel hätte nervöser nicht sein können. Ehe Claude wie jeden Morgen aus ihrer Kammer schlich, bevor die Kinder wach wurden, sagte er ihr, dass er überzeugt sei, dass das Fest ein voller Erfolg würde. Er wusste, wie wichtig es für Isabel war, die Geschäftspartner zurückzugewinnen, wollte sie künftig wieder sämtliche Hänge bestellen und den Weinhandel weiter voranbringen.

»Was ist, wenn niemand kommt?«, fragte sie während des Morgenmahls.

»Warum sollte das denn geschehen?«, gab Albert in ruhigem Ton zurück. »Wir haben Wein, wir haben Essen. Das lockt die Leute an.«

»Ja. Unmengen an Wein und ein ganzes Schwein, das am Spieß gedreht wird.« Isabel legte sich die Hand auf die Stirn. »Ich muss wahnsinnig gewesen sein, mir so etwas einfallen zu lassen.«

»Was einfallen zu lassen?« Hanna, die ihr neues, wunderbar anzusehendes Kleid trug, war soeben zusammen mit ihren Kindern eingetreten. »Guten Morgen.«

Die Kinder und auch Claude grüßten die Staubers.

»Das Fest«, erklärte Isabel knapp. »Wir werden auf dem Schwein sitzen bleiben und nicht mehr wissen, wovon wir alles bezahlen sollen.«

Hanna trat hinter Isabel an deren Stuhl, legte ihre Hände auf die Schultern der Freundin. »Und ich dachte schon, du hättest vor gar nichts Angst.« Sie lachte auf. »Es wird alles gut werden, Isabel. Du wirst sehen – schon bald ist der Hof voller Menschen, die sich darum schlagen werden, deinen Wein kaufen zu dürfen.«

»Hoffentlich behältst du recht.« Isabel schob die Schale mit dem Haferbrei von sich.

»Iss lieber noch etwas, sonst fehlt dir den Tag über die Kraft.«

»Wenn ich nur an Essen denke, steigt mir bittere Galle auf. Ich glaube, ich stehe das nicht durch.«

»Das wird schon«, urteilte Hanna. »Die Hauptsache ist, dass Gerald sein Wort hält und uns noch mit Bechern aushilft.«

»Auf Gerald ist Verlass. Doch ob genug da sein werden, die aus den Bechern trinken wollen, das wird sich erst noch herausstellen.«

»Du hörst jetzt auf damit!« Hanna schüttelte Isabel an den Schultern. »Genug! Wir werden ein wunderbares Fest feiern, und es wird ein Erfolg. Etwas anderes dürfen wir nicht einmal denken.«

Bis zum Mittag hatte außer Gerald, der die Trinkbecher gebracht hatte, nicht eine fremde Seele den Hof der Veltens betreten. Isabels anfängliche Besorgnis war echter Verzweiflung gewichen. Sie stand da in ihrem neuen Kleid, das das gleiche Blau wie ihre Augen hatte, sah wunderschön und doch zutiefst unglücklich aus. Sie ließ die Schultern hängen, ihre Kiefer mahlten vor Anspannung aufeinander. Alle Versuche der Kinder, Hannas oder auch Claudes, ihr Mut zuzusprechen, waren ganz und gar fruchtlos.

Es war bereits Nachmittag, und noch immer war niemand gekommen. Isabel musste die Tränen niederringen. Emilia und Anna spielten miteinander. Der Knochenhauer drehte das Schwein am Spieß. Hanna, die übrigen Kinder, Claude und das Gesinde erledigten die letzten Vorbereitungen, von denen sie nicht wussten, ob diese je von jemandem bemerkt würden.

Isabel hatte sich in ihre Kammer zurückgezogen, wollte niemanden sehen. Sie hatte das neue Kleid ausgezogen und auf den Stuhl gelegt, damit es nicht zerknitterte. Dann hatte sie sich aufs Bett geworfen. Sie hatte sich übernommen. Wie sollte sie, wenn sie keinen weiteren Wein verkaufte, alle Außenstände bezahlen und die Ihren bis zum nächsten Jahr versorgen? Keine neuen Setzlinge kaufen zu können und einen Teil der Hänge ein weiteres Jahr brach liegen lassen zu müssen, das war nun ihre kleinste Sorge. Sie war wütend. Wütend auf sich selbst. So etwas geschah, wenn man immer mehr wollte! Isabel schlug mit der Faust in das Kissen, Tränen liefen ihr über die Wangen. Nach all der harten Arbeit würde sie womöglich alles verlieren. Sie hatte es an Umsicht fehlen lassen und die Bedenken, die so manches Mal aufgekommen waren, einfach beiseitegeschoben. Nun würde sie bitter dafür bezahlen müssen, derart leichtfertig gehandelt zu haben, und damit – und das war das Schlimmste – womöglich das Erbe ihrer Kinder in Gefahr bringen.

Es klopfte, dann wurde der Versuch unternommen, die Tür zu öffnen, doch Isabel hatte einen Stuhl unter die Klinke geschoben.

»Isabel, komm herunter!«, hörte sie Hanna rufen.

»Nein. Ich bleibe hier. Esst ihr das Schwein allein auf.«

»Bist du vollkommen wahnsinnig geworden?« Hanna hämmerte wie wild gegen die Tür.

Isabel erhob sich langsam, ging widerstrebend hinüber und öffnete die Tür.

»Wie siehst du aus?«, gab Hanna entsetzt von sich. »Isabel, um Himmels willen! Sie kommen! Sie sind mit dem Oberländer angereist, alle auf einmal. Zieh dich an und komm runter! Und beeil dich gefälligst.«

Isabel sah die Freundin verwundert an, konnte kaum begreifen, was diese soeben gesagt hatte.

»Nun mach schon!«, trieb Hanna sie an und stürmte an Isabel vorbei in deren Kammer. Sie lief zum Stuhl, griff das Kleid und brachte es Isabel. »Ja, willst du denn hier Wurzeln schlagen?«, schimpfte sie.

Isabel war aus ihrer Starre erwacht und eilte sich nun, das Kleid anzuziehen. »Was ist mit meinen Haaren?«

»Du siehst furchtbar aus. Setz dich«, befahl Hanna und drückte Isabel auf den Stuhl, der eben noch dazu gedient hatte, die Tür zu blockieren. Hastig löste sie Isabels Zopf, strich ihr mit den Fingern durch die Strähnen und flocht ihn neu. »Besser«, befand sie. »Wasch dir noch einmal das Gesicht. Deine Augen sind gerötet.«

Isabel eilte zur Waschschale, tauchte ihre Hände hinein, benetzte ihr Gesicht mit dem kühlen Nass. Hanna hielt ein Tuch bereit, mit dem sie sich abtrocknete.

»Ja, so siehst du wieder gut aus!« Hanna schien zufrieden mit ihr. »Und jetzt hebst du deinen Kopf und wirst würdevoll und mit Freude deine Gäste begrüßen, hast du mich verstanden?«

»Ja«, erwiderte Isabel und lief dann rasch die Stufen der Treppe hinab, eilte zur Tür. Sie atmete noch einmal tief durch, bevor sie nach draußen trat. In diesem Moment kamen gut drei Dutzend Männer durch das Hoftor. Sie trat ihnen ruhig und mit einem Lächeln entgegen, breitete die Arme aus. »Willkommen, Ihr hohen Herren«, begrüßte sie ihre Gäste. »Tretet näher und lasst es Euch gut gehen!«

»Welch bezaubernder Anblick! Ich muss schon sagen, Ihr seid fast nicht wiederzuerkennen, Isabel.« Claus von Hoheneck, der Patrizier aus St. Goar, bei dem sie als Erstes versucht hatte, ihren Wein zu verkaufen, trat ihr entgegen und verbeugte sich. »Ich darf Euch doch Isabel nennen?«

»Gewiss, Claus von Hoheneck.«

»Claus reicht vollkommen. Wir Geschäftspartner sprechen uns untereinander doch alle mit Vornamen an.« Er ließ seinen Blick schweifen. »Es ist beeindruckend, in welch vortrefflichem Zustand Ihr den Hof haltet.«

»So genießt es und fühlt Euch wohl, Claus. Nachdem ich meine anderen Gäste begrüßt habe, bestehe ich darauf, einen Wein mit Euch zu trinken.«

»Es wird mir eine Freude sein.«

»Kann ich Euch einen Wein anbieten?« Albert war mit einem Tablett an Claus von Hoheneck herangetreten. Isabel nahm es mit einem dankbaren Lächeln zur Kenntnis und schritt an dem Patrizier vorbei, um die weiteren Gäste zu begrüßen.

Es dauerte eine Weile, bis Isabel auch den letzten Gast willkommen geheißen hatte. Dann kam der Knochenhauer zu ihr und sagte, dass das Schwein gut sei und sie mit dem Essen beginnen könnten. Isabel dankte ihm und gab Hanna, den Kindern und dem Gesinde Bescheid, dass sie die Gäste mit Fleisch versorgen sollten. Kurz hielt sie Ausschau nach Claude, konnte ihn in dem Getümmel jedoch nicht entdecken. Da wurde sie bereits wieder angesprochen und schickte sich lächelnd an, sich weiter ihren Gästen zu widmen.

Sie führte die Männer in kleinen Gruppen durch das Weinlager, zeigte ihnen, welche Weinberge die ihren waren, und gab an, wie viele Fässer sie jedes Jahr liefern konnte. Hierbei blieb sie stets charmant, bezirzte ein ums andere Mal und war bester Laune, einen so großen Erfolg verzeichnen zu können.

Außer den Weinhändlern hatte sie auch Abt Dimitrius eine Einladung überbringen lassen, doch dieser blieb dem Treiben fern, was Isabel bedauerte. Sie nahm sich vor, ihn in den nächsten Tagen aufzusuchen, um sicherzugehen, dass ihre

Freundschaft unter dem Umstand, ihre und auch Hannas Trauben selbst gekeltert zu haben, nicht gelitten hatte.

Es war spät geworden, als Isabel endlich Claude erblickte, der im Gespräch mit Claus von Hoheneck war, und sie sich zu ihnen gesellte. Claude warf ihr einen kurzen Blick zu.

»Unsere Gastgeberin«, begrüßte Claude sie. »Ein wahrlich wunderbares Fest!«

»Und eine gute Gelegenheit, alte Handelspartner wiederzutreffen«, bemerkte Claus. »Claude habe ich seit Jahren nicht gesehen. Umso verblüffter war ich, ihn nun hier bei Euch wiederzusehen.«

»Ach, Ihr seid miteinander bekannt? Ich habe von Monsieur de Lazalle Setzlinge gekauft.« Ihr war unwohl, was Claus von Hoheneck womöglich darüber denken mochte, den Franzosen hier anzutreffen. »Wir kennen uns erst seit diesem Frühjahr. Umso glücklicher war ich, dass er meiner Einladung zum Fest gefolgt ist.«

»Wahrlich, wir haben schon einige gute Geschäfte miteinander gemacht, nicht wahr, Claude?«

»Ja, das stimmt.« Claude schien unruhig.

»Lass uns wieder Handel treiben«, sagte Claus. »Ich werde mal wieder zu dir nach Burgund reisen und mich von Mélisande bekochen lassen.« Er wandte sich an Isabel. »Ihr müsst wissen, seine Frau ist eine der besten Köchinnen, die ich je kennenlernen durfte.«

Claude stand da wie vom Blitz getroffen, und Isabel spürte, wie ihr das Blut in den Adern pulsierte. »Mélisande?«, echote sie.

»Aber ja. Ich kenne Claude, seit er sie damals heiratete. Zuvor habe ich mit Mélisandes Vater, dem alten Jean, Geschäfte gemacht. Als dieser dann gestorben war, mit Claude, doch dann haben wir uns aus den Augen verloren.« Er sah Claude an, der noch immer nichts gesagt hatte, dann wieder Isabel.

»Womöglich können wir unseren Claude einmal gemeinsam besuchen. Die Weinberge der Familie sind beeindruckend«, redete der Patrizier einfach weiter. »Sag, Claude, wie alt sind deine Töchter jetzt?«

»Acht und zehn«, gab der Angesprochene tonlos zurück.

»Ach, wie die Zeit vergeht!« Claus wiegte den Kopf. »Kaum dass man sich umdreht, sind die Kinder groß.«

»Bitte entschuldigt mich. Ich muss mich um die anderen Gäste kümmern.« Isabel knickste, lächelte Claus an und ging davon. Es war schon dunkel genug, dass man die Tränen in ihren Augen nicht sehen konnte.

Noch am gleichen Abend hatte sie Claudes Habseligkeiten in ein Bündel geschnürt und vor dessen Kammertür gestellt. Er hatte es nicht einmal zu erklären versucht. Seinen Versuch, sie zum Abschied zu umarmen, hatte sie nicht zugelassen, sondern nur gezischt, dass er sogleich gehen solle. Wie hatte er ihr das nur antun können?

Es war eine Qual für sie gewesen, den Rest des Abends zu lächeln und die Gastgeberin zu spielen, während ihr Herz sich anfühlte, als hätte man es in zwei Hälften zerrissen. Etliche Händler hatten sogleich Wein bestellt, sodass sie am Ende rechnen musste, um nicht eine Lieferung zuzusichern, für die ihr Bestand gar nicht ausreichte. Alles war noch besser verlaufen, als sie es sich in ihren kühnsten Träumen erhofft hatte. Vom Schwein waren nur noch die Knochen übrig, und die Händler hatten gesoffen, als gäbe es kein Morgen. Alle hatten sie das Anwesen, den ausgezeichneten Wein und das vortreffliche Essen gelobt. Und auch an Komplimenten zu Isabels Person hatten sie nicht gespart.

Doch all das bedeutete ihr nichts im Vergleich zu dem, was sie mit der Erkenntnis über Claude verloren hatte. Er war also ein verheirateter Mann, ein Vater noch dazu. Von Anfang an hatte er sie belogen und betrogen, selbst als er behauptet hatte, der Weinberg sei schon im Besitz seines Großvaters gewesen. Er hatte eingeheiratet und sich ins gemachte Nest gesetzt, das war die Wahrheit. Dann reiste er umher, sprach von großen Gefühlen und lachte vermutlich über die, die seinen Worten Glauben schenkten.

Wie hatte sie nur so dumm sein können? Doch nicht nur das. Wie sollte sie ohne ihn weiterleben, hatte er sie doch auf eine Weise erfüllt, die sie nie zuvor gekannt hatte. Wenn er doch nur eine Erklärung gehabt hätte, etwas, das die Worte Claus von Hohenecks als Lüge herausstellte. Irgendetwas, das es Isabel möglich gemacht hätte, ihn bei sich zu behalten, ohne das bisschen Selbstachtung, das übrig war, auch noch zu verlieren. Doch er hatte es nicht einmal versucht, nur immer wieder gesagt, dass er sie niemals hatte verletzen wollen und es ihm leidtat. Dann hatte er das Bündel mit seinen Habseligkeiten, das Isabel geschnürt hatte, vom Boden aufgehoben und war in die Nacht hinausgetreten. Isabel brach es das Herz, als er in der Dunkelheit verschwand.

Erst am nächsten Morgen kam sie dazu, Hanna im Schutze ihrer Kammer und sicher vor den Ohren der anderen davon zu erzählen. Den Kindern, die verdutzt gefragt hatten, wo Claude sei, hatte sie berichtet, dass dieser am gestrigen Abend die Gelegenheit ergriffen hatte, mit einem der anderen Händler zusammen den Heimweg nach Burgund anzutreten. Alles war so rasch gegangen, dass er nicht mehr die Möglichkeit gehabt hatte, sich von ihnen zu verabschieden. Die Kinder hatten es bedrückt zur Kenntnis genommen, waren dann aber wieder an ihr Tagewerk gegangen.

»Dieser verfluchte Mistkerl!«, presste Hanna wütend hervor, nachdem Isabel ihr in der Kammer berichtete, was sich zugetragen hatte. »Er hat eine Ehefrau?«

»Und zwei Kinder«, fügte Isabel matt hinzu.

»Was hat er zu seiner Verteidigung gesagt?«

»Nichts.« Isabel schüttelte den Kopf. »Er hat nichts weiter gesagt, als dass es ihm leidtäte. Dann ist er gegangen.«

Hanna sah Isabel mitleidig an, die auf der Bettkante saß und den Kopf gesenkt hielt. Sie setzte sich neben sie, legte den Arm um Isabels Schultern. »Ich könnte dem Kerl die Augen auskratzen.«

»Und ich würde ihm am liebsten nachrennen und ihm sagen, dass ich ihm verzeihe.«

»Was?«

»Ich liebe ihn, Hanna. Ich liebe ihn mehr, als ich je einen Mann geliebt habe. Selbst mit Albert war es nicht wie mit ihm.«

»Es ist noch nicht einmal einen Tag her«, sagte Hanna. »Du weißt noch nicht, was du fühlst.«

»Und doch tue ich es. Ich fühle, dass ich ihn liebe, ganz gleich, was er getan hat.«

»Du darfst dich nicht von deiner Leidenschaft für ihn leiten lassen«, mahnte Hanna. »Nicht, dass ich wirklich mitreden könnte«, fügte sie nachdenklich hinzu und erklärte dann: »Mit Johann war es nicht so wie offenbar bei dir und Claude.«

»Ich weiß nicht weiter. Was soll ich nur tun?«

»Du hast es doch schon getan«, antwortete Hanna. »Und es war richtig so. Du hast ihn rausgeworfen, und nun ist er fort. Es gibt nichts, was du tun kannst.«

»Aber ich kann ohne ihn nicht leben.«

»Doch, das kannst du. Du kannst und du wirst. Und er wird zu seiner Frau heimkehren und sein Leben dort wieder aufnehmen. Genau so wird es sein.«

Isabel schluchzte, lehnte sich an die Schulter der Freundin. Diese hielt sie, sprach tröstende Worte. Dann sagte sie, nachdem sie eine Weile so gesessen hatten: »Das war gestern Abend, heute ist ein neuer Tag. Und mit jedem weiteren Tag wird das Gefühl für ihn weniger werden und die Erinnerung an eure gemeinsame Zeit verblassen. Und am besten tröstest du dich damit, dass du vortreffliche Geschäfte schließen konntest und deine neuen Handelspartner sich darauf verlassen, alsbald ihre Waren zu erhalten. Also komm, steh auf, wasch dir das Gesicht und lass uns nach unten gehen.«

Isabel wollte widersprechen, wusste aber, dass Hanna recht hatte. Also tat sie, wie ihr geheißen, brachte sich in Ordnung und verließ zusammen mit Hanna die Kammer. Gemeinsam gingen sie zum Weinlager, wo Albert und Matthis die Fässer abzählten, die noch am heutigen Tage vom Kapitän des Oberländers zu den Patriziern nach St. Goar und Lahnstein gebracht werden sollten.

»Wenn wir alles richtig zusammengezählt haben, sind am Ende noch zwei Fässer übrig«, sagte Albert. »Alle anderen sind verkauft.«

»Dann müssen wir ja fast fürchten, dass noch jemand Wein kaufen will«, scherzte Matthis.

Isabel lächelte. »Ich wünschte, eure Väter könnten euch jetzt sehen«, sagte sie nachdenklich. »Seite an Seite, ganz so, wie die beiden es vorgehabt hatten.«

Die Gesichter der beiden wurden ernst.

»Ich will eure Stimmung nicht trüben, sondern nur sagen, dass sie sehr stolz auf ihre Söhne wären. Meinst du nicht auch, Hanna?«

»Das wären sie. Und wir sind es auch.«

Die Anspannung, die kurz über Matthis und Albert gekommen war, ließ nach.

»Eines Tages werden wir hier schließlich alles übernehmen«, sagte Albert.

»Du«, korrigierte Matthis.

»Wieso nur ich? Du wirst die Pacht am Klosterhang haben, die Johann seinerzeit vereinbart hat.« Albert stieß Matthis freundschaftlich gegen die Schulter. »Soll das heißen, du gibst mir deine Reben nicht?«

Matthis wiegte den Kopf. »Mit einem wie dir Geschäfte zu machen, ich weiß nicht, ich weiß nicht.« Er lachte auf, als Albert ihm einen leichten Schubser versetzte. »Schon gut, schon gut, wenn du gleich prügelst, dann kriegst du die Trauben eben.«

Hanna genoss den entspannten Umgang der beiden, doch Isabel konnte sich nicht daran freuen. Nicht heute, nicht nach diesem Abend.

»Ich bitte um Verzeihung.« Ein Mönch klopfte an den Rahmen der geöffneten Tür und trat ein Stück vor. »Isabel Velten, Abt Dimitrius bittet Euch, zu ihm zu kommen.«

»Ist etwas geschehen?«

»Nun, es geht ihm nicht gut. Mehr weiß ich nicht. Könnt Ihr mitkommen?«

Isabel war besorgt. »Ja, ich komme.«

»Ich werde dich begleiten«, sagte Hanna sogleich, und die beiden Frauen folgten dem Mönch, der, ohne zu zögern, kehrtmachte und den Rückweg zum Kloster antrat.

# 24. Kapitel

»Abt Dimitrius.« Isabel ging zu seiner Pritsche hinüber und beugte sich über den Mann, der leichenblass und klatschnass geschwitzt dalag. »Was ist mit Euch?«

»Isabel, Ihr seid gekommen!« Ein schwaches Lächeln huschte über seine Lippen.

»Hanna Stauber ist ebenfalls hier.« Sie deutete auf die Freundin. »Was ist geschehen, mein Abt?«

»Ich, ich fühle mich nicht gut. Womöglich mag es dem Herrn gefallen, mich zu sich zu holen.«

Isabel riss erschrocken die Augen auf. »Nein, das darf nicht sein! Es ist noch nicht so weit. Ihr seid noch zu jung.«

»Ich fühle mich schon eine Weile nicht wohl«, brachte er stockend hervor. »Mein Magen erlaubt sich unangenehme Streiche, und mit jedem Tag schwindet meine Kraft ein wenig mehr.«

Isabels Blick fiel auf den Eimer, in den er sich offenbar übergeben hatte. Ein bitterer Geruch ging davon aus.

»Habt Ihr etwas Falsches gegessen, Abt?«, fragte Hanna.

»Nein. Ich habe gegessen wie sonst auch.«

»Wie lange fühlt Ihr Euch schon so?«, wollte nun Isabel wissen.

»Ich weiß nicht. Es müssen Wochen sein.«

»Wann hat es angefangen?«, fragte Hanna und sah ihn prüfend an. »Erinnert Ihr Euch an den Tag? War da etwas Besonderes?«

»Woran denkst du?«, fragte Isabel.

Hanna gab ihr ein Zeichen, die Antwort des Abtes abzuwarten. Dieser japste nach Luft. »Bitte helft mir, mich ein wenig aufzusetzen. Ich kann nicht atmen.«

Die Frauen gingen je auf eine Seite, wobei Isabel den Spuckeimer mit dem Fuß beiseiteschob. Sie fassten ihn rechts und links an den Armen und zogen ihn hoch.

»Wer bereitet Eure Speisen?« fragte Hanna.

»Bruder Hectorius kocht schon seit Jahren für uns. Es ist gewiss nicht seine Schuld.«

Isabel begann zu ahnen, worauf Hanna hinauswollte. »Wer bringt Euch Eure Speisen, Abt?«

»Meist einer der Novizen. In letzter Zeit, seit es mir nicht gut geht, hat sich Bruder Thomasius darum gekümmert.«

Es war genau der Name, den Isabel zu hören erwartet hatte. Die Frauen tauschten einen Blick.

»Abt Dimitrius, habe ich Eure Erlaubnis, Euch von den Brüdern auf einer Bahre in mein Haus tragen zu lassen, um Euch dort zu pflegen?«

»Die Brüder kümmern sich um mich.«

Isabel wollte ihren Verdacht nicht laut aussprechen. »Gewiss, doch fehlt ihnen auch die Zeit. Meine Ernte ist eingebracht, und der Medicus könnte jeden Tag nach Euch sehen.«

»Ihr denkt, sie haben mich vergiftet, nicht wahr?«, brachte der Abt stockend hervor.

»Ja«, sagte Hanna. »Ich erkenne einige Anzeichen: Abgeschlagenheit, Bauchschmerzen, Luftnot, übermäßiges Schwitzen, Übelkeit. In dem Ort, aus dem ich komme, hat es mal einen gegeben, der hatte das Gleiche. Es kam von giftigen Pilzen. Hat man Euch in letzter Zeit Pilze zu essen gegeben?«

»Ja, manchmal«, erinnerte sich der Abt und bedeutete den Frauen, dass er wieder hinliegen wollte.

»Bitte, Abt, lasst zu, dass ich Euch mitnehme. Wenn der Herr Euch zu sich holen möchte, wird er Euch auch in meinem Hause finden.« Sie lächelte ihn gutmütig an.

»Aber ich habe ein Kloster zu führen.«

»Nicht, wenn Ihr sterbt«, meinte Hanna.

Der Abt überlegte einen Moment, dann nickte er. Isabel trat vor die Tür und sprach mit einem der Novizen. Kurze Zeit später kam Bruder Thomasius aufgeregt herein. »Was höre ich? Ihr wollt unseren Abt mit Euch nehmen?«

»Gewiss. Er ist krank und bedarf der Pflege. Ich werde mich um ihn kümmern.«

»Es schickt sich wohl kaum, dass eine Frau einen Abt versorgt!«

»Seid ganz unbesorgt. Ich habe Knechte, die dies erledigen. Ich selbst werde nicht einmal seine Hand berühren.«

»Hier sind genug Brüder, die sich um ihn kümmern.«

»Das will ich Euch gern glauben, Bruder Thomasius. Doch ist es der Wille des Abtes, niemandem zu Last zu fallen. Und ich bin ihm verpflichtet, weil er mir damals, als wir hier ankamen, über die Maßen geholfen hat.«

»Er? Ihr scherzt. Erinnert Ihr Euch nicht, dass er es war, der uns damals anwies, Euch nicht weiter zu helfen, und uns ins Kloster zurückbeorderte?«

»Ich bin dem Herrn ergeben, und er hat mich verzeihen gelehrt.«

»Der Abt bleibt hier im Kloster.«

»Das habt nicht Ihr zu entscheiden.«

»Doch. Gewiss werden die Brüder mir zustimmen, wenn ich sie hierzu befrage. Ich werde Abt Dimitrius' Aufgaben übernehmen, bis es ihm besser geht, und auch dafür Sorge tragen, dass es ihm an nichts fehlt.«

»Abt, sagt Ihr bitte Bruder Thomasius, dass es Euer ausdrücklicher Wunsch ist, mit mir zu kommen?«

Die Lider des Abtes flackerten. Übelkeit stieg erneut in ihm auf. Er würgte. Isabel fasste ihn, um ihm die Möglichkeit zu geben, in den Eimer zu spucken. Er würgte abermals, als sein Körper von Krämpfen gepeinigt wurde. Es kam nichts als Galle.

»Gebt mir einen Lappen für seinen Mund«, forderte Isabel schroff. Der Novize, der Bruder Thomasius geholt hatte, zog eilig ein Tuch hervor und reichte es ihr.

»Ich sehe, Ihr sorgt Euch aufrichtig um unseren Abt«, setzte Bruder Thomasius in versöhnlichem Ton an. »Hierfür spreche ich Euch unseren Dank aus. Seid gewiss, dass wir alles tun, was in unserer Macht steht, um ihm zu helfen.«

»Wohlklingende Worte, Bruder Thomasius. Verzeiht einer verbitterten Witwe, die vom Leben geprägt ist.«

Er lächelte milde. »Gewiss. Ihr habt es nur gut gemeint.«

»Ihr versteht mich nicht.« Ihr Tonfall wurde arrogant. »Verzeiht mir, wenn ich Euch sagen muss, dass ich ohne den Abt nicht gehen werde.«

»Wir werden ihn nicht aus dem Kloster lassen.«

»Dazu habt Ihr nicht das Recht«, brachte sich Hanna nun ein.

»Der Vogt ist gewiss kein Freund des Klosters«, fuhr Isabel fort, »doch er ist ein aufrechter Mann und lässt es nicht zu, dass jemandem ein Leid widerfährt.«

»Dem Abt widerfährt kein Leid.«

»Ihr habt wohl keine Augen im Kopf.« Sie deutete auf Abt Dimitrius. »Der Mann ist vollkommen entkräftet, scheinbar ohne jeden Grund. Ich werde dafür sorgen, dass er in mein Haus gebracht und dort von dem Medicus und meinem Gesinde versorgt wird.« Sie wandte sich an Hanna. »Geh und hol den Vogt. Sag ihm, er soll ein paar kräftige Kerle mitbringen, die uns helfen, den Abt zu meinem Haus zu bringen, und, sollte es vonnöten sein, sich auch mit den Mönchen anlegen, sollten diese Abt Dimitrius nicht in meine Obhut übergeben wollen.«

»Ja.« Hanna erhob sich sogleich.

Inzwischen waren weitere Mönche in die Zelle des Abtes getreten und kamen näher, um zu sehen, was vor sich ging.

»Wenn es der Wille des Abtes ist, sehe ich keinen Grund, warum er sich nicht bei der Winzerin pflegen lassen sollte«, sagte nun einer von ihnen.

»Ja. Bevor der Vogt kommt und große Unruhe in unser Klosterleben bringt, so lasst ihn doch gehen, Bruder Thomasius.«

»Ein Abt gehört in ein Kloster«, begehrte Bruder Thomasius auf.

»Und ein kranker Mann bedarf der Pflege durch einen Medicus«, entgegnete Isabel.

»Es würde ihn nur zusätzlich schwächen, brächtet Ihr ihn den Hügel hinab.«

»Oder es macht gar keinen Unterschied. Das könnt Ihr nicht wissen«, konterte Isabel.

Ein Mönch trat von hinten an Bruder Thomasius heran. »Lasst ihn gehen, Bruder. Ihr habt alles für ihn getan. Seht ihn Euch doch an. Der Weg zum Herrn ist für ihn kein weiter mehr. Wenn er seine letzten Stunden im Hause der Winzerin verbringen will, sollten wir ihm den Wunsch nicht verwehren.«

Isabel konnte sehen, wie es in ihm arbeitete. Hanna stand da, wartete ab, ob sie den Vogt holen sollte.

»Bettet den Abt auf eine Bahre und tragt ihn zum Haus der Winzerin«, wies Bruder Thomasius die nächststehenden Mönche an. »Doch wenn er dort stirbt«, fügte er an Isabel gewandt hinzu, »macht Euch darauf gefasst, dass ich Euch dafür zur Rechenschaft ziehen werde.«

Isabel blieb nach außen hin gelassen. Welchen Ärger sie sich einhandeln konnte, war schließlich noch gar nicht abzusehen. »Wie der Mönch schon sagte: Der Weg des Abtes zum Herrn scheint kein weiter mehr zu sein. Wollen wir sehen, ob ich ihn nicht noch strecken kann.«

Bruder Thomasius funkelte sie wütend an, und weder sie noch Hanna hatten jetzt noch einen Zweifel daran, dass sie mit ihrem Verdacht, der Abt könnte vergiftet worden sein, richtig lagen.

Zwei Mönche brachten eine Bahre herein, legten sie auf den Boden und betteten den entkräfteten Abt darauf. Isabel nahm eine der Decken und legte sie über Abt Dimitrius. Zwei weitere Mönche kamen hinzu, und sie hoben zu viert die Bahre mit dem schwer kranken Mann hoch. Hanna folgte ihnen sogleich. Isabel warf Bruder Thomasius einen warnenden Blick zu und schloss sich dann ebenfalls an. Der Abt wurde, von den Segenswünschen seiner Brüder begleitet, hinausgebracht.

Sie gingen ruhigen Schrittes den Hügel hinab, und Isabel war erstaunt, mit welch augenscheinlicher Leichtigkeit die Mönche ihr Oberhaupt trugen. Womöglich lag es auch daran, dass er in letzter Zeit viel Gewicht verloren hatte. Isabel war besorgt, hatte der Abt doch vor einer Weile das letzte Mal die Augen geöffnet und schien nun teilnahmslos auf der Bahre zu liegen, ohne sich dessen noch bewusst zu sein. Sie fürchtete, dass Bruder Thomasius am Ende mit seinem Einwand recht behalten könnte und der Abt womöglich schon auf dem Weg verstarb.

Hanna und sie tauschten einen Blick, sagten aber nichts. Als sie die Weggabelung erreichten, mussten die Mönche die Bahre für einen kurzen Moment abstellen. Dann hoben sie sie wieder an und legten das letzte Stück zurück. Es erschien Isabel wie eine kleine Ewigkeit, bis sie endlich den Hof erreichten.

»Bringt ihn in die Stube«, forderte Isabel, als in diesem Moment die Erinnerungen daran, dass genau dort Augustin gestorben war, in ihr aufflackerten. Sie schob den Gedanken beiseite. Die Mönche stellten die Bahre auf dem Boden ab.

»Wir werden ihm sogleich ein Lager bereiten«, kündigte Isabel an. »Ihr habt Euren Teil getan. Habt Dank.«

Die Mönche verabschiedeten sich und wünschten ihrem Abt eine baldige Genesung, wenngleich keiner von ihnen daran glauben konnte. Sie wussten nicht einmal, ob er überhaupt noch atmete oder sie soeben einen Toten getragen hatten.

»Reusin«, rief Isabel laut, und die Haushälterin kam eilig aus der Küche herbei.

»Ja, Herrin?« Sie schrie auf, als ihr Blick auf Abt Dimitrius fiel. »Ist er tot?«

»Nein«, antwortete Isabel, obwohl auch sie sich durchaus nicht sicher war.

»Reusin, bereite einen Sud! Ist eine Suppe da?«

»Ja, Herrin. Gerade heute morgen gekocht. Ich habe ein Huhn von dem Bauern ...«

»Gut, gut«, unterbrach Isabel ihren Redeschwall. »Hol sie. Und schicke nach Knut und Hubert. Sie sollen ein Bettgestell aus einer der Kammern holen und hier aufbauen.«

»Ja, Herrin.«

»Und bereite einen Kräutersud. Viel Kräutersud.«

»Ja, Herrin.« Reusin eilte davon.

Isabel fand es unwürdig, den Abt dort auf der Bahre am Boden liegen zu lassen, wusste sich jedoch in Ermangelung eines Lagers für den Moment keinen anderen Rat. Sie hätten ihn auf einen Stuhl setzen und seine Beine auf einen anderen legen können, doch das wäre vermutlich nur noch eine Kraftanstrengung für ihn gewesen.

Isabel kniete sich neben die Bahre, fühlte seine Stirn.

»Lebt er?«, fragte Hanna zögerlich.

»Ja, doch vermutlich nicht mehr lange, wenn es uns nicht gelingt, das Gift aus seinem Körper zu spülen, damit er wieder zu Kräften kommen kann.«

Reusin kam mit der Suppe. »Sie ist nicht gar zu heiß. Doch wie soll er sie essen?«

»Ihr stützt ihn, ich werde sie ihm in den Mund löffeln.«

Hanna kniete sich hinter die Bahre. Reusin stellte die Suppenschale neben Isabel, half dann, den Abt hochzuziehen, und hielt ihn am Arm fest, damit er nicht zurückfiel. Hanna stützte ihn. Sein Kopf sank auf seine Brust herunter. Isabel füllte einen Löffel, hob mit der anderen Hand sein Kinn an und träufelte ihm die Suppe in den Mund. »Abt Dimitrius, kommt zu Euch! Abt Dimitrius?«

Knut und Hubert mühten sich, das hölzerne Gestell durch die Tür zu hieven. »Wohin?«, keuchte Knut.

»Dort hinüber.« Isabel deutete mit dem Kopf. »Eilt euch mit dem Rest. Er muss sich unbedingt hinlegen.« Sie füllte weiter Löffel um Löffel und war erleichtert, dass die Suppe den Hals hinunterging und nicht gleich wieder hochkam. Es dauerte, bis die Schale leer war. Der Abt hatte eine gute Portion zu sich genommen. Für den Moment war Isabel damit zufrieden.

Knut und Hubert hatten inzwischen das Lager bereitet, die Kissen lagen ebenso wie die Decken parat. Knut fasste die Arme des Abtes, Hubert die Füße, und sie hoben hin darauf. Der Abt stöhnte.

»Gebt Obacht!«, sagte Isabel, trat zum Abt und deckte ihn zu.

»Ich hole einen Eimer, falls sein Magen die Suppe nicht verträgt«, erklärte Hanna und ging hinaus.

»Können wir noch irgendwas tun?«, fragte Knut.

»Beten«, antwortete Isabel und setzte sich auf die Bettkante. »Der Herr ist der Einzige, der hier noch helfen kann.«

Den Rest des Tages und die ganze Nacht verbrachte Isabel bei dem Kranken. Sie hatte sich Kissen geholt und zwei Stühle zusammengestellt. Hierauf hatte sie geschlafen. Während der Nacht war der Abt zweimal von Fieberanfällen gepeinigt worden. Isabel hatte kalte Lappen bereitet, seine Beine damit umwickelt und ihm stets einen in den Nacken und auf die Stirn gelegt. Nach einer Weile, sobald der Stoff sich warm anfühlte, hatte sie die Tücher in eine Schale mit kaltem Wasser getaucht und dem Abt wieder aufgelegt. Manchmal, dachte sie, er würde zu sich kommen, doch schon bald war sein Kopf wieder auf die Seite gefallen und er in einen tiefen Schlaf.

Sie war eingenickt, als sie ein leises Flüstern neben sich hörte. Es musste noch ganz früh sein. Genau wusste Isabel es jedoch nicht zu sagen. Sie sah zum Abt, vor dessen Bett Emilia kniete und betete.

»Emilia? Warum bist du nicht in deiner Kammer und schläfst?«, flüsterte Isabel.

»Du hast zu Knut gesagt, dass das Einzige, was wir jetzt noch tun können, beten ist. Also bete ich.«

»Aber du musst auch schlafen.«

»Du schläfst ja auch nicht richtig. Und wenn ich warte, bis Abt Dimitrius womöglich zum Herrn gegangen ist, nützt es nichts mehr, Gott zu bitten, ihn uns zu lassen.«

Isabel musste ob der klugen Überlegung ihrer Tochter schmunzeln.

Die Kleine wartete, ob Isabel noch etwas zu sagen hätte. Als dies nicht der Fall war, widmete sie sich wieder dem Gebet. Isabel beobachtete die Tochter, wie sie voller Inbrunst zum Herrn sprach. Als Emilia fertig war, stand sie auf.

»Ich gehe nun schlafen, Mutter«, kündigte Emilia an. »Ich hoffe, Abt Dimitrius wird wieder gesund.«

»Das hoffe ich auch. Gute Nacht.« Sie gab der Tochter einen Kuss auf die Stirn, stand auf und überprüfte erneut die Lappen. Sie waren nicht mehr kalt, doch auch nicht so warm wie vorhin, als sie sie gewechselt hatte. Isabel nahm die Tücher an sich, fasste dem Abt an die Stirn. Er fühlte sich längst nicht mehr so heiß an. Sie tauchte die Tücher abermals in kaltes Wasser und legte sie dem Abt wieder auf. Dann führte sie den Becher mit Sud an seine Lippen, ließ ein wenig Flüssigkeit in seinen Mund laufen. Sie konnte nicht sehen, dass er geschluckt hatte. Dennoch machte es ihr Mut, dass er nach inzwischen zwei Schalen Suppe auch noch zwei Becher Sud bei sich behalten hatte, ohne sich übergeben zu müssen. Hoffentlich reichte es aus, um das Gift in seinem Körper an Wirkung verlieren zu lassen.

»Isabel?«

Sie brauchte einen Moment, um zu sich zu kommen. Langsam kam sie zu Bewusstsein, brauchte noch etwas, um sich klar zu werden, wo sie war. Als sie die Augen aufschlug und zum Abt hinübersah, lächelte dieser sie schwach an.

»Es sieht unbequem aus, wie Ihr dort sitzt.«

»Abt Dimitrius.« Sogleich war sie wach und setzte sich gerade hin. »Ihr seid bei Bewusstsein!« Sie konnte und wollte ihre Freude nicht zügeln. »Wie geht es Euch, mein Abt?«

Es schien, als müsse Abt Dimitrius über diese Frage nachsinnen. »Besser«, antwortete er dann. »Noch kraftlos, aber um einiges besser. Ich hatte einen ganz eigenartigen Traum. Ich war auf einem Weg, einem schnurgeraden Weg, der hell erleuchtet war. Er war wie eine Brücke, die über den Fluss führte und dann doch wieder nicht. Ich ging diesen Weg entlang, zögerlich, wusste ich doch zuerst nicht, wohin er führte. Nie zuvor habe ich diesen Pfad beschritten. Dann auf einmal wusste ich, dass ich zu Gott ging, und ich fühlte mich gut, schritt voller Freude voran. Aber dann war da diese Stimme, und ich sah, dass Emilia meine Hand nahm und mich begleitete. Sie sprach mit mir, wir plauderten vergnügt. Dann bat sie mich, stehen zu bleiben und mit ihr zurückzukommen. Ich überlegte, schien mir doch der Weg, der vor mir lag, eine erquickende Aussicht zu sein. Ich sagte es Emilia und schickte sie zu Euch heim, doch sie wollte ohne mich nicht gehen.« Er atmete tief aus. Offenbar hatte es ihn angestrengt, Isabel von dem Traum zu erzählen.

»Was ist dann in Eurem Traum geschehen?«

»Dann wachte ich auf und sah Euch dort auf dem Stuhl sitzen und schlafen. Ich habe Euch mein Leben zu verdanken, Isabel! Dabei hatte ich nur nach Euch geschickt, um mich zu verabschieden.«

»Also spürt Ihr, dass die Kraft in Euren Körper zurückgekehrt ist?«

»Längst noch nicht ganz, doch es wird. Ich fühle mich schon jetzt kräftiger als all die Tage zuvor.«

»Ach, Abt, ich kann Euch gar nicht sagen, wie erleichtert ich bin!«

»Dürfte ich Euch noch um einen Gefallen bitten?«

»Gewiss.«

»Würdet Ihr Euren Knecht holen, damit er mich stützen kann, während ich den Abtritt aufsuche? Ich fürchte, ich werde es noch nicht allein schaffen.«

Isabel stand auf. »Ich hole ihn sogleich, mein Abt.« Mit einem Lächeln auf den Lippen verließ sie die Stube und kam schon kurze Zeit später mit Knut zurück.

»Ich helfe Euch, Abt«, sagte der Knecht und fasste den Kirchenmann am Arm unter, um ihm aufzuhelfen.

Der Abt drückte sich hoch, so gut er konnte, setzte sich erst auf die Bettkante und kam dann in den Stand. Er schwankte, drohte das Gleichgewicht zu verlieren. Knut fasste noch einmal nach und hielt ihn fest.

»Kann ich helfen?«, fragte Isabel.

»Wir werden es schon schaffen«, dankte Knut. »Und wenn ich Euch das sagen darf, Abt – noch gestern dachte ich nicht, dass Ihr je wieder aufstehen würdet. Ich bin froh, mich getäuscht zu haben.«

»Ich auch, mein Sohn. Ich auch.« Damit gingen die beiden langsam hinaus.

Als sie wiederkamen, hatte Isabel das Bett aufgeschlagen, frischen Sud für den Abt geholt und eine Schale mit Haferbrei bereitgestellt. Die Anstrengung des kurzen Gangs stand dem Abt ins Gesicht geschrieben. Er war kreidebleich und keuchte, musste immer wieder nach wenigen Schritten stehen bleiben, bis er schließlich das Bett erreichte. Kraftlos sank er darauf nieder. Knut hob seine Beine an und half ihm, sich gerade hinzulegen.

»Ich habe Euch etwas zu essen und zu trinken gebracht, mein Abt, damit Ihr alsbald wieder zu Kräften kommt.«

»Nur einen Moment, meine Liebe«, bat der Kirchenmann. »Lasst mich nur einen Augenblick verschnaufen.«

»Gewiss.«

»Kann ich noch etwas tun?«

»Danke, Knut. Hast du dein Morgenmahl schon zu dir genommen?«

»Noch nicht. Ich wollte es gerade tun, als Ihr mich holen kamt.«

»Dann iss erst einmal«, sagte sie gutmütig. Für Isabel gehörte Knut inzwischen fast zur Familie. »Ich werde dir Bescheid geben, wenn ich dich brauche.«

»Ja, Herrin.«

Der Abt hob die Hand, um sich bei Knut zu bedanken, war jedoch zu erschöpft, um etwas zu sagen.

Der Knecht schien es dennoch richtig verstanden zu haben. »Schon recht. Werdet wieder gesund!« Damit ging Knut hinaus.

Der Abt blieb eine ganze Woche. Er lehnte es ab, sich vom Medicus untersuchen zu lassen, ging es ihm doch von Tag zu Tag, fast schon von Stunde zu Stunde immer besser.

Während dieser Zeit war nur ein einziges Mal ein Mönch gekommen, um nach dem Befinden des Abtes zu fragen. Es hatte hämisch geklungen, als Isabel Bruder Thomasius hatte ausrichten lassen, dass sie ihm Botschaft senden würde, sollte etwas in die eine oder die andere Richtung geschehen. Sie wollte nicht, dass er wusste, wie viel besser es dem Abt ging. Sollte er ruhig noch in dem Glauben bleiben, dass der Abt die Sache nicht überleben würde, und sich in Sicherheit wähnen. Umso härter wäre der Schlag für ihn, wenn sich Abt Dimitrius, vollends genesen, wieder im Kloster einfand, um seine Aufgaben erneut zu übernehmen.

Der Abt war nachdenklich geworden, als Isabel und Hanna ihm gegenüber äußerten, dass er wohl absichtlich vergiftet worden war.

»Es werden immer nur kleine Mengen gewesen sein, damit Ihr nicht auf der Stelle tot umfallt«, hatte Hanna gemutmaßt.

»Und wenn es ein Versehen war?«, hatte Abt Dimitrius seiner Hoffnung Ausdruck verliehen, dass keiner seiner Mitbrüder fähig wäre, ihm Derartiges anzutun.

»Nicht über mehrere Wochen. Außerdem«, so hatte Isabel bemerkt, »war niemand sonst im Kloster davon betroffen, nicht wahr?«

Der Abt hatte den Kopf geschüttelt und darum gebeten, in Ruhe über alles nachdenken zu dürfen. Also hatten Isabel und Hanna ihn allein mit sich und seinen Gedanken gelassen und waren gegangen.

Am Morgen des achten Tages nahm sich der Abt noch die Zeit, gemeinsam mit den Veltens und den Staubers das Morgenmahl einzunehmen, um sodann den Weg zurück zum Kloster anzutreten. Reusin hatte ihm auf Isabels Weisung hin zwei Tage zuvor Kleidung von Gunter gegeben, um seine verschmutzte Kutte waschen zu können. Zwar war es dem Abt ein wenig unangenehm gewesen, dennoch war er am Ende dankbar dafür.

»Eure Mütter sind mutige und entschlossene Frauen«, sagte der Abt an die Kinder gewandt, »wie ich sie nie zuvor kennenlernen durfte. Sie haben mir das Leben gerettet.«

»Wie werdet Ihr Euch verhalten, wenn Ihr wieder ins Kloster kommt, mein Abt?«, fragte Isabel.

»Darüber habe ich lange nachgedacht«, sagte Dimitrius. »Wenn es so ist, wie Ihr gemutmaßt habt und wie, offen gesagt, auch ich annehme, dann steckt hinter all dem Bruder Thomasius, weil er selbst die Position des Klostervorstehers übernehmen möchte. Dies ist eine Tat, die schändlicher nicht sein könnte!«

»Doch es ist nur eine Vermutung«, wandte Hanna ein.

»Eine Vermutung, ja. Es ist ein Vergehen, das zu ahnden ist. Deshalb habe ich mich entschieden, ihn in ein anderes Kloster zu schicken, in eines, dessen Abt ein eher strenger Vorsteher ist.«

»Ihr seht die Schuld bei Euch, nicht wahr?«, erkannte Isabel.

»Wäre ich nicht so nachgiebig gewesen, hätte er es sich nie getraut. So jedoch ... Nun ja, ich bin nicht wie Abt Prius und wollte auch nie so sein. Ich habe die Verantwortung für die Brüder übernommen, und ich will dieser gerecht werden.«

»Und was ist, wenn wir uns täuschen und er es nicht war?«, fragte Hanna.

»Nun, wegschicken werde ich ihn. Wenn er es nicht war und ein anderer mir nach dem Leben trachtet, mag er es wieder versuchen. Jedoch muss ich mich dann bis zu meinem Heimgang zu Gott nicht mehr über Bruder Thomasius ärgern.«

»Welch einfache und richtige Denkweise«, scherzte Isabel. Sie sah den Abt voller Herzlichkeit an. »Ich bin froh, dass Ihr mich habt holen lassen. Euch zu verlieren wäre ein schwerer Schlag für mich gewesen.« Sie deutete in die Runde. »Für uns alle. Gebe der Herr, dass Eure Gesundheit nunmehr unangreifbar sein mag.«

Der Abt nickte ihr zu. Wohlwollend, dankbar und in tiefer Verbundenheit.

# 25. Kapitel

Der Winter hatte Einzug gehalten, und über die Weinberge hatte sich eines Morgens ein weißer Schleier gelegt. Vor wenigen Tagen hatte Hanna endlich zugestimmt und war mit ihren Kindern zu den Veltens in das geräumige Haus gezogen, eine Entscheidung, die wie Isabel sagte, längst fällig gewesen war.

Viel hatte sich nicht verändert, einzig, dass sie nun auch die Abende miteinander verbringen konnten, bis es Zeit war, sich zur Ruhe zu betten. Die Kinder waren wie Geschwister zusammengewachsen, und für Isabel und Hanna bedeutete der Schritt, der Einsamkeit, die sie des Abends so manches Mal überkam, endlich entflohen zu sein.

Oft hatten die Frauen am Abend über ihre Männer gesprochen, über Albert und Johann, ja sogar über Claude. Isabel vermisste ihn noch immer und war glücklich über jeden Morgen, an dem sie aufwachte und feststellte, dass sie am Tag zuvor kein einziges Mal an ihn gedacht hatte.

Über Gunter hatten sie nur einmal gesprochen und dann nie wieder. Isabel und Hanna hatten an jenem Abend reichlich von ihrem eigenen Wein genossen, und schließlich hatte Hanna Isabel gefragt, was seinerzeit geschehen war. Als die Freundin es ihr schilderte, kamen Hanna die Tränen. Die beiden versprachen einander, nie wieder seinen Namen in den Mund zu nehmen. Niemand sollte sich je wieder an ihn erinnern.

Es war Januar, als ein Bote den Hof der Veltens erreichte. Er trug eine Schriftrolle bei sich, die er Isabel überreichte.

»Von wem ist die?«, fragte sie den Burschen verwundert.

Er zuckte mit den Schultern. »Je ne comprends pas.«

»Was sagtest du?«

Er sah sie fragend an. »Je suis désolé, je ne comprends pas un mot.«

Isabel schüttelte mit dem Kopf und sah Hilfe suchend zu Hanna, die ihr mit einem Schulterzucken anzeigte, dass sie ebenfalls nicht wüsste, was er gesagt hatte.

»Komm herein«, sagte Isabel und winkte. »Komm. Ich lasse dir etwas zu essen geben.« Sie ging voraus in die Küche und bedeutete ihm nochmals, ihr zu folgen.

Der Bursche tat es, wenngleich etwas schüchtern. Als er jedoch sah, wo sie ihn hinführte, erhellte sich seine Miene. »Merci beaucoup, Madame.«

Isabel nickte, lächelte schwach und ging mit der Botschaft in der Hand wieder hinaus.

Hanna sah sie erwartungsvoll an. »Was ist das?«

Isabel entrollte das Schriftstück. »Offenbar eine Botschaft für mich.«

Ihr war ganz übel vor Aufregung. Der Bursche hatte Französisch gesprochen, und der einzige Franzose, den sie kannte, war Claude. Claude hatte ihr eine Nachricht zukommen lassen. Wenn sie doch nur lesen könnte! Das bisschen, was sie im Laufe der Zeit gelernt hatte, würde nicht reichen, um den Brief vollständig zu lesen.

Ihr Blick fiel auf die Unterschrift »Mélisande de Lazalle«, was ihr Herz noch schneller klopfen ließ.

Sie sah Hanna mit aufgerissenen Augen an. »Die Botschaft ist von seiner Frau.«

Hanna schlug erschrocken die Hand vor den Mund. »Was will sie von dir?«

»Herrgott, ich weiß es doch nicht!«, begehrte Isabel auf. »Ich kann nicht lesen. Du etwa?«

»Nein«, gab Hanna bedauernd zurück.

»Bitte entschuldige, ich wollte nicht grob zu dir sein. Ich muss nur unbedingt wissen, was dort steht.«

»Der Schreiber!«, rief Hanna aus. »Lass uns zum Schreiber gehen und es ihm zeigen.«

»Und wenn es auf Französisch geschrieben ist?«

»Dann weiß ich auch nicht weiter«, gestand Hanna ein.

»Nimm deinen Umhang«, forderte Isabel die Freundin auf, griff in die Truhe und warf sich ebenfalls etwas über. Sie gaben kurz Reusin Bescheid. Der Bote, der die Nachricht gebracht hatte, saß genüsslich kauend auf der Bank und schob sich bereits das nächste Schinkenstück in den Mund.

»Merci, Madame«, rief er ihr fröhlich zu.

Isabel nickte, dann machten Hanna und sie sich auf den Weg.

»Das ist kein Französisch«, sagte der Schreiber, nachdem Isabel ihm die Schriftrolle überreicht hatte. »Soll ich es Euch vorlesen?«

»Ja, bitte. Doch Schreiber, es ist vermutlich eine sehr, wie soll ich sagen, vertrauliche Nachricht.«

»Außer Euch beiden und mir ist niemand hier. Und ich lese sie nur. Was Ihr damit anfangt, geht mich nichts an.«

Welch gleichmütiger kleiner Mann, dachte sich Isabel.

»Dann beginne ich jetzt:

*Werte Madame Velten. Ich bitte Euch, mir das Eindringen in Euer Leben zu verzeihen. Vermutlich wisst Ihr oder ahnt zumindest, dass ich das Eheweib des Claude de Lazalle bin, dem Mann, den Ihr während seiner Besuche in Eurem Land kennengelernt habt. Der Grund, weshalb ich Euch schreibe, mag Euch ungewöhnlich erscheinen: Ich bitte Euch um ein Treffen. Nicht um meinetwillen, sondern für Claude. Mein Mann ist vor einiger Zeit, kurz nachdem er zurückkam, schwer erkrankt. Wir müssen uns auf das Schlimmste gefasst machen. Gewiss fragt Ihr Euch, weshalb ich Kenntnis von Euch und der Liaison habe. Nun, die Liebe zwischen Claude und mir ist nicht wie die einfacher Leute. Ohne auf diesem Wege zu viel erklären zu wollen, kann ich Euch schreiben, dass Claude mir nach seiner Rückkehr sogleich von Euch erzählt hat. Er hat sich aufrichtig verliebt, und seid gewiss, es kränkt mich nicht. Claude und ich haben nicht aus Liebe geheiratet, sondern weil er ein begnadeter Winzer ist und die Nachfolge meines Vaters würdig begehen konnte. Er liebt die Reben und die Frauen. Und auch ich finde meine Erfüllung nicht nur bei ihm. Es ist wohl anders als in Eurem Land.*

*Isabel, wenn ich Euch nun schreibe, dass Claude Euch von Herzen liebt und es sein sehnsüchtiger Wunsch ist, Euch noch einmal zu sehen und um Verzeihung zu bitten, könntet Ihr Euch dann vorstellen, nach Burgund zu kommen? Wir wohnen in Beaune* südlich von Dijon, *ein jeder kennt uns hier. Ich bezahle Euch, was die Reise kostet, und Ihr seid in unserem Haus herzlich willkommen. Doch ich bitte Euch, so Ihr Euch dazu entschließen könnt, tut es bald! Es werden etliche Tage vergehen, bis diese Botschaft Euch erreicht, und weitere, bis Ihr hier sein könnt. Wenn Ihr es tun wollt, so tut es. Wenn nicht, wünsche ich Euch Gottes Segen und ein glückliches Leben.*

*In Verbundenheit – Mélisande de Lazalle.*«

Der Schreiber ließ die Schriftrolle sinken. »Das ist alles, was dort steht«, verkündete er.

Isabel war wie benommen. Fragend sah sie Hanna an, die den Mund öffnete und sogleich wieder schloss.

Der Schreiber reichte ihr das Dokument zurück.

Isabel nahm es, zog gedankenverloren eine Münze hervor und reichte sie dem Schreiber. »Habt Dank für Eure Mühe.«

»Sehr gern. Wenn ich Euch wieder helfen kann, meine Tür steht Euch immer offen.«

Die Frauen verabschiedeten sich und verließen die Amtsstube des Schreibers. Draußen blieben sie stehen, brauchten einen Moment, um zu verstehen, was sie soeben gehört hatten.

»Was willst du tun?«

Isabel brauchte nicht lange, um eine Entscheidung zu treffen. »Wie komme ich auf schnellstem Wege nach Burgund?«

Sie ritt nach Rüdesheim und überquerte dort den Rhein mit der Fähre. Dann ging es weiter über Bingen und Bad Kreuznach bis nach Homburg, wo sie das erste Mal das Pferd wechselte. In Saargemünd entging sie nur knapp einem Übergriff zweier Männer und konnte von Glück sagen, dass der Wirt der Schenke, in der sie über Nacht geblieben war, die Kerle aus dem Haus geprügelt hatte. In Nancy wechselte sie zum zweiten Mal das Pferd und erreichte schließlich Dijon und nur wenig später Beaune. Eine ganze Woche war sie unterwegs gewesen, war am Abend in Gasthäusern oder Schenken untergekommen und hatte stets sogleich die Tür von innen verriegelt, sobald sie ihre Kammer betreten hatte.

Nun war sie vom Pferd gestiegen, stand am Fuße der Weinberge, legte den Kopf in den Nacken und blickte die Hänge hinauf. Ihr war eiskalt, doch nicht das Winterwetter ließ sie zittern, sondern die Aufregung. Schritt für Schritt ging sie den Weg entlang, der zum Anwesen der de Lazalles führte, und hielt die Zügel des Pferdes fest umklammert. Dachte sie, selbst mit einem großen Weingebiet gesegnet zu sein, so bot sich ihr hier ein Anblick, der ihr unbeschreiblich schien. Weinberge über Weinberge, Rebstock an Rebstock, so weit das Auge reichte. Und oben auf dem Berg thronte ein prächtiges Haus. Es mochte gut doppelt so groß sein wie ihr eigenes, in dem immerhin zwei Familien ausreichend Platz fanden. Isabel war nicht nur beeindruckt, sondern geradezu erschlagen von all der

Pracht. Wie mochte es hier erst aussehen, wenn die Rebstöcke in voller Blüte standen?

Mit jedem Schritt, den sie weiterging, wurde ihr mulmiger zumute. Was hatte sie sich dabei nur gedacht, schon am Tag nach Erhalt der Botschaft alles stehen und liegen zu lassen und sich auf den Weg hierher zu machen? Sobald es um Claude ging, war sie unvernünftig, geradezu töricht und tat Dinge, die ihr sonst im Traum nicht einfallen würden. Doch jetzt, so sagte sie sich, war sie nun einmal hier und würde sich bestimmt nicht auf dem letzten Stück von ihrer Furcht, was sie dort erwarten mochte, in die Knie zwingen lassen.

Ein anderer Gedanke, den sie die meiste Zeit über beiseitegeschoben hatte, drängte nun mit aller Macht in ihr Bewusstsein: War Claude überhaupt noch am Leben? In der letzten Nacht hatte sie geträumt, seine Kammer betreten und ihn leblos auf seinem Bett vorgefunden zu haben. Bei der Erinnerung daran lief ihr ein kalter Schauer über den Rücken. Nein, das konnte und durfte nicht sein!

Als sie durch das Tor trat, kam ihr ein Mann entgegen. »Bonjour, Madame. Que puis-je faire pour vous?«

»Bitte entschuldigt, ich verstehe Eure Sprache nicht. Ich möchte zu Madame de Lazalle.«

»Je comprends.« Er deutete auf die Zügel des Pferdes, die Isabel ihm bereitwillig übergab. Er rief etwas, und ein Stallbursche kam herbei, der Isabel zunickte und dann das Pferd mit sich nahm.

»Je vous prie de me suivre.«

Isabel folgte ihm, als er sich umwandte und auf das Haus zuging. Er öffnete die Tür und ließ sie eintreten. »Veuillez attendre un instant, je vous prie«, sagte er dann und ging die Stufen hinauf. Sie hoffte, ihn richtig verstanden zu haben, dass sie warten sollte, war jedoch nicht sicher. Da er sich jedoch nicht zu ihr umdrehte, um zu sehen, ob sie ihm folgte, würde es wohl so sein. Sie sah sich um. Es war so prunkvoll, als würde eine Königsfamilie und nicht eine Winzerfamilie hier leben. Licht flutete durch die großen Fenster herein. So etwas hatte Isabel nie zuvor gesehen.

Einen kurzen Moment später wurde eine Tür geöffnet, einige Worte wurden getauscht, dann erschien eine Frau oben an der Treppe, deren Schönheit Isabel fast den Atem nahm. Sie hatte glatte, lange, fast schwarze Haare, die ihren Kopf wie ein Schleier umhüllten. Sie trug ein weißes Kleid, das mit Perlen bestickt war, und hierzu eine ebensolche Kette. Vermutlich war sie ein Stückchen größer als Isabel. In jedem Fall war sie die schönste Frau, die Isabel je gesehen hatte.

»Isabel, nicht wahr?« Sie breitete die Arme aus, als würde eine gute Freundin sie besuchen kommen.

»Mélisande?«

Die Hausherrin kam die Treppe herunter. Fast schien es, als schwebte sie, so geschmeidig waren ihre Bewegungen.

»Ich kann Euch nicht genug danken, dass Ihr den Weg auf Euch genommen habt.«

Isabel war erstaunt, wie fehlerfrei Mélisande ihre Sprache beherrschte. »Nun, ich muss zugeben, Eure Botschaft hat mich überrascht.«

Mélisande verdrehte die Augen. »Das hätte sie mich an Eurer Stelle vermutlich auch. Doch dass Ihr gekommen seid, zeigt, in was für eine kluge und aufgeschlossene Frau mein Gatte sich verliebt hat.« Es klang freundlich, doch Isabel war es mehr als unangenehm, von der Ehefrau ihres Geliebten ein solches Kompliment zu erhalten.

»Oh, ich bringe Euch in Verlegenheit. Das war nicht meine Absicht.«

»Ich bin gekommen, so rasch es mir möglich war.«

»Und hierfür danke ich Euch.« Sie sah an Isabel vorbei auf den Boden. »Wo sind Eure Sachen?«

»Ich habe nichts mitgenommen.«

»Nicht einmal Kleider zum Wechseln?« Mélisande machte große Augen. »Isabel, ich bewundere Euch für Eure Entschlossenheit. Ohne Kleider zu reisen, nur um rascher ankommen zu können, würde mir nie einfallen.« Sie lächelte freundlich. »Ich werde Euch ein oder zwei meiner Kleider geben. Möchtet Ihr Euch zunächst waschen gehen nach der anstrengenden Reise?«

»Wenn es Euch nichts ausmacht, möchte ich gleich zu Claude. Wie geht es ihm?«

»Das ist schwer zu sagen. Der Medicus meint, es könnte womöglich ein giftiger Stich oder etwas Derartiges gewesen sein. Niemand kann das genau sagen.«

»Und wie steht es um ihn?«

»Sein Körper wehrt sich, doch es ist keine Besserung in Sicht. Womöglich beginnt er jetzt, wo Ihr gekommen seid, von Neuem zu kämpfen.«

Isabel fürchtete, dass ihr mit dieser Hoffnung zu viel Verantwortung auferlegt worden sei, sagte es aber nicht. »Bitte bringt mich zu ihm.«

»Sehr gern. Bitte folgt mir.« Mélisande ging voraus und führte Isabel durch einen schier endlos langen Gang zu einem Zimmer. »Hier ist es.«

»Wollt Ihr ihm nicht sagen, dass ich gekommen bin?«

»Weshalb?« Sie lächelte. »Er wird es doch gleich sehen.« Damit ging sie und ließ Isabel vor der Tür stehen. Diese atmete tief durch und klopfte zaghaft an.

»Entrez!«, hörte sie eine matte Stimme von innen rufen.

Vorsichtig öffnete sie die Tür. Es war dunkler als im Rest des Hauses. Vorhänge ließen nur wenig Licht herein.

»Claude?«

Der Angesprochene wandte rasch den Kopf, als könnte er nicht glauben, wessen Stimme er soeben gehört hatte. »Isabel?« Er schluckte schwer.

»Ja, ich bin es.« Sie schloss die Tür hinter sich, ging zum Bett hinüber.

»Was machst du … wie, wie kommst du hierher?«, stammelte Claude.

»Mélisande hat mir geschrieben. Sie ist eine außergewöhnliche Frau.«

»Ja, das ist sie.« Er presste die Lippen aufeinander, Tränen traten in seine Augen. »Es tut mir so leid, was ich dir angetan habe.«

»Scht«, machte sie. »Jetzt ist nur wichtig, dass du wieder gesund wirst, Claude. Mach dir darum keine Gedanken.«

»Es ist das Einzige, worum ich mir noch Gedanken mache«, entgegnete er. Seine Stimme klang schwach. »Isabel, ich bitte dich um Verzeihung. Ich habe dich nie verletzen wollen.«

»Das weiß ich inzwischen«, sagte sie. »Ich hätte es dich erklären lassen sollen.«

Er hob die Mundwinkel. »Wäre ich an deiner Stelle gewesen, ich hätte es dich auch nicht erklären lassen.« Er stöhnte auf.

»Hast du Schmerzen?«

»Es geht schon. Der Medicus sagt, es könnte möglicherweise ein Stich oder ein Biss gewesen sein von einem kleinen Tier, das eine Krankheit übertragen hat. Das kommt häufig vor.«

»Und du hast nichts bemerkt?«

»Nein.«

»Gibt es denn kein Mittel dagegen?«

Er schüttelte den Kopf. »Entweder es gelingt meinem Körper, es zu überwinden, oder ich werde eben sterben.«

»Bitte, sag so etwas nicht, Claude!«

»Ich danke dem Herrn, dass es mir noch einmal vergönnt ist, dich zu sehen. Bitte, Isabel, verzeih mir, was ich dir angetan habe!«

»Ich habe dir längst verziehen«, entgegnete sie. »Sonst wäre ich nicht hier.«

»Ich liebe dich, Isabel. Ich liebe dich, wie ich nie zuvor eine Frau geliebt habe.«

»Und ich liebe dich.« Sie nahm seine Hand. »Wir werden eine Möglichkeit finden, zusammen zu sein, Claude. Mélisande wird es verstehen.«

»Und meine Kinder?«

»Du lebst eine Weile hier und eine Weile bei mir.«

»Bei dir klingt das so einfach.«

»Weil es das ist, Claude. Die Zeit ohne dich war furchtbar für mich.«

»Konntest du deinen Wein verkaufen? Ich bin gegangen, bevor du es mir sagen konntest.«

»Ich habe alles verkauft und werde dieses Jahr neue Rebensetzlinge brauchen. Spätestens dann musst du kommen und mir die Orleanstrauben bringen.« Sie drückte seine Hand.

»Das wäre wunderbar.« Er schloss kurz die Augen, dann schüttelte ein furchtbarer Hustenkrampf seinen Körper. Isabel zog Claude hoch und stützte ihn. Panik ergriff sie, dass er keine Luft mehr bekäme. Dann jedoch konnte er sich beruhigen und sank ermattet in die Kissen zurück.

»Geht es wieder?«

»Ja«, röchelte er.

»Kann ich irgendetwas für dich tun, Claude?«

Er nahm ihre Hand und streichelte sie zärtlich. »Ich habe jetzt alles, was ich brauche.« Wieder musste er husten, dieses Mal nicht gar so heftig. »Ich habe das Leben geliebt, Isabel.«

»Und das kannst du auch weiterhin.«

»Nein.« Er bewegte den Kopf hin und her, sah sie mit Bedauern an. »Ich habe schon manches überstanden, doch das hier«, wieder schüttelte er den Kopf, »das überstehe ich nicht.«

»So darfst du nicht sprechen!«

Er hob die Hand, zog die Decke beiseite, sodass sie seine Beine sehen konnte. »Ich spüre sie nicht mehr, Isabel. Schon seit zwei Tagen. Und jeden Tag fällt mir das Atmen ein bisschen schwerer. Und gestern, als meine kleine Tochter Cecilie mich besuchen kam, konnte ich mich nicht mehr an ihren Namen erinnern.« Seine Augen wurden feucht. »Ich wünschte, wir hätten mehr Zeit gehabt. Doch jetzt, wo ich weiß, dass du mir verziehen hast, kann ich gehen.«

»Nein!«, entfuhr es ihr lauter als beabsichtigt. »Ich bin nicht gekommen, um dich sterben zu sehen.« Wütend schlug sie die Decke wieder über seine Beine.

Er sah sie nachdenklich an, strich mit seinen Fingerspitzen zärtlich über ihre Hand. »Sei nicht wütend, Isabel. Wenn das Ende nah ist, erkennt man, dass es nicht die Dauer eines Lebens ist, die zählt. Es sind die Momente, die sich unvergesslich in die Seele brennen und die man als Letztes vor sich sieht, wenn man die Augen schließt.«

Tränen liefen über ihre Wangen. »Bitte, Claude, sprich nicht so! Es kann noch alles gut werden.«

»Könntest du die Vorhänge zur Seite ziehen? Ich möchte hinausblicken auf die Weinberge.«

Isabel stand auf, zog die Vorhänge beiseite. Mit dem Handrücken wischte sie die Tränen fort. »Ich will dich nicht verlieren, Claude.« Sie blieb mit dem Rücken zu ihm stehen. Sah hinaus.

»Dann behalte mich in deinem Herzen und vergiss nie, was wir zusammen hatten.«

Sie drehte sich zu ihm um. »Das werde ich nicht. Ich könnte es gar nicht.«

Ein heftiges Zucken ließ ihn zusammenfahren.

»Claude?« Sie rannte zum Bett und rüttelte an seinen Schultern. »Claude, was ist mit dir?«

Seine Lider flatterten, er öffnete den Mund, schloss ihn wieder. Bang beobachtete sie, was mit dem Geliebten geschah. Nach einem weiteren Zucken lag er ruhig da.

»Claude!«, kreischte sie und fasste auf seine Brust. Isabel schloss vor Erleichterung die Augen, als sie das schwache Heben und Senken spürte. Sie setzte sich wieder an sein Bett, hielt seine Hand und beobachtete ihn beim Schlafen.

Er war noch so jung, viel zu jung, um zu sterben. Es konnte und durfte einfach nicht sein! Sie musste etwas tun, Hilfe holen. Doch hatte Mélisande nicht schon alles getan? Eine reiche Frau wie sie konnte sich den besten Medicus leisten. Aber hatte sie Claude auch wirklich die bestmögliche Hilfe zukommen lassen? Sie hatte so gleichmütig auf Isabel gewirkt, als sei es ihr nicht wichtig, ob Claude wieder gesund wurde. Doch konnte das wirklich sein? Würde eine Frau, die von der Geliebten ihres Mannes Kenntnis erlangt, dieser schreiben und sie zu sich rufen, wenn sie gar wollte, dass ihr Gatte starb?

Behutsam legte Isabel Claudes Hand auf seine Brust und schlich hinaus. Sie ging den Gang zurück, den sie gekommen war, und fand sich schließlich in der Eingangshalle wieder. »Mélisande?«

Sie wartete einen Moment, dann kam der Diener, der sie vorhin in Empfang genommen hatte. Gerade wollte er etwas sagen, als die Hausherrin, die sie offenbar auch gehört hatte, oben an das Treppengeländer trat. »Isabel.« Sie sah zu ihrem Diener. »C'est bon, Jacques.«

Der Diener nickte und verschwand so rasch, wie er aufgetaucht war.

Mélisande schritt die Treppe hinter. Hinter ihr kam ein kleines Mädchen an das Geländer und sah neugierig herunter. Isabel lächelte ihr zu.

Als Mélisande es sah, lächelte sie ebenfalls. »Das ist Cecilie, unsere Jüngste«, erklärte Mélisande. »Cecilie, sois une brave fille et dis bonjour!«, forderte sie.

»Bonjour, Madame«, rief Cecilie von oben herunter.

»Bonjour, Cecilie«, antwortete Isabel.

»Qui est-elle?«

»Sie möchte wissen, wer Ihr seid, Isabel«, übersetzte Mélisande. »Elle est une amie de votre père«, rief Mélisande zu ihrer Tochter hinauf. Dann wandte sie sich zu Isabel. »Kommt, gehen wir ein Stück.«

»Was habt Ihr gesagt?«

»Dass Ihr eine Freundin ihres Vaters seid. Was hätte ich sonst sagen sollen?«

Isabel fand die Erklärung so einfach, dass sie sich fragte, ob sie sich selbst das Leben oft durch zu viele Überlegungen und Unsicherheiten schwer machte, indem sie stets versuchte, ihre Kinder vor dem zu bewahren, was sie selbst unangenehm fand.

»Hat Euer Besuch Claude Kraft gegeben?«, wechselte Mélisande das Thema.

»Offen gesagt, nein. Er sprach vom Sterben und davon, froh zu sein, dass ich ihm verziehen habe.«

Sie fuhr mit der Zunge über ihre Lippen und presste sie dann aufeinander. »Das klingt nicht gut. Ich hatte gehofft, wenn er Euch sehen würde, wüsste er wieder, dass sich der Kampf lohnt.« Sie seufzte tief. »Wäre es Euch recht, trotz der Kühle ein wenig hinauszugehen? Ich brauche frische Luft.«

»Gern.«

Sie verließen das Haus.

»Wisst Ihr, sein Leiden zieht sich schon seit Monaten hin. Anfangs waren es nur geringe Beschwerden, nun jedoch sind die Hustenanfälle oft sehr heftig und krampfartig. Er quält sich, kann nicht einmal mehr laufen. Jeden Tag wurde es etwas schlimmer.«

»Was genau hat der Medicus gesagt?«

»Es gibt Tiere, kleine Tiere, sie sind so winzig, dass man sie nicht einmal bemerkt. Sie beißen den Menschen, saugen sich an ihm fest und übertragen so gefährliche Krankheiten. Der ganze

Körper wird dadurch ...«, sie suchte nach dem richtigen Wort, »schwach, angegriffen. Versteht Ihr, was ich meine?«

»Ja, ich verstehe. Aber ein Medicus muss doch etwas tun können!« Verzweiflung schwang in Isabels Stimme mit.

»Er hat Claude zur Ader gelassen, in letzter Zeit fast jeden Tag. Doch es hat nicht geholfen. Der Medicus sagte, er müsse das schlechte Blut entnehmen, damit sich gesundes nachbildet.« Sie gingen noch ein paar Schritte, dann blieb Mélisande stehen und sah Isabel an. »Ihr wart meine letzte Hoffnung«, gestand sie traurig ein, und ihre Augen füllten sich mit Tränen. »Ich dachte, dass er, wenn er Euch wiedersieht und Ihr ihm verzeiht, neuen Mut schöpfen würde. Mut zum Leben. Doch wenn Ihr nun sagt, dass er nur hören wollte, dass Ihr ihm verzeihen könnt, glaube ich, dass er den Kampf aufgegeben hat.« Ihr liefen die Tränen über die Wangen. Wie verzweifelt musste diese Frau sein, wenn sie die Geliebte ihres Mannes als letzte Hoffnung ansah!

Isabel wusste selbst nicht, was sie bewog, sich vorzubeugen, Mélisande in die Arme zu schließen und sie einfach weinen zu lassen.

Es vergingen drei weitere Tage des Hoffens und Bangens, dann starb Claude de Lazalle in Isabels Armen.

# 26. Kapitel

Die ersten Sonnenstrahlen hatten sich in diesem Jahr spät gezeigt. Umso größer war die Erleichterung, als es endlich wärmer geworden war und die Setzlinge der Erde übergeben werden konnten. Isabel hatte es mit der Hilfe vieler fleißiger Hände geschafft, alle Hänge zu bepflanzen. Augustin, so glaubte sie, wäre stolz auf sie gewesen. Auch der Teil der Weinberge, der im letzten Jahr brach gelegen hatte, war neu bepflanzt. Und das nicht mit irgendwelchen Trauben, sondern mit Orleanstrauben.

Isabel und Mélisande hatten nach dem schrecklichen Verlust Claudes den Kontakt gehalten und ihre Geschäftsbeziehung erblühen lassen. Mélisande hatte Isabel genug Setzlinge geliefert, um nicht nur die brach liegenden Hänge, sondern auch weitere mit der schmackhaften Traube bestücken zu können. Die Frauen hatten sich regelmäßig Briefe geschrieben. In Isabels Fall durch den Schreiber, der ihr auch die ankommenden von Mélisande stets mit Freude vorlas.

Morgen nun sollte die Ernte beginnen, und Isabel hatte eines zu tun, bevor es so weit war. Sie nahm einen Weinschlauch und einen Becher mit, stieg auf den höchsten Punkt ihres Weinbergs, schenkte sich ein und prostete den Reben zu. Ganz so, wie sie es mit Mélisande vereinbart hatte. Sie hatten einen Tag festgelegt, an dem die Ernte beginnen sollte, ganz gleich, ob das Wetter ihnen wohlgesinnt war oder nicht. Am Abend vorher wollten sie beide sich auf ihren Weinberg stellen, den Becher erheben und auf Claude trinken, auf dass seine Seele dafür sorgen möge, ihnen stets reiche Ernten zu geben. Beide hatten sie diesen Mann auf ganz unterschiedliche Weise geliebt, und beide, das war ihnen längst klar geworden, liebten sie die Reben, genau wie er es getan hatte.

Isabel dachte an die Jahre, die sie mit den Reben verbracht hatte, an alles, was seither geschehen war. Menschen waren in ihr Leben getreten, und andere waren gestorben. Sie dachte an Albert, an Johann, an Augustin, an Gertrud und an Claude. Alle waren sie besondere Menschen in ihrem Leben gewesen, und alle hatte die Leidenschaft zu den Reben verbunden und die Hoffnung darauf, was die Trauben ihnen schenken könnten. Sie dachte an Hanna und Mélisande, zwei Frauen, denen sie sich in herzlicher Freundschaft verbunden fühlte. Ganz so wie auch Abt Dimitrius. Und sie dachte an ihre Kinder, die groß geworden waren. Tränen liefen ihr über die Wangen, als sie den Becher hob und den Blick über die saftigen Hänge schweifen ließ. »Auf dich, Claude, mein Geliebter. Und auf euch alle, die ihr mir durch Liebe und die Reben verbunden seid.« Sie trank den Becher leer, und hinter dem Weinberg ging die Sonne unter.

# Literatur

## *Druckwerke*

Friedrich von Bassermann-Jordan, Geschichte des Weinbaus, 2 Bände, 2. wesentlich erweiterte Auflage, Frankfurter Verlags-Anstalt, Frankfurt 1923, Nachdruck als 3. Auflage durch Pfälzische Verlagsanstalt GmbH, Neustadt an der Weinstraße 1975

Alexander Burger, »Streitigkeiten um die Zehntabgabe« und »Ingelheim und der Rhein«, zwei Kapitel aus der Wirtschaftsgeschichte Ingelheims, Ingelheim, Historischer Verein, 1951 (= BIG 3)

»Der Rheingau – Der Weingau", Weinwerbung e.V., Rheingauer Weinbauernverband e.V., Kreisausschuss des Landkreises Rheingau (Hrsg.), Rheingau Weingau, Südwestdeutsche Verlagsanstalt, Mannheim 1973

Walter Eggenberger, Weinbau, Huber, Frauenfeld 1975

Alois Gerlich (Hrsg.), Weinbau, Weinhandel und Weinkultur, Sechstes Alzeyer Kolloquium, Steiner, Stuttgart 1993

Bruno Götz, Weinbau – ein Lehr- und Handbuch für Praxis und Schule, 6. verb. Aufl., Ulmer, Stuttgart 1979

Hugh Johnson, Stephen Brook, Der große Johnson, Enzyklopädie der Weine, 18. vollst. überarb. und aktualisierte Auflage, Hallwag, München 2004

Lexikon des Mittelalters, dtv, München 2002

Michael Matheus unter Mitarbeit von Lukas Clemens und Brigitte Flug (Hrsg.), Weinbau zwischen Maas und Rhein in der Antike und im Mittelalter, Trierer Historische Forschungen, Bd. 23, von Zabern, Mainz 1997

Edgar Müller, Oswald Walg, Hans-Peter Lipps (Hrsg.), Der Winzer – Lehr- und Arbeitsbuch in zwei Bänden, Band 1 Weinbau, Band 2 Kellerwirtschaft, 3. vollst. neu bearb. Auflage, Ulmer, Stuttgart 2008

Walter Ruckenbauer, Johann Traxler, Lexikon Wein, Österreichischer Agrarverlag, Wien 2006

Josef Staab, Hans R. Seliger, Wolfgang Schleicher, Schloss Johannisberg, Woschek, Mainz 2001

Wolf-Heino Struck, Johannisberg im Rheingau, Waldemar Kramer, Frankfurt am Main 1977

### *Internet*

http://mittelaltergazette.de/5192/wissenswertes/schiffe-im-mittelalter-treidelkahn/

http://u01151612502.user.hosting-agency.de/malexwiki/index.php/Treideln

www.archaeologie-krefeld.de/news/SchiffeMittelalter/schiff11.htm

www.digi.ub.uni-heidelberg.de

www.geisenheim.de

www.kulturland-rheingau.de

www.leingangs.eu/name/Das_Treideln/das_treideln.html

www.regionalgeschichte.net/bibliothek/glossar/alphabet/r/reisen-im-mittelalter.html

www.rheingau.de

www.rheinhafen-krefeld.de/standort/standort_geschichte_2.html

www.rheinische-geschichte.lvr.de/orte/ab1815/Kreisfreie_Staedte/Seiten/Krefeld.aspx (Stand: 14.05.2016)
www.schloss-johannisberg.de
www.weindorf-johannisberg.de

# Danksagung

Es gibt viele Menschen, denen ich für ihre Unterstützung danken möchte. Neben meiner Agentin Lianne Kolf und ihrem gesamten Team ist es vor allem der Mann, dem dieses Buch gewidmet ist, mein Editor Franz Edlmayr. Es ist eine ganze wunderbare und freundschaftliche Zusammenarbeit und meine Begeisterung hierfür steigert sich von Buch zu Buch. Danke Dir, lieber Franz!

Mein ganz besonderer Dank gilt auch Herrn Stefan Eiser und seiner Mitarbeiterin Irene Rodschinka vom Wein-Cabinet auf Schloss Johannisberg, dem Ort, an dem der Roman spielt. Herr Eiser hat mir mit einer Engelsgeduld wirklich jede Frage zum Weinbau vom Setzen der Pflanzen bis zum fertigen, herrlich zu genießenden Wein beantwortet. Außerdem sind wir gemeinsam in die jahrhundertealten Kellergewölbe hinabgestiegen und ich hatte die einmalige Gelegenheit, diese gelebte Geschichte wirklich fühlen zu dürfen. Wer nach dem Lesen dieses Buches einmal das Schloss Johannisberg besuchen und auch den einen oder anderen Wein verkosten möchte, ist bei Herrn Eiser und Frau Rodschinka vom Wein-Cabinet in besten Händen. Ich kann den Besuch nur von Herzen empfehlen. Herzlichen Dank, Herr Eiser und Frau Rodschinka, für Ihre Hilfe und Ihre überwältigende Freundlichkeit! Ich werde schon bald wiederkommen – schließlich geht es mit der Geschichte um Isabel weiter.

September 2016

Ihre/Eure Ellin Carsta

16906323R00209

Printed in Poland
by Amazon Fulfillment
Poland Sp. z o.o., Wrocław